当代名家

小说研究

刘霞云◎著

时代出版传媒股份有限公司
安徽文艺出版社

图书在版编目（ＣＩＰ）数据

当代名家小说研究/刘霞云著. —合肥：安徽文艺出版社,2016.1
（2024.7 重印）
ISBN 978-7-5396-5512-3

Ⅰ．①当… Ⅱ．①刘… Ⅲ．①小说评论－中国－当代
－文集 Ⅳ．①I207.42-53

中国版本图书馆 CIP 数据核字(2015)第 203791 号

出 版 人：姚 巍
责任编辑：姜婧婧　　　　　　　　装帧设计：张诚鑫
....
出版发行：安徽文艺出版社　　www.awpub.com
地　　址：合肥市翡翠路 1118 号　　邮政编码：230071
营 销 部：(0551)63533889
印　　制：安徽芜湖新华印务有限责任公司　(0553)3916126
....
开本：710×1010　1/16　印张：19.5　字数：320 千字
版次：2016 年 1 月第 1 版
印次：2024 年 7 月第 2 次印刷
定价：76.00 元
....

本书受安徽省高等教育振兴计划优秀青年人才支持计划项目（ZXJH_194）资助；

本书为安徽省高校人文社科研究重点项目（SK2015A750）阶段性研究成果

自　序

五年前，我在朋友的鼓励下出版了学术评论集《人性边缘》。这本集子收录了我从硕士就读至工作后五年内的零散论文。回头看看那些稚嫩、平实的文字，虽言之凿凿、激情澎湃，但学养的欠缺、视野的逼仄还是造成了无法掩饰的思想单薄以及诸多的不规范。当时的自序还写道："这本集子的出版，将是我叩响学术之门的第一声，也是我向下一个五年出发的新起点。"其实，那时的我正埋头于工作琐务之中，根本不清晓何谓"学术"，也未曾真的想过要去叩开"学术之门"。后来，这本书在马鞍山市社科优秀成果评比中获二等奖，不可思议的是，向来对学术麻木的我却猛然间倍感惶恐，一方面觉得自己没有写出理想的论文，对不住评委们的信任，另一方面却又悄然树立了些微的学术自信，有了"写出好文章"的渴望。

作家李锐曾言，一个人可以没有宗教信仰，但不可以没有深刻的敬畏。从第一本评论集获奖之日起，我就对学术有了深刻的敬畏。但对于一个既没有经过严格的学术训练，又没有起码的学术成长氛围的高校普通行政人员来说，想通过"写出好文章"来表达对学术的敬畏，这行为本身有着太多的幻想成分。但不可否认的是，幻想也是一粒种子，一旦它在心中深埋，只要有了合适的条件，就会生根、发芽乃至茁壮成长。而对于当时身陷琐务之中的我来说，想让幻想生根发芽的唯一出路就是考博。为表达对学术的敬畏，在接下来的岁月里，备考博士、寻找博士选题以及撰写博士论文成了我生活的全部。为迎接博士考试，全方位了解现当代文学这门专业的过去、现在及未来发展趋势成了我的必修功课，而读博期间为了寻找博士论文选题，全方位扫描本专业领域研究的历史及现状便成为我新的必修课。在这茫然的了解和寻找过程中,我终日穿梭于图书馆的书架之间,因打不开那扇近在眼前的学术之门而焦虑万分。但庆幸的是,我还保留着用写作表达学术激情的习惯,拉拉杂杂写了十几篇,真实地记录了自己在读博期间的见识和所感。就这样,不停地奔跑,直到有一天,静心回看自己所关注的研究对象,惊讶地发现竟然都是当代长篇小说,关注的作家多是当代知名作家,研究的内容又多与小说的主题表达、思潮倾向、人物塑造、审美倾向等有关。于是决定将研究范围框定为当代长篇小说,但对具体研究什么内容还是一筹莫展。在贾平凹的《秦腔》中,我发现了文体的重要,于是在论文中首次提及"文备众体",这是一种突破,一种由重视小说"写什么"转向"怎么写"的突破。接下来的一切进展似乎毫无悬念,博士论文的选题就定为《文化诗学视域下的长篇小说"文体现象"》。

回忆自己寻找博士选题之苦,估计是每个博士生一辈子最乐意做的事,就如同每个做母亲的总是乐意回忆自己当年怀孕生孩子的艰难一样,记忆犹新而又倍感幸福。不过,此刻的我还处在撰写博士论文的紧张之中,一时还无法体会那种回忆峥嵘岁月的定气神闲。但让我感到欣慰的是,随着几年前《人性边缘》的那声轻叩,随着自己这几年的不停奔跑,第二本评论集《当代名家小说研究》还是应声而至。这本集子收录了我近几年所写的系列论文,关注的作家有莫言、贾平凹、刘震云、徐贵祥、霍达、阿来、余华等,关注的作品多为茅奖获奖作品,如贾平凹的《秦腔》、刘震云的《一句顶一万》、霍达的《穆斯林的葬礼》。除此之外,还关注了这些作家的新作,如刘震云的《我不是潘金莲》、阿来的《瞻对》。众所皆知,茅盾文学奖是当代中国四年一届的文学盛会,是对中国当代长篇小说的全面检阅,评奖结果代表了每四年一阶段长篇小说创作的最高成就。且茅奖重思想性、史诗性的标准使作家们的写作总是穿梭于历史观照与直面现实之间,作家写作的重心还是在对诸如历史、政治、权力、欲望、人性、人情、文化、文明等宏大主题的深度揭示上。这本集子探讨了《一句顶一万句》中存在的哲学与精神家园的感伤追寻,发掘了《穆斯林的葬礼》中关于历史、民族、人生与爱情的纠缠与融合。除此之外,还品鉴了新作对现实生活近距离的批判与审视,如刘震云新作《我不是潘金莲》中上访闹剧背后的真实与庄重、余华新作《第七天》中超越苦难与生死的高尚书写等。当然,集子还清晰再现了自己苦苦寻找博士选题的印迹,即由研究小说"写什么"向"怎么写"的转向,集子中关于"怎么写"的论文也占据一定篇幅,如文体家莫言在其十一部长篇小说中,竟然篇篇有着文体上的出彩与革新,《众"体"喧哗中的自由放逐》则是对他实验跨体书写所做的一次大检阅。更是在极具文体意识的作家阿来的新作《瞻对》的文体争议中窥出了当代长篇小说文体发展新趋向。集子还收录了一部分关于长篇小说文体研究的综合性论文。其实,关于小说文体的思考还在继续,关于这方面的论文由于时间关系还有几篇来不及收录进来。

对于生命中第一本集子的问世,我诚惶诚恐。接下来几年虽然历经了考博、读博阶段的学术训练,论文的学术味越来越浓,笔触、思维、视角、语言等也越来越老道、成熟、准确、规范,但对于第二本集子的问世,我依然没有感觉到该有的底气与轻松。相反,带给自己更多的是挑剔、审视和反思。回想当初朴素地认为所谓的学术就是"写出好文章",现在想来也觉有一定道理。所谓学术,首先是"学"的掌握,然后才是"术"的习得。而学问的获得以及技术的习得都需要时间,都需要"板凳坐的十年冷"的坚持。只有下足了功夫,拓宽了视野,通晓了学识,熟悉了方法,才有可能写出一手好文章。但何谓好文章?学界的界定历来莫衷一是,但在我眼中,好的学术论文首先应该是真诚的、有情感和灵性的;其次是有个性、有洞见的,要么论文的切入角度新,要么采用的研究方法新;再次是表述要有逻辑性和文采性,让人读起来一气呵成,如沐春风;最后是论文的信息量要大,能给读者带来丰富的知识,而不是干巴巴的就题论文、高头讲章。这四要素合在一起自然能挥就好文章。可在实际写作中做到这四点又是何其困难。很显然,以此标准来衡量自己的论文,每篇文章都会存有这样或那样的不足。但是,我又清楚地知道,对于刚刚叩开"学术之门"的新人来说,一切刚刚开始,如此高标准的要求似乎有些苛刻。其实,这何尝不是变相的阿Q式精神胜利法呢……

作家阎连科曾说,一个人,你能走多远,是你一出生就决定了的。你的成长经历决定了这一切。你的父母决定了你在哪年哪月哪日出生,决定了你出生在什么样的家庭背景和什么样的社会环境,这就已经决定了你的成长经历。你没有什么可以选择,你只能在命运路线图的引导下,默默地走路就是了。这是典型的出身决定论,很多人表示不赞同,但我觉得存有一定道理。回想自己所走的人生路,如果不是因为厌烦做一名中学班主任的烦琐,我不会辞职报考文学硕士;如果不是因为厌倦做一名高校普通行政人员的平淡,我也不会凭空生出对学术的敬畏;如果不是因为对学术的敬畏,我也绝不会在人生格局已定的情况下还想起考博。绕了那么大圈子,费了那么大气力,才战战兢兢地站在学术之门的门口,好奇地张望着陌生而又精彩的新世界。与之形成鲜明对比的,则是那些大学一毕业就自信地站在学术门槛上的幸运儿,他们只用三年的时间就做完了我需要花费十年甚至更长时间才能做到的事情。这就是出身不同所带来的区别。当然,我不会肤浅地、无休止地陷入这种没意义的懊悔与自卑之中,正如我的一个朋友所说的那样,人一辈子不管做任何事情,结果并不重要,重要的是一直"在路上"的状态。而对于像我这样刚刚上路的"学术青椒"来说,"在路上"真的是一种激情,一种动力,一种新的人生状态的调整。

临近搁笔,不禁又想起第一次写序时所言:"笔者本无意于出书,却又真诚地关注着文学,迷恋于文学中人性的耀眼光芒"。在此,我还要添上几句:笔者本无意于出书,但出于对学术的敬畏,我会更加虔诚地关注文学。在接下来的岁月里,我要让寂寞、孤独、平静的书斋生活成为生活的常态。这是我人生的第二本学术评论集,我依然希望它将成为向下一个五年出发的新起点。

是为序。

目录

■ 第五辑 张弦研究专辑

第一辑　茅盾文学奖获奖作品研究专辑

叙事　审美　立意：也谈《秦腔》的"文备众体"

宋人赵彦卫称唐传奇"文备众体，可以见史才、诗笔、议论"①，即指出了唐传奇诗文兼具、韵散结合的文体特征。从宋元话本到明清小说，"文备众体"的体裁运用日臻成熟，佳作迭出。正如鲁迅所说，"新的艺术，没有一种是无根无蒂突然发生的，总承受着先前的遗产"②。到了现代，以鲁迅、郁达夫为代表的作家在传统"文备众体"的基础上构建了新的文体规范。在当代，不断求新的作家们从未停止过对新的叙述方式的探索。王蒙曾在写《杂色》时认为"小说中有诗，有散文，有这个，有那个，并非坏事，这叫'党同喜异''党同好异'，在艺术手法上兼收并蓄，从'异'中吸取营养"③。而追求这种写法的作家不止王蒙一个。

一

人称"中国文化精神和美学精神之子"④的贾平凹对中国传统文学有着格外的偏好，他说"几十年以来，我喜欢明清以至30年代的文学语言，它清新、灵动、疏淡、幽默，有韵致。我模仿着、借鉴着，后来似乎也有些像模像样了"⑤。其实他何止在语言上推崇传统小说，他喜好诗画、书法、对联，喜好收藏古玩和古

① 赵彦卫.云麓漫抄[M].北京：中华书局，1996：135.

② 鲁迅.致董永舒[M]//鲁迅.鲁迅全集：书信集（第12卷）.北京：人民文学出版社，1976：462.

③ 师陀.论"各式各样的小说"[M]//陈思和.中国当代文论选.上海：上海教育出版社，2010：201.

④ 雷达.贾平凹文集：编者前言[M].北京：中国文联出版公司，1995：2.

⑤ 贾平凹.带灯：后记[M].北京：人民文学出版社，2013：361.

典书籍,也喜好古典小说的表现手法,在写作时不由自主地从《聊斋志异》《金瓶梅》《红楼梦》等著作中吸取古典文艺美学精神,继承其"文备众体"的表现传统,以期达到其渴望的"重精神、重情感、重整体、重气韵,具体而单一,抽象而丰富"①的文学境界。

论及贾平凹的"文备众体",当下学界鲜有论者提及。仔细研读其几十年来各阶段作品,其"文备众体"的文体特征一直都有,只是根据作品风格以及表达的需要而显得若隐若现。在20世纪80年代"商州"系列第一部作品《浮躁》中,作者穿插了四次船号子歌谣;在90年代自《废都》之后的乡土叙事中,《白夜》中作者在熟读《川剧目连戏绵阳资料集》以及《巴蜀目连戏剧文化概论》的前提下,用源出佛经的戏曲剧目目连戏贯穿全文,"以一种独特的表现形式来表达一种阴间阳间不分、历史现实不分、演员观众不分、场内场外不分的独具特色的文化现象"②;《土门》中穿插特征也很明显,共有十余次,包括歌词、古训、家训、坊规、碑文以及作品中人物所写的小说;《高老庄》中作者则大量参考和改造了《安康碑牌钩沉》碑文,让爱好文物并从事文物整理工作的女主人公寻访、记录、收集民间碑板,成为小说的一大线索,这使文本中的碑文穿插竟达二十余次,"构成了小说的意旨展示、人物描写、情节推进、结构铺排的一个因素,也构成艺术欣赏符号接收的一个因素"③。故有论者说"《土门》完全是《秦腔》的一次预演"④。笔者觉得这里还得加上一个前提,若从思想和叙事方式来看,《土门》是《秦腔》的一次预演;若从"文备众体"特征来看,《高老庄》则是《秦腔》的一次预演。在《秦腔》这部近五十万字的作品中,作者有意识地穿插对联二十余处、秦腔戏文二十一处、秦腔简谱二十二处。此外,还附上现代讽刺诗、大字报以及卜卦杂文、求寿文、方案报表、地方志、专著绪论等文体。这些穿插内容合起来竟达一万字之多,尤其是作者亲笔誊写的戏曲简谱,占据了小说重要的文本空间。而在之后的《带灯》《古炉》中,"文备众体"的文体特征则渐趋淡化。可以说,在贾平凹的创作中,"文备众体"是其常用的手法,而《秦腔》是集大成者。作者在《秦腔》中运用"文备众体"的手法分别从主旨思想、叙事方式以及审美倾向上

① 贾平凹.贾平凹散文[M].北京:人民文学出版社,2005:11.

② 贾平凹.白夜:后记[M].北京:华夏出版社,1995:387.

③ 肖云儒.贾平凹长篇系列中的《高老庄》[J].当代作家评论,1999(2).

④ 洪治纲.困顿中的挣扎[M]// 贾梦玮.当代文学六国论.南京:江苏文艺出版社,2009:80.

突显了其一贯的山野风情和乡土民俗特色,并鲜明地体现了为乡土民间文化写挽歌的苍凉笔调。故若论贾平凹的"文备众体",首选当是《秦腔》。

《秦腔》的"文备众体",目前学界鲜有论者提及。《秦腔》一问世就有评者关注到作品穿插对联的文体特点,认为作品中"有二十多副对联,这些对联与作品内容融为一体,对突出主题、烘托环境、推进情节、塑造人物形象起到了重要作用"①。但该评者只对对联做了浅易的赏析,未结合原文做深入剖析。后又有评者从"表现与深化主题、推动故事情节发展、丰富人物形象"②等方面深入论述对联在小说中所起的叙事功能,依然没有注意到作品"文备众体"的特点。鉴此,本文在上述研究的基础上,以穿插在文中的诸文体为研究对象,深层剖析这些文学碎片在文本中所发挥出的叙事、美学、达意等功能,在互相指涉与阐发中进行多声部融合,立体呈现文本复调式小说效果,对突显《秦腔》独特的文化意蕴和有意味的文体特点具有一定美学价值意义。

二

唐传奇"史才"的特点强调穿插文体能够融入小说的血液之中,承担起叙事的功能。而早在贾平凹 20 世纪八九十年代的创作中,就有评者看出其作品具有"古籍大著之长,特别是明清间作品的痕迹"③。故贾平凹在继承唐传奇"史才"的基础上,更多地借鉴明清小说"文备众体"表现传统,富有创意地发挥众体的叙事功能。下文分别从人物塑造、行文结构、叙事技巧等方面论而述之。

其一,按头制帽,因人赋文。人物是小说的主要构成要素之一,而塑造人物的方式有多种,判断一个作家高明与否取决于其塑造人物所采取的方法。《秦腔》中的人物众多纷杂,其中主要人物群为夏家天仁、天义、天礼、天智四兄弟及其子女,另一个人物群则是衰败的白家和清风街上各色百姓。在这两个人物群中,夏天义是清风街的老村主任,是"传统农民和传统农业生产方式的代表

① 王凤山.小对联大内涵——贾平凹《秦腔》中的对联赏析[J].语文知识,2006(8).
② 李会君.《秦腔》中对联的叙事功能[J].襄樊学院学报,2009(6).
③ 翟泰丰.翟泰丰文集(第四卷)[M].北京:作家出版社,2004:131.

者"①;夏天智是个秦腔迷,是"传统文化与道德的坚守者"②;白雪是衰落白家秦腔的继承人,因为热爱秦腔而自觉成为传统文化的守护者;夏风是夏天智之子,是小说中唯一离开农村融入现代城市的知识分子;夏君亭是夏天仁之子,现任村干部,是现代农村的开拓者。如此众多的人物,若按传统的方法从正面主攻是件困难的事,更何况《秦腔》还是一篇轻情节、重气韵的作品。或许是艺高人胆大,多才多艺的作者避开了正面描写人物的笨拙办法,用对联、诗文等文体为人物画像定论,巧妙地使人物的性格和命运暗合于各文体之中。如古代挽联主要的功能就是对逝者一生的功过是非盖棺定论。贾平凹在文中多处巧用挽联为人物画像制帽,如为病人秦安写挽联、为夏天义提前拟好碑文等。在此,笔者以为逝者夏天礼写挽联为例来展示作者的别具匠心。夏天礼因私贩银圆而死于非命。在丧事上,宏声、中星爹作为乡里的文化人出于乡里乡亲的情分为夏天礼写挽联,夏风作为逝者的侄儿则为体验乡间生活,为自己写作寻找素材而写挽联。

赵宏声所写对联:

上联:大梦初醒日;下联:乃我长眠去。(贴于灵堂)

上联:人从土生乃归土;下联:命由天赋复升天。(贴于堂屋)

上联:直道至今犹可想;下联:旧游何处不堪悲。(贴于院门)

夏风所写对联:

上联:生不携一物来;下联:死未带一钱去。(贴于灵堂)

上联:忽然有忽然无;下联:何处来何处去。(贴于堂屋)

上联:一死便成大自在;下联:他生须略减聪明。(贴于院门)

中星爹所写对联:

---

① 白烨.《秦腔》:乡土中国叙事终结的杰出文本——北京《秦腔》研讨会发言摘要[J].当代作家评论,2005(5).

② 廖四平.茅盾文学奖获奖作品解析[M].吉林:吉林大学出版社,2010:429.

上联:别有天地理;下联:再无风月情。(贴于灵堂)

作者通过挽联的书写者以及挽联内容揭示出各色人物的性格特征。赵宏声和中星爹的对联突出了"悲",抒发了生死乃人生常态而人生无常的感慨,言辞中流露出对逝者的理解和宽容。而夏风则讽刺了逝者对"钱""物"的偏好,在充满睿智和富有禅机的话语中毫不客气地挖苦了逝者自作聪明、目光短浅、自私自利的小农意识。在他眼中,淳朴的农村已不复存在,卑琐的农民意识让他无法接受,冷酷而又前卫的现代都市文明心态使他必然成为落后乡村的逃离者。

其实,"在某种程度上可以说,乡村世界的凋敝过程同时也是秦腔即农村传统文化日渐衰败的过程"①。故文中人物对待秦腔的不同态度也演绎出不同的性格命运及精神追求。据此,可将文中人物分成两大类:一类是以夏天智为代表的诸如白雪、引生等秦腔爱好者;另一类为以夏风、君亭等为代表的秦腔背弃者。前者如白雪,为了传承秦腔不惜放弃进省城工作的机会,最终不得不与夏风离婚。而夏风作为夏家有出息的后人,却与代表乡村传统文化坚守者的父亲和妻子决裂,并做出永不回清风街的决定。君亭在推进改革的过程中重用外乡人,并无师自通地学会吃喝嫖赌,以表明他对传统文化和伦理道德的彻底背离。

其二,结构行文,隐伏结局。作品中能起到结构行文作用的文体穿插有多处。如引生在白雪和夏风的新婚大宴上唱起秦腔:

眼看着你起高楼,眼看着你酬宾宴,眼看着楼塌了……

秦腔中表达欢庆喜宴的曲目很多,引生却在这种场合唱出如此悲凉的曲子,表面看似与其失恋的情绪有关,实则暗示着白雪与夏风婚姻必然失败的结局。夏风与白雪的结合从常态来看可谓天作之合,但白雪的命运是同秦腔连在一起的,她身上承载着民间传统文化的出路与走向;而夏风作为从乡村中走出去的现代知识分子,他所推崇的现代都市文明与秦腔是格格不入的,他们之间不可调和的矛盾决定着这场婚姻的失败。文中像这样的秦腔戏文有多处,它如

---

① 王春林.乡村世界的凋敝与传统文化的挽歌——评贾平凹长篇小说《秦腔》[J].海南师范学院学报,2005(5).

同串线一样,把所有情节贯穿起来,在小说的叙事全程中引领着故事的发生、发展、转折和结局。

文中穿插的大字报也再现了小说中各种复杂的矛盾,牵引着小说的叙事行文。如引生写的大字报:

> 村里的毛主席,老子是第一;池塘里的青蛙,不开口,哪个虫儿敢出声。不要民主只为权,为了将来成大款。不淤七里沟,还换七里沟,吃瓦片,扛砖头,李鸿章是你祖;养鱼送领导,还想往上走,老百姓,皮包肉,生活够苦,麦糠里榨油;某些人挣一分,某些人花一角;有些人想承包,干得男女事,小人反而更吃香。问:究竟怎样才是共产党? 不改名和姓,张引生写的。

大字报以符合引生身份的粗糙话语交代了村干部不顾民意用土地换鱼塘之事,但话糙理不糙,言辞间生动刻画出村干部不为百姓谋福利、利欲熏心、贪财贪色、鱼肉百姓的丑恶嘴脸,也描绘了百姓陷于苦水却沉默不反抗的麻木精神状态。同时还巧妙地交代了在夏天义和夏君亭之间的土地之争中,夏君亭最终获胜,但矛盾并没就此结束,从而推动了后面故事情节的发展。再如中星爹善卜卦,临死前遗留下杂记:

> 我的日子是不多了。清风街有比我年纪大的,偏偏我就要死了!今早卜卦,看看他们怎样。新生死于水。秦安能活到六十七。天义埋不到墓里。三踅死于绳。夏风不再回清风街了。院子里的苹果和梨明年硕果累累,后年苹果树只结一个苹果。庆金娘是长寿人,儿子们都死了,她还活着。夏天智住的房子又回到了白家。君亭将来在地上爬,俊奇他娘也要埋在七里沟,俊奇当村主任。清风街十二年后有狼。

古代小说在艺术表现上惯以预写人物的未来命运来结构整个小说的行文和结局。贾平凹在小说中也巧妙地通过神秘人物中星爹卜卦得来的预言来预示整个小说的结局。这些预言有些已成事实,有些让人似信非信,其中夏风不再回清风街的预言隐喻着当下中国都市文明对传统文化的背离与选择。在这透心凉的绝望中让作者看到一丝曙光的是清风街十二年后将有狼的预想,因为这将预示着十二年后七里沟又恢复了天人合一的祥瑞局面。这种谶语式的表现方法体现了作品艺术结构的完整性和书写逻辑的严密性。除却大字报、杂记，文中还有如求寿文、地方志、方案报表、专著绪论等文体。单看它们文学价值似乎不大，但经作者的巧妙编织，反倒显出化腐朽为神奇的效果，充分发挥了众文体特殊的叙事功能。

其三，巧设视角，迂缓叙事。"叙述角度的选取和叙述角度的变化是创造小说艺术形象十分重要的手段"①。作品最让人称道的是叙述者的安排，故有评者也称其"特别感兴趣的就是本书的叙述者"②。作品中穿插的二十余处对联，绝大部分出自清风街文化人宏声之手，而每副对联的书写总是被引生撞见，然后通过他的眼和口向读者转述对联内容。而作品中穿插的其他文体，要么出自引生之手，要么与引生息息相关，引生完全担负起故事讲述者的身份。当他亲历故事时，就以"我"的身份出现，形成第一人称内视角；当他不能参与故事时，就通过转述或其他方式讲故事，形成第一人称外视角。作者在安排引生作为有限的第一人称视角的同时，还安排了与之相应的另一种视角，即全知全能视角。这种视角的安排使文中潜藏着另一个重要的叙述者，即作者本人。在阅读过程中，读者几乎感觉不到这位叙述者的存在，因为作者已在不经意间潜入故事的叙述当中，使"我"和作者的叙述身份发生了自然的转换。对此，贾平凹也颇为得意，他认为"我唯一表现我的，是我在哪儿不经意地进入，如何地变换角色和控制节奏"③。

《秦腔》主要由引生、"我"和作者所构成的三种视角来完成小说的叙事，但小说讲述故事的节奏是迂缓的，完全是一种日常生活化的叙事方式，即"密实的流年式的叙写"④。作者在不到一年的时间跨度里写出了清风街近二十年来的世道变故。在这绵长的叙事中，没有大起大落的情节冲突和你死我活的矛盾争斗，有的只是清风街百姓鸡零狗碎的、关乎生老病死的烦恼日子，密密匝匝地随着叙述者的讲述往前涌动。但在这密密匝匝的涌动中，我们通过穿插的众文体还是能清晰地理出作品前进的线索，即夏风与白雪的新婚→秦安的生病→村农

① 师陀.论"各式各样的小说"[M]// 陈思和.中国当代文论选.上海:上海教育出版社,2010:201.

② 李敬泽.《秦腔》:乡土中国叙事终结的杰出文本——北京《秦腔》研讨会发言摘要[J].当代作家评论,2005(5).

③ 贾平凹.秦腔:后记[M].北京:人民文学出版社,2008:546.

④ 同上。

贸市场的建立→清风街万宝酒楼的建立→大字报的出现→夏天义淤地七里沟→夏天礼私贩银圆死于非命→村干部为完成税收缴费和计划生育任务与村民发生冲突→中星爹求寿坐死庙中→夏天智因夏风、白雪的离婚而气病逝去→夏天义最终死于七里沟的泥石流。而这些生活流正好与穿插在文中的诸文体内容相暗合,在互相指涉与阐释中进行多声部融合,立体呈现文本复调式小说效果。

三

中国是诗歌的国度,源远流长的诗歌传统使"诗入小说"也成了中国小说书写的另一传统。唐传奇"诗笔"的特点就指出了诗歌等文体的插入更能充分发挥其固有的审美特质,从而使小说兼具诗的神韵和意境。因为"情感和想象是诗歌的灵魂,这个灵魂附于小说,小说亦有诗的神韵"①。《秦腔》中虽然插入的诗歌不多,但作者灵活地将中华民族特有的艺术门类对联和颇具地方文化风韵的秦腔戏文穿插进作品,使其或在文体本身,或在文体形式及文本内涵等方面突显出一定的美学特质和浓郁的文化意蕴。

其一,插入文体本身所体现出的审美特征。正如王国维所说"一切之美,皆形式之美也"。对联的美首先表现在其特殊的艺术形式上。对联从产生至今已有近千年的历史,它广泛渗入社会生活的各个方面,曲折地反映着中华民族多向度的文化价值取向。作为一种文学艺术样式,它有着自身的特点。如因汉字的四声、方块等特点而形成了和谐、工整的外在形式。如文中为万宝酒楼写的对联:

上联:穷鬼哥 / 快出去 / 再莫 / 纠缠老弟;下联:财神爷 / 请进来 / 何妨 / 照看晚生。

再如农贸市场建立后,赵宏声为其写的对联:

上联:我若卖奸 / 脑涂地;下联:尔敢欺心 / 头有天。

① 石昌渝.中国小说源流论[M].北京:三联书店,1994:160.

"对称是安静的,宜于表现镇定沉静等情趣的形式,所以它就带有庄重的神情。"①在此只是撷取两例作为示范,文中穿插的二十余处对联都极其讲究对称,从形式上体现出有别于小说的和谐、庄重之美。

其次体现在表现方式上,对联"肇始于古代文史各体,脱胎于骈赋律诗,恪守诗词之律,博采骈赋之丽,兼收铺叙之广,汲取奏议之雅"②。正因为它具备古代各体特点,故其在表情达意时是灵活多变的:文本中插入的对联在句式上长短自如,长则上下联相加达七十二字之多,短则只有八个字;内容上亦俗亦雅、亦庄亦谐,如为因计划生育而夭折的娃娃们所写的对联:

上联:社会不收你,你来干啥;是可怜儿女,另处投胎。

对联极尽口语化,通俗易懂,以看似戏谑轻松的语气表达出对娃娃亡灵们的痛惜与无奈。如讽刺政府部门向百姓收缴税费所写的对联:

上联:向鱼问水;下联:与虎谋皮。

上联由成语演化而来,下联直接是成语的引用,极其形象地指出政府部门向百姓征税如同向鱼讨水、与虎谋皮一样,因违背百姓根本利益而必然失败。对联独特的表现形式在一定程度上突显古诗词的精华,增添了小说别样的风韵。

再其次体现在字词的锤炼上。汉字本身音、形、意结合的特点使对联发挥了汉字经凝练推敲而增添意趣的魅力。正如古人所言"作诗如画山水,写在纸上须作立体形,方得生趣"。这就要求创作对联时,须讲究遣词造句,力求含蓄蕴藉、隽永有味。文中对联皆以乡下文化人的身份所拟,还又承担着一定的叙事、立意功能,故这些看似随手拈来的对联,实则经过一定反复锤炼,充满着生活的意趣,如宏声为自己职业所拟的行业联:

开始为:

① 陈望道.美学概论[M].上海:上海文化出版社,1987:68.
② 张国民.论楹联在传统人文中的地位和作用[J].大连民族学院学报,2010(6).

上联:只要囊有钱;下联:但愿身无病。

后来又改为:

上联:但愿你无病;下联:只要我有钱。

上联表示只要囊中有钱就好,当然也希望病人没病。这是良好的祝愿。下联明确表示希望病人没病,但真有病也无妨,关键是行医的有钱挣。上下对联位置以及个别字眼的更换,表达了两种不同的含意。在此颇具机巧的推敲中,也显示作者偏好推敲、把玩文字的雅趣。

其二,穿插文体形式及文本内涵所产生的文化审美功能。首先表现为营造了浓郁的民间风俗氛围。谈到秦地的民间风俗,贾平凹认为"民间的语言和风俗有着浓厚的典雅之风"①。这里的典雅意指儒家传统文化对秦地民风的影响,形而上到中国传统文化层面则指重德尊礼、重仁敬义,形而下到"商州人的日常生活,便是有规矩、重礼数,讲究面子和人伦"②。提倡尊贤敬仁、崇德重德的秦腔正是弘扬儒家传统文化的重要载体。然而秦人唱秦腔、欣赏秦腔不仅与当地盛行的儒家文化有关,还与秦地的地域文化相关。"秦腔发源于大西北,巍巍的秦岭,滔滔的黄河,很自然赋予其磅礴雄伟的气势"③。所以这种充满力和美的民间戏曲更能体现秦人勇武、果敢、强悍、刚健的精神风貌。正因如此,秦腔成了《秦腔》最显性的文化符号,作者虔诚地在小说中插入了二十余处秦腔戏文与曲谱,他不管读者能否领会其中的杂陈百味,他的用意是明确的:渴望通过直观可感的曲谱和节奏,从形式上拉近读者与秦腔的距离,呈现一个从曲谱到心灵息息相通的乡土文化世界,从而营造小说文本浓郁的地方民俗氛围。除却运用秦腔文体形式来营造氛围,作者还不失时机地运用戏文曲调与内容来营造唯美的审美意境。如新婚后的白雪在菜园子里摘南瓜,轻唱着秦腔《桃花庵》:

---

① 贾平凹.我是农民[M].西安:陕西旅游出版社,2000:53.

② 刘春.乡土、乡俗与乡愁:《秦腔》的风俗世界[J].文艺争鸣,2012(10).

③ 范克俊.秦腔须生戏的阳刚之美[J].中国戏剧,2006(2).

去年今日此门中，人面桃花相映红；人面不知何处去，桃花依旧笑春风。

这是文中白雪唯一一次轻松哼唱秦腔的细节描述。白雪在不经意中唱出了一个让人愁肠百结的爱情故事，这在当时偷听的引生听来，简直惊为天籁。一个自己日思夜想的梦中情人唱出自己的心声，这对失恋者引生而言，简直就是难觅的梦中佳境。而美丽善良的白雪、动情温柔的歌唱、宁静郁葱的菜园，此情此景在缠绵悱恻的情感中发酵，也为读者营造了韵味无尽的唯美意境。

其次表现为流溢着独特的神秘主义民俗气息。"世俗生活之外，清风街的精神世界还有另种面向即带有神秘色彩的民间信仰"①。对于这种神秘色彩，贾平凹说"这和我的生存环境有关。我生活的那个地方佛和道都特别盛行，巫文化也特别盛行"②。其实这种神秘主义色彩与现代主义表现技巧也有一定的相通之处。尽管贾平凹说他没看过马尔克斯的《百年孤独》，但他说"这么多年，西方现代派的东西给我影响很大。但我主张在作品的境界、内涵上一定要借鉴西方现代意识，而形式上又坚持民族的"③。故他在作品中写出白雪生下的孩子没屁眼，引生的自我阉割，中星爹的预测吉凶，夏天智在屋角偷埋"固本补气大力丸"以增村民的英武正气，引生能看见每个人头上的生命火焰，能化成蜘蛛、老鼠去探听别人秘密的特异功能等荒诞现象。马尔克斯认为表达魔幻现实主义手法最重要的是"打破看来是真实的事物和看来是神奇的事物之间的界限"④。贾平凹也将民间诡异与现代魔幻融为一体，在真实与神奇之间游刃有余地穿行。小说中最能体现神秘主义民俗气息的载体是中星爹通过占卜所写的杂文和求寿文。中星爹在长期遭受疾病困扰的情形下，不去医院看病，却自己琢磨治疗方案，如大晴天疏通自己家的下水道以解决自己的下水道堵塞问题。无果，他就按民俗向上天求寿。求寿文如下：

奉请北斗星君归坊安座，我本院大小树木十二棵持香祷告，主人夏生荣生于戊寅年正月十一日末时，现年六十六岁，一生勤劳俭朴，一心向善，

① 刘春.乡土、乡俗与乡愁:《秦腔》的风俗世界[J].文艺争鸣,2012(10).
② 孙见喜.贾平凹传[M].上海:上海人民出版社,2008:330.
③ 贾平凹.病相报告·后记[M].上海:上海文艺出版社,2002:321.
④ 加西亚·马尔克斯.百年孤独的写作方式[J].中国校园文学,2009(3).

深得村里乡邻爱戴,尤其教子有方,培养其儿出息有为,又待我众木亲近,今身染重病,痛苦难耐,我兄妹十二,长树榆,次树桃,三树杨,四树梅、柿、枣、丁香、樱桃、香椿、梨、柳和花椒,发自本心,甘愿各减阳寿一年添给主人。等主人病好之后,我等以所开之花,所结之果,全部敬献,主人也以电影一场,大小炮,满斗香以还重愿。人树诚心,神必感应。专呈此文为证。

在秦地有着求寿的民俗。做晚辈的若真心期待长辈长寿,可以用减去自己寿数的方法来祈求长辈的长命百岁。夏家老大天仁之所以在文中没有出现,是因为他为母亲减去了十年的寿数,五十几岁就离世了。仁义的夏天仁为了母亲减寿十年,极尽孝子贤孙的本分。可到了晚辈这里,虔诚的求寿减寿是不可能发生的。夏生荣的儿子中星作为县里的领导干部,人生事业如日中天,岂肯为父亲减去年寿? 于是中星爹灵活地将减寿任务转嫁到院里大小十二棵树身上。求寿文行文通畅,逻辑严密,言真意切,亦真亦假,字里行间流溢着浓厚的神秘色彩。

四

唐传奇"议论"的特点强调穿插文体在文中承担着一定的教化立意功能,而《秦腔》中穿插文体的"教化"功能很鲜明,其在对人和事的评论中表明了作者的立场,展现人物丰富的精神面貌,突显作品深刻的主题意旨。

其一,表明作者的善恶是非观及价值判断。"对联不是诗词对句的衍化物,不是可有可无的小道,不是茶余饭后的消遣之物,而是在传统人文和传统'诗教'中具有重要地位的艺术形式,是传统文化中具有标志性、符号性作用的特殊的'诗教'文体"①。文中多处对联表明了作者的善恶是非观及价值判断。如为得了不治之症的秦安所写的挽联:

上联:一生正派爱村爱民心装群众愁苦乐于助人笃实谦让可怜英年早逝村民捶胸顿足皆流泪;下联:半世艰辛任劳任怨胸怀集体兴衰廉洁奉公敬业勤奋痛惜壮志未酬父老呼天抢地共悲伤。

---

① 张国民.论楹联在传统人文中的地位和作用[J].大连民族学院学报,2010(6).

这是对善良乡村守护者的挽歌。如大年三十为万宝酒楼所写的对联：

上联：忆往昔，小米饭南瓜汤，老婆一个孩子一帮；下联：看今朝，白米饭王八汤，孩子一个老婆一帮。

上联：穷鬼哥快出去再莫纠缠老弟；下联：财神爷请进来何妨照看晚生。

这是对市场经济环境下人性沦落、金钱至上的人生价值观的讽刺。土地庙的落成所写对联：

上联：这一街许多笑话；下联：我二老全不作声。横批：全靠夏家

这是对清风街人和事的讽刺，对夏天义淤地七里沟的评价：

上联：学会做些吃亏事；下联：为着后人多享福。

对联高度赞扬夏天义光明磊落、不辞辛苦为百姓谋利的高尚品格，也间接对世人提出了劝诫。而文中穿插的秦腔戏文所演的人和事都是清风街的先人们所经历的人和事，后来经过历代文人雅士的整理，更加集中地突显了先人们的价值取向，而这些价值评判和道德导向则在清风街百姓无数次的看戏、演戏中潜移默化地起到了"教化"功能。作者不厌其烦地在文中穿插大段的曲谱和戏文，其期望通过那些沁入百姓骨子里的戏文能在一定程度上救赎正在现代文明冲击下走上末路的传统伦理道德的初衷表露无遗。

其二，展现人物丰富的精神面貌。"文体不只是一个形式的问题，在文体本身表现着整个的人"①。在诸文体中，对联和杂文能直接表明故事的发展进程，而在这絮絮叨叨的生老病死、家长里短的背后，"产生于陕、甘、宁一带民间，生

①　梁真译.别林斯基论文学[M].上海:新文艺出版社,1958:234.

①　梁真译.别林斯基论文学[M].上海:新文艺出版社,1958:234.

动反映出人民的愿望、爱憎、痛苦和欢乐,反映他们的生活和斗争"①的秦腔则在尽情抒发清风街百姓的喜怒哀乐。正如有评者认为"秦人离不开秦腔,一曲曲唱段、一个个曲牌抒发着秦人的喜怒哀乐、爱恨情仇"②。不仅秦人离不开秦腔,《秦腔》更离不开秦腔。如果没有秦腔戏文的加入,《秦腔》的对话会显得干巴,了无趣味,小说叙述起来也不自然流畅。而作品正因有了秦腔而使秦地百姓的生活状态如同一幅幅田园风俗画,一一呈现在读者脑中,让读者能在毫无悬念的生活流中,循着人物的情感宣泄有滋有味地往前走。如文中遇大旱,村民眼巴巴地等待天下雨,在久等不来的骂天咒地中开始唱秦腔《拿王通》:

　　　　王出宫只见得滚龙抱柱,金炉中团团气罩定龙楼。腰系着蓝田带上镶北斗,足蹬着皂朝靴下扣金钉。殿角下摆的是双狮戏舞,有宫娥和彩女齐打采声。

　　唱词中极度渲染出皇帝老儿出宫时的潇洒与排场,村民在庄稼快要旱死却又百般无奈的关头,只能在戏文中借戏消愁,把自己想象成和皇帝老儿一样的逍遥自在的神仙人物,这种洒脱尽显秦地人民的刚健和豪迈。再如夏天义在和当年的情人俊奇娘说了一番话后心情大好,顺口唱起秦腔《五典坡》:

　　　　老了老了实老了,十八年老了王宝钏。

　　唱段很合时宜地表达出夏天义对当年那段情感的美好追忆以及对往事如烟、物是人非的感慨。再如夏天智病逝,悲痛欲绝的白雪为夏天智完整地唱了一曲《藏舟》:

　　　　耳听得谯楼上三更四点,小舟内难坏了胡氏凤莲,哭了声老爹爹儿难得见,要相逢除非是南柯梦间。

　　① 程华,李荣博.秦腔声里知兴衰——论贾平凹作品中秦腔与文化的映照关系[J].渭南师范学院学报,2012(11).
　　② 余琪.论贾平凹《秦腔》的独特叙事艺术[J].商洛学院学报,2009(5).

其实,这不仅仅是白雪在为逝去的公爹唱挽歌,也是在为自己的秦腔知音唱挽歌,更是为秦腔无可挽回的衰落而唱挽歌。总之,秦腔戏曲中人物的价值标准成为秦地百姓的精神坐标,在秦腔世界中,失落的人唱它,快意的人唱它,对未来充满期待的人唱它,对现实近乎绝望的人唱它,唱出了秦人对秦腔的痴迷以及秦腔衰落后的无尽苍凉与伤感。

其三,突显作品的主题。在缺少主线的《秦腔》中实则有两条暗线头齐进并,前者围绕秦腔,后者则围绕土地;前者的矛盾在白雪和夏风之间展开,后者的矛盾在夏天义和夏君亭之间展开;白雪和夏风之间的婚姻破裂意味着秦腔的衰落,而秦腔的衰落又直接预示着民间传统文化的遇冷;夏天义淤地失败、夏君亭的改革势不可挡意味着传统农业方式被遗弃和现代文明对乡村伦理道德与秩序的毁灭性冲击。故《秦腔》的主题趋向统一性,众评者皆毫无争议地认为其是"一曲关于传统文化的挽歌,也是对'现代'的叩问和疑惑"①。而这鲜明的主题也暗含在穿插的诸文体中。如小说开篇在夏风和白雪的婚宴上的那副对联:

上联:名场利场无非戏场做不出泼天富贵;下联:冷药热药总是妙药医不尽遍地炎凉。

此对联在小说中的作用就相当于楔子,加在小说开始之前,有引起正文的作用。其"做不出泼天富贵""医不尽遍地炎凉"则为整个小说打下苍凉的基调:一切名利富贵皆为虚空,世态炎凉势不可挡。再如大年三十为外来户村民写的对联:

上联:来的必有豹变士;下联:去者岂无鱼化才。

随着市场经济的发展,以前封闭、稳定的农村格局开始被打破。村外的人为求发展要闯进来,村中的农民为谋生存要往外走。而闯进来的并非等闲之辈如马大中,走出去的也并非平庸之才如夏风。前者搞活了清风街的经济,但泥沙俱下,破坏了乡间原有的伦理秩序;后者促进了城市文明建设,还带走了对乡土文明的眷恋与秉承。作者借此表达了对乡间文化传统与伦理秩序大势已去

---

① 孟繁华.历史主义与"史传传统"终结之后[J].南方文坛,2006(4).

的失落与伤感。

五

贾平凹是当下文坛上的一棵常青树,他以高产、高质、善变、求新而称著于文坛,但若论及其代表作,首先想到的必是《秦腔》。《秦腔》是贾平凹所有作品中获奖次数最多、获奖级别最高、影响力最大的作品。该作品在当代文坛上之所以能产生如此之大的影响,是诸多因素促成的。但《秦腔》在继承古代"文备众体"基本手法的基础上,根据创作需要灵活地发挥了"文备众体"在小说中所承当的叙事、审美、立意功能,在一定程度上突显了贾平凹写作与众不同的特色,这也在一定程度上促成了《秦腔》的成功。但遗憾的是,作者在作品中穿插众体时还存在一些不足。首先表现在个别文体内容粗俗肤浅,插入意义不大,冲淡了小说的审美特质和文化意蕴。如赵宏声念的一首现代诗:

> 啊大海,你全是水! 啊骏马,你四条腿! 啊爱情,你嘴对嘴! 久走夜路的人啊,你要撞鬼!

初读这首诗,不知其意。赵宏声想借此表达自己的失望、怅惘之情。如作品解释:清风街要工业没工业,要资源没资源,人多地少,唯一的出路就是读书,可读书又能有几个出息得像夏风一样? 但作者穿插这首诗,有谁能悟出这位乡村文化人的惆怅与伤感?

其次表现在对秦腔曲谱的生硬穿插上。曲谱占据了插入文体的半壁江山,作者亲笔誊写的大段曲谱歪歪斜斜、原汁原味地出现在文本中,可其对于不识简谱的读者来说就是个摆设。故有人形象地说:"这些曲谱对于不懂秦腔或不识简谱的读者来说就如同公园里的英文说明,不会外语的游客对它没有任何感觉"①。而这些曲谱除了在文本形式上增添了小说外在的美感之外,对于小说的叙事、立意无多大实际意义。作者这种不管不顾的穿插让读者感觉到一种强行植入广告式的野蛮,当然更多的还是折射出作者对秦腔的热爱以及为其面临没落而产生的焦虑。

---

① 余琪.论贾平凹《秦腔》的独特叙事艺术[J].商洛学院学报,2009(5).

再其次,中国文学史上将"文备众体"发挥到极致的要数《红楼梦》,《红楼梦》中的众体特征明显,且各文体均衡发展。《秦腔》中的主要文体就是对联和戏文,其余皆为点缀。当然这也不影响作品"文备众体"的表达,但若将对联的功能发挥到如同《红楼梦》中一样,每章节用对联来拟回目,文体效果也许更佳;或者在文本中把对联的地位提高到如同曲谱一样,用有别于正文的字体单独标出,这样文学效果也许更好。

马克思说:"如果你想得到艺术享受,那你必须是一个有艺术修养的人。"①文学的丰富性决定着一个文本具有"一千个读者就有一千个哈姆雷特"的阐释可能性,面对重精神、重性情、重气韵的《秦腔》,不同审美倾向和艺术修养的读者自然会品到不同的滋味。故在一片叫好声中,还有人认为《秦腔》是"一部形式夸张、内容贫乏的失败之作"②,认为作品让人"看到更多的是琐碎的、低迷的、阴暗的,甚至猥亵的写作趣味"③。这也许缘于其原生态式、对话体式、生活流式书写而产生的阅读障碍。面对褒贬不一的评价,笔者不置可否。但不可否认的是,"文备众体"的写法在一定程度上冲淡了不足,从文体形式和文化内涵上增添小说言之不尽的艺术魅力。

① 马克思.1844年经济学哲学手稿[M].中共中央马克思恩格斯列宁斯大林著作编译局,编译.北京:人民出版社,2002:146.

② 李建军.是高峰还是低谷——评长篇小说《秦腔》[J].文艺争鸣,2005(4).

③ 王研,肖鹰.阿来写旅游招贴 贾平凹写的是变态文学[N].辽宁日报,2009.23.

存在哲学的理性探讨与精神家园的感伤追寻

——刘震云《一句顶一万句》梦境释论

刘震云的《一句顶一万句》自问世以来关注者甚多,尤其在获得第八届茅盾文学奖之后。和众评者一样,在初读文本时,笔者被作品频繁更迭的人物形象、单调简单的姓名称谓、目不暇接的行当描述、枝枝蔓蔓的故事穿插、似曾相识的情节设置以及令人眼花缭乱的饶舌话语所困惑。这也许就是刘震云经常在不同场合提及自己作品不被人理解的直接原因。当然,如果就此表象对《一句顶一万句》下结论显得有失公允。其实,只要稍一入境,第一印象所产生的阅读障碍恰恰成了作品新颖独特的体现。《一句顶一万句》的成功主要表现为其能用无处不在的、极端的、形而下的底层叙事写出了极端的、无处不在的、形而上的哲学思考。这里的"无处不在"意指作者在多意主题的设置、群体形象的塑造、多处看似重复的情节构思、多种写作手法的运用、饶舌的语言表达方式等方面体现出作者的哲学思考。

关于小说,众评者给予了高度的赞扬,但大家的关注点多集中在作品所体现出的"孤独"主题和"说话"形式上。其实,在了解作品评论的基础上再读文本,笔者还能品咂出作品更加丰富的意蕴内涵。故在本文中,笔者将从西方的哲学和精神分析学入手,重点研究《一句顶一万句》所运用的梦境艺术手段,从梦境的意义建构与梦境的文学功能显现两方面分析小说所蕴含的艺术魅力。

一、梦境的意义构建

梦是有意义的。梦的意义不仅指梦境本身所呈现的意义,而且指梦对于现实的意义。探讨梦的意义实际上就是探讨它所产生的梦外原因以及它所要表达的梦外意义。

（一）哲学层面的理性思考

关于小说在哲学层面的探究，众评者看法不一。有评者认为"作品中几乎没有出现过稍微带有一些哲理思考意味的叙事话语"①，有评者则认为"小说接近了一个关于人生的哲学和信仰的寓言"②，还有评者说"在某种意义上说，刘震云生来就是一位哲学家"③。笔者支持后两位评论者的观点。为了能充分表达自己的哲学思考，刘震云可谓用心良苦。通览全文，小说中多处出现梦境的描写。这些梦境分别来自杨摩西、巧玲、牛爱国。不同的梦境有着不同的象征意义，如对"我是谁"人类本源问题的终极追问，对"他人即地狱"的存在主义哲学思考等都从不同角度诠释着作家的哲学思考和生命体悟。

自几千年前古希腊帕台农神庙的立柱上留下"我是谁"的字迹之后，这个命题就一直困扰世人，它体现了人类对自身本源的思考。按字面意义去理解，"我是谁"中的"我"是普遍意义上的"我"，是任何一个有自我意识的人对于其本人的一种自觉意识。在这种自觉意识中，他成为自己思考的对象。并且，他因这种思考把自己二重化为主体与客体的关系。当作为思考者的主体与作为思考者对象的客体之间关系合二为一时，"谁"作为客体其未知的归属找到了回应。当主体的"我"被异化为"非我"时，"我"成了"我"与"非我"的矛盾对立统一体，"我"也成了存在与非存在的统一体。由此可见，"我是谁"的问题本质上是人的存在问题，是人类对自身存在变化的一种自我意识，并且这种存在与认识具有一定的变化性和矛盾性。

刘震云在作品中体现出对世界本源性的思考，关于这一点有评者认为"刘震云是一个对哲学、对世界本源性有着强烈探索欲望的作家"④。在小说中，刘震云通篇以找寻"我是谁"为线索来完成小说的宏伟叙事，在人神对话的基督教要义中试图找出"我是谁"的答案。作者在文中让杨摩西、曹青娥、老詹、牛爱国等穷尽毕生精力去寻找，但皆未能如愿。在找寻的过程中，作者对杨摩西和曹

① 王春林.围绕语言展开的中国乡村叙事——评刘震云长篇小说《一句顶一万句》[J].南京师范大学文学院学报,2011(2).

② 张清华.叙述的窄门或命运的羊肠小道——简论《一句顶一万句》[J].文艺争鸣,2009(9).

③ 程德培.我们谁也管不住说话这张嘴——评刘震云《一句顶一万句》[J].上海文化,2011(2).

④ 梁鸿.中国生活与中国心灵的探索者——读《一句顶一万句》[J].扬子江评论,2010(1).

青娥的梦境描写设置了很多玄机。

杨摩西曾经对老詹说:"我知道自己是谁,从哪儿来,后一个往哪儿去,这几年愁死我了。"①杨摩西所言是有依据的。早在杨家庄时,他最迷恋于喊丧,他想成为喊丧的人,这就是他对自我的认识与定位。在四处漂泊打工的日子里,他在精神上是孤独的。消解这种孤独的方式就是参加各类具有审美意义的活动,诸如喊丧、舞社火。因为舞社火,他歪打正着成了吴香香的丈夫,身体暂时得以稳定,但精神上的孤独更加浓重。当又一年的社火节来临时,本以为可以好好释放一下自我,但这份奢想被吴香香否决。在杨摩西的第一个梦中,已成为吴香香合法丈夫的他又可以参加镇上的社火节。这时的杨摩西其实不叫杨摩西,改叫吴摩西。从当年的杨百顺到后来的杨摩西,再到现在的吴摩西,他的姓和名被彻底更换。在这里,更换的不仅是姓名,而是他的自我意识。在梦境中,他扮演的不是阎罗,而是嫦娥。"身扮嫦娥舞着,又脱离了社火队,一身长裙,飘着舞着,奔向了月亮,真成了女的"②。在现实中,吴香香扮演的是丈夫的角色,吴摩西倒变成了小媳妇。梦中的杨百顺很在意自己的身份,不堪的现实处境让梦境中的他还是变成了女人。在他心中,他已经无法确定自己的身份,是丈夫,还是嫁过来经常受气的媳妇? 这种自卑与不安深深烙在杨百顺心中,最后借梦境道出了自己"真成了女的"的恐慌,再一次回到对"我是谁"存在主义哲学问题的探讨。

接着,在杨百顺继女巧玲的梦境中,再一次彰显了作者对"我是谁"这个哲学命题的思考。巧玲被人拐卖后改名为改心,又名曹青娥。其实,她并不姓曹,应该姓姜,她的生父是姜虎;父亲死后母亲吴香香与姜家决裂,母女俩单独过活,她应该姓吴,但也不该姓吴;母亲与杨百顺结婚,后与人私奔,并将她全权托付给杨百顺,似乎该姓杨;被拐卖后,养父姓曹,她就变成了后来的曹青娥。绕了一圈发现,巧玲的姓氏始终处于不确定状态。姓氏在中国人眼中是神圣的。在父系社会中,父亲的姓氏是一种合法身份的界定。但小说中的巧玲对自己的身份无法做出回答,她确定不了自己到底是谁,来自哪里。为表现出巧玲心中的这份困惑与迷茫,作者特别设置了一组关于父亲的梦境。

在巧玲的第一个梦境中出现了杨百顺。在梦中,巧玲不埋怨继父把自己弄

① 刘震云.一句顶一万句 [M].武汉:长江文艺出版社,2009:107.

② 同上。

丢了,反倒怪自己把继父弄丢了。从梦境传递的信息可以断定巧玲从内心深处将杨百顺当作自己的父亲。在养父老曹死后三个月,曹青娥突然开始想念老曹。梦中的老曹因后悔把青娥嫁错了人家而扇自己的耳光,青娥因此心疼得大哭。

在又一次梦中,老曹又出现在青娥面前,但梦中的老曹处于无头状态。后来的梦中,反复交叉出现杨摩西、老曹两个爹,但梦中的两个爹都没了头。老曹、杨摩西的无头状态正表露出曹青娥对自己身份处于不确定状态的焦虑和恐惧。老曹和杨摩西对她充满爱意,也使她充分享受了父爱。但这份父爱因为血脉的缺失而不可避免地存在缺憾。

因梦境的刺激,曹青娥对杨摩西的生死牵肠挂肚。在小说中,作者安排曹青娥回老家寻找继父杨摩西,未果。当她孤坐在火车站时,作者又一次运用梦境表达曹青娥复杂难辨的情感。这次梦中出现的父亲不是杨摩西,而是老曹。梦中的老曹不远千里来帮助曹青娥。作为一直缺少母爱的青娥来说,心中顿生惊喜与暖意。可那由来已久的恐惧与不安还是不可控制地流露出来。在梦中,老曹有了头,却捂着自己的胸口叫苦。这个苦岂止是老曹的,真正意义上应该是青娥的失父之苦、无根之苦。

关于生父,青娥也做过梦。曹青娥嫁到山西沁源,知道了另一件事,那就是她的亲爹姜虎曾经被人打死在沁源。虽然不知道具体地址,但从此她的梦中又多了一个爹。这个爹有头,但无面目。这是她对生父的真切感受。生父离开她出门贩葱时,青娥还不叫青娥,叫巧玲。三岁的巧玲幼不知事,但生父的气息还是结结实实地在她脑海中生了根。现在时过境迁,关于生父的印象早已淡化,如同梦中人有头无面,只剩下那份剪不断理还乱的亲情萦绕心头。作者借梦境道出了巧玲在寻根的过程中矛盾纠结的情感,梦境中父亲们的有头无面或根本无头象征着人类无所皈依的情感寄托。

"他人即地狱"是法国存在主义哲学家萨特的短篇小说《间隔》里的一句话。按照小说原文的意思可以理解成在人际交往中,如果他人与"我"心存隔阂,不能真诚交流,那么他人的存在对于"我"而言就是一座地狱。萨特的存在主义哲学思想源于海德格尔。海德格尔认为,人都是孤独存在的,人人都是"自由"的。萨特又在海德格尔的基础上提出"存在先于本质""人被迫自由"的观点。两位哲学家都强调自由的存在才是本真的存在。但在现实生活中,这种本真的自由实在难觅一席之地。相反,人与人之间难以沟通,就好像人间与地狱之隔,他们互相折磨,钩心斗角,无法逃脱且永远使人陷于痛苦之中。

刘震云是一个对人心交流颇有研究的学者型作家,对人与人之间能否说得着表现出浓厚的兴趣。这一点我们可以从《一腔废话》《我叫刘跃进》《手机》以及《一句顶一万句》中细腻的人与人的"说话"描写窥见一斑。孟繁华评价《一句顶一万句》"小说的核心部分,就是关于孤独、隐痛、不安、焦虑、无处诉说的秘密,就是人与人的说话意味着什么的秘密"①。著名出版人安波舜评价"作品中由于人心难测和诚信缺失,能够说贴心话、温暖灵魂的朋友并不多,反倒生活在千年的孤独当中"②。

的确,作者在文中淋漓尽致地书写着这种"他人即地狱"的恐慌。在小说中,杨摩西完全颠覆了婚姻、家庭、师徒之间的亲密伦理关系。在他眼中,与这些人都是说不着话的,唯一能说上话的倒是毫无血缘关系的继女巧玲。杨摩西的自我觉醒意识在逐步增强,当他"嫁"给吴香香并成了巧玲继父之后,巧玲的关心与无话不谈使他暂时找到精神寄托。可作者没让他如愿,在假找妻子的路上,竟将巧玲弄丢了。弄丢的原因就是因为他相信了一个萍水相逢的陌生人老尤。在小旅馆里,老尤与杨摩西无话不谈。老尤曾表示想发一笔横财,杨摩西还劝他"想发横财,先得黑了心;看你的面相,不像黑心的人"③。老尤也觉得杨摩西说得对。这样的两个人,虽然认识时间不长,但也算交个朋友了。可在第二天,老尤利用杨摩西上街的机会拐走了年仅五岁的巧玲。在杨摩西的第二个梦境中出现了老尤。梦中的巧玲没有丢,老尤是和他闹着玩的。梦境的寥寥几笔白描深刻道出了杨摩西内心的失落与懊悔,将人与人之间这种难以沟通、缺乏诚意的精神危机放大到极致。老尤在这里不是个体,而是刘震云所信奉的"他人即地狱"的存在主义哲学的体现。通过梦境让读者明白人心叵测,知心话不能轻易说出口,一说即错;知心人不可轻易信,一信也错。正如有评者所说"至此小说道出了中国几千年来的孤独,比马尔克斯的孤独还要多上十倍"④。的确,小说高度概括出当前中国人的精神生存状态,也反映出作者对人类情感无所皈依的悲观情怀,萨特的《间隔》在人间将永远循环上演。

① 孟繁华.说话是生活的政治 [J].文艺争鸣,2009(8).
② 安波舜.一句胜过千年——读刘震云《一句顶一万句》[J].出版广角,2009(4).
③ 刘震云.一句顶一万句[M].武汉:长江文艺出版社,2009:196
④ 孟繁华.从《手机》到《一句顶一万句》[J].名作欣赏,2011(13).

(二)精神分析学视域下的意义分析

弗洛伊德的精神分析学说认为梦来源于个人的社会经验和生活印象,是潜意识中被压抑的原始本能和愿望的满足,梦中出现的一切意象皆具有象征作用。通过对梦境意象的分析,能够窥探出梦境所蕴含的象征意义,进而折射出梦者在内心深处的向往及其本质人性。据此,我们也可分析出现在文学作品中的梦境。对于作家来说,其比日常描写更具有一定的意义所指。

在小说中,作者借助梦境巧妙表达人物压抑内心深处最渴望实现的各种美好愿望。如杨摩西渴望参加社火节以尽情释放内心的孤独,在这个美好愿望落空后,在他的梦境中出现了让他满意的情景:他在梦境中描眉画线,准备再次扮演阎罗。在杨摩西惊觉巧玲被老尤拐走之后,心中最大的愿望就是渴望这只不过是老尤和他开的一个玩笑而已,此种奢想也在杨摩西的梦中上演。

在巧玲的儿子即杨摩西的外孙牛爱国的三个梦境中,对人生美好理想的向往更是贯穿始终。牛爱国在小说下半部重复着杨摩西的人生轨迹。虽然当过兵,有过一段美好的人生经历,但复员后精神生活回到几十年前杨摩西式的孤独状态。他与父母兄弟说不上话,与老婆也说不上话。老婆与人偷情,最后竟光明正大地和自己的姐夫私奔。牛爱国和当年的杨摩西一样走上了假找妻子实寻"一句话"的人生之路。在历经了找寻朋友却心无所托的窘境后,深悟人生况味。在他的第一个梦境中,梦见自己又回到当兵的时光。梦中的他意气风发,斗志昂扬。战友在他身边,依然是心无疖蒂、情同手足。人生的一切美好愿望只能借助梦境重温,此种描写使作品流出透心凉的感伤。在找寻妻子的路上,他梦见了妻子,梦中的他对妻子一点恨意也没有。在第三个梦境中,再一次梦见妻子,妻子不是现实中说不上话的样子,俩人有说不完的话,把结婚七八年的话全说了。在梦中,他明白了原来日子还可以这样过。这些梦境从表征上看,似乎牛爱国对妻子充满幻想,实质上是对自己的精神生存状态充满幻想,渴望能有一个女人能和他说上话,把日子过成梦中那样。每个人的内心都隐藏着一个相反的自己,梦对于现实来说,是对现实中仍未实现却极力想要实现的一种精神安慰。梦托现实,现实幻梦。当人错开真实与虚幻之时,便是将梦中断、思想走向新的高度之时。

二、梦境的文学功能显现

（一）丰富作品的审美意蕴

由于梦境已经成为人类精神生活的一部分，故描摹梦境也成了文学作品中经常使用的艺术手法，文学作品也因梦境艺术手法的使用而变得意蕴丰富。翻开中国文学史，梦入诗境的现象非常普遍。梦在诗文中不仅观照诗人的现实生活，更加淋漓尽致地宣泄着作者的丰富情感。如苏轼的"夜来幽梦忽还乡，小轩窗，正梳妆。相顾无言，唯有泪千行"堪称梦境入诗的神来之笔。梦境中诗人终于如愿与自己日夜思念的亡妻相逢于家乡，往日温馨熟悉的相见场面再次呈现。可惜，同样的场景，再次的重逢，因为现实心境的压抑，两人即便相顾也是无言唯有泪千行。此等死别重逢的悲伤只能在梦境中演绎，诗人在此借用梦境宣泄了郁积胸中多年却无法释怀的思念亡妻之情。梦境的妙用，不仅体现在诗文上，在中外叙事作品中，作家对梦境的妙用也是不胜枚举。如《安娜·卡列尼娜》中的噩梦、《呼啸山庄》中的惊梦、《生命不能承受之轻》中的迷梦、《红楼梦》中的托梦等给读者留下深刻的印象。在《一句顶一万句》中，作者也巧妙运用梦境充分诠释着诸如表达"杀人"情结、诠释"知己"意识等独特的审美意蕴。

在小说中，曾多次出现提刀杀人的情节。当然，文中的杀人方式很独特，那就是在现实中杀、在心里杀、在嘴上杀、在梦境中杀。此种杀法虽对被杀者不能产生任何不良后果，但对杀人者而言，发泄了压抑的情感，完成人生境界的提升。如剃头匠老裴因为家庭纠纷提刀欲杀娘家哥，未遂，但救了杨百顺；杨百顺因赶大车的老马出馊主意使他未能上学而提刀欲杀老马，未遂，但救了邻村孤儿；杀老马未遂之后，杨百顺在心里将老马杀了。不但杀了老马，连同传话的卖豆腐老杨、自己的弟弟杨百利、自己的父亲老杨一并在心里残忍杀死。后来，杨百顺又因为吴香香两次提刀杀人，均未遂。小说中不仅写生性谦卑的杨摩西爱杀人，连其继女巧玲也爱杀人。如巧玲在文中因与丈夫闹气而对朋友说："我光想杀人，刀子都准备好了"[1]。"除了杀人，我还想放火，我从小爱放火"[2]。

杨摩西在现实中、在心里头杀人，巧玲在嘴上杀人，而牛爱国则在梦境中杀

① 刘震云.一句顶一万句[M].武汉:长江文艺出版社,2009:288.
② 同上。

人。在寻妻的路上，牛爱国梦见了自己的妻子。梦境中，牛爱国似乎忘记妻子已经出事，两人关系正常，第三者小蒋的出现使他毫不犹豫地将刀子插进了对方的心口。当牛爱国遇到情人章楚红之后，明白夫妻之间应该是能说得上话的才能称之为夫妻，为此而原谅了小蒋与妻子。在又一次梦境中，出现了妻子和小蒋。但这次在梦境中杀人的不是牛爱国，而是小蒋，他将刀刺进了牛爱国的肚子。

刘震云是个对生活有独特感悟的作家，为什么在作品中动辄操刀杀人，用意何在？我们也许能从刘震云的这段话中找到答案："《水浒传》是一部好小说，有学问。里面写得最好的是林冲……我要想活，必须有人死；我要想活，必须杀人。当他产生了这种之前永远不敢产生的想法时，马上尸横遍野，鲜血像梅花一样在雪地里开放。还有阮氏三兄弟出门唱的歌：老子生来爱杀人。这是世人所喜欢的。这不是说《水浒传》的人物、情节、细节描写得怎样好，而是那个态度了得。现在的作家也未必能达到。不是说现在的作家不敢写杀人放火，而是面对这个世界的态度、胸襟和气度。"①在刘震云看来，在小说中能够借助杀人这种极度极端的方式来表达主人公强烈的情感，同时也体现出作家的胸襟与气度，从而丰盈了作品的审美意蕴。

刘震云认为"写作并不是写作本身，而是要通过写作，交到一个特别不同的朋友"②。"写作就是为了找朋友，为了倾听，为了说知心的、朴实的话，这就够了"③。"一个人在生活中找到一个知心的朋友非常不容易，找到这个知心的朋友再说一句知心的话更加不容易。知心的话一般都是不同的话，这句不同的话确实顶得上一万句废话"④。秉此立意，刘震云在作品中为每个人物的出场都安排了找知己的任务。他们虽然都是普通人，但在精神上都有着自己的追求。在作者眼中，知己之间一定有说不完的话，而且这些话是随心所欲、想说就说的。据此感觉，杨摩西历尽坎坷发现巧玲才是他的知己，可惜她以被拐卖的方式在杨摩西的世界中消失。巧玲最信赖的人自然也是杨摩西，但她只能将知己角色寄情于养父老曹，但毕竟有些隔膜。同理，牛爱国绕了一圈发现章楚红才是他的知己，不过知己已消失在茫茫人海中，能否找到也是悬而未决。巧玲、摩西以

---

① 刘震云,陈平原,孟繁华.从《手机》到《一句顶一万句》[J].名作欣赏,2011(13).

② 同上。

③ 同上。

④ 丁晓洁,刘震云.朴实是最舒服、最真诚的状态 [J].环球人物,2009(12).

及章楚红的消失正意味着人类知己难觅、情感无以寄托的困境与悲哀。

这种强烈的"知己"意识也体现在杨摩西、牛爱国、青娥的梦境中,其中尤以牛爱国的梦境最鲜明。牛爱国两次梦到妻子,背叛他的妻子总是和他有说不完的话,给人一种情投意合的感觉。梦境强烈表达出牛爱国对知己的渴望。梦中的妻子在小说中有一定的指代意义。在没有遇到章楚红之前,梦中的妻子可以指代任何一个能成为牛爱国知己的女人。在邂逅章楚红之后,梦中温柔多话的妻子自然就成了章楚红的替身。小说结尾写牛爱国态度坚决地走上寻找章楚红之路,也正暗合着小说的主题,表达出人类将陷入精神无所寄托、为觅知己一直在路上苦寻的孤独苍凉境地,进而淋漓诠释出作者的"知己"意识。

(二)明晰作品的主题与结构

在小说中,作者花了大量笔墨塑造杨摩西、巧玲、牛爱国三个人物形象,他们在小说中所扮演的角色功能非常重要。在小说上半部主要讲述杨摩西的坎坷寻找知己之路,但在小说结尾处还是以丢掉知己而失败告终。巧玲的失踪是作者特设的玄机。首先,因为巧玲是杨摩西开启新生活的精神寄托。只要把假寻妻子这场戏演完,杨摩西就可以带着巧玲、守着馒头铺过上自己想过的生活,最终巧玲被拐卖。在作者眼中,人类苦苦追寻的知己和精神家园都是以一种虚妄的形式存在。因为其虚妄,人类将永远处于苦苦找寻的状态。其次,在巧玲被拐后,杨摩西做梦了,梦中出现老尤收买巧玲的那块驴肉饼。梦中的细节描写是点睛之笔,强调了巧玲被拐是合乎现实生活情理的。再次,没有巧玲的失踪,就没有整个小说的下半部,牛爱国作为其亲生儿子的身份也将不存在。因为一句话,下半部的牛爱国必须接着找寻,以完成小说深刻主题的揭示。

在小说下半部,重点描写巧玲、牛爱国的找寻之旅。各类梦境的穿插描写促进小说找寻线索的延伸。老曹的死使巧玲开始思念父亲,于是梦境中出现了无头的老曹。在她心中,惦记最深的还是杨摩西,但他生死未卜,于是梦境中又出现了无头的杨摩西。出现两个无头父亲的梦境再次促使巧玲要赶回老家找寻杨摩西。于是有了巧玲回老家情节。巧玲回老家寻找杨摩西,未果,但找到了一句话。这句话只有巧玲一人知道,本准备临死前告之牛爱国,可他一直在外打工,迟迟未归。等他回到病重的母亲身边时,一切都迟了。病魔使她失声,于是这一句话成了千古之谜。正因为这一句话,牛爱国开始了漫长的寻找之路。在牛爱国的梦中,有两次梦见妻子。第一次梦见妻子时还没有遇见知己章楚红,所以梦中温和的妻子也只是他心底的一个梦。第二次梦见妻子时,依然无话不说,相见甚欢。两次梦境的昭示让他明白他需要一个章楚红式的女子相伴。没遇见她时,在梦中寻;遇见了,在生活中逃避。在小说结尾,他终于听从内心需要,决定义无反顾地去寻一句话,一句顶过一万句的话。这句话本来是章楚红准备要告诉他的,现在变成了他要告诉章楚红,进而完成了小说对人类精神皈依的寻求之旅。

通过分析,可见亦真亦幻的梦境起着推进故事情节发展、突显小说主题的作用。同时,丝丝入扣的梦境情节设置也体现出小说创作逻辑的严密性,使小说叙事达到了虽然枝枝蔓蔓、枝节横生但却被作者码放得整整齐齐的境界。

历史·民族·人生：
论《穆斯林的葬礼》的影像叙事

一般来说，电影剧本的创作或改编过程，就是编剧对社会生活审美并表现的过程。在创作过程中，作者的思想、情感、生活阅历等均起着重要的制约作用。生于20世纪40年代古都北京的编剧霍达在炮火中出生，在"文革"中度过青春岁月，而身为"珠玉世家"且为回民的她所遭受的痛苦更超出常人。自觉的"民族忧患意识"和偏爱于"以史为文"写作视角逐步形成了她"以中华民族两场大灾难为审美背景，以知识分子的悲剧命运为审美对象，以女性极为敏感的婚恋不幸为审美焦点"①的审美感知方式。正如她自己所言："历史，民族，人生，我的思索。"②这些因素自然渗透到影片的立意之中。这部以人物塑造为中心的影片给观众最直观的印象则是浓郁的宗教文化和婉约的艺术风格，但在这背后蕴含着影片多元的精神内核即从历史、民族、人生等角度表达出对回族传统精神的审视、对民族大融合的呼唤以及对人类自由美好爱情的追求。

一、对回族传统精神的审视

（一）对回族优良传统精神的肯定

"每个民族之所以能够成为一个民族，必然有他独特之处。"③回族与其他民族相比，"是一个心事太重的民族，善良缄默，不像其他少数民族那样喜歌乐舞。其生存繁衍得益于自己坚忍卓绝的血性，这种血性是得天独厚的，忍耐间

---

① 马丽蓉.20世纪中国文学与伊斯兰文化[M].合肥：安徽教育出版社,2000:165.

② 霍达.红尘：自序[M].广州：花城出版社,1988:2.

③ 马丽蓉.20世纪中国文学与伊斯兰文化[M].合肥：安徽教育出版社,2000:51.

不舍自尊,勤劳中暗存刚毅,爆发时勇烈极致。"①这种优良传统精神主要体现在老一辈回族人身上。如朝圣老人吐鲁耶定信仰伊斯兰教的坚定与虔诚。作为一种生活方式或作为人类的一种终极追求,信仰总能给人提供无穷力量,而回族正是一个凭宗教信仰维系本民族基本色谱的特殊群体。人类意识中最本能的"回归欲"在回族身上体现得最强烈。影片中朝圣老人吐鲁耶定在自己徒儿易卜拉欣(后来的韩子奇)放弃朝圣之旅时,毅然决然地只身赴麦加的壮举昭示的正是其为崇高信仰而赴难的献身精神。他以不屈的毅力与坚韧的操行向后人展示出生命个体的强大精神力量。

再如琢玉人梁亦清,影片在时长 25 分钟的生活画面中集中体现了他勤劳、厚道等优秀品质。当易卜拉欣失手打碎了价值不菲的玉器时,出于对穆斯林的敬重,一句"毁了就毁了,大不了重做"道出了他重情重义、鄙视俗利的高贵品质;当易卜拉欣苦求留下当徒儿以赔偿损失时,他收下了易卜拉欣,并待其为亲儿一样为其取名,把绝活都传授给他,足见他的善良与厚道;他既不为逞能也不为挣钱,只因为郑和是个流芳百世的回族人而冒着极大风险应下了雕琢《郑和航海图》的大活,足见其强烈的民族自豪感;当韩子奇告之汇远斋牟取暴利的真相后,他却信奉匠人凭手艺吃饭,三百六十行,各占一行,表明了他讲信义的人品。

(二)对回族保守落后思想及习俗的隐忧

老一辈回族人民身上具有优秀的传统,但他们身上也不可避免地存有保守落后的一面。以梁亦清为例。他虽是虔诚的穆斯林,但他对伊斯兰教的历史以及深层意义并不了解。他重情重义,为了信仰甚至献出了自己的生命,但这只限于本族人,如不吃汉人的东西便是明证,显示出他狭隘的民族观。当韩子奇劝他要学会规划奇珍斋的未来,试着学洋文直接和洋人做买卖时,他驳斥了徒弟的想法,并规劝徒弟心气不要太高,要学会守本分,否则就违背了真主的意愿。他悲观低落不自信,觉得前途未卜,一切全靠真主定夺。当韩子奇想在最后关头帮他分担雕刻宝船的任务时,他信奉"自古以来都是徒弟画龙,师傅点睛,不能乱了章程",最后功亏一篑,为了玉,也是为了信仰而献身。他的这些守旧的行为模式和心理结构都是自觉遵循穆斯林教规所致。

---

① 王延辉.回归欲认知之路:散杂居地区回族作家的创作个性与本民族特性之关系[J].民族文学,2005(6).

梁亦清作为老一代回民,严格恪守着穆斯林的一切传统精神品质,而在新一代回民中,梁君璧则黑白颠倒地将优良丢弃,打着"弘扬真主传统"的旗号,利用穆斯林一些落后的清规戒律,人为地制造了一个又一个人生悲剧。在韩子奇没有背叛家庭之前,梁君璧不管从语言还是行动,形式还是内心,都在恪守着该有的高洁与虔诚。当面对丈夫与妹妹的恋情时,处于情感劣势的她的行为开始背离伊斯兰教教义本身。她利用"穆斯林不允许同时娶两姐妹"的教义逼走了妹妹,使她一辈子和亲生女儿分离,在异国清冷度过余生。从婚姻的排他性来看,她不愿离婚以维持家庭的稳定,所以逼走妹妹的行为尚可理解。但她利用"汉回不能通婚"的习俗强行拆散侄女新月与楚老师的爱情,使新月大受刺激过早离世的行为就让人费解。她还利用回族讲究门当户对的习俗阴险地拆散儿子天星和容桂芳的婚姻,让儿子一辈子遗憾,这种行为更是让人费解。

出生于 20 世纪初的韩子奇历经了五四运动、二战、日本侵华、新中国的成立、"文革"等一系列重大的历史事件。但影片采用虚化背景的方法,将这些重大历史事件巧妙地交融到韩子奇的一生命运之中,将历史具象化、心灵化、直观化,再现了韩子奇从一文不名到名噪京城再到无奈落魄的一生历程,折射出历史灾难对其命运的残酷摧残。因为爱"玉",韩子奇由一个走四方的小穆斯林转行为琢玉人,恪守着琢玉人该有的本分与勤劳,但与此同时,自信、自强、不甘人后、善于思考的"自我意识"也在悄然成长。当奇珍斋遭受人为的灭顶之灾时,他果断地另投仇家汇远斋为徒,在忍辱负重中学会了经营玉器的本领,完成了师傅梁亦清生前未完成的艺术品。接下来,又重整旗鼓开张了奇珍斋,甚至成为京城首屈一指的"玉王"。韩子奇从一个流浪孤儿到走四方拜真主的小穆斯林,再到琢玉人以及商人,他逐渐成长为穆斯林的徒弟、丈夫与父亲。在这半个世纪的奋斗过程中,他的人生一直处于上升的良好趋势。但是随着日本人的入侵,他的奇珍斋,他的事业、家庭等在这场史无前例的民族灾难中掉转方向。不甘接受现实的他只好抛妻别子,远渡英国以求躲过一劫。战争结束后,当他携着心爱的玉器与新生女儿新月再度返回故土时,一切都物是人非。昔日的家还在,因为新月的出现,他成了罪人,家已不具昔日的安宁与温馨;玉器还在,但奇珍斋又一次成为历史。面对民族灾难所赋予的苦果,他只能在家庭、事业的纠葛中苦度余年。接下来的"十年浩劫"还是让他苦心经营的玉藏品在红卫兵的抄家中流失。作为一代"玉王",尽管他一直在抗争,但在巨大的历史灾难面前渺小的个体无法逃脱悲剧的命运。而梁冰玉,作为新时代的知识女性,在经历家庭变故之后坚强地成为燕京大学的大学生。她有自己的理想和追求,但日本侵华战争的发动使她意识到"偌大的北平连个书桌都已经放不下"。她积极参加抗日宣传,最终还是灰心地失败而退。战争完全扭转了她的人生方向。逃奔英国以为可以躲避战争的硝烟,但对祖国的思念使她郁郁寡欢。情感的落寞使她爱上了不该爱的人,之后的人生完全脱离正常轨道。

而诸如姑妈、梁君璧等普通女回民,面对民族灾难则表现出对命运的接受和顺从。姑妈在影片中是个并不起眼的小角色,但对表达主题却担当着极其重要的作用。她身上承载着太多的不幸。因为日本人的入侵,她和丈夫、儿子在一次逃荒中走散,从此她就怀着对家人的担忧与期盼苦度终日。因为穆斯林的身份,她有幸成为奇珍斋的帮工即"姑妈",最后带着对生死未卜的亲人的牵挂含恨离世。战争对姑妈的摧残是直接的,对梁君璧的人生影响也是致命的。因为战争,她失去了祖传的奇珍斋。当丈夫带着完好无损的玉器和韩新月站在她面前时,她又彻彻底底地失去了丈夫。抗日战争结束了,但梁君璧的家庭战争硝烟从未消散,仇恨使她以穆斯林的名义制造了一个又一个的婚姻悲剧,于她自己而言,不仅仅是一个女人的悲剧,更是一代穆斯林的悲剧。

二、对民族大融合的呼唤

(一)现代意义上穆斯林信仰的终极叩问

影片中,韩子奇日常不把斋、念经,从形式上就没有一个穆斯林该有的诚意。他同梁冰玉在英国重组家庭,从教规上来讲已成为穆斯林的罪人。在小说结尾,作者把"韩子奇算不算一个正经的回回"摆在梁君璧的面前,算是最有力的一笔。影片虽略去这个情节,但"韩子奇和梁君璧谁才算正经的回回"的问题同样摆在观众心中。正如小说中梁君璧所答:"他一辈子谨守着回回的基本规矩,做出了大事业,为回回争了光;他一辈子遵从真主旨意,他和玉儿的那点过错也应该原谅;他是个真正的回回,真正的穆斯林。"[1]如此反思,那她自己呢?因为真正的信教"重要的不是信什么,而是如何信,以及如何以行动去实践信仰"[2]。只有"当宗教信仰上升到宇宙与人的爱与宽容的时候,这时的宗教才是

---

① 霍达.穆斯林的葬礼[M].北京:北京十月文艺出版社,1988:736.
② 休斯敦·史密斯.人的宗教[M].刘安云,译.海口:海南出版社,2006:11.

有意义的"①。从影片中可看出梁君璧虽一生恪守清规戒律,但未必就是真正的穆斯林。因为"穆斯林的信徒是要信善恶,其中一条是提倡坚韧和忍耐"②,而她却愚蠢地信奉陈规陋习,远离宽容与善良,残忍地对待身边亲人,制造了一系列本不该出现的悲剧。而恰恰相反,丈夫韩子奇、妹妹梁冰玉、儿子天星、侄女儿新月,他们都或多或少违背过真主的意愿,但面对生命与苦难都选择了坚韧、爱与宽容,他们才是真正意义上的穆斯林。由此可知,只有把对穆斯林的信仰提升到一定的文化和生命哲学的高度去理解,才能找到现代意义上的穆斯林文化新的发展方向。

(二)汉回民族融合的势不可挡

影片震撼人心的高潮情节为新月的葬礼仪式。影片围绕葬礼仪式揭开了穆斯林传统旧俗在现代社会所遭受的挑战与冲击的面纱。按照教规,穆斯林的葬礼不允许女人参加。但新月的女同学们在众人的默许下来到了现场,使向来黑白一片的穆斯林葬礼上开始出现了几点暖色。按照教规,汉人也不允许参加穆斯林的葬礼,当身为汉人的楚老师紧随天星跳进墓穴要求为新月"试坑"时,影片展示了意味深长的画面即天星与楚老师之间瞬间的凝视和拥抱,这一"凝视"与一"拥抱",不仅仅是新月的哥哥与恋人两个男人之间的互相安慰,更是汉族和回族两个民族心路的沟通。汉人不允许参加葬礼,楚老师既然来了天星不戳穿,但还要为妹妹试坑,这需要多大的勇气与决心!天星选择了默许和理解,其实也表明身为回民的天星对这些陈规陋习的摒弃。从更深层意义上来看,新月是韩子奇与梁冰玉不合世俗、违背教规相爱的"罪孽证物",葬礼埋葬了新月纯洁、苦难的身体,也埋葬了伊斯兰教曾经的陈规陋习,预示着新的健康的生命与文化的再生,汉回民族的融合已经势在必行。只可惜,为了这一融合,年轻的新月付出了生命的代价。正如编剧所言:"历史每前进一步,往往是无法估量的情感乃至生命的消耗,在民族走向新的征途上布满血和泪。一代又一代人的死,都不是重复的、不是毫无意义的,民族的希望正在于不断的追求之中。③"

① 汪咏梅.爱不是上帝——C.S.路易斯爱观综述兼与柏拉图、奥古斯汀、蒂利希比较[J].中国人民大学书报资料中心,2009(1).
② 杨启辰.《古兰经》哲学思想[M].银川:宁夏人民出版社,2000:3.
③ 霍达.我为什么而写作[N].文艺报,1991-04-20.

三、对人类自由美好爱情的追求

（一）韩新月与楚雁潮对爱情的追求

人类对自由的追求是多方面的，而在影片中尤其表现为对爱情自由的追求。有人认为原著的主题"主要通过'一人'和'一事'来展现的。这'一人'就是主人公韩子奇对自我身份认同的困惑，'一事'就是韩新月与楚雁潮的恋爱矛盾"①。影片也重磅演绎了"这一事"即新月与楚老师之间的情感纠葛，细腻地表达了他们对美好爱情的追求。影片中，作为新一代回民，新月有着比母亲梁冰玉更加彻底的现代独立个性和对美好自由爱情的执着精神。扮演者史兰芽时年 21 岁，此部电影也是其出道的第四部电影。她清纯娇美的形象和空谷幽兰的气质非常适合塑造韩新月这个角色。影片中的新月美丽、善良、聪明、进取、坚强，凭着自己的努力考上了北京大学英语系，和自己母亲当年一样追求着平等与自由，而这独立个性尤其表现在对待爱情的态度上。当面对"汉回不能通婚"的旧俗时，她选择了反抗。当梁君璧呵斥她和楚老师的交往是"犯贱"行为时，一句"妈妈，您也有年轻的时候"道出了自己对陈规陋习的不屑。这种不管不顾的勇气彻底激怒了梁君璧，保守的穆斯林竟说出"宁可让你死在房间里也不愿你出去丢人现眼"的毫无人性的话语。此等恶毒对身患重疾的新月来说，无异于雪上加霜，但至死新月也没有半点放弃的念头。

影片中的楚老师则由时年 25 岁的学院派演员陈兵扮演，这是他人生中唯一一次演戏，真可谓本色出演。演员的俊朗、帅气、儒雅且不乏浪漫的形象气质完全符合剧中心地善良、无私高洁的楚老师形象。他对新月的爱情完全超乎世俗的功利，他只是希望通过自己的爱能够挽留住一条鲜活的生命而已。正如他对梁君璧的表白一样："婚事！您以为我和她之间还有什么婚事？我难道是来求您把她带走去生儿育女吗？我唯一的希望只是让她活下去。"但这发自肺腑的心声不能唤醒梁君璧的人性复苏，也无法帮助新月的病情恢复。两人纯洁的情感在外界偏见的阻挠和新月病情的恶化中艰难前行。这种跨民族的师生恋本身就没有"前途"可言，但他们偏偏苦苦相恋，互相鼓励，使这份纯洁的爱情演

---

① 张生.一部被误读的通俗小说——谈《穆斯林的葬礼》的通俗性，民族性与现代性[J].新文学评论,2013(4).

变成新一代穆斯林对自己的情感与信仰的确认以及回汉民族之间文化冲突与融合的努力与挣扎。影片结尾楚老师跳进新月的墓穴并为其"试坑"的场景，以最悲壮的形式证明了爱情的纯粹和人性的光洁。尤其是楚老师躺在墓穴里那绝望的眼神更是震撼了千万观众的心灵。

（二）梁冰玉对真爱的理性选择

影片中梁冰玉的扮演者盖丽丽时年 25 岁，身为舞蹈演员的她以清丽的外形、现代的气质演活了梁冰玉这种继承了穆斯林血统和名称却更具现代观念的新一代穆斯林形象。作为新时期知识女性，在燕京大学专修西洋文学的教育背景使她懂得了女性追求真爱的自由和权利。影片中虽然关于梁、韩之间的情感纠葛戏份不多，但开头铺垫了年幼的梁冰玉与少年韩子奇之间会心、可亲又腼腆的一笑，然后是韩子奇牵着梁冰玉的手去倒茶水的场景，那"一笑"与"一牵"的表情与动作将永远烙在两个人的心中，此场面细节即为梁、韩之间的情感纠葛埋下了伏笔。在西方的自由精神理念中，"自由是理性的自由，理性是自由的理性"①，深受西方自由精神影响的梁冰玉在选择真爱上始终很理性。当热情的英国小伙奥利弗带着"有权利爱，有权利生活"的信念向她求爱时，她始终不为所动，也许缘于心中藏有韩子奇的原因。当第二次世界大战带走了为她而死的奥利弗的生命时，孤立无助的梁冰玉毫无选择地听从内心的需求爱上了韩子奇。当他们不合世俗的爱情遭到梁君璧的极力反对时，当韩子奇的精神开始萎缩时，"有权利爱，有权利生活"的信念使她冷静放弃了无望的爱，毅然出国独居以换取情感的自由和尊严，完全颠覆了中国传统女性屈就、隐忍的形象。

四、结语

与小说文本令人眼花缭乱的荣耀相比，影片所获得的关注实在太少。其实，有没有人关注、能不能获奖并不是评价一部影片优劣高低的唯一标准。本文抛开诸如社会、政治等外在因素，进入电影内部，深入探究影片的精神内核也不失为一种客观、公正的做法。当然，任何对一部影片的价值判断和精神内核进行系统归纳的企图都是有失偏颇的。有人评原著为"一部努力开掘回族生存

---

① 邓晓芒.西方精神对我们的意义[J].西北师大学报(社科版),2002(3).

意识和文化心理的史诗,是一首民族自信力昂扬和奋然前行的壮丽诗篇"①。故笔者也认为影片具有了关乎历史、民族、人生思考的多元精神内核,是一部具有一定深度的历史沧桑感和现代震撼力的艺术电影。

---

① 白蕊.文化皈依中的艺术收获[J].西南民族大学学报(哲学社科版),2002(2).

遗憾的遗忘

——论影片《穆斯林的葬礼》对原著的改编

  《穆斯林的葬礼》是当代回族女作家霍达在20世纪80年代的成名作,作品一出版就受到文坛关注并获第三届茅盾文学奖。时光已过三十年,今天的读者依然爱不释手,"从1988年问世至今24年总计印刷50余次,发行180万册"①。就是这么一部虽"严、雅、纯"却能畅销与常销的获奖作品,其本身又不乏故事性和艺术性,从影像构建的传播与接受效果来看,将其搬上荧幕是一件值得期待的事。1993年由北京电影制片厂和香港康大影业有限公司联合拍摄,由著名导演谢铁骊执导的影片《穆斯林的葬礼》公开上映。

  在媒体发达的今天,经典小说的影视改编,如《1942》《白鹿原》等一旦公映,不管影片好坏总有不同层次与领域的观众评头论足、说三道四。可是影片《穆斯林的葬礼》公映后,影坛、媒体、学界等皆出人意料地保持沉默,连导演谢铁骊本人在梳理其诸多的作品成就时,对这部影片也是只字未提。目前,关于影片的评论只有一篇,关于电影宣传方面的信息几乎没有,关于影片是否获奖的情况也是了无声息。如此结局似乎表明影片改编没有达到预期的效果。其实,有没有人关注、能不能获奖并不是评价一部影片优劣高低的唯一标准,抛开诸如社会、政治、市场等外在因素,深入研读电影与小说的文本内核,从影片对原著的改编中探究其优劣得失不失为一种客观、公正而有说服力的做法。

---

  ① 周秀春.畅销中的常销书——写在《穆斯林的葬礼》发行180万册之际[J].出版参考,2011(5).

一

　　"改编就其是否忠实于原著来看,可以大体分为忠实派、自由派和媒介派三种;就其具体改编方法而言,基本可以归纳为翻译式改编、框架式改编和自由式改编"①。影片《穆斯林的葬礼》的编剧是霍达本人,身为专业编剧的她在改编原著时,在影片名的定夺、影视空间的构建、人物角色的安排与形象的塑造等方面选择了忠于原著的立场,在直译式改编中凸显了影片的主题。

　　首先是关于片名的定夺。影片开始取名为"月落玉长河",最终定为"穆斯林的葬礼"。两个标题蕴含着编剧不同的用意,前者很明显想突出影片中玉、月两个意象。在中国传统文学中,玉多用来形容人美好的德操,或优雅的外貌,或高洁的品格。而影片中的"玉"在立意上"除了被寄寓这些传统的内涵外,还被作者赋予民族精神等更多新的内涵,成为全书最重要的民族文化表意系统"②。传统意义上的"月"多用来形容人洁净圆润的面容,或纯洁通透的灵魂。在小说中,"新月"不仅是女主人公的姓名,更是"作为女性母性的象征,闪耀着回民族文化变革、整合、新生的光彩与希冀"③。玉、月两个意象寓意深刻,把它们合在一起组成"月落玉长河",从表意看,月儿陨落于玉的长河之中,这有点牵强晦涩。再结合月、玉在小说中的寓意还可将其理解为新生穆斯林文化不幸淹没于陈旧保守的穆斯林传统文化之中。如此解释也能昭显影片的意旨,但不及"穆斯林的葬礼"的意蕴丰富。《穆斯林的葬礼》中的葬礼不单指具象意义上为某个穆斯林个体举行的葬礼,还指抽象意义上穆斯林曾经的陈规陋习和不与时俱进的价值理念的摒除,在一定程度上寄予了霍达对本民族传统文化现状和去向的隐忧和期待。

　　其次是关于影片的时空转换与空间构建。小说文本采用月、玉意象交错的章节来结构全篇,显示出特征鲜明的平行双线叙事形式,形成浓郁的文化韵味。有人认为"从叙事层面上来看,小说主要通过语言符号由叙述人来讲述故事,属于时间艺术;而电影则是主要通过场景变换、视觉画面来表现故事,属于空间艺

　　①　陈惠哲.电影改编研究[J].文学理论与批评,2007(3).
　　②　王新惠.论《穆斯林的葬礼》对月象玉象的创造性运用[J].河南社会科学,2011(5).
　　③　同上.

术"①。《穆斯林的葬礼》在原著和影片中体现出鲜明的时空转换特点。小说以月梦和月魂作为开头与结尾,交代了三十三年后梁冰玉回故乡寻找亲人,发出了"想见的和不想见的都不在了"的喟叹与伤感。在正文中,"玉魔、玉殇、玉缘、玉王、玉游、玉劫、玉归、玉别"以顺序方式交代了玉匠高人梁亦清、玉王韩子奇等老一代穆斯林因爱玉、收藏玉而最终都不得不与玉惜别走上黄泉路的无奈与宿命。而"月冷、月清、月明、月晦、月情、月恋、月落"也以顺序的方式交代了新一代穆斯林韩新月在短暂的人生历程中与楚老师催人泪下的爱情故事。两条线索有序平行交织,史诗般回顾了中国穆斯林在汉回文化的撞击和融合中所体现出的心理结构,展现了庄严而古老的民族风俗和纠结复杂的现实生活。小说的这种结构形态很显然具有时间性,玉代表着往昔历史,月代表着现今生活,月玉俱陨,时间又回到了三十三年之后的 1979 年,一切就像做了一场梦一样。

影片中,编剧保留了这种玉、月两条线索交叉前行的结构。导演在拍摄时运用大跨度的时空跳跃和平行蒙太奇的方法,尽量保持小说原有的二重结构与迂缓节奏。影片也从老年梁冰玉重返故地入戏,以其悲伤地离开女儿新月的墓地为结局,再由其重返故地所见所闻中触发的回忆与情感来推进整部影片情节的发展。其中,梁冰玉代表着老一代穆斯林,新月代表着新一代穆斯林,编剧巧妙地取"梁冰玉""韩新月"姓名中的"月""玉"二字,直接将小说的结构平移到电影中,将历史与现实、新与旧两代人的生活场景自由闪现在观众面前,制造了两种互有逻辑却又独立的画面空间。"这种结构故事方法的优点是创作者可以详其所详,略其所略,挥洒自如,同时也留给欣赏者诸多的想象空间,几条情节线索的映衬对比,对影片主题也起到了深化的作用"②。的确,这种情节交错的结构方法对于那些熟悉原著或欣赏能力较强的人来说,充满着引人入胜的张力,可对那些不了解原著或理解能力稍逊的观众来说,优点恰恰变成了缺点。在网络上就有网友吐槽导演剪辑过于跳跃,画面的切换生硬,情节酝酿不足,理解起来比较困难。

再次,影片在人物角色的安排与形象的塑造、大致情节的设置以及基本的艺术格调等方面也与原著基本吻合。这种直译式的改编方法,虽然在实际拍摄

① 黄书泉.论小说的影视改编[J].安徽大学学报,2003(3).

② 王小明.三十九载从影路 早春红楼梦金秋——记谢铁骊的电影创作道路[J].当代电影,1999(1).

过程中会因时间跨度大、地域跨度大、影片表达信息过多而操作起来具有一定的难度,但事实证明,公映后的影片已基本表达出小说想要表达的意蕴。

二

原著是近五十万字的长篇巨作,两个多小时的影片不可能事无巨细地全面再现两代穆斯林近六十年的生活点滴。故在忠于原著的基础上,采用"立主脑,去枝蔓"的方法对原著情节进行增删,以便更好地突出影片主题,明晰故事线索是编剧必须面对的事情。有人认为小说《穆斯林的葬礼》的主题"主要通过'一人'和'一事'来展现的。这'一人'就是主人公韩子奇对自我身份认同的困惑,'一事'就是韩新月与楚雁潮的恋爱矛盾"①。此言精辟,影片也正是通过对这重要的"一人""一事"的处理来体现主题、塑造人物。一般而言,影片对原著的增删改编可以产生"创造性背离和消解性背离两种艺术效果,前者抓住了小说的魂,后者则以牺牲小说的文化精神为代价来迎合影视的大众市场需求"②。霍达在删减中产生了创造性背离和消解性背离两种不同的艺术效果。

首先是创造性背离效果的产生。在原著中,满篇充斥着各类人物的爱情纠葛,其中有新月与楚老师之间的纯洁之爱,韩子奇与梁家姐妹的冤孽之爱,梁冰玉与奥立弗、杨琛之间的无缘之爱,天星与容桂芳、陈淑彦之间的无奈之爱以及谢秋思与楚老师、唐俊生之间的单相思。作者对每一处情感纠葛都做了入微的描绘或细致的交代。如此写法可以提高整部作品的可读性、趣味性,但稍有不慎也会误入通俗小说的歧途。有评者就质疑,认为"这部小说虽名为'穆斯林的葬礼',还不如说是'穆斯林的爱情',或者说是'穆斯林爱情的葬礼'更为贴切,因为这部小说中所有的爱情都是悲剧,也都以真正的爱名存实亡而被埋葬而告终"③。

在影片中,不知是出于影片容量的考虑,还是已意识到太多的情感纠葛会消解新月与楚老师之间的爱情寓意,编剧对小说中繁芜的情感纠葛进行了删减,其中谢秋思对楚老师的暗恋没有点破,其同学唐俊生在影片中也没出现;梁

---

① 张生.一部被误读的通俗小说——谈《穆斯林的葬礼》的通俗性、民族性与现代性[J].新文学评论,2013(4).

② 同上。

③ 同上。

冰玉与大学同学杨琛之间的初恋关系没有交代,其与奥立弗、韩子奇之间的情感变化也是淡笔带过;天星与容桂芳、陈淑彦之间的纠葛只是作为影片的一个插曲出现;韩子奇与梁家姐妹的情感冲突也只集中在一个场景中得以表现。影片重磅演绎的是"这一事"即新月与楚老师之间的情感纠葛。影片中,两人纯洁的情感在外界偏见的阻挠和新月病情恶化的不幸中艰难前行。按照穆斯林的规定,汉回之间不许通婚,这种跨民族的师生恋本身就没有"前途"可言,但他们偏偏苦苦相恋,互相鼓励,使这份纯洁的爱情演变成新一代穆斯林对自己的情感与信仰的确认以及汉回民族之间文化冲突与融合的努力与挣扎。保守的穆斯林梁君璧当然无法接受这种挑战,她宁可让一条生命快点枯萎也不愿因为所谓的爱情而违反真主的意愿。楚老师对她的回击如此有力:"婚事!您以为我和她之间还有什么婚事?我难道是来求您把她带走去生儿育女吗?我唯一的希望只是让她活下去。"但是这种发自肺腑的心声依然未能唤醒梁君璧的人性与同情。按照教规,汉人也不允许参与回人的葬礼仪式,但在影片结尾楚老师跳进新月的墓穴并为其"试坑",以最悲壮的形式证明了他们爱情的纯粹和人性的光洁,显示出汉回民族文化冲突的初步融合,指明了现代意义上的穆斯林文化新的发展方向。按照教规,新月是韩子奇与梁冰玉不合世俗、违背教规相爱的"罪孽证物",葬礼埋葬了新月脆弱、纯洁、苦难的身体,也埋葬了伊斯兰教的陈规陋习,也预示着新的健康的生命与文化的再生。原著中还描绘了梁亦清、姑妈的葬礼,这些在影片中都一一删去。此种删减和对"这一事"的删减一样,起着异曲同工的艺术效果。

其次是消解性背离效果的制造。影片对原著最大的删减体现在对故事结尾的处理上。任何一部优秀作品,其结尾总能起到画龙点睛的"豹尾"作用。"这一人"韩子奇是小说用笔最多、刻画最到位的人物。1988 年版原著的结尾非常精彩:临终前,韩子奇向妻子梁君璧透露了让他压抑、困惑了一辈子的惊天秘密:"他不是回回"。此言一出,对韩子奇身份的认同以及对人物的形象定位无异于投下了一颗重磅炸弹,硝烟顿起。在堪称高潮的结尾未到之前,众读者将韩子奇定位为一个值得争议的穆斯林。从当年的小奇子到易卜拉欣再到韩子奇,从一个流浪孤儿到四方朝拜真主的小穆斯林再到琢玉人以及商人,他逐渐成长为穆斯林的徒弟、丈夫与父亲。从其奋斗的一生来看,他表现出穆斯林的聪明、果断、忠诚和责任感,这是穆斯林的骄傲。可是"人格结构不是一种静态的能量系统,而是一种动态的能量系统,它一旦形成就处在不断变化的运动、变化与发展中"。① 骨子里对中国传统文化精髓"玉"的痴迷，使他放弃了朝拜真主的精神之旅，第一次违背了真主的意愿；接下来还是因为对"玉"的痴迷，选择了十年抛妻别子的远洋生活；西方现代"有权利爱，有权利生活"的思想使他再一次放弃了对传统宗教教规的恪守，与梁冰玉重组家庭，彻底背叛真主意愿成为有罪之人。但小说结尾"不是回回"的秘密揭晓，更把他推向风口浪尖，让读者无从评判这个一生承载着太多苦难与困惑、痛苦与纠葛、不是穆斯林却又是穆斯林、是穆斯林的罪人又是穆斯林的英雄的悲剧人物，水到渠成地突显了小说主题。

　　韩子奇"不是回回"的身份真相对于一辈子严守穆斯林清规戒律的梁君璧而言无疑是个极大的讽刺。韩子奇从不把斋、念经，从形式上就没尽到一个穆斯林该有的诚意；他同梁冰玉在英国重组家庭，从本质上已成为穆斯林的罪人；现在他竟然坦承自己是汉人，传统教规中不同汉人通婚、不向汉人传授手艺、不吃汉人食物、不允许汉人参加回人的婚丧仪式等在他身上全被打破。这一切摆在梁君璧面前，让她接受突如其来的灵魂拷问：韩子奇算不算一个正经的回回？经过瞬间其实也是一辈子的思量，梁君璧给出了一个令人吃惊的答案："他一辈子谨守着回回的基本规矩，做出了大事业，为回回争了光；他一辈子遵从真主旨意，他和玉儿的那点过错也应该原谅；他是个真正的回回，真正的穆斯林。"②如此转变确乎出人意料。殊不知，因为穆斯林的这些清规戒律，梁君璧逼走了妹妹，使她一辈子在异国清冷度过余生；她强行拆散新月与楚老师的爱情，使新月大受刺激过早离世；她还固执地拆散了儿子天星和容桂芳的婚姻，让他一辈子遗憾。现在面对丈夫临终前的忏悔，年迈的她突然人性顿悟，终于明白了所谓的信教"重要的不是信什么，而是如何信，以及如何以行动去实践信仰"③，也明白了"当宗教信仰上升到宇宙与人的爱与宽容的时候，这时的宗教才是有意义的"④。她甚至顿悟到自己虽一生恪守清规戒律，但未必就是真正的穆斯林。因为"穆斯林的信徒是要信善恶，其中一条是提倡坚韧和忍耐"⑤，而她却愚蠢地

①　黄龙保，王晓林.人性升华——重读弗洛伊德[M].成都：四川人民出版社，1996：88.

②　霍达.穆斯林的葬礼[M].北京：北京十月文艺出版社，1988：736.

③　休斯敦·史密斯.人的宗教[M].刘安云，译.海口：海南出版社，2006.

④　汪咏梅.爱不是上帝——C.S.路易斯爱观综述（兼与柏拉图、奥古斯丁、蒂利希比较）[J].中国人民大学书报资料中心，2009(1).

⑤　杨启辰.《古兰经》哲学思想[M].银川：宁夏人民出版社，2000：3.

信奉陈规陋习,远离宽容与善良,残忍地对待身边亲人,制造了一系列本不该出现的悲剧。恰恰相反,丈夫韩子奇、妹妹梁冰玉、儿子天星、侄女儿新月,他们都或多或少违背过真主的意愿,但面对生命与苦难都选择了坚韧、爱与宽容,他们才是真正意义上的穆斯林。梁君璧"把压抑已久的人的感情与爱终于释放出来,最终既宽恕了别人,又悔过自新,这与穆斯林的宽恕与悔过向善的哲学精神暗合"①,再次将小说提升到一定的文化和生命哲学的高度。

可在 2007 年版小说中,霍达竟把这精彩的结尾改成了平稳的结局,愣是没让韩子奇把"我不是回回"说出口,让他带着满腔的困惑与罪恶感走上黄泉路。而 160 分钟的电影也略去了老年韩子奇殁去以及临终前吐露真相的情节,以一轮新月挂在当空成为定格,使得整个影片的格调显得清冷、忧伤却又让人感到意犹未尽。这种消解式删减没有解除韩子奇对自己到底是回回还是汉人的身份困惑,没有体现出梁君璧作为传统穆斯林开明思想的转变以及微妙人性的观照,更没有体现出作者隐藏在小说文本之中的深层含义,如从历史、民族、人生等角度表达出对回族优良传统精神的礼赞和对回族落后保守思想及习俗的隐忧,还有对汉回民族乃至世界民族大融合的呼唤与美好展望以及对人类美好爱情自由的追求等,使本是一部震撼人心的影片佳作打了折扣。

三

由于小说和电影属于不同的艺术形式,文学的想象期待与荧幕的视觉落差总使影片难逃令人失望的宿命。再加上影片还在多处出现诸如"你""您"不分、"天涯共此时"写成"天崖共此时"、鲁迅作品"非攻"写成"非宫"、"倒是"写成"到是"等语言硬伤,直接影响了影片的美学品质。但影片《穆斯林的葬礼》从剧情改编、拍摄技巧、演员表演、主题表达以及格调营造等方面皆体现出编者的良苦用心、拍者的精致考究以及演者的投入自然,使影片具有了一定的艺术生命力。况且电影拍于 90 年代初,离故事发生的年代较近,演员的气质、大小内外环境氛围与场景特色也较符合当时的时代特征,故作品中流溢着浓浓的传统文化气韵。可以想象,如果现在再进行一次翻拍,即使付出巨大代价复制了

① 胡小娟.民族文化的人性写照——评霍达《穆斯林的葬礼》[M]//邱邦洪主编.多重的文学世界——历届茅盾文学奖获奖作品评论集.广州:广东高等教育出版社,2009:128.

场景也难以让鲜活的历史复活。从此层面讲，影片又具有一定的历史价值。而在众多茅盾文学奖获奖作品的影视改编中，因为其史诗性的恢宏结构，如同为第三届茅奖作品《平凡的世界》《都市风流》《少年天子》都拍成了电视剧，而谢导则敢于挑战自我，将这么一部时间跨度长、地域跨度大、民族文化跨度大的作品拍成电影，这在商业消费片大行其道的90年代具有一定开拓意义。从艺术社会学、艺术消费学的角度来看，艺术价值应该包括审美价值、社会价值和消费价值，一部优秀的小说只要具备审美价值和社会价值就被视为一部好小说，但影视剧却要考虑三种价值的统一。若以此标准来衡量《穆斯林的葬礼》，它起码已具备了审美与社会价值，从这层意义上来讲，这是一部具有审美与教育双重意义的文艺片。

总之，影片《穆斯林的葬礼》在改编上虽存在不该出现的小小遗憾，在接受效果上也未产生过轰动一时的名著效应，但随着时间的流逝，在日益浮躁喧嚣的当下，依然还有不少观众在关注它，谈论它，这些皆说明影片所具有的艺术生命力。时间会冲淡记忆，时间也会拯救遗忘，深信这部清雅隽永的影片如同小说原著一样，将会成为经典永远烙在人们心中。

第二辑　茅盾文学奖获奖作家作品研究专辑

众"体"喧哗中的自由放逐
——论莫言长篇小说的"跨"体书写

  "文体"的中文释义为"文体、风格、体裁、式样、类型",如此全面却有些含混的释义表明了文体的语言学、修辞学、审美学等多重属性,欲理解文体内涵,须考虑其综合属性。随着文学的发展,形式对于内容不再是简单的决定与被决定的关系,尤其进入新时期,文体的魅力使有文体意识的作家们纷纷对文体产生了特殊的嗜好,而文体对于长篇小说来说有着更特殊的意义。王一川认为"文体是长篇小说的意义生长地,离开这个土地,意义就无从生存"①。吴义勤认为长篇小说的文体"绝不是一个平面的语言问题,而是一个深邃、复杂、立体、多维的系统结构,它牵涉到小说的故事、情节、人物、结构、修辞、叙述、描写等几乎所有的方面"②。对此,以长篇著称的莫言的看法更精辟,他认为"我们之所以在那些长篇经典作家之后,还可以写作长篇,从某种意义上说,就在于我们还可以在长篇的结构方面展示方华"③。正是认识到文体对于长篇小说的重要意义,莫言在其十一部长篇中,几乎每部都因文体的革新而引起学界的惊叹,如《天堂蒜薹之歌》的"演唱与叙述的互文"、《十三步》的"笼中叙事"、《食草家族》的"梦境与魔幻"、《丰乳肥臀》的"家族叙事"、《酒国》的"结构与精神"、《红树林》的"欲望叙事"、《檀香刑》的"大踏步撤退"、《四十一炮》的"诉说就是一切"、《生死疲劳》的"民间叙事"、《蛙》的"书信体"等。目前学界研究莫言长篇文体的成果甚丰,但大家皆从叙述的视角、语言、结构等角度剖析其长篇在文体革新中所取得的成绩,鲜有评论者发现莫言在乐此不疲的文体探索中表现出对

  ① 王一川.我看九十年代长篇小说文体新趋势[J].当代作家评论,2001(5).

  ② 吴义勤.难度·长度·速度·限度——关于长篇小说文体问题的思考[J].当代作家评论,2002(4).

  ③ 莫言.四十一炮[M].上海:上海文艺出版社,2008:6.

"跨"体书写一以贯之的热情。

　　"跨"体书写是发生在文类界限与文学创作关系场中的一种文体现象,这里的"体"就是文体,关于其表现形式及确切内涵,目前学界说法名目繁多,莫衷一是,如"文体变易""文体融合""文体杂糅""文体互渗""文备众体""跨文体""无文体""反文体""凹凸文本""超文本""非小说""文体越界""文体实验"等。这些命名的意义指向显然并不一致,但这些命名又因彼此微妙的区别而共同构成了"跨"体的书写全貌。为了更清晰地理解"跨"体书写的构成及表现形态,根据文体互"跨"融合的程度以及最终所呈现的文体形态,"跨"体书写大致可分为"文备众体"、文体互渗、跨文体三种类型。其中"文备众体"在文体形态上毫无争议地呈现为一种主导文体,而其他诸如诗词歌赋、墓铭碑志等文体的插入只能起到叙事、立意、抒情及审美等辅助功能。从"跨"的本意来看,各文体之间并未产生互跨效果。文体互渗在文体形态上呈现为两种主导文体,在功能体现上这两种文体互相渗透,创造性地形成一种新的文体,"小说的某某化""某某体小说"是其基本形态。跨文体依据各文体互"跨"的融合度,则在文体形态上既有可能出现由多种文体构成的"四不像"拼贴文体,也有可能出现"多棱镜"的新文体。跨文体不仅要求作家熟悉并创作多种文体,且要在小说中自然渗透互融各文体,是"跨"体书写中最难的一类。扫描当代文坛,魏巍、李准、路遥、贾平凹、李锐、韩少功、阎连科、格非等作家都在长篇创作中成熟使用"文备众体"手法,而运用"文体互渗"手法并取得成绩的作家也不少,如张承志、韩少功、阎连科、李佩甫等,但进行跨文体探索者甚少。

　　在莫言的长篇中,笔者发现《红高粱家族》《天堂蒜薹之歌》《十三步》《食草家族》《酒国》《红树林》《檀香刑》《生死疲劳》《蛙》皆进行了"跨"体书写,这在当代文坛还属少见现象。依据"跨"体书写的相关概念,《红高粱家族》《天堂蒜薹之歌》《十三步》《食草家族》《红树林》《生死疲劳》可属"文备众体"范畴;《檀香刑》《蛙》可属"文体互渗"范畴;《酒国》则属跨文体范畴。下文以莫言长篇为研究对象,细致剖析莫言长篇中的"跨"体书写方式及所产生的艺术效果,深窥莫言众"体"喧哗的促成因素及独特价值,可为读者立体还原莫言在文体革新上的独有才情。

一

谈及"文备众体",最早可溯至宋朝赵彦卫的《云麓漫抄》中的"文备众体,可以见史才、诗笔、议论"①,其指出了唐传奇诗文兼具、韵散结合的文体特征,之后,"文备众体"便演变成中国传统小说常见的文体特征。但吊诡的是,从目前的研究成果看,大家皆把焦点聚集于古典小说,而对于现当代小说中存在的"文备众体"现象,论者甚少,仅有论文《论五四小说"文备众体"的文体特色》指出五四作家"对各种体式、各类语言都能拿得起,放得下,对诗词歌赋、书函公牍、篇铭碑志等各体各类的文字能够信手拈来,自成律度,借众体之长来丰富小说的表现力"②。而在新时期,亦有当代文学史编者注意到"文体杂糅"现象,如李达三认为《李自成》中"诗、词、对联、灯谜等传统形式的运用,收到极好的艺术效果"③。江西大学中文系指出《李自成》"充分发挥古代各种文体的艺术作用以增强艺术表现力"④。陈其光提出《芙蓉镇》"融多种色彩成分为一体的语言特征"⑤。此处的"文体杂糅"就是"文备众体",但还是鲜有论者深度关注这种文体现象。

"文备众体"是中外长篇小说常用的文体手法之一。在创作中,不同审美倾向的作者会依据自己的需要及特长在作品中插入各类文体,插入成分会充分发挥出其本来的文体优势,以提升小说的艺术品质。《聊斋志异》《红楼梦》《金瓶梅》《秦腔》等皆为典型例子。对于莫言来说,"文备众体"也是其"跨"体写作的基本手法之一,而《红高粱家族》则是其"文备众体"的发轫之作。

《红高粱家族》是莫言的第一部长篇,小说虽只插入了一处地方志和一段歌词,但已初见莫言"文体杂糅"的审美追求,尤其是那段《妹妹你大胆地往前走》,唱出了爷爷余占鳌对奶奶九儿大胆而热烈的爱,唱出了山东汉子的豪气与壮气,也唱出了小说关于高密东北乡最美丽、最脱俗、最圣洁、最英雄好汉、最能爱的主题。这首民歌后来成为电影《红高粱》的插曲,一夜间吼遍大江南北。而

---

①　赵彦卫.云麓漫抄[M].北京:中华书局,1996:135.

②　林荣松.论五四小说"文备众体"的文体特色[J].中州学刊,1995(4).

③　李达三.中国当代文学史略[M].杭州:浙江大学出版社,1988:334.

④　江西大学中文系.中国当代文学史[M].南昌:百花洲文艺出版社,1990:265.

⑤　陈其光.中国当代文学史(1976—1988)[M].广州:广东高等教育出版社,1992:464.

其他作品如《天堂蒜薹之歌》《十三步》和《生死疲劳》则是"文备众体"的集大成者,插入成分在文中都承担着或叙事,或议论,或抒情,或审美等辅助功能。

如史才的叙事功能,在这里且以《生死疲劳》为例。作者在作品中插入由小说人物莫言创作的小说、散文、戏剧等,这些插入文体巧妙地与小说融为一体,使得这部横跨历史五十年的史诗巨著意趣横生地完成了西门闹历经生命六道轮回的故事讲述。作者清晰地认识到莫言小子和作者莫言在读者心中不同的权威性,故在开篇就指出莫言小子的小说《苦胆记》基本上都是胡诌,这为小说在后文游刃有余地插入作品打下伏笔:反正都是胡诌,信不信由你。但善于明辨是非的读者总能在插入作品中找到有价值的线索与印证。如西门闹为喜得一对儿女而拼命干活,却在出粪掏井中冲撞了"太岁"。但世上到底有没有"太岁"一物? 这时作者竟搬出莫言小子的小说《太岁》以印证:

> 十天之后,瓶子里长出一个葫芦状的怪物。村子里的人都跑来观看,马智伯的儿子马聪明紧张地说:"不得了了,这是太岁! 当年地主西门闹挖出的太岁就是这样子。"我是现代青年,相信科学,不相信鬼神……吃了一个太岁后,我的身体在三个月内增高了十厘米……

《太岁》印证了"太岁"的存在,但莫言小子胡诌吃"太岁"能长个子,读者自然不信。小说交代西门闹在接踵而来的革命中被枪毙,还是印证了冲撞"太岁"的可怕下场,为故事情节的发展埋下了伏笔。

在西门猪的轮回中,作者又体现出"猪撒欢"的精神,插入莫言小子的小说《养猪记》、散文《杏花烂漫》、小说《撑杆跳月》、高密猫腔《养猪记》以及其他乱七八糟的文章,在情节叙事上起着穿针引线的作用。如《杏花烂漫》交代了喜欢滋事生非的莫言小子发现金龙和互助在杏花树上浪漫约会,便故意喊醒解放前来观赏,从而引发了解放、金龙、互助、合作四人之间的情感纠葛。莫言小子这次多事所产生的后果是解放的疯癫、金龙的装疯、合作互助两姐妹的互不理睬。为解决情感纠葛,莫言小子又在《养猪记》中自曝其主动献计,要求给四人火速完婚以解纠葛之事。众人竟欣然接受建议,但火速配婚的结果是合作违心嫁解放,互助遂意配金龙。作者本来也可以按照常规的顺叙来交代故事进展,但四平八稳的叙述远不及插入莫言小子精彩的小说来得引人入胜。为介绍四人婚礼场面,作者又借《撑杆跳月》来描述那夜场景,虽为梦幻般呓语,所叙之事有真有假,但四人婚礼是真,顺势还引出美人庞抗美。接下来,莫言小子又在不知名的文章中表达出对庞抗美的爱羡之心。这些看似插科打诨的小说插入,实则含有严谨的伏笔意味。试想,若没有莫言小子的多事,四人不会快速草率结婚;正因为解放和合作的婚姻不如意,才有后面解放与合作离婚事件的发生;正因为庞抗美的美,才有金龙和她的偷情,并生下庞凤凰;最后解放偏偏爱上庞抗美的妹妹庞春苗,解放的儿子开放偏偏爱上庞凤凰,而金龙与解放的母亲皆为迎春一人,大头婴儿的诞生则成了必然之事。

如突显小说主题的议论功能,在这里且以《天堂蒜薹之歌》《十三步》为例。《天堂蒜薹之歌》插入张瞎子演唱的歌谣二十余处,均作为引子放在每章的开头以介绍天堂老百姓种植蒜薹盛产、滞销、政府不管、农民闹事、政府抓人等情况的始末,与小说正文内容遥相呼应,突显出对数千农民悲惨遭遇的同情以及对当权者不作为的痛恨与义愤。除了插入歌谣,作者还在小说结尾插入实用文,即当地报纸对天堂蒜薹事件的处理结果和对整个事件的反思述评,处理结果大快人心,事件到此为止似乎一切都得以圆满解决,但莫言向来讲究"豹尾"之力,最后有小道消息称事件主要责任人虽不在原位任职,但拟在另一县城走马上任。至此小说讽刺意味力透纸背,作者"结构就是政治"的写作意图也尽显笔端。

《十三步》中插入小调歌谣、奇闻逸事、日报新闻等文体,也在一定程度上突显了作品的主题。如作者在文中插入奇闻逸事,借以类比诠释人物各种复杂的处境。学校利用积劳猝死的方富贵之死向社会发出呼吁,希望借此改善教师的生活。这使诈死的方富贵只能被迫永远"死"去,但他还有自己的妻儿,他也渴望回到正常的生活中去。为突显方富贵的这种"两难"处境,莫言在小说中插入了一个"人猴情未了"的故事:

> 海上遇难,男人流落荒岛,受母猴搭救。在荒岛生活数年,受母猴精心照料并育有一男婴。终有机会偶遇小船,男人携子欲撇下母猴回归人间。偏巧男孩大哭,母猴寻声狂奔夺子,僵持不下。男人含泪挥斧剁母猴紧抓船头之爪。爪落船舱,小船顺利离开。回乡后,男人心有愧疚,誓不再娶,精心育儿。多年后,男孩成状元,再三问父要母。父只好实情告之。状元寻至荒岛,见枯骨,缺一爪。大哭,祭祀完毕,撞石壁而死。

比照故事,方富贵当时面临的选择和那抱着儿子、提着斧子、立在船头的男人以及那抱着猴爪、面对母亲尸骨的状元的处境一样,都属于逻辑学上的"两难"境地。痛定思痛,方富贵最终只能做出和男人挥斧、状元撞石一样的痛苦选择:整容成同事张赤球回到讲台上课,永远做不回自己。故事交代了方富贵整容成张赤球的多重因素,增强了小说的趣味性,也保证了小说情节发展的紧促性。为突显方富贵妻子屠小英亡夫后对外界诱惑的抵挡之难,作者还插入"小和尚""扇坟头"的北方农村故事,暗示着屠小英在忠贞与现实的裹挟下不可逃遁的悲剧命运。在小说结尾,为突显小说的标题内涵,作者还不忘插入一个古老的传说,即人们若看到麻雀单步行走,从一走到十二步皆有好运降临。但一旦走到十三步,所有好运都会变成厄运。小说结尾处作者让大家也看见一只麻雀单步走来,最终其脚步止于"12",至此表达出作者对美好社会与理想人生的渴望。

如抒情及审美的功能,在这里也以《生死疲劳》为例。在第一道轮回中,由于铭记自己受到的不公遭遇,西门驴的感情是最浓烈的,作者插入莫言小子的新编吕剧《黑驴记》以宽解西门驴痛苦不堪的悲愤情绪:

身为黑驴魂是人,往事渐远如浮云。六道中众生轮回无量苦,皆因为欲念难断痴妄心。何不忘却身前事,做一头快乐的驴子度晨昏。

西门驴因新挂了铁掌而心情愉快,莫言小子的剧本《黑驴记》再次抒发喜悦情怀:

新挂铁掌四蹄轻,一路奔跑快如风。忘却前生窝囊事,西门驴欢喜又轻松。昂起头仰天叫,啊奥—啊奥—啊奥—

西门驴因腿受伤丧失劳动能力成了废驴,但蓝脸、迎春夫妇对它感情深厚,硬是留在身边不卖屠宰组。作者借莫言小子的小说《黑驴记》写出了西门驴和主人之间非同寻常的人畜情深:

迎春不知从什么地方捡回一只破皮鞋……绑在残驴腿上,使它的身体大致能够保持平衡。于是,在一九五九年春天的乡间道路上出现了一道奇特的风景:单干户蓝脸推着装满粪的木轮车,赤着臂膊,满脸飙气;拉车的驴穿着一只破皮鞋,低垂着头,走起来一瘸一拐……残驴也做出悲壮的努力,要为主人省些力气。

上述插入的唱词讲究对仗和押韵,插入的小说片段描写细腻,淋漓尽致表达出西门驴和倔强的单干户蓝脸之间的默契,在两相交映中悲情地完成了西门驴的第一道生命轮回。

在西门牛的轮回中,作者又插入由莫言小子带头针对单干户蓝解放所喊的口号:

　　单干是座独木桥,走一步来摇三摇,摇到桥下淹没了。人民公社通天道,社会主义是金桥,拔掉穷根栽富苗。蓝脸老顽固,单干走绝路。一粒老鼠屎,坏了一缸醋。金龙宝凤蓝解放,手摸胸口想一想。跟着你爹老顽固,落后保守难进步。

蓝解放对莫言小子用编顺口溜的方式打攻心战很是气恼,拿起弹弓就射,打中了莫言小子。于是,莫言小子又喊口号:

　　蓝解放,小顽固,跟着你爹走斜路。胆敢行凶把我打,把你抓进公安局。

蓝脸一家人面对各类攻心政策和舆论压力寝食难安,最后,金龙宝凤带着母亲入了人民公社,蓝解放支持父亲蓝脸继续单干。莫言小子又带着一帮孩子喊口号:

　　老顽固,小顽固,组成一个单干户。牵着一头蚂蚱牛,推着一辆木轱辘。最终还要来入社,晚入不如趁早入……

这些口号不仅形象刻画了单干户蓝脸坚持个人信仰的艰难处境,也凸显出蓝脸倔强不屈的个性。更为重要的是,这些顺口溜读起来押韵上口,通俗易懂,极富文学韵味,字里行间渲染出作品激情四溢、俏皮枝蔓的生活气息。

二

关于"文体互渗",最早有人指出文体的互渗是个统称,"它有'话语语体互渗''文本互渗'和'文体互渗'三种不同的表现形式,而'文体互渗'是指不同的文体在同一种文本中使用或一种文体代替另一种文体使用的现象"①。后有学者方长安认定"文体互渗"为"不同文本体式相互渗透、相互激励,以形成新的结构力量,更好地表现创作主体丰富而别样的人生经验与情感"②。与"文体互渗"相似的说法还有"文体变易""文体融合"等,陶东风提出的"由两种或两种以上不同文体之间的交叉、渗透进而产生一种新的文体"③的"文体变易"其实就是"文体互渗"。夏德勇提出"小说文体吸收其他文类的文体手法,以丰富自己的文体或改造已经自动化了的文体,借以产生陌生化的震惊效果"④的"文体融合"也有"文体互渗"的意味。《少年维特之烦恼》的书信体、《茑萝行》的歌行体、《城市白皮书》的日记体等都是典型的"文体互渗"作品。

猫腔体小说《檀香刑》是一部由猫腔戏剧《檀香刑》改编而成的小说,戏剧因子从结构、人物、语言、情节诸方面渗入小说,使小说呈现出戏剧化特征;而《蛙》由剧作家蝌蚪写给日本作家的五封书信、四部长篇叙事和一部话剧组成,书信内容就是小说的正文,书信和话剧有机渗入小说,进而在文体形态上呈现为书信体小说。在此,且以《檀香刑》为例深窥其文体互渗的肌理及所产生的艺术效果。《檀香刑》是让莫言获誉最多的一部小说。他认为"这部小说在技术上的一点创新就在于把戏曲和小说结合在一起"⑤。正因如此,大家都注意到了戏剧因素对小说的渗透与影响,如有人认为"小说仿佛是一部民间艺人的唱词或乡间流传的戏谱本"⑥。还有人认为《檀香刑》不再只是一本供人阅读的小说,

---

① 董小英.叙述学[M].北京:社会科学文献出版社,2001:323.
② 方长安.现当代文学文体互渗与述史模式反思[J].湘潭大学学报,2008(6).
③ 陶东风.文体演变及其文化意味[M].昆明:云南人民出版社,1994:15.
④ 夏德勇.中国现代小说文体与文化论[M].北京:中国广播电视出版社,2005:36.
⑤ 莫言.我的文学经验[J].蒲松龄研究,2013(1).
⑥ 杨经建.戏剧化生存——《檀香刑》的叙事策略[J].文艺争鸣,2002(5).

更是一部震撼人心的传奇大戏"①。这些都是小说"文体互渗"所产生的艺术效果,走进文本,从小说的叙事结构、叙述语言、人物塑造、情节设置等视角不难看出小说的戏剧化倾向。

叙事结构戏剧化。《檀香刑》的文本结构为"凤头—猪肚—豹尾",这本是元代文人乔梦符谈写"乐府"时所提的一种比喻说法,后来演变为文人写文章时都讲究的结构之法,而在戏剧结构中也有头、身、尾之分,也讲究起、承、转、合。中国现代著名导演焦菊隐先生就曾提出过"豹头、熊腰、凤尾"②的戏剧结构。《檀香刑》在结构设置上很鲜明地体现出戏剧化倾向。小说在"凤头部"设置了"眉娘浪语""赵甲狂言""小甲傻话""钱丁恨声"四章,第一章通过眉娘的自说自话交代了父亲孙丙造反被抓、公爹赵甲返乡、情人钱知县差人请赵甲之事;第二章是赵甲对自己的身份介绍;第三章以赵小甲的"傻子"视角还原了赵甲与钱丁之间的矛盾;第四章通过钱丁之口,道出了清朝奸臣当道、内忧外困、黑白颠倒的社会现状。在"凤头部"里,作者开宗明义地抛出了整个小说的核心线索——刽子手赵甲欲给造反者孙丙实施檀香刑,但这只是一个起,隐含其中的诸如孙丙为何造反?眉娘和钱丁是何种关系?赵甲将如何实施檀香刑等问题瞬间揪住了读者的心。在"猪肚部",作者充分发挥小说叙事功能,采用并置结构补充解释"凤头部"所暗含的系列悬念,至此一切线索清晰,人物关系也完全厘清,一切只等"豹尾部"的水落石出,从而在结构上体现出戏剧化倾向,给人以有力的震撼。

叙述语言戏剧化。莫言向来追求语言的民间化、口语化,讲究语言的生动性和通俗性,但同时不乏华丽的辞章和磅礴的气势,这是莫言特色,是一般作家很难达到的一种境界。在《檀香刑》中,莫言坦言欲在文体上做一次"大踏步的撤退",其实就是想把《檀香刑》"当戏来写"③。于是,莫言在小说的语言叙述上使尽百般武艺。第一,在小说中毫无节制地运用各种修辞手法,如比喻、排比、戏仿、拟人、夸张、对偶、重复、通感、引用、反问、设问、互文、反语、顶真、对比等,这些修辞游刃有余地卧俯于文中的每一个角落,使小说呈现出流畅、夸张、华丽

① 陈思敏.不可缺少的重要角色——试论莫言小说《檀香刑》中的戏剧元素[J].科教导刊,2014(3).

② 焦菊隐.豹头·熊腰·凤尾——在中国剧协举办的第一期话剧作者学习创作研究会上的讲话[J].戏剧报,1963(3).

③ 杨扬.莫言作品解读[M].上海:华东师范大学出版社,2012:159.

的戏剧效果。第二,文中肆意流淌着如歇后语、俗语、民谣、土语、韵文、散曲、文白夹杂、猫腔戏文等语言因子,使小说读起来合辙押韵、朗朗上口。第三,在句式运用上,既有结构简洁的单句短句,又有结构复杂的复句长句,长短句式纵横交接,声律和谐,产生了极强的戏剧艺术美。第四,在话语表达方式上,小说在"凤头部"和"豹尾部"均采用了第一人称的独白方式,在"猪肚部"采用全知视角的第三人称对白方式,使语言极富个性化和口语化。对此,莫言在后记中也坦承"为了适应广场化的、用耳朵的阅读,我有意地使用了韵文,有意地使用了戏剧化的叙事手段,制造出了流畅、浅显、夸张、华丽的叙事效果"①。故上述多种艺术手法的运用形成了《檀香刑》在语言上众声喧哗、纵声狂欢的戏剧效果。

人物塑造戏剧化。小说在塑造人物时不再采用含蓄、客观的冷静笔法,而是在章节的命名、人物的评价、人物的绰号等方面直接体现出人物的特征,进而产生戏剧化、脸谱化效果。如小说分别为眉娘、赵甲、赵小甲、钱丁、孙丙这几个人物单辟章节,让他们有足够的时间和空间演绎自己的所见所感,所发之言真切中透着几分戏剧色彩。且作者在章节命名时也颇费心思,如眉娘之"浪"则涵盖了眉娘的艳丽妖娆、放肆泼辣、多情浪荡却有情有义,作者在文中给她的外号是"大脚仙子""半截美人""狗肉西施",活脱脱勾勒出眉娘作为封建社会戏子的女儿、屠户的老婆、大脚的女子敢爱敢恨、敢于面对现实、不向命运低头的民间烈女形象;赵甲之"狂"则突显出赵甲代表国家最高级的杀人机器之"狂",彰显着人性的泯灭与心理的扭曲,也预示着一个糜烂黑暗的朝廷的最终灭亡;钱丁之"恨"则流露出对饱读诗书、一身武艺,既有传统智慧又有开放胸襟、既追求自由恋爱又维护封建道义、既有民族气节又不乏封建奴性的近代庙堂知识分子的矛盾心理。除了直接评价,还运用魔幻现实主义手法,通过手拿通灵虎须的赵小甲之眼,还原出众人物的本相如眉娘是大白蛇、赵甲是黑豹子、钱丁是白虎、衙役是狼等,弥补了戏剧时空受限的不足,使人物形象类型化、形象化,举手投足、一颦一笑更富戏剧特征。

情节设置戏剧化。小说在情节设置上主线突出,分支交错,矛盾迭起,冲突紧张。如"猪肚部"中的"斗须"和"破城"突显孙丙与钱丁之间既是朋友又是对手的关系、"比脚"突显眉娘与知县夫人之间既是情敌又是盟友的关系、"悲歌""神坛"突显孙丙与德国兵的矛盾以及孙丙被逼造反的无奈。而在"杰作""践

① 莫言.檀香刑.后记[M].上海:上海文艺出版社,2012:418.

约""金枪"中，赵甲斩首"戊戌六君子"并凌迟钱丁胞弟钱雄飞，更加激化了钱丁与赵甲之间的矛盾；"破城"将钱丁与官府以及德国兵的矛盾白热化。因为矛盾突出，所以情节发展急促，即使通篇的口语化诉说和唱词念白丝毫不影响小说激烈的冲突进程。而在"豹尾部"，情节冲突由个人之间扩大为对立阶级之间，矛盾也激化到无以复加的程度。在酷刑执行前，乞丐们舍命救孙丙，营救失败，众多无辜的乞丐献出生命，把乞丐的节日变成祭日。在酷刑执行中，"猫腔义演"把惨烈的刑场变成了"猫腔"高歌的狂欢舞台，瞬间，又把舞台变成了德国兵屠杀"猫腔"的屠宰场，无辜百姓也成了殉葬品。面对惨烈的屠杀，夹缝中的钱丁彻底醒悟，一切可以团结的力量顿时汇聚在一起：有人向袁世凯举起了金枪、眉娘把匕首刺进了赵甲的背心、知县夫人服毒支持丈夫的殉国、钱丁把匕首刺入孙丙的胸膛以毁灭德国人的阴谋。最后，随着主角孙丙临终前的一句"戏……演完了……"这部悲壮、凄凉、华丽的戏剧随即拉上了帷幕。

三

关于"跨文体""无文体"等提法，在中国源自 1999 年由几大文学期刊所策划的一场文体"革命"，其中《莽原》主编提倡跨文体写作"就像在自己的身上插上别人的翅膀一样，再也不是为了形式和形象，而是为了表现的实用，为了更自由地飞翔"①。《大家》主编指出凸凹文本"就是让人写小说时也能吸取散文的随意结构，诗歌的诗性语言，评论的理性思辨；同样让人写散文时也不回避吸纳小说的结构方式"②。《中华文学选刊》栏目主持人则认为"'凸凹文体''跨文体'等旗号有'意在笔先'之嫌。'无文体写作'试图回避命名，只注视某种写作现实。当一篇文字颇值得一读，却又无法妥帖地安放进任何现有的'文体'，那就是我们张弓以待的'大雁'了"③。

跨文体的倡导者们所设想的文体是虚妄的，在实践中根本无法实现。在这次"革命"中，只有李洱的《遗忘》接近"跨文体"本意，绝大多数作品不可避免地落入"四不像"的尴尬之中。这场为形式而形式的文体闹剧虽然失败，但却为大

① 张宇. 理性的康乃馨——"《莽原》周末"散记之一[J]. 莽原,1999(1).
② 李巍. 凸凹:文学的怪物[J]. 文学自由谈,1999(2).
③ 匡文立. 无文体写作开栏语[J]. 中华文学选刊,2000(1).

家勾勒出理想的跨文体形态即"一是真正的文体解放,不要受固定的文体模式的局限;一是由文体解放带来的作家写作心态的更自由,更深刻"①。以此来比照《酒国》,书信、小说、讲义稿、演讲词等插入文体琳琅满目,但这些文体不仅在形态上打破边界,互相交融,还在行文结构中互相渗透,在精神内核上互相指涉,形成了一部真正意义上的跨文体作品,从这点来说,莫言是当之无愧的先行者。

在《檀香刑》还没出版前,莫言称《酒国》是他"迄今为止最为完美的长篇,是我美丽刁蛮的情人"②。在一次演讲中,他甚至"狂妄"地说:"中国当代作家可以写出他们各自的好书,但没有一个人能写出一本像《酒国》这样的书,这样的书只有我这样的作家才能写出。"③莫言对《酒国》的偏爱缘于其在叙事实验方面所做的努力,他曾坦承"小说的成功之处,我个人认为是它的结构"④。又如《酒国》扉页所称"这是一部将现实批判锋芒推向极致,并在叙事实验方面进行大胆尝试和创新的长篇力作,作品在风格上五花八门,应有尽有,堪称是小说文体的满汉全席"⑤。可遗憾的是,对应于莫言的偏爱,大众却对《酒国》较冷淡,尤其在作品刚发表时,连专业的研究者也对其知之甚少。或许,这种鲜明反差恰恰归咎于其独特的文体。因为大多数读者都易于接受那种既好看又耐看的传统小说,而对那种形而上的异类小说有种本能的疏远,更何况《酒国》跨越文体边界,打破了常规小说的要素形式,对读者的阅读经验提出了极大的挑战。当然,读者的冷淡并不能抹去莫言在《酒国》中所做的跨文体探索。

文体形态的形式互"跨"。《酒国》在叙事上呈现为三个完整的时空结构,最表层结构是特级侦查员丁钩儿应上级命令到酒国市调查食婴案件,这是小说最贴近现实的故事外壳;第二层结构是小说人物李一斗和"莫言"之间的通信往来,通信内容含蓄指涉现实,真中有假,虚中有实;第三层结构为李一斗所撰写的九篇短篇小说。这三层结构呈现出不同的文体形态,第一层为作者创作的小说正文,第二层为书信,第三层为李一斗创作的风格各异、流派迭生的各类文

① 王光东,施战军,吴义勤.跨文体写作——最后的乌托邦[J].长城,1999(5).

② 莫言.我变成了小说的奴隶[N].文学报,2000 – 03 – 23.

③ 莫言.我在美国出版的三本书——在科罗拉多大学博尔德校区的演讲[M]//小说的气味.春风文艺出版社,2003:57.

④ 莫言.我的文学经验[J].蒲松龄研究,2013(1).

⑤ 莫言.酒国[M].上海:上海文艺出版社,2012.

体。这三大文体在整部小说中所占篇幅比例相当,所起的作用也不分主次,书信体中有小说,小说中有书信,同时还夹杂神魔鬼怪,在文体形态上表现为一部成功"跨"多种文体边界并自由叙事的新文体。

小说结构的行文互"跨"。在第一层结构中,作者采用全知全能视角讲述丁钩儿侦查案件的全过程。在侦察过程中,他分别和女司机、酒国市领导金刚钻以及富豪侏儒余一尺交手,这些人物的关系是互相缠绕的,其中女司机既是金刚钻的妻子,还是余一尺的情妇;余一尺既是金刚钻的好兄弟,又是丁钩儿的情敌;金刚钻是丁钩儿的侦察对象。在这场虚虚实实的较量中,丁钩儿由一名侦查员变成嫌疑犯,最后醉酒淹死于粪坑。在第二层结构中,李一斗和"莫言"多次通信之后,从叙事空间来到故事空间,在酒国市与金刚钻等会面,神秘人物余一尺以及杜撰的驴街也出现在现实中,和第一层结构中的情节相互渗透。在第三层结构中,李一斗小说中虚构的内容进一步和第一层结构中的人事互相补充。如当丁钩儿面对餐桌上的男婴大菜真假莫辨时,《肉孩》则以第三人称的全知视角描绘了酒国市百姓卖肉孩、烹饪学院收购肉孩的场面,交代了男婴大菜的食材来源,证实了食婴的真实性;当丁钩儿偶遇女司机并对她动情时,《驴街》引出余一尺,隐伏后文丁钩儿因情生妒的情节;当余一尺在戏里戏外进退自如,或人或神时,《一尺英豪》则对其作了详细介绍,通过余一尺的自述,他一会儿是骑驴少年,一会儿是酒店小伙计,最后竟是威风凛凛的一尺酒店总经理。他什么都是,又什么都不是。用"莫言"的话说,他一半是个魔鬼,一半是个天使,他就是酒国的灵魂,是整个时代精神的象征,了解了他就了解了整个时代。作者让余一尺以或实或虚的形象渗透在小说的三层结构中,在虚实相间中巧妙完成小说结构的行文互"跨"。

精神内核上的共同指涉。《酒国》是自由的,但在这看似毫无章法的自由背后则是行文的互为表里,是情节的灵活衔接,是语义的互相指涉。一部好的跨文体小说既要形式自由,也要有作家的心灵自由。莫言坦承写《酒国》"最早的动机还是因为强烈的社会责任感"①。《酒国》虽不是一部严格意义上的现实主义作品,但隐含大量的批判现实成分,在多重成分的互涉中宣泄了作者强烈的现实批判意识。

<hr />

① 张磊.百年苦旅:"吃人"意象的精神对应——鲁迅《狂人日记》和莫言《酒国》之比较[J].鲁迅研究月刊,2002(5).

丁钩儿代表国家侦察食婴案件,他本身具有足够的权力去应对各种不测。但在办案过程中,他却一步步陷入美色、美酒、权力等的诱惑与陷阱。作为酒国市优秀的侦查员,他一直在挣扎与警醒。在抗争过程中,偶遇老革命,老革命身上正直、清明的气息与酒国市那妖魔化的世界是如此的格格不入。在迷路的旷野中,他又误入一个研究机构,这里秩序井然,科研人员爱岗敬业,这与物欲横流的酒国现实又是多么的不协调。这些都深深勾起丁钩儿的"归家感"。他想念他干干净净、听话乖巧的儿子,其实,他想念的何止是儿子,他更渴望人人都有信仰,处处皆有法则的社会大环境。可在小说中我们却看到,他所依靠的价值体系崩溃了,国家赋予他的权力失效了。最终不是罪犯的他只能像个罪犯一样到处逃窜,无家可归的失落和无处逃遁的现实使他只能醉死于肮脏的粪坑。此中的深意欲辩已忘言。怪不得莫言认为"这部小说是90年代对官场腐败现象批判力度最大的一篇小说,国内的很多评论家畏畏缩缩地不敢评它,就是因为这部小说的锋芒太尖锐,有很多话他们不敢说明白"①。

其实,《酒国》并不仅仅是一部反腐力作。在虚拟的通信和虚构的小说中,李一斗提出了"严酷现实主义""妖精现实主义""革命现实主义"和"革命浪漫主义"等创作手法,其中小说《肉孩》可谓一箭双雕。李一斗称小说运用鲁迅式"严酷现实主义"笔法,剥去华丽的精神文明外皮,露出残酷的道德野蛮内核,猛烈抨击了酒国的贪官污吏。同时还宣称该手法是针对90年代文坛"玩文学"的"痞子运动"的一种挑战,是用文学唤起民众的一次实践。而小说《神童》则是"妖精现实主义"的杰作。何谓"妖精现实主义",小说没有正面回答,但还是借"莫言"之口"批评"了"妖精现实主义"文章结构松散,随意性太强,不符合现实主义原则的弊端。其实,此手法在上天入地、出神入化中闪耀着现实主义批判锋芒,故此处的"妖精现实主义"还可称为"魔幻现实主义""现代现实主义"或"后现代现实主义"等。而对于《驴街》,李一斗认为这是一部"革命现实主义"和"革命浪漫主义"相结合的严肃小说,借以讽刺了90年代文坛盛行的下半身写作现象。另,《肉孩》《神童》《烹饪课》还描述了酒国人卖肉孩、烹饪肉孩、吃肉孩的荒诞,《驴街》渲染了酒国人吃全驴的奢靡,《采燕》交代了酒国人不惜代价吃燕窝的冷漠。肉孩也罢,驴也罢,唾血的燕子也罢,每一个被食者背后都是一个个不散的冤魂,一个"吃"字虚构了一个触目惊心的、既遥远又接近,既陌生

---

① 莫言.我的文学经验[J].蒲松龄研究,2013(1).

又熟悉的荒诞世界。但这荒诞背后是警醒：一个百无禁忌、没有精神信仰、个人和社会价值体系崩溃的民族还有出路么？

四

　　"好的小说应该对生活有新发现，对文体有新贡献，是由自身个体特点建构起来的话语世界。"①莫言正是以此为标准，在众"体"喧哗中尽情放逐着自由的心灵，大胆实践着最初的审美理想，轻松展示着独有的天分与才华，在文体革新之路上一路领先，如当年鲁迅一样以格式的特别和内容的真切拓展了当代小说汉语写作的外延，为大家树立了文体的典范。为当代文学史的文体书写做出了自己的贡献。但在其一以贯之的文体追求和令人惊叹的炫"体"背后，除却宽松的时代文化环境以及文学发展内在规律的契合，与莫言个人独特的学习生活经历以及由此而生的先、后天特长等有着直接关系，而发掘这些因素对于我们深入了解莫言的文体革新有着纲举目张的意义。

　　每个时代皆有每个时代的文学，这主要体现在题材和体裁的选择和运用上。新时期以来的中国文学体现出多元、开放、包容的特征，这也体现在文体的表达上。如小说语言方面，欧化的、文言的、通俗的、典雅的、民间的、古典的等，只要运用得当，都能找到自己的市场。再如艺术手法，现实主义、现代主义、后现代主义、现实现代主义、浪漫主义等都可以根据需要任意选择，彼此之间并没有优劣高下之分。多元包容的文学大环境为艺术修养较高的莫言自觉或不自觉地进行文体革新提供了必要条件。

　　曹丕在《典论·论文》中认为"奏议宜雅，书论宜理，铭诔尚实，诗赋欲丽"，陆机在《文赋》中认为"诗缘情而绮靡"，刘勰在区分"文""笔"时主张"有韵为文，无韵为笔"，这些都可看出古代文体的主导规约性。但这规约性并非一成不变，而是随着时代的发展在变化。于是有学者根据文体概括性的大小变化，将文体分成"个体文体""时代文体""民族文体"等类型，其中时代文体指"在一个时代占主导地位，最能反映该时代的艺术精神结构的文体"②，这从中国先秦诗

　　① 何镇邦.对生活有所发现，对文体有所贡献——简论刘恪的小说创作[J].当代文坛，2005(5).

　　② 陶东风.文体演变及其文化意味[M].昆明：云南人民出版社，1994：7.

歌、汉赋、唐诗、宋词、元曲、明清小说、"五四"新诗、20世纪三四十年代戏剧、新时期朦胧诗、20世纪90年代散文等发展轨迹可窥一斑。故还有学者认为"文学史就是文学种类的进化史"①。纵览新时期以来的文学发展概况，长篇小说可谓一路高歌，最终在市场经济与文化、国家主流意识、读者的审美期待以及作者的艺术追求等多方合力下成为时代第一文体。在此背景下，小说可以更加随心所欲地发挥其"非凡的合并能力"②，将诗歌、散文、戏剧、日记、新闻、论文、史学杂记等文体纳入小说，以充分体现出时代文体的主导地位。故从文学自身的发展规律来看，长篇小说的时代文体地位为莫言的文体探究提供了内在可能性。

客观地说，外在宽松的文学氛围和长篇小说内在的发展优势为所有热衷于文体革新的当代作家都提供了条件，但能为文坛留下文体杰作的作家并不多。并且，同样进行"跨"体书写，莫言和同时代作家相比又具有一定的独特性。如在"文备众体"手法运用上，大多数作家也插入各类文体如《黄河东流去》中的古代民谣、《少年天子》中的宋词、小说《秦腔》中的戏剧"秦腔"曲谱、《高老庄》中的碑文、《敌人》中的八卦爻辞等，但这些插入成分并非作者原创，在小说中往往不能承担起审美、叙事等辅助功能，甚至有时还会流入不管不顾地野蛮植入和多余点缀的境地。而莫言的插入文体，如《生死疲劳》《天堂蒜薹之歌》中的小说、散文、快板、标语、歌谣等皆为其原创，即便如《十三步》中的奇闻逸事，也要进行第二次创作。原创的插入成分本身就是小说创作的一部分，其所产生的艺术效果自然引人侧目。再如文体互渗手法的运用，当前文坛也有一些以文体互渗而著称的作品，如《受活》的絮言体、《马桥词典》的词典体、《城市白皮书》的日记体、《妇女闲聊录》的闲聊体等，但这些作品多从外在的形式上进行革新，还没有哪部作品像《檀香刑》那样将小说当作戏剧来写，从结构、语言、情节等视角进行全方位互渗，体现出小说的戏剧化和戏剧的小说化效果。相对于"文备众体"和文体互渗手法的常用，尝试跨文体手法的作家并不多。盘点当前的长篇，进行真正意义上的跨文体写作者甚少。若拿跨文体文本《花腔》与《酒国》相比，前者正如题名，将口述实录、谈话笔录、媒体报道、文章摘抄、史料剪辑等名目繁多的文本片段进行复制拼贴，连缀成文，在多文本互动中不乏花腔式的

① 克罗齐.作为表现的科学和一般语言学的美学的历史[M].王天清,译.北京:中国社会科学出版社,1984:285.

② 昆德拉.小说的艺术[M].孟湄,译.北京:三联书店,1992:62.

炫技之嫌,明显少了后者将文体形式自由和表达心灵自由有机互"跨"的厚重。

最后要说的是,莫言成绩的取得除了外在的社会与内在的文学因素外,主要还得力于莫言独特的个体因素。先天天马行空的文学想象力为其文体探索增添了有力的翅膀;乡村生活经历为其文体探索提供了优质的原料;后天系统接受的文艺理论为其文体探索提供了必备的知识养料。据莫言自己总结,在构思时通常有三股力量在牵引着他的思维,那就是东方民间资源、西方的文学技巧、中国的古典文学传统。如《檀香刑》的地方小戏猫腔、《天堂蒜薹之歌》中自编的民间歌谣、《生死疲劳》中自编的顺口溜和快板、《酒国》中的奇闻逸事和魔幻手法以及作品中触手可及的俗语、俚语、歇后语等,这些都是莫言糅合个人、民间、中国乃至西方写作经验而成的结晶。

莫言是个自觉的文体革新者,他曾说"我不愿意四平八稳地讲一个故事,当然也不愿意搞一些过分前卫的、让人摸不着头脑的东西。我希望能够找到巧妙的、精致的、自然的结构"①。他还认为"一个有追求的作家,最大的追求就是语言或曰文体的追求,总是要发出与别人不一样的声音或者不太一样的声音"②。长期的摸索,他寻找到一个属于自己特有的创作方式即"树立一个属于自己的对人生的看法;二、开辟一个属于自己的领域或阵地;三、建立一个属于自己的人物体系;四、形成一套属于自己的叙述风格"③。正是在这种思想的引导下,通过近三十年的努力,莫言为文坛贡献了一系列文体精品。为此,他曾得意过、"狂妄"过,甚至遗憾过。现在,历经各种文体探索之后的莫言已收笔多日,但贪心不足的我们还是对他的下一部作品充满着期待。

---

① 莫言.莫言王尧对话录[M].苏州:苏州大学出版社,2003:153.

② 莫言.是什么支撑着《檀香刑》——答张慧敏问[M]//扬扬.莫言研究资料.天津:天津人民出版社,2005:74.

③ 莫言.两座灼热的高炉[M]//扬扬.莫言研究资料.济南:山东大学出版社,1992:162.

形格势制下的影像构建与内核消解
——谈影片《暖》对莫言小说《白狗秋千架》的改编

从 20 世纪 80 年代开始执笔,三十余年如一日地坚持写作的莫言凭借其独特的风格和不俗的成就蜚声文坛,而 2012 年诺贝尔文学奖的获得更使莫言及其作品引起全球关注。论及莫言的小说创作,众人第一个想到的多是他的"红高粱"系列,而后就是皇皇巨著《蛙》和《丰乳肥臀》等作品,鲜有读者提及其在 80 年代中期创作的短篇小说《白狗秋千架》。被人鲜有提及的作品并不代表其水平的有限,这篇在 1984 年发表的短篇小说,在今天看来,其叙述方式、写作立场以及关注对象就奠定了莫言独特的写作意图和深刻的主题意旨。对于莫言作品,有评者认为:"莫言三十多年来写了很多好小说,总的说他的长篇不如中篇好,后来的作品不如原来的好。他中篇小说中有感人至深的东西,到了长篇小说,就越来越稀薄、越来越少了,尽管小说技术越来越圆熟。"①

一

通读莫言的诸多作品,在笔者眼中,《白狗秋千架》真是一篇堪称经典的小说。小说一万余字,结构紧凑,线索简明,情节清晰。小说采取倒叙手法,通过第一人称"我"描写了一个读书人回乡偶遇昔日恋人的故事。其实这种类型题材的书写在中国现当代文坛上已不新鲜,但莫言却以一个纯正的农民立场表述了自己及那代农村年轻人曾经的渴望与理想,以及梦想或实现,或失落之后的精神追问与诉求,在继承鲁迅启蒙精神的基础上,突显出对人的价值与尊严的关注。小说情节不复杂,十年前的"我"十九岁,暖十七岁,白狗两岁。在"我"

①　程光炜.小说的读法——莫言的《白狗秋千架》[J].文艺争鸣,2012(8).

的撺掇下,"我"和白狗以及暖在一个黑夜一起荡秋千,结果,绳断人飞,"我"和白狗无恙,暖则伤了右眼。在秋千架事故的刺激下,"我"发愤读书考上了大学,眼残的暖则嫁给邻村的哑巴,一胎生了三个小哑巴。十年后,做了大学教师的"我"衣锦还乡,暖则变成一个贫穷邋遢的普通村妇。但暖并没被生活压垮,在小说结尾,暖竟在高粱地里等"我",并提出了一个让人震惊的请求,即帮她生一个健康会说话的孩子。这个请求当然含有荒唐、愚昧、落后的成分,但同时又让我们看到哑巴作为农村不正常、不健全的人,他们极需要人们的关注和拯救,所以莫言的小说也让我们看到落后、愚昧的乡村需要输入新鲜血液,需要引进新的人才。从这个角度不难发现莫言的写作意图其实正与80年代流行的新启蒙主义思想相契合。暖的遭遇也折射出同时代农民的困惑与迷茫。能歌善舞、外形漂亮的暖像七八十年代千千万万个青年一样,渴望通过当兵或高考的途径离开农村。当年路过村庄的解放军文艺军官蔡队长的出现点燃了她的梦,但脆弱的梦终于还是破灭了。井河考上了大学也承诺回来接她,眼残的事实又一次使梦破灭。小说以"我"这样一个在农村浸泡了二十年的城里的乡下人的眼光写出了传统农村与现代城市之间、去乡与怀乡之间复杂难辨的纠葛,体现出作者之后创作一以贯之"作为老百姓写作"①的立场,在白狗、秋千架两个意象构建的情节与文本结构中展现出他"不但擅长戏剧性结构的设置,还能够将结构这样的形式要素变成内容和思想本身"②的叙事才华,以白狗的诡异性、秋千架事故的偶然性以及结尾的震撼性共同构筑出作品的深刻性与独特性。所以这篇不乏艺术性与思想性的短篇小说在莫言的写作历程中、在中国当代文学史上都可称为一篇不可多得的优秀作品。

二

细细品味《白狗秋千架》,再来细细鉴赏根据小说改编的影片《暖》。《暖》由中国第五代导演霍建起执导,由其妻子思芜担任编剧。男、女主角则由郭晓东和李佳两位新人领衔主演,男二号由日本实力派演员香川照之扮演。如此搭

---

① 莫言.文学创作的民间资源——在苏州大学"小说家讲坛"上的演讲 [J].当代作家评论,2001(1).

② 张清华.叙述的极限——论莫言 [J].当代作家评论,2003(2).

档在某种程度上就已经决定了电影作品所要走的路线与风格。后来影片在第二十三届中国电影金鸡奖中获最佳故事片、最佳编剧、最佳导演三项大奖,同时还在第十六届东京国际电影节获得最佳影片和最佳男演员两项大奖。奖项的获得可见本片的改编也得到了相当程度的认可。的确,把一个只有一万余字的短篇小说充盈为一个异趣横生、情节完整的故事片是件不容易的事。对此,莫言也表示:"这篇小说被改编成电影,我有点意外。因为它只是部一万余字的短篇小说,故事确实不够。另外它里面也没有大起大落的戏剧冲突,因此将它改编成电影费了不少周折。"①但是,众所周知,电影本身就是一种缺憾的艺术,从文学到电影的改编,其本身就要经受各种因素的约束。要想把所有综合因素协调好,电影作品已经把文学变得面目全非了,《暖》也概莫能外。

影响《暖》问世的因素诸多。首先来自电影与文学之间固存的本质特征区别的影响。高尔基说:"文学就是用语言来创造形象典型和性格,用语言来反映现实事件、自然景象和思维过程。"②它通过语言的组合来构成并不存在于视觉空间而又存在于作者的想象之中的艺术形象,这使其具有非直观性特点。而电影则是各种艺术元素,如文学原著、导演、编剧、演员、摄影、美工、作曲等的综合体。各种艺术因素的糅杂则使电影具有绘画性、音乐性、直观性、形象性等特点。关于小说与电影的关系,美国电影理论家乔治·布鲁斯东曾说过:"小说与电影像两条相交的直线,在某一点上重合,然后向不同的方向延伸。在交叉的那一点上,小说和电影几乎没有区别,可是当两条线分开后,它们就不仅不能彼此转换,而且失去了一切相似之点。"③对于这一点,莫言也认为"小说跟电影的关系,我认为应该是各走各的路,然后偶然地在某一点上契合生出一个作品"④。正是因为电影与文学有着各自不同的艺术特征,所以《暖》较之《白狗秋千架》,在主题表达、背景设置以及人物塑造上不可避免地生成了另一部作品。

其次,来自日本投资方及当时日本社会审美倾向的影响。2002年,日本投资方找到导演霍建起商议改拍《白狗秋千架》,他们之所以选这部小说来拍,就是因为这部小说的结尾非常有力量。他们坚持按照小说的风格,一定要表现出农村妇女最人性的要求。当时日方提出这个要求说明他们非常有眼力。导演

① 莫言.小说创作与影视表现[J].影视艺术,2004(3).

② 高尔基.论文学[M].北京:人民文学出版社,1978:332.

③ 乔治·布鲁斯东.从小说到电影[M].北京:中国电影出版社,1981:69.

④ 莫言.小说创作与影视表现[J].影视艺术,2004(3).

自然要满足投资方的要求,因为他之前改编执导的《那山、那人、那狗》在国内票房惨败,但拿到日本却突然非常走红,甚至一直盛演不衰。为什么这部电影"墙内开花墙外香"呢?个中原因不得而知,但这部电影以超凡的镜头语言展示了山区优美的自然风光,以其中人与人、与自然、与动物之间的和谐关系而吸引了日本观众则是个不争的事实。因为对于步入老龄化、经济高速发展、精神需求很高的日本社会来讲,温馨的文艺片自然会受到大众的关注。与日本观众有着一定缘分的霍建起不仅要满足日本投资方提出的要求,同时还要考虑安排一个由日本演员饰演的角色,以便打开日本市场。于是,一个为当时日本实力派演员香川照之量身打造的男二号,即哑巴的形象就出现了。

再次,来自当时中国官方的压力。据莫言总结,他认为当时官方因对影片完全忠于原著拍摄会产生以下三种不良后果而担忧,即"第一,这个小说的调子非常灰暗,里面写了一个大的哑巴和三个小的哑巴,而且女主人公是独眼,这么多哑巴不利于中国的形象,好像中国人全都是不会说话的;第二,女主角是独眼形象,不会有演员愿意配合,因为无论怎样化妆,一只眼睛在银幕上的形象肯定很丑陋;第三,在小说的结尾,这个哑巴跟这个女主人公结婚生了三个孩子之后,女主人公见到了她当年的恋人,提出自己想跟他生一个会说话的孩子的要求,这不又成了'野合'了吗?跟《红高粱》一样"[1]。现回头看看,2003 年,中国人的思想观念已经很开放包容了,对于上述三种担忧,不要说在当时,就是在 20世纪 80 年代也属多虑了。第一,小说中正是因为暖嫁与了哑巴,并一胎生了三个小哑巴,才让读者产生不忍的同情。也正因为暖有了这样的遭遇,才有了小说那震撼人心的结尾。所以,哑巴在剧中是那么的重要。第二,对于暖的瞎眼造型,这对于愿意塑造深入人心角色的优秀演员来说,这点牺牲算不了什么,所以担忧完全是多余的。第三,小说的结尾在故事的发展中如此合理,如此有力。关于"野合"的情节在 20 世纪 90 年代的《红高粱》中已经出现,并且该影片因表现了中国农民强大的原始生命力和追求自由解放的个性而赢得了全球的喝彩。而此处"野合"的目的并不是一般意义上的或为了性爱,或为了情感,而是为了能生一个健康的孩子,此处"野合"根本不需回避。

最后,笔者认为,导演、编剧以及演员对作品的不同理解直接影响着影片的改编。散文化的影像风格、娓娓道来的叙事风格以及温暖的情感基调,这是大

---

① 莫言.小说创作与影视表现[J].影视艺术,2004(3).

众对霍建起电影的恒定印象。对于《暖》，他依然保持着他惯有的风格，他说："我不否认美化的倾向，我是个心很软的人，没法去面对生活中太多残酷的东西，因此宁愿把环境营造得更美好。诗意的影像语言在很大程度上消解了现实生活的残酷意味，现实的失落和缺憾在对过去、乡村唯美的想象中得到补偿和弥合。"①编剧思芜也坦言他们与《白狗秋千架》之间的隔膜，认为他们"两个人的生活都太正常了，太惨烈、太残酷的事情如果真让我们表现可能还会假，我们更擅长于表现普通而平凡的人。从人生体验上讲，就是写一种正常的人生感受。其实每个人是有不同的情感需求的，有的人喜欢怀旧的，有的人喜欢惨烈的。而这部影片中的一切都是再正常不过的，都是我们能想象出来的一些故事，单相思、离开与背叛等等。其实说到温情，我自己也在想这个问题，我们的影片中好像就没有坏人，有的都是正常人感受的正常生活，似乎还没有探测到一种更深的层次，现在的这个层次还有些肤浅，不够深刻。可是我的生活真的太平常了，我好像只能触摸和思考到这些东西"②。

导演和编剧的温情化、通俗化风格倾向也直接影响到演员对作品的理解与演绎。饰演男主角的郭晓东在北京电影学院表演系学习，他对于《暖》的人物理解颇深，因为他自己来自农村，并在那里生活了二十年，这一点从他在影片中的细腻表演可看出。但饰演女主角暖的李佳和郭晓东是同学，当时她的年龄正和影片中的暖相当，但生活体验和表演经验的欠缺，使影片中的暖明显因缺乏原著中那种对人生苦难的忍受、对爱情的守望与沉默以及对多舛命运倔强的反抗意识而趋于平面化。谈到自己在剧中的表现，她也颇不满意，"满分5分我给自己打及格分3分，尽管已经努力过，但回过头来看总是会后悔，我对导演说如果现在让我重新去演，我能得6分"③。倒是饰演哑巴的日本实力派演员香川照之因语言不通而带来的讨巧性表演而获得了东京国际电影节"最佳男配角"的称号。但来自异国的香川照之无法真正理解原著中所蕴含的时代背景与主题意蕴，他只会按照导演的要求去演好一名卑贱的爱情追求者对他理想中的爱情的守候与执着，这无形中就化莫言经典原著于俗套的男女情感纠葛之中，离莫言小说精神原来越远了。

---

① 霍建起，马智.镜头中别一样的风景[N].网易文化,2003－12－17.

② 陈杭，丁一岚.《暖》:寻找记忆中挥之不去的过往[J].电影艺术,2004(1).

③ 周铭，赵思思.国产爱情片"暖"有几分? ——访《暖》主演李佳、郭小冬[N].新民晚报,2005－04－15.

三

正是受到上述综合因素的影响,摄制组在形格势制中对《白狗秋千架》进行了改编。《暖》对《白狗秋千架》的增删更改主要表现在以下几个方面:

首先表现在故事发生的地域背景的更换上。与小说文本相比,影片中的故乡不再是高密东北乡,而被摄制组换成了江西婺源。对于《白狗秋千架》的故乡背景,莫言自己有过这样的评价:"为什么这部小说我特别看重呢? 是因为在这篇小说里面出现了'高密东北乡'这个文学地理概念,在这之前的我的小说从来没有提到过'高密东北乡'。另外,这部小说还提到了'纯种'概念。'高密东北乡'在《白狗秋千架》之后的我的很多小说里面都变成了舞台,此后,我的小说就有了自己固定的场所。所有的故事、所有的人物、所有的场景都在'高密东北乡'这个文学舞台上展开了。"①可见小说的地域背景对于莫言及中国乃至世界文学有着非凡的意义。而霍建起将其改为江西婺源的动机很单纯。他认为"影片拍摄已是秋天,秋天的北方是很难看的,因此我把故事发生地挪到了南方,选择了江西古徽州的一部分,是一个文化氛围和自然景观都特别好的地方,那里的感觉像世外桃源,人特干净,在那里,你会产生一种离现实很远的感觉,是一种只有在中国古诗句中才有的境界"②。仅仅为了镜头中那诗画般美丽的乡村,导演将小说文本中最核心的地域元素换成了美丽的温柔之乡,但笔者认为如此改编背离了原著精神内核,是对经典文学不负责任的行为。的确,江西婺源为徽州文化的发祥地之一,因其青山碧水、小桥人家、天人合一、相映成趣的美景而被外界誉为"中国最美乡村"。同时马头墙下的古徽遗风也形成了徽州女人孤独、悲情、内敛的性格特征。不知导演可曾要求婺源乡村背景下的暖必须具有徽州女人的精神特质。影片中的暖除了给人一种冷漠、平静的感觉之外,似乎难觅徽州女人该有的特质,更不要说能找到小说中读者所能感悟出来的暖该具备的通达、冷静、倔强、乐观的形象与气质。

其次,表现在故事标题的更换上。小说标题为《白狗秋千架》,因为白狗与秋千架两个意象的巧妙设置,促成了故事情节的发展演变以及小说有力结尾的

① 莫言.小说创作与影视表现 [J].影视艺术,2004(3).
② 陈杭,丁一岚.《暖》:寻找记忆中挥之不去的过往[J].电影艺术,2004(1).

生成。每部作品因其标题的不同,其核心内容必然也随之改变。小说不仅故事情节简单,人物设置也简单,蔡队长、暖的哑巴丈夫和儿子皆是寥寥数语,几笔传神带过。作者重笔花在白狗、秋千架以及井河与暖在人生各阶段不同的生活现状及情感感受上。小说中的白狗是井河的舅舅送给井河家,井河家又把这只狗送给暖家,所以这只白狗实际上就是乡村人的一个象征,它体现了乡村人复杂的血缘伦理联系。在情感表达上,白狗又是暖与井河爱情的见证物。十年前白狗与暖、井河一起共同遭遇了秋千架事故。在井河考上大学离乡的十年里,暖在空等中委屈嫁给了哑巴,其间的苦与愁也只有白狗知道。从这层意义上说,白狗的视角就是作者的视角,也体现出莫言同情关注、倾向于暖的情感立场,甚至还可以把白狗与暖融为一个人,这个人就是莫言自己。在行文结构上,白狗促成了故事情节的完整性。在小说的开头,白狗引出了暖,引起了井河对暖的联想与回忆,尤其是白狗那冷漠而熟悉的眼神,更让井河浑身发冷。在小说的结尾,又正是白狗的诡异引路,促成了高粱地里令人震撼的"野合"场景。魔幻现实主义手法是莫言小说中最常用的手法之一,莫言此处成功将白狗魔幻化、神秘化,在合乎现实逻辑的基础上营造出超乎寻常的艺术效果。难怪乎后来有人评价说:"莫言应该是当代作家中写动物写得最好的作家之一。他写了马,写了驴、狐狸、蛇、猪、鸟、狗、狼……"①可见,他的这种意识与倾向早在《白狗秋千架》中窥见一斑了。

小说中的秋千架,作为民间的娱乐工具,代表着乡村民间的艺术生活,也象征着民间自然状态下传统生活的一种精神方式。绳子断了,则意味着这种自然状态遭到了干扰与破坏,也象征着代表传统的乡村与现代化城市之间所存在的冲突的到来。对于暖与井河而言,秋千承载着井河与暖的美好爱情,秋千见证了暖与井河之间的情感纠葛,秋千也成了扼杀暖美好人生的直接刽子手。从小说本义来看,作者对秋千的态度充满浪漫的喜爱之情,但同时更多的是痛恨。因为那次看似偶然的秋千架事故,实则是宿命地存在着。有评者甚至还认为"我和暖固然在秋千架上定情,结为百年之好。秋千架的叙述功能不是世俗爱情,它的叙述功能在于隐喻,那是一种充满了不安全感的历史隐喻。这个隐喻,就是指解放后土改、合作化、人民公社、'大跃进'和总路线等政策。秋千架作为

① 张清华.叙述的极限——论莫言 [J].当代作家评论,2003(2).

一种历史隐喻,是日常生活缺乏安全感的一个非常鲜活的比喻"①。总之,白狗和秋千架意象在小说中不仅担任着叙事的功能,还将这种结构的形式要素转变成深刻的思想,尤其是白狗,可以称为莫言小说的灵魂。

而影片的标题换成了《暖》。《暖》删去了白狗,原因也很简单。郭晓东解释道:"原来拍的时候的确有只白狗,但问题是拍摄过程中这只白狗不是生病就是不配合。最后霍导想了很久,就索性把这只狗给去掉了。"②还有种说法认为白狗因与同是霍建起执导的《那山、那人、那狗》中狗的形象重复而被删去。不管是哪种原因,足够说明摄制组对莫言小说的内核理解产生了方向性偏失。于是,影片中重点关注的秋千架意象变成了单纯的爱情定情物和乡村温馨的休闲娱乐方式,相对于莫言小说广阔的社会背景与深刻的主题表达,这种改编显得是多么的无力与肤浅。

影片中意象的增删也直接影响着人物形象的塑造和重置。首先,关于暖的形象的塑造。小说中,暖因为秋千架事故瞎了右眼。影片中,为了演员形象的可观赏性,导演将难看的瞎眼换成了无伤大雅的瘸腿。其实,是眼瞎还是腿瘸并不是问题的核心,关键是暖形象本身所蕴含的意义。小说中的暖是倔强、坚强、勇敢的,她一直以自己的方式对人生进行着反抗。暖所生活的年代的农村人要想离开农村只有三条道即当兵、招工和高考。但高考直到1977年才开始正式恢复,所以当兵成了农村孩子走出乡村最重要的一条途径。身处时代洪流中的暖自然也希望通过当兵的方式改变自己的人生,但残酷的现实让她的理想落空了。她所期冀等待的两个男人都因为社会、个人的原因失诺于她。其实当时中国农村像她这样的青年不计其数。但她没有沉沦,也不能沉沦,她要活下去。在小说结尾,她要井河帮她生个健康的孩子。在这里,与其说她想要一个会说话的孩子,倒不如说她想要回自己曾经失落的美好人生。影片中由新人演员李佳饰演的暖,冷冷的表情、沉默的外表似乎和小说中的暖有点契合,但缺乏内心活动和生活体悟的流于形式的表演让人触摸不到真正的暖的气息。影片采用了唯美的手法尽量维持着暖的青春靓丽形象,但对暖的独眼形象的美饰就直接削弱了现实生活的残酷性与震撼力。影片表现技巧也近乎本色,在外形设计上让十年前的暖和十年后的暖只是在发型上稍作变动,看不出岁月在她身上

---

①　程光炜.小说的读法——莫言的《白狗秋千架》[J].文艺争鸣,2012(8).

②　龚静娴.《暖》主演李佳:我们只要一部分人看[N].新闻午报,2004－04－16.

留下的丁点儿痕迹。这种本色表演明显不符合正常的生活逻辑,也磨蚀了影片的真实性与生动性。更糟的是,演员李佳本身外形棱角分明,在她身上不可控制地流溢着现代都市女孩的气息,所以,影片中的暖让人感受不到她身上该有的忧伤、悲情与倔强,甚至,连做母亲的气质都没演出来。作为一名演员,若一味维护自己的形象,机械地按剧本演剧情,不能在关键情节处抓住观众的心,就会伤害整个剧本的表达效果。印象最深的一幕是在影片开头,阔别十年的井河在村子桥头偶遇了因辛苦劳作而显得疲惫狼狈的暖。这是一幕多么令人揪心的场景,男女主人公的内心该是多么的复杂难平。此时一切无声胜有声,唯有男女演员复杂的眼神交汇与内心情绪的外露才能表达这种情感。可影片中,李佳毫无内涵的平静与冷淡不禁让观众大失所望。两个人像两个多年未见的同事一样,动作还是小说中该有的那些动作,但产生的表达效果却平淡无奇,表演的痕迹比较明显。

其次,关于哑巴的改编。小说中的哑巴是个让人感到害怕、恶心、疯狂、原始、张扬着野性的不健全的人,并且他在小说中体现出当时农村知识处于不健全的状态,同时也烘托着暖痛苦的现实生活。而戏份很少的哑巴在影片中则变成了一个很吸引人眼球的,类似于《巴黎圣母院》中卡西莫多式的人物。通过香川照之的日本式表演,哑巴成了一个用自己最卑贱的生命去用心追求最高尚的美与爱的痴情汉形象。影片中的香川照之不需台词,从始至终与一群鸭子为伍。他和暖一起成长,亲身历经了暖的失恋与守候,最后能成为暖的丈夫也似乎在情理之中。总之,影片中的哑巴成了暖踏实生活下去的救命稻草,虽然哑巴不可避免地带有野蛮的性格特征,但较之小说原型,他的丰满的形象已经削弱了小说中莫言对暖的不堪现实处境的愧疚之情,也削弱了小说隐约彰显的对当时农村留恋与拯救相纠葛的主题。

再其次,就是关于暖的孩子的改编。小说中暖一胎生了三个小哑巴。这是莫言小说魅力之所在,他善于在小的细节中暗藏震撼人心的玄机。一个大哑巴再加上一个小哑巴,对于先天健康活泼的暖来说已经是很难让人接受了,一胎生下三个小哑巴,无疑让暖的人生陷入冰点。至此,暖的痛苦是常人想象不出的,所以小说结尾处暖提出的要求也是常人想象不出的。正因为这一系列的超乎想象,使得小说产生了震撼人心的艺术效果。而影片中三个小哑巴被导演温馨地换成一个眼睛大大、漂亮伶俐的小女孩,这直接化解了小说原有的精神内核。

最后,影片将对暖产生好感的部队文艺干部蔡队长替换成英俊挺拔的剧团当家武生。导演将蔡队长对暖的喜欢改编为当家武生与暖的缠绵悱恻,在迎来观众对京剧背景下唯美爱情的赞叹之余,更直接的副作用则是消解了小说本身隐含着的时代寓意。

影片标题与人物形象的改编自然也影响到影片故事情节的发展。影片在上述基础上,对故事情节也做了一些调整:用省剧团入驻乡村代替了背景模糊的解放军路过情节;秋千架事故的偶然性也被设计成暖与井河情感升华正浓时的必然遭遇。而关于暖与几个男人的恋爱关系的描写,影片则做足了文章。小说中,蔡队长对暖的喜欢是含蓄的,如英俊的蔡队长让暖唱歌给他听,"暖唱歌时,他低着头拼命抽烟,我看到他的耳朵轻轻地抖动着。他说暖条件不错,很不错,可惜缺乏名师指导"①。蔡队长对暖的喜欢也只止于这些了。小说中暖与井河之间也没有明确的恋爱关系,他根据村里的辈分称暖为小姑,一切的愧疚只缘于那次由井河引起的秋千架事故。哑巴与暖之间的关系是在井河考上大学之后,暖迫于生计而嫁与他的。而在影片中,则将这种含蓄的情感故事高调演绎成暖和三个男人之间鲜明的情感纠葛。井河迷恋暖,但暖却迷恋着突然而至的省剧团当家武生。为何这么迷恋武生?因为招工?显然不是,因为省剧团走了之后,暖在空等武生的两年内,县剧团来镇上招人了,暖当时若报考一定能考上,但暖却嫌对方不是省剧团,轻易地放弃了。由此推断,暖迷恋武生的动机很单纯,一切只为了爱。在等待武生的日子里,井河陪着暖一起失恋。井河考上大学,哑巴又陪着暖一起等候井河。小说故事情节发展舒缓,完全演绎成了一部通俗的爱情故事片。

影片情节改动最大处则是对小说有力结尾的改编。影片的结尾,暖一家人送井河返城,临别前哑巴竟请求井河把暖和女儿一起带到城里生活。井河被这突如其来的请求惊呆了,暖也在责怪哑巴的多心。这个结尾当然也很揪心,让这位已在城里成家的大学教师陷入两难境地。他该怎么办呢?带走母女,哑巴一人怎么活?自己又该如何向家里的妻儿交代?不带走母女,哑巴心里又很内疚,因为他在追求暖的过程中曾经私藏过井河的信件,无形中扼杀了暖的美好前程。最后,井河又如十年前一样,发自肺腑地又给了暖的女儿一个承诺。至于改编的动机,导演霍建起说:"这主要是考虑到受众,如果按照原小说那样的

<hr />

① 莫言.白狗秋千架[J].中国作家,1985(4).

话太残酷,其实从个人的角度讲我更喜欢小说的结尾,可是我觉得让观众都绝望到那种程度,可能对每个人的承受力是个考验。"①

四

影片中频繁出现象征暖意的红色格子衣服和雨伞。在影片结尾,井河临走前把红格子伞给了丫。伞是用来庇护人的工具,这个"庇护伞"既可以是物质上的,也可以是精神上的。井河在用自己的方式来弥补暖的女儿,以获取自己的内心平静。还有影片中那双象征井河与暖无奈、复杂的情感的皮鞋。瘸腿的暖已经穿不了这双皮鞋,但她却将皮鞋细心珍藏。已经成家的井河本来对暖就充满愧疚与忏悔,现看到这双皮鞋,心中更加不安。但这些不安很快就会被现实中可爱漂亮的丫、善良朴实的哑巴的出现所冲淡。还有影片中开头与结尾皆出现的大片芦苇的空镜头,在风中摇曳的穗子让观众在模模糊糊、朦朦胧胧的意象中隐约窥见了主人公的内心世界。只可惜,这些细节设置因为缺乏小说思想深度的支撑而显得苍白肤浅。

总之,《白狗秋千架》的神来之笔主要体现在白狗的诡异性、秋千架事故的突发性与小说结尾的震撼性三大方面。根据上述分析,影片删去了其中两个重要的元素,只剩下秋千架作为暖与身边男人爱情的见证物而存在,从这点来说,影片的改编基本上游离于小说的内核之外。故有评者精辟地说:"与其说《暖》改编自《白狗秋千架》,不如说取材于《白狗秋千架》更准确。"②笔者很赞同这种观点。任何一部经典文学作品改编成其他艺术门类,都要进行适当的增删。但不管是"删"还是"增",其目的都是为了突出原著主题,使故事线索更加明晰,而且"改编者无论如何总得力求忠实于原著,即使是细节的增删、改作,也不该越出以致损伤原作的主题思想和他们的独特风格"③。由此我们来看影片《暖》对小说的增删情况,不难看出影片仅仅只保留了秋千的意象和大致的叙事框架,已基本舍弃了小说的背景设置、人物设置、主题揭示、意境氛围等内核力。相对于80年代由莫言同名小说改编的电影《红高粱》,此影片正因为对生命的

① 陈杭,丁一岚.《暖》:寻找记忆中挥之不去的过往[J].电影艺术,2004(1).

② 纵瑞霞.《白狗秋千架》与《暖》——从莫言小说到霍建起电影的审美嬗变[J].四川喜剧,2006(2).

③ 夏衍.杂谈改编[M]// 夏衍.电影论文集.北京:中国电影出版社,1979:171.

礼赞主题以及精湛的电影语言的运用,使其获得了国际荣誉,这也是中国电影迄今为止在国际上获得的最高荣誉。而影片《暖》上映后整体反响平平,关注者较少。笔者认为这与其改编后缺乏思想性,却又具有一定的艺术性而使影片流于介于商业片和艺术片之间的通俗爱情故事片有关,其生命力与影响力自然是短暂的。对此,宽容善良的莫言戏称小说是自己的儿子,电影是自己的孙子,电影能否表达出其小说想要表达的东西他都能释然面对。甚至,他还为之开脱,认为"我的态度是绝不向电影、电视靠拢,写小说不特意追求通俗性、故事性。如果一个小说家写剧本的时候想把写小说的思想注入其中,会把观众都吓跑的"①。

———————

① 莫言.小说创作与影视表现[J].影视艺术,2004(3).

虚构的纪实

——多重视域下的《温故一九四二》及《一九四二》

　　2012年底,根据刘震云中篇小说《温故一九四二》改编的电影《一九四二》的热映引起了大众的关注。随着电影的热映,刘震云原著《温故一九四二》及完整版电影文学剧本《一九四二》的问世也再次引起大众的关注。小说没有完整的故事情节,没有突出的人物形象,也没有明确的态度和立场,整体看上去像由一位河南灾荒后裔通过走访和搜集相关资料而完成的一篇历史撰记。文中作者将饿殍遍地、易子而食的灾民受难场景与奢华骄逸、歌舞升平的统治者生活形成鲜明的对比,对黑暗历史本质和冷酷自私的历史当权者提出强烈的控诉和辛辣的讽刺。刘震云在保持原著精神内核的基础上改编了影片《一九四二》,相对于原著的无故事、无情节,影片有了清晰的两条线索:一条展现了以老东家和佃户瞎鹿两个家庭为核心的灾民在逃荒路上无奈凄惨、在死亡线上挣扎的痛苦生活;另一条则展现了当权者、国民政府各级官员置百姓生死于不顾的冷漠、昏庸和腐败。同时,影片为突显主题,在情节设置上别具匠心。在影片结尾,失去一切亲人、绝望至极的老东家认领了一位与他一样失去所有亲人的陌生小女孩为孙女。他们彼此又有了亲人,有了活下去的希望与精神支撑。最后老东家牵着小女孩的手,沿着山路往故乡走。画外音提示,"十五年后,这个小姑娘成了俺娘"。刘震云有意识地给整个悲剧加上了光明的尾巴,也表达了他一直想表达的主题,即对美好人性的温情守望,表达了对中华民族生生不息原动力的礼赞,还在不经意间诠释了一个伟大命题即我们的母亲、我们的民族、我们自己每个人都来自哪里?

　　应该说,小说是经典的、独特的,改编影片的艺术成就也是显著的。关于小说及电影的评价,不同领域的评论者所持意见不同。其中,文学影视评论者则从文学视角肯定了作品所取得的艺术成就,认为"这部电影从某种意义上说是中华民族的精神成人礼"①,并从四个方面肯定了影片的价值所在:"第一,具有启蒙价值,是鲁迅精神的银幕传达;第二,它有着对个体感性生命生存权的尊重和悲悯,而文明的进程就是个体与整体的关系;第三,它塑造了集体意识,打造了公共记忆,善莫大焉;第四,题材的超越性,不是简单的战争片、抗日题材等能概括的,格局更加宏大"②。还有人认为影片是一部温暖的电影,"没有悲观,而是相信人性的温暖,给人往前行进的力量,哀而不伤"③。普通读者和观众则从文化教育立场高度赞扬了作品的存在价值与教育意义。他们对于这段历史颇感震动,倍觉在中国电影娱乐化倾向日益严重的语境下,难得有如此思想深刻、极具社会责任感的作品问世。作者自己则从文学、历史以及社会影响等方面肯定了作品所产生的积极意义。值得一提的是,影片公映后在第三届北京国际电影节获得最佳影片和最佳视觉效果奖两项大奖,在第七届罗马电影节斩获最佳影片、最佳摄影两项单项奖,这些也足见大众对作品的认可。总体来讲,大众对刘震云的作品持肯定态度。

但历史学者则从历史视角来评析作品,指责声明显高于赞扬声。众多质疑声中,尤以中国社会科学院近代史研究所研究员黄道炫的声音最为激烈。他拿出学术钻研的严谨精神,对刘震云的小说及电影提出了严厉的批判。特别是那句"他面对一个历史问题时,论证如此之轻率、结论如此之狂悖"④的批评无异于一颗重磅炸弹,震撼了整个评论界。其他观点与之相近的学者也纷纷从1942年灾难发生的成因以及一些与之相关的政治历史问题入手,对刘震云的作品提出诸多否定性意见。有一批学者还针对影片召开专门研讨会,他们认为"影片对历史的叙述明显是片断式的,缺少大的格局,缺少现实和积极的意义"⑤,还有人认为影片中共产党的缺席,"这不是疏忽或遗漏,是刻意的回避"⑥。甚至有评者对刘震云一向的写作立场产生了质疑。认为:"任何光明的、有希望的历史内容,都搁不进那一代文艺家的叙事框架里面。到底是历史错了,还是他们的

①　尹华.《一九四二》北大学术研讨会:哀而不伤给人温暖[N/OL].北京文艺网,2012－12－11.

②　同上。

③　同上。

④　黄道炫.日军拯救了河南人民:刘震云的心灵幻象[N/OL].共识网,2012－06－01.

⑤　李玥阳,等.一九四二:历史及其叙述方式[J].文艺理论与批评,2013(2).

⑥　同上。

叙事框架有问题?"①

　　从质疑者的立场来看,这些质疑似乎确凿有力,言之成理,不知作为作者和编剧的刘震云看了上述质疑后会心存何想? 但向来严谨的历史学者也绝不会无中生有、空穴来风地在小说和影片中找出诸多硬伤。问题的关键在于评论者是把刘震云作品当作历史著作来读,还是当作基于历史而创作的文学作品来读? 于是,确定刘震云作品是纪实作品还是虚构小说,以客观的立场从文学、历史、文化等视角来评价刘震云作品之意义与价值不失为一种公正的做法。

　　关于《温故一九四二》的体裁分类,有人认为这就是一部关于河南历史的"纪实体小说"②,有人认为"这是一部调查体小说"③。连刘震云自己也这么认为,"严格意义上讲当年的《一九四二》并不是小说,而是一部纪实作品,是真实的历史事件,没有情节,没有人物。作为一个调查体的文学作品它是成立的"④。大家说法基本一致,都将小说归为还原河南 1942 年真实历史的纪实小说。一般来说,从作品反映内容的真实度考虑,文学可分为虚构和纪实两大类,其中虚构类文学包括小说、戏剧、诗歌等,纪实类文学则包括报告文学、传记、回忆录、纪实小说、社会大特写、文艺特写、纪实电影等。而在《温故一九四二》中,刘震云俨然一副提问题、找论据、得结论式撰写论文的架势,在看似客观、严谨,实则主观、戏谑的论证中完成了对 1942 年历史的还原。在刘震云眼中,1942 年的历史也许真的就止于他所调查、采访以及搜集的这些内容。其实,真实的历史真相岂是一个作家所搜集的一些资料能厘清的。对于影片的纪实性定位,我们从影片的广告语即"一段被遗忘的历史,一个必须面对的真相"也可看出创作者们已把影片当作史实类电影来看待。这也难怪众多历史学者对刘震云作品中的诸多说法提出质疑。黄道炫就批评道:"就一个作家而言,在对历史的了解与把握上,我们无法对他提出过高的要求,但是,如果他试图充当历史的解释者而不再是杜撰故事的作家时,他就必须遵守历史的基本规则,秉持客观、严谨和负责任的态度。"⑤由此可见,引起质疑的症结在于历史学者和刘震云对待作品是纪实还是虚构的态度上。刘震云自己都把作品当作纪实小说来看,那历史学者自

①　李玥阳,等.一九四二:历史及其叙述方式[J].文艺理论与批评,2013(2).

②　刘彦伟.一九四二:温故苦难,拯救纪念[N/OL].腾讯网,2012 - 12 - 01.

③　赵昂.一九四二:追问我们从何而来[N].工人日报,2012 - 12 - 7.

④　李央.小说版《温故一九四二》将发,展示电影删减镜头[N].东方早报,2012 - 11 - 23.

⑤　同上。

然也把其作品当作历史著作来看。

对于小说纪实性与虚构性的界定,笔者认为这是一部基于历史而进行合理想象的新历史小说。文学学者贺仲明也持这种观点,认为"《温故一九四二》是他的第一部真正的'新历史小说'"①。甚至还有评者认为"《温故一九四二》是刘震云在无意之中写出的比较满意的,也是他所著的第一部真正意义的新历史小说,为后来的长篇小说奠定了基础,它在新历史小说中也占据着极其重要的地位"②。

要想看懂《温故一九四二》的新历史叙事,就必须得了解刘震云一贯的写作立场以及该小说的创作背景与创作动机。刘震云是个不断追求创新的作家,他总能在自己的人生经验上极敏感地抓住身边的人和事,表达出一代人想要表达的东西来。这可从刘震云二十余年小说创作所表现出的阶段性特征看出来。扬名文坛前,他就以自己熟悉的农村生活为对象,通过作品表达出金钱对人性造成巨大冲击的主题。八十年代中期,他因《塔铺》扬名文坛,接下来的《新兵连》因"它叙事的琐碎与冷峻,它对人性阴暗的开掘,它对功利心和权力欲的深藏不露的仇恨,它对生活的肮脏和生命的悲剧宿命的隐而不显的哀叹"③使其叙事风格日臻成熟。继《塔铺》《新兵连》之后,已离开农村进城求学与工作的刘震云开始把关注的视野由农村转向城市,写出了《单位》《官场》《一地鸡毛》《官人》等官场系列作品,更加坚定不移地用冷静的叙述与虚幻的批判来阐释自己对人生、社会、人性、历史等精神和哲学层面的思考,突显灰色官场中卑微的机关人个性的泯灭与尊严的丧失。接下来,刘震云创作了诸如《头人》《故乡天下黄花》《故乡相处流传》《故乡面和花朵》等新历史故乡系列小说,《温故一九四二》便是其中最独特的一篇。此阶段的小说畅意宣泄着对历史的蔑视与强权愚弄下麻木人性的忧愤。创作巅峰期《手机》《我叫刘跃进》《一句顶一万句》《我不是潘金莲》等作品又表达着当下中国人精神家园无所皈依之痛。从其二十余年的创作意图来看,"刘震云小说具有确定的主题——抗议物质对于精神、权力对于尊严、历史对于人性的威胁与摧残"④。

刘震云的每一次转型都与时代背景相契合,小说《温故一九四二》的问世也

---

① 贺仲明.独特的农民文化历史观——论刘震云的新历史小说[J].当代文坛,1996(2).

② 黄彩金,乔丽丽.个人记忆下的历史——《温故一九四二》[J].安徽文学,2008(2).

③ 摩罗.刘震云的大手笔[M].//刘震云精选集.北京:燕山出版社,2011:1.

④ 摩罗.中国生活的批评家[J].当代作家评论,1997(4).

概莫能外。20世纪90年代的中国,社会经济的快速发展使中国迎来了自己的商业时代,与之相应的则是人们的价值观念、生活方式、文化态度的变化。人们对文学的期望值在逐步降低,而文学本身的逐步世俗化也导致文学的精神内涵在逐步消失。文学不再像"五四"和新时期那样担当启蒙角色,而是悄然退居边缘地位。这种边缘化的文学处境却在无形中给了众多作家一个真正自由、自主的创作环境。再加上20世纪80年代便开始盛行的先锋派与现代主义、后现代主义等思潮的存在,使"90年代的文学在弘扬主旋律的同时,实现一种真正的多元化格局。在这个格局中严肃与游戏、创新与守旧、通俗与先锋、现实主义与现代主义都有相应的文学表现"①。于是,20世纪90年代的中国文坛已经开始由20世纪80年代盛行的集体化、政治化、时代化的宏大叙事转向个人化、无名化、历史化的个人叙事。尤其随着"90年代标示'个人性'和'现代性'的西方新史学和文学上的'新历史主义'进入中国,这无异于给中国作家们加上了一服及时的补药,大大激发了他们对于历史的兴趣和对于历史'可能性'的探索"②。此种文化语境直接影响着刘震云的创作。

刘震云是个善于思考的作家,他的精神世界极其丰富。丰富的资源一部分来源于生活,一部分来源于他的阅读与思考,另一部分来源于社会思潮的影响,这些因素一旦糅合在一起,便形成了刘震云一次次华丽的转型。在历经官场系列小说创作之后,刘震云在作品中更多地感受到作为城市局外人的尴尬,窥透出人的生存危机与人性险恶与理想的失落,倍觉一切在现实生活中进行温情的反省与道德的反思都是无意义的。那下一阶段的写作该何去何从? 于是,1991年的《故乡天下黄花》、1992年《故乡相处流传》可看作作者以自己的故乡为文学舞台,重新审视故乡历史的开端之作。不过,刘震云的历史叙事不同于传统意义上的历史叙事,而是一种和当时文坛上流行的新历史主义相契合的新历史叙事。传统的历史主义在承认客观历史事实存在的前提下,通过认真的考察研究,以完成对历史真相的真实还原为目的。与此形成鲜明对照的是,新历史主义也承认客观历史的存在,但理论家们却认为所有的历史书写都不可能真正还原历史真相。在此种新理论的影响下,刘震云找到了自己创作新的资源。

---

① 朱栋霖,丁帆,朱晓进,等.中国现代文学史(1917—1997)[M].北京:高等教育出版社,1999:177.

② 贺仲明.独特的农民文化历史观——论刘震云的新历史小说[J].当代文坛,1996(2).

1993 年上半年发表的《温故一九四二》不能不说受到新历史主义写作的影响。刘震云起初创作《温故一九四二》的动机可能与新历史主义无关，起因"是他的朋友钱刚在四年前时，想编一部关于自然灾害的历史书，钱刚搜集资料后，发现 1942 年时有一场旱灾发生于河南，造成大量灾民过世，而当钱刚找到刘震云时，刘震云发现自己对 1942 年发生过的旱灾浑然不知顿感意外"[1]。但在这之前，刘震云已创作新历史小说《故乡天下黄花》《故乡相处流传》。也就是说，此阶段的小说创作思维肯定与新历史主义有关。"顿感意外"之后，刘震云大量地查阅相关历史资料，并去了河南，实地采访了一些旱灾的幸存者和知情人，更令他震惊的是，当他采访时问及这场灾难时，却发现大家无不选择了遗忘。"这么严重的灾难，人们为什么会遗忘？这样的震惊和疑惑，迫使我进入对 1942 年的探究和写作。"[2]于是，刘震云完成了这部从 20 世纪 90 年代发表至影片《一九四二》热映之前并不被大众高度关注的中篇新历史小说。

《温故一九四二》在叙事视角、叙事手法、批判立场等方面与新历史叙事特征相吻合，也与作者一贯的写作意图相契合。

首先，《温故一九四二》采用了新历史小说家惯用的诸如使用第一人称、反讽、调侃等叙事手法。新历史小说"在叙述上常常会出现一个'我'的叙述者形象。'我'在历史与现实中不断地隐现，沟通着现在与历史的对话，传递着作者对历史的个人体验"[3]。《温故一九四二》在开篇中便戏谑地拉开了故事的序幕，"一九四二，河南发生大灾荒。一位我所敬重的朋友，用一盘黄豆芽和两只猪蹄，把我打发回了一九四二年。"[4]接下来，"我"便顺着历史的隧道回到了1942 年，"我"在历史和现实中来回穿梭。在作品中，刘震云用调侃的方式对当政国民政府不救灾的不作为行为做出了刘震云式解释，他认为每个人都有自己的"悲惨处境"，当时中国同盟国地位问题、对日战争问题、国民政府内部各派系的内讧等这些都是当政者最棘手的问题，这些问题不解决好会直接影响历史的进程，而关乎百姓死活的小事就不需提到议程上来进行关注。什么逻辑？对此，众评者愤怒地指责刘震云在民族大是大非面前失去了起码的民族气节与立

① 赵昂.一九四二：追问我们从何而来[N].工人日报,2012 - 12 - 07.
② 刘阳.刘震云谈电影《一九四二》：灾难，我们拒绝遗忘[N].人民日报,2012 - 11 - 29.
③ 王彪选评.新历史小说选：序言[M].杭州：浙江文艺出版社,1993:194.
④ 刘震云.刘震云精选集[M].北京：燕山出版社,2011:298.

场。其实,我们应该看到,对于当政者的批判,刘震云在用自己独特的方式表达着自己的愤怒。在小说附录,刘震云别有用心地引用两则启示来展示当时老百姓日常生活和正常的情感纠葛。那句"我们不能只看到大灾荒,看不到人的全貌。从这一点说,我们对委员长的指责,也有些偏激了"①。

而在小说结尾,刘震云竟用"是宁肯饿死当中国鬼呢？还是不饿死当亡国奴呢？我们选择了后者"②来作为小说的最后结论。对此结论,刘震云更是遭到众评者的攻击,有评者负责任地指出"《温故一九四二》中日军发赈灾粮,使河南老百姓帮日军打国军。这个说法指向的事实在历史中是子虚乌有的"③。更有评者激愤地指出刘震云有当汉奸的倾向,也"造就了他家乡的无数汉奸"④。很显然,上述评者并没看懂刘震云的新历史叙事,刘震云不恨当权者的不作为吗？他不恨日本侵略者对中国人民所造成的切齿伤痛吗？其实不然。在文本分析中,我们可以看出,是天灾导致了旱灾和蝗灾,是人祸加重了灾难的程度。这人祸里首当其冲就是当政者,但日本人的侵略更是脱不了干系。作者在文中写道:"日本人在中国犯了滔天罪行,杀人如麻,血流成河,我们与他不共戴天……日本发军粮的动机绝对是坏的,心不是好心,有战略意图,有政治阴谋。"⑤所以,若日本人在1942年发放军粮给中国百姓是历史事实,我们也能理解绝望的灾民的行为。当政者为了满足个人私欲决绝地抛弃了百姓,这样的政府不爱也罢。若这一情节是刘震云的合理想象,反倒更加激起我们对当政政府的痛恨。应该说,在这一点上,刘震云比其他作家看得更透彻,更深沉,更悲观,因此,刘震云还被称为"中国当代最悲观的作家"⑥。可见,刘震云在小说中采用反讽和调侃的手法来表达自己透心凉的绝望与悲哀,以此显得荒诞黑暗的历史更加沉重与不堪,故众评者指责刘震云在大是大非面前失去了起码的民族气节与立场对刘震云来说实属有失公允。而这种反讽与冷幽默在电影中更是得到鲜明的体现。通过电影几十句诸如"饿死人的年头很多,你问的是哪一年？""我就上吊

① 刘震云.刘震云精选集[M].北京:燕山出版社,2011:355.
② 刘震云.刘震云精选集[M].北京:燕山出版社,2011:354.
③ 刘彦伟.一九四二:温故苦难,拯救纪念[N/OL].腾讯网,2012－12－01.
④ 黄道炫.日军拯救了河南人民:刘震云的心灵幻象[N/OL].共识网,2012－06－01.
⑤ 刘震云.刘震云精选集[M].北京:燕山出版社,2011:352.
⑥ 陈思和,李振声,郜元宝等.刘震云:当代小说中的讽刺精神到底能坚持多久？[J].作家,1994(10).

给你看。上吊,有房梁吗?""我说有灾好,叫他家也变成了穷人"的精彩对白,体现出中国农民面对灾难和死亡的淡定与幽默,但在这中国式的冷幽默背后更是巨大的悲凉与无奈。

其次,小说采用了民间叙事视角。在新历史小说作家心目中,"历史是'我'的历史,或者说是'我'对历史的体验、感觉、想象,这给他们的小说创作打上了鲜明的个人色彩,带上了鲜明的个体经验和自我感知的烙印"①。于是带有个人色彩的民间视角便不可避免地成为新历史小说作家们首选的叙事视角。《温故一九四二》中,刘震云把"我"的身份定位为一个感情激昂的"慌乱下贱的灾民的后裔",并再三表现自己对善良的、深明大义的农民的敬重和对荒谬历史的蔑视。全书共分七个自然章,其中一、二、四章写"我"在五十年后的现实中采访幸存者,从小说行文中可以看出,接受采访的"我"的姥娘、花爪舅舅、范克俭舅舅、幸存者郭有运和蔡婆婆等这些人物都是众多受苦受难农民的典型代表,作者就以他们的立场还原了他们眼中的1942年。刘震云作为灾民的有文化和思考力的后裔,在再现当年灾区惨状的同时,还相对理性地揭示了造成灾害的主客观原因,对这段历史予以强烈的批判。作者以幸存者的感性回忆真切还原了历史,这历史在读者眼中自然是毛茸茸的,极富生命活力与情感冲击力。剩下的三、五、六、七章则以小说家特有的想象力和新颖的直接引用文献资料的方式近乎真实地还原了五十年前当政政府各级官员、各类新闻宣传者以及侵略中国的日本人或表示友好的各国传教士等人士对待这场荒灾的态度,作者看似不做任何是非评判,直接借用作品中各类人物自己的语言和行动,或相关的文字资料重现了作者自己心目中的历史真相。

农民视角的历史与载入史册的正史并不一定相符,但刘震云在小说中明确表示他对正统历史的批判:"没有千千万万这些普通的肮脏的中国百姓,波澜壮阔的中国革命和反革命历史都是白扯,他们是最终的灾难和成功的承受者和付出者。但历史历来与他们无缘,历史只漫步在富丽堂皇的大厅"②。在刘震云眼中,"历史从来是大而化之的。历史总是被筛选和被遗忘的"③。言下之意,载入史册的往往是由执政者根据自己的政治需要进行筛选后的部分历史,而这些

---

① 王彪选评.新历史小说选:序言[M].杭州:浙江文艺出版社,1993:253.

② 刘震云.刘震云精选集[M].北京:燕山出版社,2011:300.

③ 刘震云.刘震云精选集[M].北京:燕山出版社,2011:301.

历史往往又与老百姓无关。自古以来,人民群众才是历史的主人,老百姓心目中的历史恰恰代表了最广大群众的历史观,从一定程度上来说,它应比所谓的正史更合理、更客观、更公正。但现在这一段关于中国 1942 年这不起眼却又真实地存在着的历史,究竟哪些是正史,哪些又是野史,估计连历史当事人都无法说清。众历史学者关于"日本人到底有没有救国统区灾民的命""蒋介石到底有没有漠视灾民,把他们当包袱甩给日本人"这种大的关乎政治立场的问题以及一些小的诸如"饿死灾民的数字的得来与其准确性""河南有没有真正富贵的大户人家""河南省政府主席李培基在联系蒋介石和灾民之间到底扮演何种角色""受灾民众对日本人的心理状态"等细节问题可以由众历史学者抱着严谨、慎重的态度,在历史领域内以刘震云作品为研究基础,通过研讨的方式将这段众说纷纭的野史还原为相对真实的历史。

目前,关于刘震云作品中描述的内容是历史还是伪历史的争论还在继续,但笔者认为,影片的问世和因之而引起大众对原著小说以及 1942 年河南历史的重新关注,尤其在众多历史学者的争论声中,间接地使这段本已被大众淡忘的历史逐渐浮出历史地表,从这点来说,我们感谢刘震云。拯救遗忘,关注人性,以一个作家的良心和社会责任感掀起当下民众对中华民族精神支点的追寻和叩问,从这点来说,我们对刘震云充满敬意。最后,还是希望刘震云自己也要客观地承认自己的小说就是一篇根据历史资料进行合理想象的、具有一定艺术价值和思想价值的新历史小说,影片就是一部在纪实背景和框架里塞进虚构的主观情感内容的艺术佳构。毕竟,刘震云是一位很优秀的小说家,而不是历史学家。

永恒的尖锐对抗与寂寞守望

——刘震云小说主旋律题旨释读

近日,通读了刘震云二十余年的全部作品。阅读过程中,笔者在与作品人物进行交流的同时也洞悉了刘震云的情感和艺术世界:他的爱,他的恨,他对权力的蔑视,他对人性的洞察,他关注对象之平凡、确定意象之粗陋、表达方式之特别等。其中印象最深的是其二十余年在各类题材作品中恒定的主题揭示。虽然大家都觉得刘震云的语言表达有些绕,但他在主题揭示上一点也不绕。从1989 年发表《塔铺》以来,他一直有话想说。正如他自己所言:"一个真正的作家写作,不是为了写作而写作,写作是他生命的一部分,他需要表达对这个世界的看法。"①至于他到底想对这个世界说些什么,评者摩罗的总结很精辟:"刘震云小说具有确定的主题——抗议物质对于精神、权力对于尊严、历史对于人性的威胁与摧残"②。这种尖锐的对抗到了《一句顶一万句》中就化为诗意家园的寂寞守望。下面笔者将以作者二十余年在不同时期作品的主题揭示为切入点,条分缕析出刘震云小说创作主题表达的阶段性特征,进而完成作者整个小说创作思路与出路的梳理。

一、扬名文坛前对农村生活的思考

回顾刘震云的小说创作之路,发现其创作表现具有明显的阶段性特征,但整体看起来,贯穿于每个阶段小说主题的表达又具有一定的连贯性。追溯刘震云的创作起源,很多人从他的成名作开始研究,其实,在扬名文坛之前,刘震云

---

① 刘震云.在虚拟与真实间沉思——刘震云访谈录[J].小说评论,2002(3).
② 同上。

就表现出一名优秀的小说家所应有的敏感善思素质。创作伊始他就以20世纪七八十年代农村生活为研究对象,细腻表现当时中国农村的真实状态及农民的生存感受。回看历史,20世纪七八十年代的中国正处于经济改革开放的大转型阶段,中国农村生活也在经济改革的浪潮中发生着剧变,农民的世界观、价值观、金钱观、择偶观等也发生着相应变化。当然,在诸多因素中对农民影响最大的是金钱,刘震云准确地抓住这一点,通过作品表达出金钱对人性造成巨大冲击的主题。在刘震云的首批小说中,读者能看到一些套路相似的故事模式,即女人因为金钱的缘故离开了清贫男人,被迫或自愿嫁给自己并不中意的有钱男人。这种类型的题材在历代小说作品中早已司空见惯,但对于刚从事小说创作的刘震云来说却具有非同寻常的意义。首先,这种题材的选定表明刘震云是一个极度关注社会现实的现实主义作家;其次,刘震云对社会现实的敏锐观察,表明其作为作家敢于用文学承担起改造社会的重大使命,体现了其"文学为人生"的文学主张;再次,刘震云的作品并不停留在对生活现象的直观描摹上,而是对存在问题进行由表及里地、深层次地思考与剖析,这表明其极具批判精神;再其次,刘震云行文风格冷峻,表明其内心是理性、冷静、客观的。综上几点所述可见,虽然刘震云前期作品没有给文坛留下深刻印象,但已经初显刘震云小说创作的主题倾向,即批判以金钱为代表的外在物质对正常人性的亵渎和诱惑,正常人性在这种引诱下无一幸免地走上堕落、沉沦之路。其关注对象也定位于生活在社会底层的小人物身上。刘震云自己曾把此时的创作笑喻为"一只苍蝇从瓶子里竭力向外撞的伤痛记录,当然那是非常可笑的了"①。但此阶段的创作为刘震云后来的创作定下了恒定的情感基调和文学视角。

二、扬名文坛期对人性的阴暗和生命的悲剧宿命隐而不显的哀叹

刘震云因《塔铺》而扬名文坛。作为出身农村的高考状元,刘震云深知20世纪70年代恢复高考制度对于农村青年知识分子来说意味着什么,而在备考过程中所历经的辛酸与艰难只有当事人铭刻于心。在《塔铺》中,刘震云以自身生活体验为写作资源,对农村青年知识分子的生活境遇进行客观冷静的描述。作品通过"我"——一个刚退伍为寻出路而参加高考的农村青年的视角,悲情再

---

① 刘震云.自序:向往羞愧[M]// 刘震云.刘震云文集.南京:江苏文艺出版社,1996:2.

现了一群农家孩子在艰苦的环境下为理想而奋斗,又因理想失落而精神幻灭的伤感画面。在这群既是弱势又彼此构成竞争威胁的小人物身上,刘震云巧设几处细节,让读者看到人类美好情感在遭遇物质的威胁而受到的折磨与腐蚀。细节之一就是找寻世界地理书。当然这不是普通意义的教科书,在考试资料奇缺、考试信息闭塞的情况下,普通的教科书就成了高考竞争的重要砝码。在这本书面前,患难与共的群体表现出不同的行为状态:"有的同学找到了复习资料,有的没有找到。离高考近了,同学们都变得自私起来,找到资料的,对没找到的保密,唯恐在高考中多一个竞争对手。"①其中磨桌不顾同学情谊,一人偷看资料;"我"的父亲历尽辛苦为儿子找来资料,当得知儿子担心只借十天时间不够的消息时,立即露出自私的嘴脸,说让儿子放心复习,大不了向借书的人谎称书已经弄丢了。另一个细节就是贫困与饥荒的威胁。因为贫困和饥荒,瘦得皮包骨头的磨桌一人在外逮蝉吃,在暗淡的月光下,饥饿的他在"我"眼中竟如一匹低矮的小动物;因为贫困与饥荒,家徒四壁的爱莲显得那么无助,"我"与她之间至纯的初恋也因为金钱的干预而过早夭折。同样是女子因为金钱的原因放弃了恋人而嫁给他人的叙事模式,但《塔铺》中的爱莲是那么令人爱怜、心痛。同样为了各自的生存,以磨桌为代表的群体几乎失却了人的尊严,在批判物欲对人性的折磨的同时给读者留下更多的是辛酸与伤感。若说刘震云向来对丑恶现实的揭示是冷峻、深刻的,但作者此时心中涌动更多的是温情与沉痛。若单从作品的主题揭示力度来看,《塔铺》稍显绵薄,但《塔铺》所取得的艺术成就对刘震云的前一阶段作品来说是一种超越。

关注人们当下的生活本真面貌,用生活的平常心来呈现生活的原生状态,从而写出当代人的生命存在状态,这是刘震云从执笔以来所注重的一种写作方式。接下来,作者将笔触伸向部队,继而推出成熟之作《新兵连》。作品关注的对象依然是来自农村的青涩青年,所采用的视角依然是第一人称"我",所采用的手法依然是现实主义,叙述的格调依然冷静,所揭示的主题依然是当代青年在追求上进、谋取私欲过程中丑恶人性的自然流露。但作者开始大量运用反讽手法,作品揭示主题的力度因此明显加强。作品中,同样是一帮身处弱势又彼此构成威胁的小人物,但在作者眼中"觉得这些人都品质恶劣,十七八岁的人,

① 刘震云.刘震云精选集[M].北京:燕山出版社,2011:11.

大家都睡打麦场,怎么一踏上社会,都变坏了"①。在"我"的眼中,这些青年为了实现自己的人生目标,不惜伤害友情、良知、尊严甚至他人性命,这些行为都是下作的,他们所追求的目标也是颇具讽刺意味的:元首和老肥争得死去活来的目的就是为了能当上骨干,当上骨干的目的是为了能在新兵训练结束后给军长开小车。在竞争过程中,老肥因竞争过激诱发癫痫而被遣送回老家,最后投井自尽;元首也因自身原因未能如愿。倒是白面书生王滴如愿以偿,争得了进军部的名额。可此处的用笔刘震云是别有用心的。在众人眼中,军长是威风的,给军长开小车自然是件无比荣耀的事情,可军长真的如文中所渲染的那样威武、慈祥、庄严吗?刘震云巧用一处细节描写,让排长在厕所里用一句话就点破了军长的真实面目,那句"不知在医院里玩过多少女护士"让一切向上的竞争立刻变得面目全非、毫无意义。文中这种反讽无处不在。王滴如愿以偿进了军部,是不是真的能实现既定目标呢?殊不知,等待他的具体岗位就是给军长他爹——一位高位瘫痪病人端屎倒尿。而王滴自己奶奶病卧在床三年他都没看她一眼。反讽的运用使小说的批判力度力透纸背。

总之,从主题揭示角度来看,笔者认为《新兵连》是刘震云叙事风格达到成熟的标志性作品。从作者创作轨迹来看,《新兵连》是刘震云小说创作链上最关键的一个环节。有评者认为"从《塔铺》到《新兵连》,由高大丰满的自我形象到隐含的自我展示;由追求故事的外在真实到探索写实的冷静叙述;由故事的讲述者到群体文化心理的审视与解剖者,刘震云逐渐进入一条新写实的理性创作之路"②。的确,从前期创作模式和后期的创作实绩来看,刘震云在不知不觉中走上了理性写作之路。并且《新兵连》在题材上是军旅题材,在情感表达上是拒绝崇高的冷静叙述。虽然我们无法将其归入所谓的官场系列小说或故乡系列小说以及说话系列小说,但"它叙事的琐碎与冷峻,它对人性阴暗的开掘,它对功利心和权力欲的深藏不露的仇恨,它对生活的肮脏和生命的悲剧宿命的隐而不显的哀叹"③。这些均显示出刘震云日后创作所遵循的主旋律题旨资源之所在。

---

① 刘震云.刘震云精选集[M].北京:燕山出版社,2011:11.

② 黄柏刚.孤高的灵魂,沉静的目光——从视角与声音的差异看刘震云的小说《新兵连》[J].湖北民族学院学报(社会科学版),1996(4).

③ 摩罗.序言:刘震云的大手笔[M]//刘震云.刘震云精选集.北京:燕山出版社,2011:1.

三、新写实阶段突显灰色官场生活中个性泯灭与尊严丧失的主题

继《塔铺》《新兵连》之后，刘震云的小说创作步入新的轨道。在前期主题思考的基础上，刘震云迅速成熟起来。他更加坚定不移地用冷静的叙述与虚幻的批判来阐释自己对人生、社会、人性、历史等精神和哲学层面的思考。接下来，他把关注的视野由农村转向城市，以《单位》《官场》《一地鸡毛》《官人》等官场系列作品轰动文坛。

作为出身农村的大学生在城市开始新的生活，刘震云有着农村知识青年该有的独特感受。在前期作品中，"我"作为一名刚刚离开家乡的青涩青年，虽然对人性的罪恶与自私以及人性在金钱名利的压制下的变形与堕落有些隐忧与痛苦，但内心里更多的还是对人生美好时光的留恋与温情。但当"我"由一名参加高考的农村青年或一名新入伍的新兵转为大学毕业后在政府机关上班的小小科员时，如评者陈晓明所说："刘震云揭示了日常琐事中令人震惊的事实"①。此时的刘震云更加冷峻、理性。进入他的艺术视野的依然是一些卑俗鄙陋的物象，如厕所、馊豆腐、蛆虫、烂梨等。形如前期作品中出现的诸如羊粪、松弛的眼袋、瘫痪病人等粗俗意象。在这些意象中，我们能感觉到刘震云在畅意运用反讽来进行自己的主题阐释。随着作家思考的成熟，其反讽批判的力度更加犀利。为了名利或权势而相互争斗的戏码在等级森严的机关里上演得更加激烈露骨。在《单位》中，作为一名大学生，小林曾经傲气清高、个性十足。但是，面对现实，为了捞取党票、分大房子、提高工资级别，他不得不一步步收敛自己的个性，努力与办公室里一群怪态的机关人周旋，尽自己一切小心来讨好大家。在历经多次波折之后，他终于换上了大一点的房子，党组织的大门已经向他敞开，但他曾经鲜明的个性和生活的激情早被现实磨蚀得一干二净。至此，刘震云还不过瘾，他依然冷静、镇定地将小林放在机关单位中接受权力的拷打与折磨。在《一地鸡毛》中，小林不再诧异于机关中存在的明争暗斗，对人际关系的微妙处理也游刃有余，甚至还学会了对付领导，学会了运用权力为自己谋私利。在作品中，小说以馊豆腐开始，以一地鸡毛和一群蚂蚁结束，让我们看出了刘震云心中的失落与苦恼。有评者认为"鸡毛与蚂蚁的意象正是对男主人公小林生

---

① 陈晓明.漫谈刘震云的小说[J].文艺争鸣,1992(1).

存其中的环境以及在这种环境胁迫下逐渐丧失自我的一种深刻的隐喻"①。还有评者认为"刘震云把视角转移到了单位、官场里的官人,再现了官人的生存欲、权力欲及渗透其中的钩心斗角、互相利用又互相提防,人与人的隔膜、个人的困窘尴尬,可谓写尽官人的灰色生活相"②。

刘震云以官场系列小说轰动文坛,他以自己对生活和文学独特的理解与感受所进行的创作实践却与20世纪90年代初文坛上盛行的新写实理论相契合,进而成为20世纪90年代新写实小说的一员骁将。20世纪90年代中国文坛上唱主角的是一些"后"理论,盛行的文学是多种"新"状态。其中新写实小说主张"在观察生活把握世界时的另一个特点就是不仅具有鲜明的当代意识,还分明渗透着强烈的历史意识和哲学意识"③。"新写实真正体现写实,它不要指导人们干什么,而是给读者的感受。作家就是要写生活中人们说不清的东西,作家的思想反映在对生活的独特体验上。"④在这里,与其说是理论引领着作家,倒不如说是作家的创作促成了理论的盛行。此时期的刘震云改用第三人称视角,继续运用客观反讽的叙事手段,一以贯之地对小人物、小市民的生存困境和生活态度付以全心的关注,细腻刻画出一批小人物在权力的压制下变异、扭曲乃至丧失个性与尊严,将其主旋律题旨充分挖掘。

四、新历史阶段畅意宣泄对历史的蔑视与对强权愚弄下麻木人性的忧愤

刘震云在城市机关单位中窥透了现实物权对平民的尊严和人生价值的肆意蹂躏,畅意道出了城市平民对于权欲的屈从、无奈,描绘出卑微的灰色人生众相,在直面现实生活中种种不堪的同时,表达出作者的困惑与痛苦。至此,他的小说主题揭示更加鲜明,批判的思路更加清晰,在冷静参悟现实社会中人性的卑微之余,开始将笔触游刃于自己的精神世界。刘震云的精神世界是丰富的,这些深刻的体会一部分来源于生活,一部分来源于阅读与思考,这些因素一旦

---

① 孙先科,黄勇.鸡毛与蚂蚁的隐语喻:个人的磨损与丧失——对《一地鸡毛》的分析[J].名作欣赏,2005(10).

② 张献春.尴尬:官人们的生活相——评刘震云的几部中篇小说[J].滨州教育学院学报,1995(创刊号).

③ 不详.《钟山》《卷头语》[J].钟山,1984(3).

④ 丁国强.新写实作家、评论家谈新写实[J].小说评论,1991(3).

糅合在一起,便形成了刘震云的"故事新编",也就是文坛上所说的"新历史小说"。不管这种说法是否科学,但刘震云确实在已有写作经验的基础上,将农村生活与城镇生活富有创意地融为一体,并将其放入历史的长河之中,继续进行恒定的主题揭示。

在《头人》《故乡相处流传》《故乡天下黄花》《故乡面和花朵》中,作者历时十年有条不紊地推进自己的"故乡"系列。十年的创作,刘震云是孤独的。因为当时并没有多少读者能和他站在同一高度去理解小说的真正内涵。关于这一点孟繁华曾戏言:"我个人认为,刘震云的'故乡'系列,肯定有一个非常伟大的诉求。这个伟大的诉求用了四个长篇幅,其中《故乡面和花朵》也许只有两个人看完了,一个是刘震云自己,还有一个是责任编辑。"①此话虽是一句玩笑,却很精辟地道出了绝大部分读者的感受。刘震云的"故乡"系列文字篇幅很长,语言表达具有先锋小说的实验色彩,读起来很吃力,尤其是那篇《一腔废话》,真让人读起来不知所云。但有眼力的评论者都知道,刘震云耗时十年,在一腔废话之中,肯定有一个"非常伟大的诉求"要表达。通过细读文本,笔者发现,在这些长篇中,刘震云一如既往地运用反讽艺术手法,戏谑地构建了一个独特的艺术世界。在这个艺术世界中,人的生存方式只有两种,要么无权无势屈从地活着,要么有权有势放纵地活着。前者对应的是对物质的诉求,后者对应的是对权欲的诉求。刘震云对物质和权欲的存在都充满敌意与蔑视,因此整个庄严神秘的历史在他眼中也是令人啼笑皆非的。刘震云就在小说中借故事人物之口道出了自己对历史的理解即"历史是一个任人涂抹的小姑娘"。在他看来,所有已成定论的历史都是值得怀疑的,都存有多种解释的可能性。所以在作品中,他充分发挥合理想象,戏谑性地揭示历史与政治的可笑与荒唐。如历史上已成定论的曹操袁绍之争的起因是因为一位小寡妇的一颗小虎牙,一场浩大的权势之争变成了一颗虎牙之争;历史上"文化大革命"运动也是因为几个人争夺村支书和村主任的位置而引发;妇孺皆知的八年抗日战争在小说中也戏谑为仅仅是为了报家仇而发动的。从整个叙述来看,刘震云似乎在远离政治与历史而进行一场胡闹,实际上小说中无处不流露出作者对历史和政治的批判。作者在小说中不遗余力地揭示出权力至上的历史逻辑和由此而引发的各种荒唐、血腥的暴力事件,进而演绎出缺少人文关怀的历史真面目,描摹出世代百姓在至尊权力的威

---

① 刘震云,陈平原,孟繁华.从《手机》到《一句顶一万句》[J].名作欣赏,2011(13).

胁下所流露出的懦弱、自私、冷酷、麻木的精神面貌和生存状态。如果说在前期的作品中诸如爱莲、磨桌、老肥、元首、小林等人物在外界权欲和金钱的逼迫或诱惑下表现出顺从或流露出阴暗、卑琐的生存本相,作者在作品中表现出对人类美好情感在这些欲望和金钱的折磨下精神无所归依的哀叹,这种哀叹是温和的、隐忧的。但在"故乡"系列小说中,历史人物众多,但他们在作者眼中都是不值一提的恶俗小人。如曹操和朱元璋竟是喜爱放屁、只会用几块豆腐哄骗百姓的俗人;曹操的军事管家是个连裤腰带都不会系的低能儿;慈禧太后竟是由一个智力一般、长相平平的柿饼脸村姑转世而生;陈玉成竟是个在瘟疫中出生、满身瘴气的小无赖;陈玉成的贴身秘书竟是个喜欢与小母羊睡觉的性变态者。作者在调侃戏谑历史、在虚无和真实之间巧妙地表达出自己对政治权力的憎恨,对世人在强权愚弄下所表现出的麻木不仁、自私自利的愤怒。从这点来说,作者揭示主题的力度更加强劲,颇有鲁迅的"哀其不幸,怒其不争"的冷峻与忧愤。

刘震云就是这样自如地站在历史与政治之外,以睥睨群丑的姿态,以明虚暗实的手法,向历史和故乡的内核,投以有力的抨击,揭开了中国人骨子里势力、卑怯、麻木等劣根性。几千年来的文化传统的积淀形成了中国人骨子里的奴性,人变成了非人,寻不到自由、光明、与温暖的痕迹,这正是刘震云一直以来执着表达的主题。

五、创作巅峰期表达当下中国人精神家园无所归依之痛

刘震云用二十余年时间完成了对历史和社会的批判,淋漓尽致地表达出自己对人性与权力在哲学层面的思考。当现实生活中出现诚信危机时,他又开始挖掘新的写作资源,将笔触伸向当下社会生活,完成了《手机》《我叫刘跃进》《一句顶一万句》三部长篇小说,这些作品较之前的"故乡"系列,在读者中引起的反响更强烈。其中《一句顶一万句》获得中国第八届茅盾文学奖。刘震云从关注农村生活到窥透城市生活,再在回溯历史中揭示政治权力的真相,使他对生活的理解已达到历史、哲学的高度,在此基础上再以原生态的笔法捕捉当下困扰人类精神生活的本质现象,则显得轻松有余至极。

现代社会中,人和人之间在时空上的距离缩短了,交流沟通便捷了,殊不知,时空的近距离反倒把人和人之间心灵的距离拉开了。夫妻间同床异梦、亲人之间说不上话的现象四处可见。所以《手机》一问世便成为国内第一部鲜明

表现当下中国人在高度现代化的城市里生活所产生的新困惑的代表作。新的困惑就是人与人之间交流的困惑，是物质对于精神的新的威胁，是嘴对心的背叛。有评者认为："在今日中国缺失诚信已成为中国人无奈的日常话题，刘震云针对时代因为手机带来的信任危机和情感状态的困境。"①甚至有人认为《手机》是刘震云迄今最好的小说，实现了对自己文学创作的一种超越。事实证明，《手机》中嘴对心的背叛致使主人公严守一陷入人生的绝境，但这还不是刘震云内心深处想要表达的主题。

接下来，在《我叫刘跃进》中，刘震云又围绕当下新的信息工具优盘开始了新的话题——关于寻找的话题。在小说中，刘跃进在寻找，一批人怀着不同目的也跟在他后面寻找。因为一个优盘，绕进来很多人和事。在小说中，人与人之间，如夫妻之间、父子之间、情人之间、朋友之间、上下级之间更加缺乏信任感。小说的故事情节枝枝蔓蔓、扣人心弦，再加上小说文本完全按照电视剧的体例来写，所以小说极具通俗性，文学性稍逊。当年在当代杂志社举办的年度最佳长篇小说评选中，《我叫刘跃进》作为唯一一篇长篇小说获奖，刘震云在做客"新浪访谈"时第一次公开对大家说这次批评家真的看懂了他的小说。其实，按照刘震云的叙述诉求和叙述习惯，他有个说话爱饶舌，谈事爱码理的嗜好，只要他想把某件事说透，他一定会把自己想说的道理全部说出来，一直说到无话可说为止。他习惯于在一个领域内充分挖掘题材，完成一个系列小说的创作。所以在完成《我叫刘跃进》时，刘震云并不准备把现代性物质对人的精神威胁仅仅局限在人与人之间缺乏诚信这个平常的话题上。新闻出版人安波舜说："出版《我叫刘跃进》的时候，我觉得这不是刘震云准备写的书，看上去不是。他也说不是，咱们说的那书还在后面。"②的确，刘震云对社会生活的思考绝不止于流俗的表述，于是他转向现代社会人际交流困境的探寻。在《一句顶一万句》中，作者在人物形象设置、故事情节安排和主题表达上继续前期创作的风格，将人类精神家园的困境放大到极致。在作品中，他一如既往地颠覆了人世间所有的亲情伦理关系，所有夫妻、父子、情人、师徒等等都是互相说不上话的陌生人。人是群居动物，人活于世不论地位高低都需要找个能说得上话的人。为了能找

---

① 姚小亭.触电极为成功的当代小说作家——文化消费时代的刘震云及其《手机》[J].信阳师范师院学报,2005(5).

② 刘震云,陈平原,孟繁华.从《手机》到《一句顶一万句》[J].名作欣赏,2011(13).

到这个能说得上话的人,小说主人公杨摩西从小因不满于家庭的亲情缺失而离家出走,开始了一生的流浪寻找生活。小说上半部以杨摩西失败而中途退场,在小说下半部由和杨摩西并没有血缘关系的外孙牛爱国继续流浪寻找。至于能否找到这个能说得上话的人,小说结尾给人留下了无穷悬念,但有一点是坚定的,那就是牛爱国所说的:不管能否找到这个红颜知己,他都得找,要一直找下去。从而揭示了人类普遍存在精神家园无所归依的困境。所以在《一句顶一万句》出版尤其在获得第八届茅盾文学奖之后,众人给予高度的评价。出版人在书的宣传页上说"表达了中国人的'千年孤独',比《百年孤独》还要孤独十倍"①。笔者觉得这句话一点也不夸张。在小说中,真实而典型地再现了人与人之间对话的艰难,作者用一系列原生态的形而下的描写,传神地表达了哲理层面的形而上的思考。从《手机》《我叫刘跃进》通俗化的写作,再到《一句顶一万句》的深度哲学思考,刘震云终于表达完自己想要表达的主题,完成了小说质的飞跃,进而登上了自己创作的巅峰。

六、自始至终对光明诗意世界的寂寞守望

从发表成名作《塔铺》以来,刘震云坚定不移地揭示外在因素如物质、权力、名利对人性、人权和尊严的威胁与折磨,不遗余力地描摹出世代中国人在饱受折磨与摧残之后所呈现出的麻木、顺从、阴暗乃至丑恶的变形人性。在叙事过程中,他又自始至终采用反讽和夸张的手法,把现实生活中粗陋鄙俗、难登大雅之堂的系列物象作为主要描摹对象来关注,以自己独特的方式来感受这些细节描写所传递的信息,让读者在似假却真的荒诞中看到了生活的糜烂和阴暗,在一场场刀光剑影的血腥厮杀中展示了心灵的堕落、个性的泯灭以及尊严的沦丧,在一次次口对心或心对心的背叛中勾勒出人类精神的荒芜和他人即地狱的孤独与绝望。总之,刘震云以自己的方式构建了一个独特的艺术世界。在他的艺术世界中,我们强烈感受到的是荒诞、死亡、绝望、荒寒、冷酷。可想而知,能构建出如此艺术世界的构建者其内心必然有几分绝望、荒寒、阴暗甚至有些狠毒。当然如果就这样推断刘震云的价值观、世界观和情感世界有失偏颇,正如当年有评者认为鲁迅之所以能写出那么多揭露社会黑暗的作品是由于作者内

---

① 安波舜.一句胜过千年——读刘震云《一句顶一万句》[J].出版广角,2009(4).

心的黑暗以及性格的偏激乖戾所致。其实不然,诸如鲁迅这类作家能够透过社会历史现象看透生活,除了归因于作家们敏锐的洞察力之外,还有他们对人类美好、自由、平等、光明、温暖的理想世界的永恒向往。对美好世界的向往愈深切,他们对现实世界中的黑暗便愈加痛恨。在鲁迅笔下,闰土、阿Q、祥林嫂、华老栓是悲哀的,鲁迅描写他们的目的是揭示其病痛以引起大众的注意,他最终还是希望能看到觉醒的、独立的、能掌控自己命运的闰土们。同理,刘震云从开篇写农村题材到写城市机关生活,再回到历史的轨迹中挑开历史的脓包给众人看,在作者与社会历史丑恶现实势不两立的对峙中,我们恰恰看到了作者对美好诗意家园的渴望,对人类自由平等、人性解放世界的向往。

通览刘震云的作品,我们会发现其前期作品中始终流淌着对诗意世界向往的因子,如《塔铺》中"我"与爱莲那份纯真得令人心醉的爱情,这份感情虽然因为现实的胁迫而中途夭折,但作为一份美好的情感永存读者心中。评论家雷达曾写文章《追寻灵魂之故乡》认为"《塔铺》表现了当代青年企图追寻灵魂归宿和踏实存在的一种努力,在当代文学中具有一定的代表性"①。《新兵连》中的"我"在众人犹如乌眼鸡一样你争我斗时却能保持人格的尊严和人品的纯正,在最后大家都被反讽为白折腾一场后,"我"却轻松地分配到最理想的岗位去当教导员,这多少能给读者以慰藉,仿佛在人性的黑暗中见到一缕明媚的阳光。《单位》中的小林被权力裹挟得逐渐失去个性,但是同事老何在众人皆张牙舞爪地谋求私利时一直以坦荡、木讷的样子出现,其结果也还不错,让读者看到官场世界另一种生存状态。但在后期作品中,我们看到刘震云的小说充斥着绝望与冷漠,由对冷酷荒诞历史的蔑视转为对当代世人人心不诚的恐慌。刘震云曾经说过:"生活是严峻的,那严峻不是要你去上刀山下火海。上刀山下火海并不可怕……但是我们怕与人打交道。"②这句话表明他对人、对错综复杂的人际交往的恐慌。所以,从这点来说,刘震云是寂寞、绝望的。但在巅峰之作《一句顶一万句》的结尾中,牛爱国毅然决然地走上了找寻人类精神家园之路,则表明他心中尚存的那份美好向往将永远飘扬在缥缈的远方,也正是这份寂寞守望将永恒地支撑着人类文学有意义地生存发展下去。

①　雷达.追寻灵魂之故乡[J].文学自由谈,1988(3).
②　刘震云.磨损与丧失[J].中篇小说选刊,1991(2).

学习、贴近与发展

——鲁迅、刘震云小说传统比较论

目前,有评者认为在刘震云和鲁迅之间存在着契合点,但这契合点只限定在两人的历史小说创作中,在具体内容上仅仅体现为刘震云对鲁迅艺术手法和社会历史观的学习与贴近上。其实,结合刘震云本人对鲁迅小说传统的认识,再结合刘震云二十余年的创作历程,笔者发现,刘震云在创作的不同阶段都在学习、贴近着鲁迅的小说传统。同时,他还在学习与贴近中融进自己的理解,突破鲁迅的局限,用自己的创新与思索发展着鲁迅的传统。尤其在创作后期,刘震云走上了发展创新甚至颠覆鲁迅传统之路。

一、刘震云眼中的鲁迅小说传统

从小说主题揭示内容来看,鲁迅作为现实主义批判的一面旗帜,他有着自觉的社会、文化、历史批判意识,他敢于直面现实,撕裂丑恶,解剖自我,用文学作品深切表达出作为一个作家该有的良知与个性。从小说主题揭示的形式来看,鲁迅敢于突破常规,不断创造新的表现方式,用特别的格式来表达深刻的内容。正因为鲁迅这"格式的特别"和"表现的深切"而影响了整个现当代小说家的创作,刘震云就是其中之一。但仔细分析刘震云早期对鲁迅小说的评价以及其整个文学创作特色,笔者发现从一开始刘震云对鲁迅小说传统持辩证肯定的态度。早在 1991 年,刘震云就坦言自己对鲁迅小说传统的看法。此时的刘震云因创作《塔铺》《新兵连》《头人》《单位》《官场》《一地鸡毛》《官人》《故乡天下黄花》而开始扬名文坛,五年的小说创作实践使他已经形成自己的创作观。有评者认为"刘震云小说具有确定的主题——抗议物质对于精神、权力对于尊严、历史对于人性的威胁与摧残"①。有着此种主题表达倾向的刘震云对于鲁迅的小说自然有着自己独特的感受与理解。对于鲁迅的小说,在大多数读者和评论者的一片喝彩声中,刘震云却发出了自己的声音。

首先他承认鲁迅是个伟大的作家,但他把鲁迅的伟大主要定位于其对社会及人生的深刻认识,认为其小说的艺术感染力也主要是通过作品的思想内涵散发出来的。从这一点来说,在刘震云眼中,鲁迅的伟大只是因为其思想深刻、理性思考而成为中国历代文人中唯一一个严厉、尖刻、咄咄逼人者。

其次,在刘震云眼中,正是这认识的深刻而促成了鲁迅的伟大与独特,但也正是这认识的深刻削弱了鲁迅小说的文学艺术魅力。刘震云认为"鲁迅是一个与他的思想解剖力相对而言艺术感受力不太丰厚的作家。读了鲁迅的作品,我们感到悲愤,但我们又感到不满足。作家的思考过于集中。集中会像刀尖一样锋利,但又像刀尖一样单薄"②。刘震云觉得鲁迅的作品缺乏世界名著的厚重,只能让读者在哲学层次上明白一些问题,而好的世界名著则是一种文学品尝,能让读者感受到一个广阔无垠的社会画面。鲁迅的深刻与理性对于一个作家来说有利于改造社会现实,但在一定程度上是与文学本质以及艺术发展规律相违背的,甚至可以说是对文学本质的一种伤害。

再次,刘震云觉得鲁迅小说很难接近文学本质,一方面与鲁迅思考问题的过于集中有关,另一方面还与鲁迅的性格、年龄及所处的社会背景有关。所以,在刘震云眼中,"鲁迅小说的色彩可是有点单调。从鲁迅不多的小说中我们还可以看到作家的思虑,反映到小说中的主题和艺术结构都在不断地重复。最重要的小说《药》《风波》《阿Q正传》在作品的思考和艺术布置上是相像的"③。刘震云作为一个有思想的作家,以自己对文学的独特感受,读出了鲁迅小说中常人所不能想到的不足和遗憾,他的这些感受是真切有力的,所以刘震云觉得"作为鲁迅的后代,我们应该学习鲁迅,我们也应该贴近鲁迅,了解他为何不能无憾地写他的小说"④。鲁迅一生进行过多种体裁的文学创作,如小说、诗歌、散文、散文诗、杂文等,数量最多的是他的杂文,但影响最大的要数其小说创作。而其小说创作又只有中短篇小说,没有鸿篇巨制的长篇小说。刘震云说要了解

---

① 摩罗.中国生活的批评家[J].当代作家评论,1997(4).
② 刘震云.读鲁迅小说有感:学习和贴近鲁迅[J].中国现代文学研究丛刊,1991(3).
③ 同上。
④ 同上。

鲁迅为何不能无憾地写他的小说,这的确是个复杂的命题,但有一点可以肯定,鲁迅后期倾心转向写杂文,与鲁迅的性格、文风以及社会现实的制约等均有着密切关联。

二、刘震云对鲁迅传统的学习与贴近

学习与贴近鲁迅的理性批判精神。鲁迅作为中国现代文学的奠基人之一,其文学创作不仅显示了五四文学革命的实绩,在整个 20 世纪文学发展中也具有崇高的地位。包括《狂人日记》《阿 Q 正传》在内的《呐喊》《彷徨》两部小说集正是鲁迅小说巅峰之作,也是中国现代小说的高峰体现。有评者认为"中国现代小说在鲁迅手中开始,又在鲁迅手中成熟,这在历史上是一种并不多见的现象"①。可见,鲁迅在中国现代文学史上开启了一个新时代。

鲁迅在中国现代文学史上的地位之所以如此崇高主要归因于鲁迅小说传统的存在。中国现当代小说的现实主义批判传统都可以在鲁迅的小说中找到其最初的源头。他最早承袭晚清梁启超"故今日欲改良群治,必自小说界革命始;欲新民,必自新小说始"②的启蒙思想,抱着启迪民众、解剖国民性的目的,把当时占据中国人口绝大多数的农民和激进的知识分子作为批判对象,以犀利尖锐的笔力、深邃丰富的思想、扎实深厚的功底,揭示出国民心理文化的弱点,用实际行动践行了"文艺是国民精神所发的火光,同时也是引导国民精神的前途的灯火"③的主张,开创了"改造国民性"这一贯穿整个 20 世纪中国现实主义文学的重要母题。有评者认为:"可以毫不夸张地说,鲁迅的文学及其时代的文学主题,既是中国现当代文学的源头,也是当代作家创作的精神动力。忧患是鲁迅及其时代的文学主题,悲凉则是它基本的现代美感特征。这一点对当代作家尤其新时期中国作家的影响是极为深刻的。"④众多现当代作家均在他的影响下,敢于正视和揭露社会现实中种种矛盾和国民的精神弱点,不遗余力地将现实主义批判向纵深推进。

早在 1994 年,学者陈思和在一次文学对话中提到:"读了《故乡相处流传》,

① 严家炎.鲁迅小说的历史地位[M]//求实集.北京:北京大学出版社,1983:101.
② 梁启超.论小说与群治之关系[J].新小说,1902(1).
③ 鲁迅.论睁了眼看,鲁迅全集[M].北京:人民文学出版社,1981:240.
④ 张学昕.鲁迅文学精神与当代作家写作[J].中国青年政治学院学报,1999(4).

我只觉得在戏谑中透出一股冰冷的凉气。有些地方让我想到了鲁迅的文学传统。"①而在当时,刘震云已公开发表《塔铺》《新兵连》《单位》《头人》《一地鸡毛》《故乡天下黄花》,其创作已由初涉文坛时的现实主义书写和扬名文坛时的新写实小说书写转入巅峰期创作即所谓的新历史小说书写。这一路走来,读者明显能读出刘震云作品浸润着鲁迅小说传统的因子,有评者说"如果说鲁迅是百年中国作家中第一个对我们民族自身的生存境遇和人在这生存环境中的荒谬进行讽刺的大师级作家的话,那么,作家刘震云则出色地、创造性地继承了鲁迅敢于从荒谬的深处去拯救生命的尊严和意义的勇气。他的长篇小说《故乡天下黄花》《故乡相处流传》及《故乡面和花朵》,表现出超越现实的强烈的反讽意味,在对生活进行文学变形处理中揭示一个时代一个民族的精神存在状况。我们不难发现,刘震云的故乡系列小说具有《阿 Q 正传》式喜剧特征,让人们在忍俊不禁的阅读中深深体会作家那种鲁迅式的人间情怀"②。可以说,鲁迅的小说传统对刘震云的小说创作产生了深远的影响,刘震云在学习与贴近鲁迅的理性批判精神之路上走出了自己的一片天空。

学习与贴近鲁迅的悲观情绪与冷静叙述方式。刘震云认为鲁迅在写小说作品时,心情是冷静的,认为像鲁迅那么严厉、尖刻、咄咄逼人者在中国历史上的文人中还没有出现过。刘震云将鲁迅小说犀利、冷静、悲观的叙述论调特征放大到整个中国文学历史长河中去比较,可见这些特征给刘震云留下了极其深刻的印象。

纵观刘震云的小说创作,从官场系列小说到新历史小说再到当下通俗小说,刘震云在对日常的平庸生活和琐碎描写中让读者看见了在这种习以为常的社会常规和自然而然的行为方式中隐藏着中国人软弱、麻木、冷漠、自私、畏权、攀富等消极因素,这些消极因素像一张无处不在的大网一样宿命般地笼罩在芸芸众生头上,形成合力消解着一切正义向上的精神力量。刘震云作品中的人物犹如困在网之中的一只只虫子,不管你是反抗还是顺从,是左冲右突还是顺其自然,最后都难逃被异化的结局。从这点来说,刘震云的内心世界是悲凉的。评论家李振声认为"从这个意义上说,刘震云恐怕是当代中国小说家中最悲观

①　陈思和,李振声,郜元宝,等.刘震云:当代小说中的讽刺精神到底能坚持多久——关于世纪末小说的多种可能性对话之四[J].作家,1994(10).
②　张学昕.鲁迅文学精神与当代作家写作[J].中国青年政治学院学报,1999(4).

的一个"。① 学者陈思和也认为"李振声说刘震云是中国当代最悲观的作家,我也有同感。这种悲观首先来自一个有社会责任感的知识分子对自己所赖以安身立命的人生原则的绝望"②。这种透心凉的绝望还可以从他的主旋律小说题旨揭示中窥见一斑,据他本人描述,"《塔铺》是我早期的作品,里面还有温情。这不能说明别的,主要说明我对故乡还停留在浅层认识之上。到了《新兵连》《头人》,认识就加深了一些"③。在接下来的创作中,刘震云的主题表达恒定地表达出物质、权欲、历史等对于人类尊严、精神、个性等的严重干预、威胁以及各类群体对于这种折磨所作出的尖锐对抗。作品中,各类人物抗议的情绪是冷静的,抗拒的姿态是坚决的,抗议的结局是悲观的。在官场系列小说中,作者让小林在机关单位接受权力和物质的折磨与拷问,让官人们在权欲场上争得你死我活。最后的结局是小林选择了顺从,官人们的争斗将永远上演。在历史系列小说中,作者让历代蒙昧、无辜、麻木的人民群众在权力的异化和支配下丑态百出,让各类历史名人为了一些所谓的利益纷纷粉墨登场,荒诞离奇。在后期通俗小说中刘震云把现代社会中的夫妻、父子、情人、朋友、上下级等各种人伦常情演绎成嘴对心的背叛以及心与心之间的隔膜,将人与人之间缺乏信任的危机放大到极致,用一系列原生态的形而下的描写,传神地表达出哲理层面的形而上的思考。

刘震云的悲观、绝望情绪是读者自己感悟出来的,而不是作者自己面呈悲愤,做出痛心疾首的样子让读者看出来的。这与作者采用的叙述态度、叙述语调有关。作者善于在不动声色的描述中有条不紊地揭开历史和社会的脓包给众人看。在这方面,有评者认为"我觉得刘震云甚至做得比鲁迅先生还要冷静老道些。他叙述得越是平静翔实,越是不动声色,我们就越觉得窒息难耐,辗转不安,越是难抑悲愤"④。

学习与贴近鲁迅的写作立场。仔细研究鲁迅思想的变化,其早年唤醒民众的革命理想和辛亥革命失败所带来的痛苦经验交叉在一起,促成了《呐喊》集子

① 陈思和,李振声,郜元宝,等.刘震云:当代小说中的讽刺精神到底能坚持多久——关于世纪末小说的多种可能性对话之四[J].作家,1994(10).

② 同上.

③ 刘震云.在写作中认识世界[J].小说评论,2002(3).

④ 陈思和,李振声,郜元宝,等.刘震云:当代小说中的讽刺精神到底能坚持多久——关于世纪末小说的多种可能性对话之四[J].作家,1994(4).

的出版。从《药》到《阿Q正传》系列作品的问世，作者深入反映了辛亥革命失败的原因所在，揭露了当时国民对于旧的不合理的封建制度的延续的不以为然，对于新的革命事业的无动于衷。鲁迅在逐层深入地从各方面来揭示民众对于革命的麻木态度以唤起国民觉醒的同时，还在深入思考着当时中国革命的出路问题。从辛亥革命失败的经验教训来看，农民群众问题是首要问题，这个问题解决了，革命取得成功的可能性自然加强。可现实让鲁迅看到，唤起国民的觉醒并非依靠一个人的力量可以所为。于是，鲁迅笔下的人物形象由对农民和城市贫民麻木精神的描绘转到对正在分化的知识分子心灵的剖析与命运探索中去。为此，鲁迅后来作小说并结集成《彷徨》。从热情的呐喊到苦闷的彷徨，正表明了鲁迅思想的转变。综上所述，可见鲁迅当时所关注的对象主要指生活在社会底层的农民、城市贫民以及当时关心时政思想活跃的年轻、开化的知识分子。鲁迅关注批判这些对象的目的就是唤醒大众，让大家意识到几千年封建制度的黑暗与根深蒂固。尽管鲁迅对封建制度的批判是冷酷的，近乎绝情。但他对受害的百姓民众的态度是同情、温和、悲哀的。他的写作立场也是鲜明的不遗余力地站在百姓立场，为他们呐喊、彷徨，以期实现其最初为文的目的。

刘震云的小说从《塔铺》开始，截至《一句顶一万句》，其所关注的对象均为生活在社会底层的小人物，包括手无寸权的普通老百姓和在权势夹缝中生存的小知识分子。刘震云在不同类型人物的描述中重复着相同的主题，自始至终在质疑、否定物欲、权欲对正常人性的亵渎与伤害，批判的矛头始终指向这群制造异化与祸端的为官者。刘震云的写作立场也是鲜明的，他始终站在百姓的立场，深度揭示出生活在不同年代底层百姓亘古不变的生存危机与不堪处境。

三、刘震云对鲁迅小说传统的发展与拓新

主题表达的语调色彩渐趋变暖。纵览鲁迅的艺术世界，从前期的小说创作到后期的杂文撰写，鲁迅的情感世界始终是冷峻的，言辞是犀利的，情绪是悲观的。即使有丁点儿亮色也如同《药》中革命者夏瑜坟堆上杂草丛生处零星点缀的小白花，让人欣慰，又是那么令人感到凄凉与绝望。但刘震云在学习与贴近这种冷峻与理性特点之余，随着创作题材和关注对象的变化，读者还是能看出作者内心世界对光明的向往，冷静的外表下还是掩藏着一颗温暖的心，且这种温暖色调贯穿于其小说创作的各个阶段。如初期作者以"我"明显流露出他的

价值是非观,在《新兵连》中对大家本都是来自一个村的淳朴青年,一到部队就变成明争暗斗的对手这种现象大发感慨,并且还在小说结尾对各个人物的结局安排明显流露出作者的喜恶倾向。在官场小说中,通过小林的眼,还原各个人物在权欲、名利的追逐过程中的行为倾向,直接流露出对那种面对名利处事不惊、悠然淡定型人物的偏爱。在新历史小说中,虽然在戏谑、解构历史,但作者的爱憎立场和讽刺意味、情感倾向变得更加鲜明。尤其在后期的通俗小说系列中,刘震云的情感世界不再是一片荒芜,在荒寒、绝望之余依然对人类的精神家园充满遥想,《一句顶一万句》中牛爱国那句"找,一定得找下去"特别富有感染力,让读者看到人类精神家园有所皈依的存在可能性,而不再是彻底的绝望与无望。

叙事视角的发展与变化。从上述分析来看,刘震云与鲁迅的写作立场基本相似,但从叙事视角来看,两者所走的路线是不同的。从鲁迅的小说主角安排来看,其中亲历眼见底层百姓各种悲惨生活遭遇的主人公均是"我",而"我"就是对社会有一定见解与认识的头脑清醒的知识分子的代表,在某种意义上说就是作者鲁迅自己。鲁迅一直以来很执着地以战斗者的姿态来担当启蒙者的角色,小说集《呐喊》《彷徨》的取名就明显体现出作者的战斗情绪的转变。其中,《呐喊》即指他受新文化运动的鼓舞,"有时候依然不免呐喊几声,聊以慰藉那在寂寞里奔驰的猛士,使他不惮于前驱"①。在《呐喊》集中,所有作品从思想倾向到主题表达都体现出五四新文化革新和思想启蒙的特色。鲁迅一直以五四时期先进知识分子和不惮于前驱的猛士的身份来唤醒中国当时沉默的国民的灵魂来。当他经历了五四新文化运动统一战线的分裂,一时看不清中国前进的方向,依然不放弃斗争。在"成了游勇,布不成阵"②的情况下有了《彷徨》集子,小说在思想性与艺术性上与前期作品保持内在的统一性。作者在这两个集子中始终以全知全能的精英知识分子的视角来观摩乡下农民与深受封建礼教制度毒害的知识分子的命运。作者对农民的批判深陷在"怒其不争,哀其不幸"的痛苦情感之中;对知识分子为寻人生出路却纷纷失败,如同苍蝇绕了一圈又回到起点,而后,又继续寻找新的生活却无着落的苦恼给予无限的感慨与同情。在《故事新编》中,鲁迅针对社会存在的种种不良文化现象和恶劣的政治形势,号

---

① 鲁迅.呐喊:自序[M]//鲁迅.鲁迅全集.北京:人民文学出版社,1973:419.
② 鲁迅.南腔北调集·自选集[M]//鲁迅.鲁迅全集.北京:人民文学出版社,1973:456.

召老百姓团结起来进行复仇,依然是以精英知识分子的立场来歌颂劳动人民的创造精神和大无畏的复仇精神。

有评者认为"刘震云与鲁迅在悲观的表述上有一个很大的不同之处,鲁迅对历史、社会的批判从未离开一个知识分子的精英立场,而刘震云却不论写现实还是写历史,都有意保持一种草民立场"①。的确,到了刘震云这里,作者的叙事视角显然发生了很大的变化。作者在前期小说《塔铺》《新兵连》等中都以一个受过一定教育、见过一定世面的农村青年的身份来揭示农村社会以及青年人在面对物质、金钱对于正常人性的诱惑。在官场系列小说中,"我"的身份由一名参加高考的农村青年或一名新入伍的新兵大学毕业后转为在城市机关上班的小小办事员的身份"小林",并通过他的眼,"再现了官人的生存欲、权力欲及渗透其中的钩心斗角、互相利用又互相提防,人与人的隔膜、个人的困窘尴尬,可谓写尽官人的灰色生活相"②。在新历史小说中,历史人物众多。但在作者眼中,这里没有开明的皇帝、耿直的文臣,也没有睿智的武将,有的都是一群不值一提、抢权夺利、猥琐的恶俗小人和一群势利、卑怯、麻木、冷漠的草民。作者就是通过草民之眼来解读历史的。在草民眼中,不管在古代还是当代,当权者为了一己之利肆意发动各种政治或暴力战争,这些战争都是荒诞、滑稽的。并且,历代当权者不管谁夺取胜利,这都是暂时的,历史循环论的规律使他们很悲观,到头来牺牲的总是草民的利益。到了当下,刘震云在通俗小说中通过描摹一批生活在社会底层的芸芸众生寻找知己的过程,又一次通过草民之眼捕捉当下困扰人类精神生活的本质现象。从这点来看,刘震云完全改变了鲁迅的精英知识分子式救赎与启蒙,而极有针对性地采用了草民的视角来捍卫其为民的写作立场。

小说艺术形式的不断更新。中国传统小说以章回体为基本构架,小说结构方式则以情节为主干,且多在情节的奇和异上做文章,强调情节的完整性,要求小说有头有尾,顺理成章。而到了鲁迅这里,则完全舍弃了这些传统模式,从《狂人日记》到《离婚》所写的每一篇小说的表现格式和结构方式都不同,有评论家认为鲁迅是"创造新形式的先锋,《呐喊》里的十多篇小说,几乎一篇有一篇

① 陈思和、李振声,郜元宝,等.刘震云:当代小说中的讽刺精神到底能坚持多久——关于世纪末小说的多种可能性对话之四[J].作家,1994(10).

② 张献春.尴尬:官人们的生活相——评刘震云的几部中篇小说[J].滨州教育学院学报(哲学社会科学版),1995(创刊号).

的新形式"。① 其博采西方小说艺术之长,广泛吸收与借鉴果戈理、契诃夫、安特列夫、尼采、夏目漱石等外国作家的思想艺术养分,并与本民族艺术传统相融合,以现实主义为主,兼用浪漫主义、象征主义和表现主义技巧,使多种创作方法结合并用,开辟了现代小说创作的广阔道路。鲁迅小说的结构形态多样,其采用以人物性格塑造为中心的结构方式,在情节结构上采用看与被看、吃与被吃以及回故乡与离故乡等模式,深刻揭示出人物的灵魂。在表达方式上还借鉴传统戏剧和绘画艺术的白描手法,重在"神似""诗意"的美学追求,多方吸收其他文体样式的长处,从而丰富了小说的思想容量和艺术表现力。这一切,构成了鲁迅小说的现代化独特成就。鲁迅小说对许多作家和多种现代文学流派都产生了不同程度的影响。

1991 年初走上文坛的刘震云对鲁迅小说艺术特色就已经有了深入的认识。在后期的创作中,对鲁迅小说传统进行有意识的创新,甚至走上了颠覆鲁迅传统之路。刘震云曾说:"我刚开始写作时模仿身边的事,很愉快,写着写着就不满足了。觉得单纯的模仿很低级。人的创造性其实很小,主要还是模仿,但关键是你模仿的是哪一部分。现在好多作家的模仿都停留在对已知世界的描述上。"②可见刘震云是一个不断求新和思索的作家。

在早期的《塔铺》《新兵连》中作者采用传统的现实主义手法,以第一人称"我"的视角再现了农村世界中物质和名利对于人性的拷问与折磨。此阶段小说采用传统讲故事的模式,行为结构讲究稳定迁缓。在《一地鸡毛》等官场系列小说中,有学者将此阶段的刘震云写作定为新写实主义手法,作者通过"小林"的眼睛向读者生动展现了官场上发生的种种钩心斗角,关注的对象已经转为城镇上的官场上形形色色的变性人,反讽手法已很成熟使用,并开始以重度情感介入的状态来冷静描摹世界。到了后期的历史系列小说,作者明显揉进了后现代主义小说成分,不再追求四平八稳的故事叙述,而是在历史和现实之间自由进退,反讽的力度更加力透纸背,意象的选择也是异乎寻常的低俗、鄙陋,有评者认为这一阶段的小说是真正的有张力、很过瘾的小说创作,较之鲁迅的小说传统的节制、含蓄、深刻、凝练是一种有力的发展和崭新的探索。此阶段的小说篇幅很长,语言表达铺陈赘述,具有先锋小说的实验色彩,读起来很吃力。其中

---

① 沈雁冰.读《呐喊》[N].时事新报,1923－10－08.
② 刘震云.写作中认识世界[J].小说评论,2002(3).

被称之为"语言叙述的狂欢"中的《一腔废话》更是打破了传统小说书的审美原则,让人觉得读起来很吃力。有评者称"阅读《故乡面和花朵》,最直接的感受就是滔滔不绝的语流,全无中心,信口开河,胡说八道,既无聊又烦琐,令人不忍卒读。因为在其中我们不知所云"①。尤其在《故乡相处流传》中,有评者认为"无论是在创作方法上,还是创作思想方面,都与马尔克斯的《百年孤独》有着很多相似之处"②。的确,在《故乡相处流传》中,刘震云极大地发展了鲁迅的古今杂糅手法。而在《一句顶一万句》中则完全走上了通俗文学重视情节吸引大众的消费文学之路。

纵览刘震云的小说创作,其艺术手法历经了由现实主义转向现代主义而后又走上通俗主义的过程,在审美倾向上一再突破鲁迅的古典节制的审美观,在直白、通俗、铺陈、宣泄中直接表达小说的主题。刘震云骨子里抗拒自我重复,抗拒小说主题、结构以及风格的重复,所以他一直在用自己的实际行动来求新、求变。相对于鲁迅的艺术传统,他已经走上了一条远离传统、解构经典的蹊径小路。这一点,尤其突出表现在对待历史的态度上。

近乎颠覆性拓展的历史创作观。为了更好地抨击当时社会现实中存在的不合理的社会、文化、政治现象,鲁迅开始转向历史小说创作,所有作品结集为《故事新编》。此为鲁迅的第三本小说集,集中取材于古代的神话、传说、历史故事,只不过作者根据需求做了一些艺术处理。其取古代的事实注进新的生命,并与现代人生出干系来。在写作中不是"将古人写得更死",而是将古人写活。运用"油滑"手段,在穿插性的喜剧人物身上,赋予现代化的细节,为"借古讽今"服务。这是鲁迅的创新之作,也是带有实验性的作品。这种类型的历史小说,需博考文献、言必有据,以致被人讥为"教授小说",创作起来很有难度。鲁迅就是在博考文献的基础上,在同一时空领域内"只取一点因由,随意点染"③。而其中的随意也是根据社会斗争现状而设。如《奔月》《补天》《铸剑》均取材于古代一个个动人的神话故事,赞扬复仇者的冷峻和无畏以及劳动人民的创造精

① 郭宝亮.洞透人生与历史的迷雾——刘震云的小说世界[M].北京:华夏出版社,2000:127.

② 孔露.孤独的百年和悲哀的千年——《百年孤独》和《故乡相处流传》比较[J].重庆职业技术学院学报,2004:162.

③ 朱栋霖,等.中国现代文学史 1917—1997(上册)[M].北京:高等教育出版社,2004:46.

神。如《补天》中,借助女娲这个形象,热情赞颂了古代人民的劳动创造精神和创造毅力。在《奔月》中,作品还是回溯到远古时代,对后羿这个人物进行再创造。故事情节虽然有了再创造,并揉进了鲁迅在 20 世纪 30 年代的现实社会中切身的体验和心情,但终究还是在古代时空里打转。《铸剑》中作者依然在古代的时空演绎一个动人的复仇故事,赞扬了古代人民伟大的复仇精神,同时也鞭挞了 20 世纪 30 年代现实生活中的市侩习气和庸俗作风。但在这篇历史小说中,鲁迅认为"这篇小说的特点是没有穿插现代化的细节,很认真,没有油滑的东西"①。到了后期,《非攻》《理水》《起死》《采薇》《出关》等作品则是针对 20 世纪 30 年代的社会文化现状及时针对性地批判,其中《起死》采用当今流行的古今穿越的手法让庄子与千年前死去的骷髅相遇,这本身就是魔幻时空形式的运用。在作品中,庄子施法术使骷髅死而复生,并揪住庄子向其索回衣物,纠缠不清。鲁迅在《故事新编·自序》中说借古讽今的艺术手法使得鲁迅的历史小说具有一定量的现代化成分,其中"油滑可看做是鲁迅吸取戏曲艺术的历史经验而作的一种尝试与创造"②。

鲁迅的这种"取古代的事实注进新的生命,并与现代人生出干系来"的历史小说创作手法对刘震云来说是一个大启发。一向求新求变的刘震云在完成新写实小说创作之后,接下来就用十年的时间有条不紊地推进自己的"新历史小说"创作。此阶段的创作对于刘震云来说是个求新求变的壮举。变革之初,刘震云是孤独的。因为当时并没有多少读者能和他站在同一高度去理解他的历史小说的真正内涵。

鲁迅对待历史的立场是借古讽今,很有现实战斗意义。而刘震云则在此基础上迈开了大步,同样是面对历史,刘震云通过草民来还原历史长河中的历史真面目。于是,历史改变了其在正史中的本来模样,一切都被戏谑为日常生活中的庸俗与恶搞。在刘震云描摹的历史世界中,人只有两种,即得权势的官人和无权无势的草民;人的生存方式只有两种,要么无权无势屈从地活着,要么有权有势放纵地活着。刘震云对物质和权欲的存在充满敌意与蔑视,因此整个庄严神秘的历史在他眼中也是令人啼笑皆非的。刘震云就在小说中借故事中人物之口道出了自己对历史的理解"历史是一个任人涂抹的小姑娘"。在他看来,

①　朱栋霖,等.中国现代文学史 1917—1997(上册)[M].北京:高等教育出版社,2004:47.
②　王瑶.故事新编散论[M]//鲁迅作品论集.北京:人民文学出版社,1984:10.

所有已成定论的历史都是值得怀疑的,都存有多种解释的可能性。所以在作品中,他充分发挥合理想象,戏谑性地揭示历史与政治的可笑与荒唐。如历史上已成定论的曹操袁绍之争的起因是因为一位小寡妇的一颗小虎牙,一场浩大的权势之争变成了一颗虎牙之争;历史上"文化大革命"运动也是因为几个人争夺村支书和村主任位置而引发;妇孺皆知的八年抗日战争在小说中也戏谑为仅仅是为了报家仇而发动的。从整个叙述来看,刘震云似乎在远离政治与历史而进行的一场胡闹,实际上小说中无处不流露出作者对历史和政治的批判,因此其历史小说被人喻为"非历史化"的历史小说、"非政治化"的政治寓言。作者在小说中不遗余力地揭示出权力至上的历史逻辑和由此而引发的各种荒唐、血腥的暴力事件,进而演绎出缺少人文关怀的历史真面目,描摹出世代百姓在至尊权力的威胁下所流露出的懦弱、自私、冷酷、麻木的精神面貌和生存状态。作者在调侃戏谑历史、在虚无和真实之间巧妙表达出自己对政治权力的憎恨,对世人在强权愚弄下所表现出的麻木不仁、自私自利的愤怒。从这点来说,作者揭示主题的力度更加强劲,颇有鲁迅的"哀其不幸,怒其不争"的冷峻与忧愤。但这种近乎颠覆性的戏谑小历史、解构大历史的写法对教科书上那些言之凿凿的正史的真实性提出了极大的挑战。同时,这种戏谑、解构历史的态度让同仁和学者眼睛为之一亮,不禁惊呼"原来历史还可以这样写"。此种合理变革与创新相对于鲁迅的实验与创新也前进了一大步,使刘震云在学习与贴近鲁迅传统的基础上转向了颠覆性发展与变化。

四、学习、贴近与发展经典传统之余的反思

刘震云认为自我重复永远是任何一个作家都逃避不了、挣脱不了的宿命般的厄运。这是刘震云历时多年的创作实践得出的真理,到头来,他自己也无法逃脱这个宿命般的厄运。刘震云曾经那么鲜明而遗憾地指出鲁迅在相同或相似的主题与结构中不断重复自己。其实,仔细分析刘震云的小说,他也在不自觉中走上了自我重复之路。总览其不同阶段的小说创作,虽然关注对象和写作题材在发生变化,但刘震云始终是在古老文化心理模式中一再重复展示自己的内心世界,在时空不一的世界中重复同样的立场与文学观。

与此同时,刘震云一再强调鲁迅过于单薄深刻的思想内核影响作品的文学特质。其实,仔细咀嚼刘震云的小说,尤其是历史小说,他对历史的厌倦、悲观、

不耐烦的情绪浓郁地弥散在作品中,让读者一眼读破,这多少损失了作品丰富的感性内容与繁芜可能性的描述,从而不可避免地使作品存在与鲁迅相似的重思想内核轻文学特质的不足。这也是其历史小说读来让人稍觉单薄的原因之所在。

那如何在保证作品深刻思想性的同时还能保持作品的文学特质呢?这个问题一直是刘震云极力想解决的问题。从刘震云的近期创作来看,《一句顶一万句》荣膺第八届茅盾文学奖,《手机》《我叫刘跃进》等作品的影视化,使刘震云再次成为当下中国文坛上炙手可热、家喻户晓的知名作家。但触电后的刘震云,在消费文学和通俗文学的胁迫下何以保持作品思想性与文学性的统一,这个难题在刘震云看来似乎显得更加纠结。在特殊的年代里,鲁迅以自己思想的深刻和文学的特别开启了中国现代小说之幕。而在当代,刘震云也一直努力用自己独特的方式来追求小说思想性与文学性相统一的最佳状态。但中国当代小说的路在何方?这不禁让读者对诸如刘震云等当代知名作家充满着期待。

第三辑　当代小说名家新作品鉴

荒诞闹剧背后的真实与庄重

——论刘震云新作《我不是潘金莲》

2012 年 8 月,刘震云新作《我不是潘金莲》正式出版。首发式上,当下著名评论家白烨、雷达、张清华、张颐武等分别从不同角度高度评价了新作的特色与所取得的成就。白烨认为"刘震云把生活的智慧和艺术的技能做了一个非常完美的结合,李雪莲这个事确实是很个别,但是里头含了很多普遍性的问题,偶然与必然,平凡和奇绝,素普与烦琐,喜剧与悲剧,简单与复杂,等等,这样的话,整个作品它就写的游刃有余,里面包含的太多了"[1]。雷达认为:"《我不是潘金莲》作为《一句顶一万句》的姊妹篇,它延续了倾听民间的主题,一个民间女子,为了离婚案件,从现实到中央,振落了多少官员,人仰马翻,这并非夸张,而是本质的具有现实的真实性。所以这是一部具有强烈的现实感和人民性的作品。"[2]张清华认为:"这本小说用了极长的序言和极短的正文来呈现它的结构特色,从小说的艺术手法上来说是妙不可言,我预言这本小说将是持久的,畅销不衰的小说。"[3]让人印象最深的要数张颐武的评价了,他建议把这个小说的序言部分拿去评茅盾文学奖,把正文部分拿去评鲁迅文学奖。用最直白的方式肯定了新作所取得的成功。新作到底如何,当然不能由几个评论家说了算。由于笔者一直关注刘震云的写作,比较熟悉其写作惯有的立场与思考方式,于是,带着几分好奇,还夹杂着几分质疑,笔者通读了小说文本。

初读全文,第一个感觉就是小说很荒诞。刘震云认为新作是《一句顶一万句》的姊妹篇,说《一句顶一万句》的核心主题是为了找一句话,而在新作中是为

---

① 白烨.刘震云的路子是写小人物[N/OL].新浪读书,2012 – 08 – 07.

② 雷达.《我不是潘金莲》是说话的艺术[N/OL].新浪读书,2012 – 08 – 07.

③ 张清华.李雪莲不是潘金莲而是孙二娘[N/OL].新浪读书,2012 – 08 – 07.

了纠正一句话。但笔者认为与《一句顶一万句》相比，新作显得飘忽，让读者抓不住李雪莲的瞎折腾背后的那只推手。《一句顶一万句》中，杨摩西在生活中因为找不到一个能说得上话的人而远走他乡，一路上吃尽苦头，但依然在不断地苦苦找寻。在小说的上半部杨摩西失败了。但在小说的下半部，杨摩西养女的儿子牛爱国虽然未曾与杨摩西谋面，却在冥冥之中也走上了一条和杨摩西一样的寻找之路。最后，牛爱国终于悟出自己将要找寻的那个人是谁，并决心义无反顾地找下去。在这部小说里，因为故事的延续发展能让读者找到生活的真实性与逻辑性，进而在一定程度上引起了读者的共鸣。而在新作中，刘震云认为李雪莲一辈子就想纠正一句话，这句话是小说中李雪莲夫妇在争吵过程中，丈夫秦玉河随嘴说出的一句气话，即"你和我结婚前就和别人好过了，你就是潘金莲"。这下可捅了大娄子，秦玉河万万没想到李雪莲会为了这句气话折腾二十余年。如此执拗的人在生活中倒也存在，但不具有普遍性与常理性，这不禁让读者对小说的逻辑合理性表示怀疑。

小说中，李雪莲的形象与古代文学史上的潘金莲形象相比，这是两个性格迥异的女性。通读文本，从行文上看，这似乎是一部与潘金莲无关的小说。因为在小说文本内外无人会把李雪莲当作潘金莲，是李雪莲自个儿较真，非得把芝麻大的事当成天大的事来办，把不是一句话的话当作重要的错话来纠正，这让她整个人生进入无物之阵，化有形于无形，不禁令读者愕然。所以，刘震云认为新作中的主人公为了纠正一句话而奔波的说法似乎成立，又似乎带有一定的牵强性。刘震云再用这句气话来做小说的标题，不免让人产生标题党的嫌疑。

这是笔者初读小说文本所产生的粗浅印象。但刘震云是个具有大智慧的小说家，他有足够的能力去演绎各种各样的故事。从成名作《塔铺》到代表作《一地鸡毛》，乃至后来的故乡系列小说和通俗小说，直到《一句顶一万句》问世，刘震云一直坚持用自己的方式构建一个独特的艺术世界。在他的艺术世界里，他的文学视角、关注对象以及作品的主题揭示都是恒定的，即作者在物质对于精神，权力对于尊严，历史对于人性造成威胁与摧残时所发出的尖锐抗议以及对美好、自由、光明世界的寂寞守望。他在扬名文坛前就开始关注农村生活，并以《塔铺》《新兵连》表达出对人性的阴暗和生命的悲剧宿命隐而不显的哀叹；在新写实阶段又以《单位》《官场》《一地鸡毛》《官人》等官场系列作品突显灰色官场生活中众官员个性泯灭与尊严丧失的主题；在新历史阶段又用十年时间有条不紊地推进自己的"故乡"系列，如《头人》《故乡相处流传》《故乡天下黄花》《故乡面和花朵》等作品,畅意宣泄出对历史的蔑视与对强权愚弄下麻木人性的忧愤;在创作巅峰期他又开始挖掘新的写作资源,将笔触伸向当下社会生活,完成了《手机》《我叫刘跃进》《一句顶一万》三部长篇小说,表达了当下中国人精神家园无所皈依之痛。

回顾刘震云这二十余年的小说创作,每一部小说都是经过深思熟虑、精心构思的,每一部作品的问世都鲜明地表达着作者对世界的看法与理解。所以,新作《我不是潘金莲》的问世又一次表明作者对当下一些触及民生的社会现象有话要说。

对于新作,张颐武曾评价说:"外行看热闹,内行看门道,读了之后,你会发现你的境界、想法不一样,这本书最好的地方是各取所需,雅俗共赏。"①的确,这部新作因语言通俗、情节简单、线索清晰、描写对象贴近生活而能使不同读者找到自己的兴趣点。但每个人会因知识结构以及对刘震云了解程度不同而产生对小说不同的理解。笔者在粗浅看完新作之后,虽然觉得作品的表达方式还是一如既往地绕人,关注的对象依然是底层老百姓,可细细咀嚼文本之后,发现作品揭露了官场原生态的众生相,反思了人与人之间的信任危机,表达了对底层百姓的同情以及对为官者与民对立的愤慨。更令人欣喜的是,作者在揭示这些主题时隐匿了个人的情感倾向,在嬉笑怒骂间,举重若轻地表达了自己想要说的话,在荒诞闹剧的背后彰显了深刻的寓意。

一

作品以李雪莲为中心,辐射出一连串人物形象,并通过她与这些人物的交往,让读者真切感受出人与人之间的戒备与缺乏诚信的人际危机。这种危机首先表现在李雪莲与丈夫秦玉河之间。为了能生第二胎,做妻子的向丈夫提出假离婚再复婚这不靠谱的计谋,做丈夫的开始不同意。从这点看,他们夫妻感情尚好。但秦玉河耐不住妻子的一再唠叨,同意了假离婚,并办了真的离婚手续,领了真的离婚证书。在假离婚的一年内,李雪莲顺利把女儿生下来了,可谁也没想到秦玉河竟光明正大地和理发女子结了婚。秦玉河背叛了李雪莲,除了应该受到道德的谴责之外,他所做的一切完全受法律保护。对于丈夫的背叛,李

---

① 张颐武.听《我不是潘金莲》讲述复杂中国[N/OL].新浪读书,2012–08–07.

雪莲惊得目瞪口呆。为了能生第二胎她想钻政府的空子，却不料被她的丈夫假戏真做、暗度陈仓，也钻了她一个空子。通过这段描写，作者入木三分地刻画出人与人之间，甚至是夫妻之间因缺乏信任与诚信而带来的恐慌与无奈。

李雪莲为生第二胎而改写了整个人生的轨迹。可这孩子一出生就成了母亲的负担。她不理解母亲的执拗，怨恨母亲无休止的上访。最后，刚满十九岁的她就把自己早早嫁出去，很少与母亲来往，两人形同陌路，毫无母女情感可言。女儿不理解她，李雪莲还能接受，可她的第一个儿子自父母离婚之后，几十年不与母亲见面，即使见上一面了，也只是淡淡的几句话，毫无母子情分可言。作者再一次把人与人之间哪怕是父母与子女之间缺乏理解与沟通的人际交流的荒诞推到读者面前。

秦玉河欺骗了李雪莲，李雪莲哑口无言，无处讲理。一双儿女不理解李雪莲，李雪莲只能心寒，无力改变。但更惨烈的背叛还在后头。赵大头作为李雪莲的小学、初中同学，一直默默地喜欢着她，可惜阴差阳错，两人未能走到一起。在得知李雪莲被丈夫欺骗了之后，赵大头也一直支持着李雪莲，尽管他知道李雪莲坚持上访是不值得的，但只要李雪莲高兴，就尽其所能地帮助她。在读者眼中，赵大头是李雪莲的知己，两人可谓无话不说、息息相通。赵大头最后向李雪莲求婚，李雪莲也欣然同意了，甚至决定以后都不再上访，回家安心过日子了。但就在此时，李雪莲无意中听见赵大头与别人的通话，万万没想到赵大头对她的百般照顾乃至求婚都是因为他和别人进行着另一桩交易。李雪莲与赵大头之间本来毫无隔膜，真诚相待，但在世俗利益面前，赵大头选择了利用和欺骗，让一段暖心的纯真感情再次陷入可怕的质疑当中。

李雪莲身边的亲人和情人让她品尝了欺骗和不信任的痛苦，更不要说那些与李雪莲博弈了二十余年的政府官员。在各级政府官员眼中，李雪莲的上访就是在胡闹，但为了保住各自的乌纱帽，他们不敢掉以轻心，每次在人代会召开的时段倾其所能地忽悠着李雪莲，其余时段则对她不管不问。在李雪莲眼中，这些官员都是不值得她信任的人。二十年后，李雪莲在家中与老牛对话，悟出今后不再上访的道理。当李雪莲认真地告诉各位官员自己的决定时，竟然没有一个人肯相信她说的是真话。最后，市长亲自出马与她面谈，李雪莲如实相告，说是家中的老牛使她决定不再上访时，文武双全、素质全面的市长也生气了，认为李雪莲在奚落他。面谈谈崩了，结果是李雪莲本来不准备再上访，但对方的不信任行为一下子激怒了她，于是她又决定上访了。作者在这段荒诞的、颇具喜剧色彩的戏谑描写中轻松地把官民之间互不信任的关系公开化、形象化了。

二

刘震云骨子里厌恶官场上的尔虞我诈，在《单位》《官场》《一地鸡毛》《官人》等作品中淋漓尽致地再现了 20 世纪 80 年代中国官场众官员的生存状态。所以，细腻关注官场，剖析中国官场众生相对于刘震云来说是件轻松的事情。但刘震云是个不断创新与思索的作家，在新作中，他不再正面进攻官场这块阵地，反而通过李雪莲这么个执拗人的执拗行为来搅动整个官场，然后在众官员的被动反应中来展现 21 世纪中国官场官员的生存状态。作品中，作者的立场和主题表达方式较之以前的官场系列作品有了改变。在读者眼中，李雪莲似乎成了一个没事找事的刁民。二十年前，就是因为她的无理取闹，歪打正着地导致她所在辖区的县法院工作人员以及院长、县长、市长莫名其妙地被撤职。在旧官员被撤职的二十年内，新接任官员们的生活境况因为李雪莲的不断上访而变得更加糟糕。又是一年人代会召开的日子，一根筋的李雪莲本不想告状了，但这些噤若寒蝉的官员们威逼利诱，竟非要李雪莲签字画押，以绝心头之患。这种愚蠢的处理方式再次激起了李雪莲的斗志，更加坚定了要上访的决心。李雪莲的这种态度让整个市、县的官员陷入无边的恐慌之中，于是，在人代会召开之前以及之中，围追堵截李雪莲成了整个市、县的核心工作。

从小说行文表面来看，各位官员成了无辜的受害者，李雪莲反倒成了招人厌恶的无理女子。其实，刘震云的用意并不在此，这也是刘震云的高明过人之处。透过这些闹剧般的表象背后，读者依然能觉出作者对为官者不作为的憎恨。在这里先撇开李雪莲要求离婚一事合理与否不说，先来看看众官员是如何对待李雪莲的个人倾诉的。处在官阶最底层的办案人员王公道倒是认真审理了案件，但因为案件本身的荒诞性，决定了李雪莲不可能满意审判结果。李雪莲遂求助于法院审判委员会专职委员董宪法，董宪法那句："刁民，大街上，拉拉扯扯，成什么样子？滚！"让李雪莲失望之余不禁怒火中烧。李雪莲遂又寄希望于法院院长荀正义，荀正义那句："咱俩刚见面，我咋就贪赃枉法了？可见是个刁民，滚！"这更让李雪莲怒火中烧。李雪莲费了老劲找到县长史为民，县长忽悠了她，直接剪彩去了。这下李雪莲真的绝望了。李雪莲最终找到市长蔡富邦，市长一句"赶紧把她弄走"使李雪莲被无故关押了一个礼拜。李雪莲要求离婚对于她本人来说是件天大的事情,但众官员并不把这件事当作一回事,没人愿意稍停片刻倾听她的心声。在李雪莲进京上访的路上,连警察都在不堪李雪莲的胡搅蛮缠之后,也随嘴骂道:"刁民,全是刁民。"这些官员漠视百姓存在的姿态彻底把李雪莲置于自己的对立面,于是不可避免地使一个蚂蚁大的民间小事滚雪球般演变成一头大象般的政治事件。

在李雪莲这里,众官员没有贪赃枉法,但他们漠视百姓,所以他们不是真正的无辜受害者。在省长储清廉那里,他们似乎成了不折不扣的冤屈者。在人代会召开期间,李雪莲凭着自己的智慧闯进了会场,并被一位中央领导的秘书撞见。于是,在李雪莲所属省份的分会场上,那位中央领导即兴发言时遂以李雪莲上访为例,激情昂扬地教育大家要时刻牢记为人民服务的宗旨,不能骑在劳动人民头上作威作福,不能动辄把劳动人民当作恐怖分子来对待。中央领导的这一通发言,让省长坐立不安。最后,为了表明自己的立场,省长决定把中央领导人举例提到的那些市长、县长、法院院长等统统撤职。各级官员就这样被撤了职,他们一起喊冤,但又无处喊冤,因为木已成舟,为时已晚。由此可见,中国基层官员的生存根基是脆弱的,用人制度也存在一定的随意性与主观性。其实,那位中央领导也只是临时借李雪莲为例批评一下社会上存在的这种现象而已,根本不想让省长罢免这么多干部。这位省长过分领会了中央领导的意图,导致这么多干部被莫名免职,但他不需要负任何责任,一切痛苦由这些被撤职的人去品尝。作品中那位中央领导事后对此事也进行了反思:"采取组织措施,是世界上最容易的事,为什么总爱抄近道呢?为什么不能深入思考这件事情的重要意义呢?为什么不能举一反三呢?"[①]这种简单粗暴的毛病大概在中国官员身上普遍存在。

刘震云以李雪莲为引子,通过她与政府官员的正面交锋,深入浅出地把官员写成了好人和无辜的受害者。他们被李雪莲折腾得死去活来,同时又被各自的上司训斥地心力交瘁。是什么导致他们陷入这种不堪境地?其实原因很简单。他们怕李雪莲,是担心上一级领导知道他们处理不力会影响他们在领导心目中的印象。他们怕上一级领导,是害怕丢掉乌纱帽。刘震云也认为:"新作貌似写了官场百态,实际上想表达的却是生活背后的喜剧和荒诞逻辑。一个妇女利用上访,告倒了从下到上一溜贪官。李雪莲是冤的,但一批官员更冤,谁导致

---

① 刘震云.我不是潘金莲[M].北京:长江文艺出版社,2012:105.

了他们的冤？是生活逻辑和政治逻辑。"①

三

刘震云曾说："原来我的小说主人公都是男的，有人说我对女性缺乏了解，但我并没有放弃这种努力。在现实中做不到，我可以用一本书来接近她。"②通过作品，读者的确从李雪莲身上读出了独特的含义。

首先，李雪莲不是一般意义的女性形象。众读者通过小说标题往往会把李雪莲和古典文学人物潘金莲做比较，其实她们之间的共同点是有限的。潘金莲是由施耐庵刻画，兰陵笑笑生演绎而活在戏剧舞台、文学作品、市井百姓茶余饭后的坏女人样板。这个人物最先出现在《水浒传》中，后来出现在《金瓶梅》中，历经几个版本的补充后被塑造成一个美丽风流而又心狠手辣、淫欲无度的典型。几百年来，她一直被钉在历史耻辱柱上，成为妖艳、淫荡、狠毒的典型。但在刘震云眼中，他认为潘金莲是前所未有的中国女性形象，很是欣赏她敢于追求自由、反抗旧伦理的勇气。虽然刘震云欣赏潘金莲的反叛，但他笔下的李雪莲并不欣赏潘金莲的淫荡与狠毒。若说她们之间存在共同点，那就是两者都具有反叛性。李雪莲要反叛的首先是对潘金莲的否定，其次是对整个社会体制的反叛。从这层意义上说，李雪莲是个了不起的女性。她执着，遇事冷静，处理问题时有自己的原则。她二十余年如一日地坚持上访，这种"明知山有虎，偏向虎山行"的勇气足以表明她不是个普通的农村妇女。

其次，李雪莲是 21 世纪具有反叛个性的新型老百姓形象。作为一个普通老百姓，李雪莲胆大、叛逆、敢于质疑、不畏权贵，有一定的自我意识，这种性格对于刘震云笔下中国几千年奴性十足的顺民、愚民形象是个重大突破。正是因为她的这种性格，一批官员纷纷落马。且不论这些官员落马与她本人的能力大小有没有关联，但有一点必须承认，这事因她而起。虽然最后她失败了，但导致她失败的并不是官府，而是秦玉河的死。从这点来看，她并没有屈服于官府，她坚持了自己的真理。

再次，作者通过李雪莲表达了部分政府官员与民对立的隐忧。作为一名手

① 刘震云.我触摸着生活的底线[N/OL].北青网,2012 – 08 – 08.
② 刘震云.潘金莲是前所未有的中国女性形象[N].扬子晚报,2012 – 08 – 08.

无寸铁的平民百姓,李雪莲敢于同政府官员对抗,实际上是弱小的百姓团队与一个庞大组织机构在做对抗。力量的悬殊决定李雪莲必然失败。但在对抗过程中,读者目睹了部分政府官员不作为或错作为的系列表现。作为人民公仆的部分官员,他们享受着百姓给予的俸禄,本应全心全意为百姓谋福利才对得起人民,但当李雪莲有事需求助于他们时,他们因事不关己而随意呵斥其为"刁民"。国家召开人大会议,这是举国关注的大事,但人大会场竟不允许身为人民一分子的李雪莲进入。李雪莲身体健康时,众官员竭尽全力对其进行围追堵截。李雪莲因病卧床之后,众官员依然死守不撤,就怕她能缓过神来,接着上访。当得知秦玉河已死,李雪莲也接连几天没醒过来,众官员就安心撤退了。在这几天内,没有一个官员会担心李雪莲的生命安危。小说在嬉笑喧闹的细节中含蓄表达了作者的忧愤。

总之,刘震云再一次在社会热门话题如"上访""生二胎"等上做足文章,用一个无关潘金莲的看似荒诞的故事,以轻松闹剧的形式,阐述了真实而庄重的生活逻辑和政治逻辑,继续以自己独特的方式表达着对当下社会的看法与理解。

超越苦难与生死的高尚书写

——评余华新作《第七天》

一直以来,余华都是一个紧贴生活、关注现实的作家,但他眼中的现实总是灰色无奈、充满苦难的。在创作伊始他就对这种不堪的世界充满了怀疑与抗拒,并采用暴力和血腥来回应这破败的现实。在处女作《十八岁出门远行》中,他以"我"的经历感受到社会的欺诈与暴力;在之后的《河边的错误》《一九八六年》《现实一种》《死亡叙述》中,余华将这种暴力由社会上的陌生人之间演绎到家族亲人之间,在暴力和死亡中不断叙说着对丑恶现实世界中人类生存及其命运的思考、怀疑和困惑。由于作品中残酷荒诞的意味与形式,使得他成为20世纪80年代先锋小说的代表作家。接着,《活着》和《许三观卖血记》的相继问世,作品中依然出现死亡和暴力场面,但往昔梦幻、先锋的意味已经消退,作品从虚幻的世界回落到现实生活中,以完整的故事和清晰的情节线索表明了作者的现实主义写作立场。在这接地气的现实主义书写中,余华还是一如既往地对残酷现实提出了自己的质疑与抗拒,在极力书尽人类生存的苦难生活中,余华提出了"人只是为了活着而活着"的主题。他"以冷漠的叙述令人惊骇地提供了苦难生存的标本,从而抹去了幸福生活的表象,展示了灰色人生的苦难真实。"①因此,余华被文坛称之为"当代最具苦难意识的作家"。走下先锋圣坛的余华因《活着》而成功转型为现实主义作家,同时,他以更加激进的态度关注现实生活,以敏感的眼光创作了《兄弟》,描写出中国市场经济的崛起下中国人的生存状态。这是一部反映社会现实的社会小说,由于作者为刻意营造浮躁、粗鄙的社会氛围而刻意营造出小说语言文字乃至内容的粗俗与浮躁而在内地文坛受到了口诛笔伐。但不管世人的批评多么苛刻,我们依然不能否认余华作为一个小

---

① 陈大仁.先锋浪潮中的余华[M].北京:华夏出版社,2000:58.

说家该有的社会责任感与担当意识。

一

从20世纪80年代写作至《兄弟》的问世,余华所关注的社会横跨疯狂的"政治年代"至20世纪90年代,对不同时期人们多舛的命运和苦难的生活寄以温情的呵护与通达的共担。之后,余华搁笔七余载,再一次以接地气的方式关注社会现实,发表了这部在当代文坛再一次引起极大争议与轰动的长篇小说《第七天》。在新作中,余华冷静而逼真地为读者描绘了一个现实与虚妄生活互相交融的新世界:这里有等级鲜明的殡仪馆、有温馨而又揪心的爱情故事、有不是亲人胜亲人的父子情和母子情、有生活在社会底层刘梅等鼠族的生活,还有各种不堪的社会现实。小说从死走向生、从生走向死,在生死之间来回穿梭,用一个极其魔幻的现实世界表述着作者对现实的审视与批判。

从余华已有的创作成绩、一贯的创作风格来看,七年磨一剑的新作绝对是一部令人满意的力作。但新作自6月14日问世以来,在文坛乃至网络上产生极大的争议与轰动。产生争议的原因主要归结为新作中出现了较多为当下百姓耳闻目睹的公众新闻事件,于是,"新闻串烧""平庸剪报""段子杂文"成为众读者指责新作频繁用到的词语,新作饱受诟病与被否定的程度不亚于当年的《兄弟》。有读者认为"主人公杨飞在阴间过了七天,七天的所见所闻所思像一个竹签,把诸多社会事件串成肉串,余华只给了我们肉串,却回避它来自一只有血有肉的羊。假如小说不能发掘背后的人性冲突,那么我们还要小说干什么?或者不客气地说,余华这本书,没有给予文学足够的尊重"[1]。还有读者认为"在这本严肃的小说中,出现了众多的荒唐的时代事件、流行的时代名词。他们出现在这本书里,就像走错了地方的孩子,那么无辜,流着泪想说点什么,力量却飘散在空中,最后像一摞旧报纸里整理出来的《新闻联播》"[2]。还有读者在微博上吐槽,"起初几页翻下来,差点真以为是中国版《百年孤独》,读下来才发现其实是新闻杂烩。这恐怕是余华出道以来最差小说"。还有读者认为:"余

① 瘦猪.《第七天》:请余华先耐下性子[N].京华时报,2013-07-05.

② 茶胡子.他无法用小说对抗荒诞现实——评余华《第七天》[N].东莞日报,2013-07-05.

华,曾经写出过《十八岁出门远行》《许三观卖血记》等经典,这次好歹还是指望能读到点新东西的,哪怕是一点点深层次的感受也好啊,没想到会糟糕到这种程度。一句话,这恐怕是余华出道以来最差的小说。"①有趣的是,与网络上一边倒的批评相对应的则是当代文坛上学院派学者们纷纷从不同角度肯定了新作。曾写文章批评《兄弟》下半部的北师大教授张柠,这次则痛斥网友对《第七天》的批评太不靠谱。他认为"《第七天》是一个值得精细阅读的文本,绝不是网传那样简单的新闻堆砌和记录"②。北师大教授张清华就表示:"无论肯定还是批评,都说明读者对中国文学的关注度非常之高,这总归是件好事。"③中国人大教授程光炜认为:"《第七天》引发的争议甚至可以看作一个事件:它在暗示我们,中国当代文学已经进入'死魂灵'的年代,一个文学上'野草'的年代。甚至,读《第七天》的时候好像感受到了彷徨期的鲁迅。"④北大教授陈晓明则认为:"今天中国的'现实'并不是中国作家能够击穿的,但是中国有一批作家,尽管他们对现实表现不是那么尽如人意,但是他们有一份对现实顽强不屈的责任,如贾平凹、格非、余华等。"⑤在他看来,这种勇气和责任足以让人致敬。复旦大学教授张新颖认为:"余华是艺术、形象地把这样一个正常人在当代社会里的那种无力感写出来,他把主人公写成了一个死人,表达出来的绝望是很深刻的东西。"⑥

二

从这两极分化、毁誉参半的评论中,我们不难看出评论双方切入作品的角度不同,对作品的阅读渴望和审美需求也不同,从而产生了大相径庭的评价。面对两极分化的批评,余华采取了冷静的态度,他说:"我会关注批评,但不是现在。等《第七天》冷下来,我会认真看读者的批评,那时候,冷静的批评也会多起

---

① 陈丽密.七年写"七天"余华最差小说[N].厦门日报,2013 – 06 – 17.

② 潘卓盈.余华反击读者批评:《第七天》是最能代表我的小说[N].都市快报,2013 – 07 – 04.

③ 刘悠扬.《第七天》研讨会在京举行,余华公开回应各界质疑[N].深圳商报,2013 – 07 – 05.

④ 同上。

⑤ 同上。

⑥ 同上。

来。"①并且,余华不畏众言,给自己的作品做出了最坚决的评价:"这是最能代表我全部风格的小说,只能是这一部! 因为从 20 世纪 80 年代作品一直到现在作品里面的因素,统统包含进去了。我已经写了三十多年的小说,如果没有文学价值,我想我不会动手!"②的确,作为一般性读者,要学会冷静地欣赏作品,而后再做出客观的批评,文学评论最忌讳的就是凭个人感觉和自己的情绪偏好来片面地评价作品。就是有了自己的看法,那也得心平气和地摆出理由,能让作者本人和其他读者心悦诚服。所以,作为一名冷静的读者和客观的评者,笔者将新作连读了三遍,读完不禁为余华叫屈,因为从多重主题的丰富表达,对人生苦难与生死的深层理解,对语言、细节、结构的精心设置,游刃有余、圆心辐射状的叙事方式以及出神入化的魔幻现实主义手法的运用等综合因素来看,新作的确不失为一部最能代表余华全部风格的小说。

第一,多重主题的丰富表达。有读者认为:"现实生活中本该像小说一样荒诞的故事情节,却因为在这片土地出现太多次,而被人习惯,袭警、拆迁、弃婴、卖肾这些每天都在发生的故事,放在一本小说里,却显得有些轻薄。"③对此,余华反驳道:"我们的生活是由很多因素构成的,发生在自己和亲友身上的事,发生在居住地方的事,在新闻里听到看到的事等等,它们包围了我们,不需要去收集,除非视而不见。我写下的是我们的生活。"④张新颖教授认为:"网友之所以会认为余华只是在做新闻剪报,是因为余华写的是我们已经视而不见的日常生活,太真实,触及了我们这个时代一些我们远远没有讲清楚、不愿意讲的东西。"⑤与余华和张新颖教授的观点相同,笔者在遭受众人诟病的"新闻串烧""平庸剪报""段子杂文"的文本中读出了余华对当下政府的无情抨击、对当下社会人心冷漠的控诉;读出了作者对正直善良人性的礼赞、对一个个被迫离世的魂灵的同情;读出了其对虚妄空灵世界和谐幸福生活的向往与憧憬;读出了其在对残酷现实的无奈憎恨与对和谐冥界的虚妄憧憬的裹挟下走向死无葬身

① 余华.余华谈新书《第七天》:我会关注批评,但不是现在[N].新民晚报,2013 – 07 – 01.
② 潘卓盈.余华反击读者批评:《第七天》是最能代表的小说[N].都市快报,2013 – 07 – 04.
③ 茶胡子.他无法用小说对抗荒诞现实—评余华《第七天》[N].东莞日报,2013 – 07 – 05.
④ 余华.余华谈新书《第七天》:我会关注批评,但不是现在[N].新民晚报,2013 – 07 – 01.
⑤ 潘卓盈.余华反击读者批评:《第七天》是最能代表的小说[N].都市快报,2013 – 07 – 04.

之地的深刻立意。作品从多方面逼近现实、审视现实、反思现实,从而丰盈了这本只有13万字的长篇小说的题旨。

一是表达出对当下中国相关政府部门的无情控诉。余华是个有社会责任感的作家。新作中,余华在轻描淡写中撷取一些司空见惯的如因政府相关部门监管不力而出现毒大米、毒奶粉、毒馒头、假鸡蛋、皮革奶等食品安全问题;政府官员为保个人官位而谎报火灾死亡人数问题;医疗机构将弃婴尸体当作医疗垃圾抛进河里的冷漠;公检法部门胡乱判案,戕害无辜生命的草率;各种类型的政府强拆行为导致百姓居无定所甚至家破人亡;各种民营企业在工商、税务、卫生、公安、消防等政府部门的层层剥削下惨淡经营甚至无奈倒闭等公众新闻事件,在文学的合理夸张与现实的真实存在中将批判的矛头直指当下政府。当下文坛不乏关注社会现实的作家,如刘震云、邱华栋、贾平凹等,但像余华这样不留余地、直截了当地敢于直面现实的气魄让人敬佩,其批判的力度与决绝的气度不亚于当年的鲁迅。

二是表达出对当下社会人心冷漠的抨击以及对美好人性的呼唤。关于余华作品中的冷漠,早有人经典地评价余华血管里流动的不是温热的血液而是冰渣子。从余华一贯的写作立场来看,其在关注现实中感受到的总是人与人之间透心凉的冷漠。但余华一边在对冷漠人性做出极大的讽刺与抗拒,另一方面又在内心呼唤温暖人性。在新作中,余华为大家平静而动情地演绎了爱情、亲情和友情故事,每个故事背后总是深深隐藏着作者对当下社会冷漠人心的痛心和对美好人性的呼唤。

新作中只描述了"我"杨飞与美女白领李青、底层鼠族人物鼠妹刘梅和伍超之间心酸而又美好的爱情故事。在杨飞与李青短暂的爱情婚姻中,因李青的美貌使公司里单身青年对她趋之若鹜。但他们看中的只是李青的外表,没有一个人真正走进李青的内心。当其中一个追求者求婚失败后,遭受到的则是全公司人的耻笑与冷待,在夸张与真实之间淋漓阐释出当下文明都市人的人心隔膜,形象阐释出他人即地狱的存在主义哲学观。而恰恰在大众的冷漠背后,"我"一以贯之的温暖善良感动了李青,从而成就了这段本来不可能的爱情。同样,在刘梅与伍超的爱情故事中,则让人读出了底层人物爱情的揪心与真诚,读出了中国人惯有的"看客"心理与变态嘴脸。刘梅因伍超给她买了个山寨手机,认为这是对她情感的一种欺骗。年轻气盛的她本不想跳楼,但还是在诸多冷漠网友的怂恿下选择了鹏飞大厦。站在鹏飞大厦楼顶的鼠妹还是不想就这样结束自己年轻的生命,但楼下的看客们极尽讽刺、挖苦、怂恿之能事,荒唐地使鼠妹在众人的掌声中魂归西天。在这个环节,鼠妹的遭遇似乎让读者看到了鲁迅笔下的祥林嫂,是那么无助与悲哀。鼠妹因情而逝,在世俗人眼中,伍超并不需负任何责任,甚至还可以开启新的人生。但余华让我们看到社会底层人身上善良温暖人性的圣洁光环,让伍超走上卖肾来为鼠妹买墓地这样的赎罪之旅。

新作还围绕"我"讲述了"我"与养父杨金彪、心中母亲李月珍之间不是亲人胜亲人的亲情,也围绕"我"讲述了"我"与生父生母胞哥胞姐之间是亲人却又不是亲人的寒心。由于生母的大意,苦命的"我"竟然降生在铁轨上,从此走进了一个年轻、善良的单身铁道工的生活。为了"我"的开心成长与不离不弃,养父选择了终身不娶。他们不仅在有生之年不离不弃,就是死后依然在茫茫冥界中苦苦寻觅。虽然死后两人都变了形,即使相逢也不识,但两人都选择了寻找与等待。心中的母亲李月珍在小说中是个伟大母亲的化身,作为养父的同事,她用自己的乳汁无私养育了"我",在自己即将赴美颐养天年时,竟然为了27个弃婴而死于非命。"我"对心中母亲充满感激,因为她的伟大与无私;因为她的善良与宽厚。与之形成鲜明对比的则是"我"在生母的苦苦找寻下如愿以偿地回到了生父生母家中,但这27天的家庭生活却让"我"感受到的是无休止的争吵、无理由的指责和埋怨。尤其是"我"的胞哥胞姐,竟然吵着要"我"出去租房子,毫无兄弟、姐弟之间的那种失而复得、血浓于水的手足之情。家永远是爱的港湾,家中如果没有爱,即使是在流淌着同样血液的亲人之间也会形同陌路。"我"所遭遇的家庭的冷漠不是个案,而是当下中国众多危机家庭的缩影。用笔细腻的余华在这里轻插片段便在鲜明的对比中再一次阐释了萨特的存在主义哲学在当下生活中对世人的影响,也表达出他对美好人性的呼唤。

三是表达出对现实中为良知和尊严而活着的人们的礼赞。在现实生活中,人可以选择多种方式活下去。如果有人选择明哲保身的方式,可以自保并免于各种正义是非的纠葛之中,但这样的活法会助长社会的冷漠、麻木与自私;如果有人选择有尊严、有良知地活下去,那么,在这不堪的社会中,定然会举步维艰、生不如死,甚至还会搭上无辜的生命。很显然,余华看重后者。如"我"心中的母亲李月珍,和身边很多人一样看见了河边漂着的婴儿尸体。旁人保持沉默,唯独她义无反顾地举报、曝光,以自己微弱的力量唤起民众对生命的尊重。最后,招至的是死于非命。本来,她可以马上和丈夫一起奔赴美国陪女儿一起过上幸福的晚年生活,可顷刻间竟和家人阴阳两隔。在作品中,余华把对李月珍的崇敬再次放大,在虚妄的冥界,善良的女人再次将二十七个弃婴当成自己的孩子。还有被生活所逼的"鼠妹"们,在这个笑贫不笑娼的社会,若仅仅为了金钱和物质,凭她们的年轻美貌是很容易活下去的,可为了人的尊严和宝贵的爱情,鼠妹还是矢志不移地跟着伍超过着朝不保夕的赤贫生活。伍超也算有志向、有骨气的阳光青年,他也可以成长为理发技师或厨师,但为了爱情与义气,他一次次丢弃生存的机会,最终以卖肾换墓地这样极端的方式走向死亡。诸如杨金彪、李月珍、伍超、鼠妹这些生活在社会底层的善良人们,他们的出路在哪里? 很显然,余华做出了绝望的回答。

四是流露出对残酷现实的无奈和憎恨,以及对和谐冥界的虚妄憧憬,并从中走向死无葬身之地的彻骨绝望之情。现实是残酷无奈的,与之相对比的,则是冥界的和谐、宁静和无忧。"在那里,树叶会向你招手,石头会向你微笑,河水会向你问候。那里没有贫贱也没有富贵,没有悲伤也没有疼痛,没有仇也没有恨……那里人人死而平等。"①在那里,被砍死的公安办案人员与被枪毙的李姓男子由现实生活中的一对冤家变成了不离不弃的一对棋友;在现实中饱受歧视与磨难的鼠妹得到了众人的呵护,美丽地、心满意足地走向了安息之地;在火灾中拦阻客人不让走的酒店老板开始对自己的疯狂行为表示悔意,又开始重新张罗起酒店来;"我"与自杀的妻子李青再次共诉衷肠,情意绵绵;"我"与养父彼此找寻,将永远不离不弃。但是,冥界的和谐、宁静与无忧与现实的残酷形成的对比愈鲜明,愈发显出世界的荒寒与绝望。那一个个或被迫或含冤离世的孤魂,在宁静的冥界又能走向哪里? 对此,余华进行了合理的想象。有人帮买墓地的魂灵就可以永远走向安息之地;孤魂野鬼、无人帮买墓地的魂灵只能永远留在死无葬身之地。以此作为小说的结尾,众读者皆认为很有文学意味。至于为何用"死无葬身之地"的方式来安排无望的生与死,余华做了这样的解释:"从'死无葬身之地'这么一个谁都不愿意去的地方,以前是咒骂人的地方,从这样一个角度来写我们的现实世界。如果有人问我文学的意义在什么地方,我说就在这儿。如果我没有从'死无葬身之地'来写现实世界,而是采用波拉尼奥《2666》'罪行'的方式,可能真的没有文学的意义了。"②余华想让那些可怜的死

---

① 余华. 第七天[M]. 北京:新星出版社,2013:225.

② 刘悠扬.《第七天》研讨会在京举行,余华公开回应各界质疑[N]. 深圳商报,2013 - 07 - 05.

者能在冥界得到永生的快乐,可这快乐的所在地竟是"死无葬身之地"。对于作者特意安排的悖论结局,不禁把读者推进了绝望的深渊。怪不得有人感慨:"以前读《活着》,福贵的故事尽管悲惨,但总还觉得活着是有希望的。但这里的故事,让人无法置身其外,感觉让人特别绝望,恐怖至极。"①

第二,对苦难与生死的透彻理解。作为当代最具有苦难意识的作家,余华对苦难和生死有着自己独特的理解。苦难意识是西方现代主义作家所极力表现的。他们认为人类生存状态的本身就是一种苦难,并且永远不可逾越,如艾略特就将现代文明看成是一片精神荒原;卡夫卡笔下的人物永远都是那么孤独与绝望。深受卡夫卡等现代派作家影响的余华,其作品中就不可避免地浸泡着苦难意识。有评者认为"余华的小说明显在展示苦海无边,无可逃避的图景"②。所以,自写作以来,苦难是余华直面现实最基本的着力点,只是在不同时期表达方式不同而已。和先锋时期作品中总用血腥、暴力、杀戮来表现绝望不同,从《活着》开始,余华对苦难的理解开始变得温和、平静、宽容,苦难在人生绝望的边缘闪烁着希望之光。《活着》就向世人揭示了人只要能活着,一切皆好的受难主题。的确,人活于世,健康地活着比什么都强。可这是肉体的安好,他完全摒弃了人类在精神上的追求。可见,此时期的余华对苦难、生死的理解还停留在中国几千年来"好死不如赖活着""安天乐命"的传统认识和"人生来是就来受苦受难的"佛教思想认识上。但历经七年的沉淀与思考,余华对现实的绝望程度更深一层,对苦难、生死的理解逐渐失却了昔日微弱的亮色。在新作《第七天》中,同样是苦难在生与死之间搭建了一条自由叙述的通道,不过这次生的世界全然黑暗,死的世界里稍见混沌的亮色,但那是悲怆的、疲惫的、忧伤的。在新作中,因举报弃婴而死于非命的心中母亲、得癌症没钱医治的养父、被当作医疗垃圾处理的27个婴儿、房屋强拆时被压死的一对夫妻、商场大火中被烧死后瞒报的38个群众、被当作杀人犯枪毙的青年、在酒店失火中因阻拦客人索要饭钱而失去自己逃生机会的老板一家、为爱情而跳楼的鼠妹、因贫困而卖肾死亡的伍超等,他们在现实生活中承受各种苦难,在冥界中也只能默然自我悼念,"宽广的沉默里暗暗涌动千言万语,那是很多的卑微人生在自我诉说"③。在

① 张杰.余华新书:等了7年 叫《第七天》首日订70万册[N].华西都市报,2013-05-30.

② 赵思和.理解九十年代[M].北京:人民文学出版社,1996:107.

③ 余华.第七天[M].北京:新星出版社,2013:164.

《活着》中,余华对生命充满敬畏,对苦难和死亡豁然以对。在《第七天》中,生者在现实生活中默默承受一切伤害与苦难,死后在另一世界因无人为其购买墓地而无法走向安息、无法得到神的祝福而被迫走向死无葬身之地,再一次陷入渴望安息却永无安息之地的死亡困境。至此,在余华眼中,活着也罢,死了也罢,苦难总是如影相随,人类将永远陷入不可逃遁的恐怖与困境之中。所以,新作的广告打出"比《活着》更绝望"的宣传语,笔者觉得宣传语归纳精辟,绝无哗众取宠之嫌。

第三,冷静节制的语言、匠心独具的细节与独特叙事方式的采用。南京大学英文系教师、网友洛之秋在微博中对余华新作否定得更为决绝:"坦白讲,《第七天》失败的根源并不是余华在小说中容纳了太多社会新闻版的荒诞桥段,而纯粹是技术层面的——词语的失败,细节的失败,人物对白的失败,叙事风格的失败……"对此,笔者完全持相反意见。在细读文本的过程中,笔者恰恰发现了作者在作品中倾注了大量的情感与精力,使得小说的语言冷静、节制、干净、淳朴;作品中也多处巧设了细节与伏笔,使得这部充斥荒诞与离奇元素的作品显得更加具有多种解读可能性;作品中典型的以点带面式、发散式的辐射状的叙事方式的运用使得作品张力十足,人物游刃有余地在阴阳两界自由穿梭,为小说主题的表达搭建了最佳平台。

首先,对于新作的语言,网友纷纷认为"语言苍白,如白开水般""文笔太差""文笔浅显"。对此,余华很是惊讶,他认为"有人说语言怎么苍白,语言枯燥无味,白开水一样的语言,我确实没有想到语言也有人骂,因为这个小说的语言我非常讲究的,我修改了一遍又一遍,尤其到一校、二校的时候,改动的全是语言"[1]。陈晓明教授对网友炮轰新作语言不好,也感到非常震惊,"《第七天》语言不好,你还想要什么语言?那是有一种诗性在里头"[2]。在《活着》之后,关注现实的余华不再把语言当作一种为实验或华丽,或犀利的技巧,而是在语言中沁入自己对世界的切骨体验,这使他的语言变得更为质朴、本真且不乏感染力。如在新作中,"身后的哭声像潮水那样追赶过来,他们两个人哭出了人群的哭声。我仿佛看见潮水把身穿红色羽绒服的小女孩冲上沙滩,潮水退去之后,

① 潘卓盈.余华反击读者批评:《第七天》是最能代表我的小说[N].都市快报,2013 - 07 - 04.

② 同上。

她独自搁浅在那边的人世间"①。这两句形象贴近生活的、朴素真实的比喻在冷静、节制中淋漓尽致地表达了因政府强拆导致一对年轻夫妻与自己年幼的女儿瞬间阴阳相隔的剧烈痛苦。字里行间，表达的不再是两个年轻父母的痛苦，而是整个冥界魂灵的痛苦，是整个留在现实生活中人的痛苦，更是整个阴阳两界所有存在所感受到的痛苦，从而在直白浅易中表现出强烈的批判意识。而这样的诗性语言在文中比比皆是。批评余华语言直白的读者也许在阅读审美上更倾向于或风花雪月，或飞扬跋扈，或犀利深刻的语言表达，这是无可厚非的，因为每个人都有自己的审美倾向。但把这种审美倾向加在《第七天》上，显然是不合时宜的。因为这里余华所要表达的是生者的疲惫、死者的忧伤，这里的世界到处灰色一片，容不得半点富有生机与生命意识的亮色。对此，余华自己也认为："这是一个从死者的角度来叙述的故事，语言应该是节制和冷淡的，不能用活人那种生机勃勃的语气。在讲述现实的部分，也就是活着世界里的往事时，语言才可以加上一些温度。一部小说的叙述语言应该由小说本身的叙述特征来决定。我在修改时已删除很多'我'，剩下的'我'都是不能删的，仍然不少。这是叙述的需要。"②

新作历时七年酝酿，也有网友对此质疑，认为新作粗糙，按余华的写作水平顶多三个月就可以完工。对此质疑，笔者不以为然。细读作品，还是能感觉到作者在写作过程中颇费心力，其中最能打动人的还是作品中多处细节与伏笔的设置。而这些细节的巧设如果读者不细细咀嚼，往往在第一遍阅读时觉察不出。如作品中有二十一处描写浓雾与大雪纷飞的情景，而这正是小说中人物在冥界所感受到的灰色压抑世界，因为这种寒冷、迷茫的自然情景设置，就暗示性地与现实区分开来，有利于读者和作者自由进出阴阳两界，使自然景物具有了烘托主题、结构线索的文学功能。再如作品开篇中"我"在203站台听到的巨响，就暗示了后文中肖庆遭遇了车祸，而这车祸正是后文中提及的市长举行入殡仪式导致的，但恰恰肖飞又是伍超的同事，从而使先死亡的鼠妹有机会得知伍超卖肾买墓地的感人事迹。再如文中"我"与养父之间的生死相交、不离不弃、互相找寻的情节是作品一大主线索。作者在开篇中就提到了一个身穿破旧蓝衣服、戴着破旧白手套的、骨瘦如柴的、脸上只有骨头没有皮肉、不知是人还

① 余华. 第七天[M]. 北京：新星出版社，2013：150.
② 余华. 余华谈新书《第七天》：我会关注批评，但不是现在[N]. 新民晚报，2013－07－01.

是魂的形象的出现,在接下来的文字中也多次提到这个形象。作者故意不做任何交代,一直到小说结尾,在阴阳两界苦苦找寻未果的"我"通过李月珍才知道此形象就是"我"苦苦寻觅的养父。开篇埋下伏笔,结尾解开谜底,卒章显志,不禁令读者唏嘘不已,从而取得平常经验陌生化的文学效果。当然,文中诸如上述的细节设置有很多,在此不一一赘述。

作者在新作上的颇费心力还表现在其新颖地运用了以"我"为原点、辐射状的叙事方式。对此,余华自己也颇为满意:"《第七天》的叙述有点像圆规,'我'的经历是圆心,所见所闻是一条条圆线,叙述的圆规一圈圈往外画圆。"①作者以"我"死后七天之内的见闻为线索,讲述了多个亡灵在阴阳两界所遭遇的一切恩怨仇恨。小说结构清晰,分别以七天为小标题,但每个章节各自独立,同时和其他章节又互有联系,所以作者很形象地说此种叙事方式像画圆,从文本的结构来看每章节像一条条对外辐射的线;从文本的内容看,这些线之间会因某个点而相互交融,最终又汇成了一个完整的圆。作者运用此种叙事方式,再巧妙设置伏笔,安排细节,将多个亡灵的来龙去脉交代得清清楚楚,同时也将疯狂、残酷的社会现实生动呈现于读者眼前,使得愤恨、辛酸、悲哀、忧伤、疲惫、无望、虚妄等情绪弥散全书,将读者一步步推进了无边的绝望与荒寒之中。

第四,近乎荒诞的魔幻现实主义手法的运用。关于冥界,在中国道教、荷马史诗、希腊神话、古埃及神话以及各类文艺作品中,都曾有过详尽的描述。在不同版本的冥界中,都不一而足地体现出好人享乐,坏人遭罪的价值倾向。在那个世界里,依然不可避免地充斥着血腥与暴力、复仇与不甘,关于人类的生与死、爱与仇、等级与尊严的纠葛依然无处不在地存在着。而余华新作《第七天》则为大家描述了这样的一个世界,"在那个世界里,水在流淌,青草遍地,树木茂盛,树枝上结满了有核的果子,树叶都是心脏的模样,它们抖动时也是心脏跳动的节奏"②。他在作品中运用虚幻、缥缈的手法来反映中国当前的现实生活,将各种不可思议的情节和自然现象插入反映现实的叙事当中,使中国当下现实社会和虚幻冥界变成了可以自然穿越的现代神话,既有离奇幻想的意境,又有现实主义的情节与场面。在这里,幻觉和现实互相交叉,魔幻和现实融为一体,从而创造出一个既离奇又合理、既荒诞又真实的世界,这

---

① 余华.余华谈新书《第七天》:我会关注批评,但不是现在[N].新民晚报,2013 – 07 – 01.
② 余华.第七天[M].北京:新星出版社,2013:225.

就是通常意义上的魔幻现实主义,也就是余华版的冥界。

一般意义上来说,只有当世人无力解决现实生活中的矛盾,无法掌控自己的命运时,人们才会不由自主地把求助的目光投向虚渺的冥界。在新作中,余华还是一如既往地关注社会现实,关注的时空由回看历史改为逼近当下社会,这与余华一贯的写作立场相符,但为什么作者在新作中不再仅仅就现实谈现实,就苦难谈苦难,竟别具一格地将小说世界拓展为虚幻缥缈的冥界呢?对此,余华解释道:"我一直想将生活中看似荒诞其实真实的故事集中写出来,同时又要控制篇幅,因为用五十万字或一百万字去写会容易很多,对我来说虽然会消耗时间和体力,但不会形成挑战,只有用不长的篇幅表达出来才是挑战。于是我找到了这个'七天'的方式,让一位刚死去的人进入另一个世界,让现实世界像倒影一样密密麻麻地出现,而且要让它们的身影十分清晰。"①提及"七天",笔者认为这是新作最魔幻的地方。按照中国人的丧殡习俗,存在"头七"之说法,"头七"是根据死者去世的时间再配合天干地支计算出来的日子及时辰,是人去世后的第七日。丧殡习俗认为死者魂魄会于"头七"返家,家人应于魂魄回来前,为其准备生前最喜爱的食物及物件以作最后的致意,家人最好回避,以免死者魂魄看见家人而牵挂家人,从而影响他投胎再世为人。余华以人死后七天见闻为主线,直接以七天来结构全文,最后以第七天来告终全文,并以"第七天"为小说标题,不知是余华本人故意巧取民间习俗,还是笔者的多虑?

当然,作者自己也交代了第七天的由来。小说开篇扉页上引用了西方圣经中《旧约·创世纪》中的"到第七日,神造物的工已经完毕,就在第七日歇了他一切的工,安息了。"在西方人眼中,七天之内,神创造了整个世界,七天之后,一个崭新的世界即将开始,神先得安息了。这点认识和中国人心中的"头七"恰恰相悖。按小说的意图似乎在安息日之后,一个崭新的世界即将开始。但按中国人的传统认识,七天之后,将是亡灵与现实世界的彻底绝离。若将两种观点融为一体则是众亡灵将在第七天之后忘却尘世间的一切苦难与悲哀,即将开始一个新的冥界生活。可这新的冥界生活又是让人别无选择,除了进入安息之地,就是进入死无葬身之地,这又是何等的悲怆与绝望。

① 余华.余华谈新书《第七天》:我会关注批评,但不是现在[N].新民晚报,2013－07－01.

除了在标题上,余华巧妙地运用幻与真的寓意,合理拉开了全文的格局。在行文细节上,他还是处处在幻与真之间诠释作品主题。如文中所有含冤或被迫离世的灵魂数字加起来正好是 81,不知是巧合还是作者用心设置,这数字容易使中国人想起《西游记》中唐僧西天取经路上所遭受的九九八十一难终成正果的寓意。只可惜,新作中的终成正果是永远走向死无葬身之地,从一个苦难的深渊进入另一个万劫不复的深渊,此番寓意更是让人心生寒意。

除此之外,作者偶尔还会安排一些离奇、荒诞的情节来推动故事的发展。如"我"死后殡仪馆会有人直接打电话给死者,催促对方快点去火化;李月珍和二十七个弃婴所在的太平间竟在一夜之间陷入天坑之中,二十八具尸体不翼而飞。选择如此"近乎荒诞"的角度来描写现实,余华解释道:"写实小说走的是康庄大道,怪诞小说是抄近路的。怪诞小说也好,荒诞小说也好,是为了更快抵达现实,而不是慢慢抵达现实。"①新作在宣传时打出了"比《兄弟》更荒诞"的广告语,笔者觉得宣传语归纳靠谱,也无哗众取宠之嫌。

三

总之,通过对新作总体风格与特征的条分缕析,笔者还是力挺余华对自己的评价,即这是一部最能代表作者全部风格的佳作。不仅如此,笔者还敢断言,这部小说在余华写作历程上将具有里程碑意义。余华在《活着》中文版自序中说"作家的使命不是发泄,不是控诉或者揭露,他应该向人们展示高尚。"他当时对高尚的理解不是那种单纯的美好,而是对一切事物理解之后的超然,对善和恶一视同仁,是用同情的目光看待世界。七年之后,余华继续向人们展示了作家的高尚,此种高尚含有对生者的同情、对逝者的安慰,还有那份超脱于生死之外的释然与虚妄。

---

① 陈梦溪.余华《第七天》毁誉参半 领跑全国各大图书销售榜[N].北京晚报,2013 - 07 - 05.

无意识的男权书写与有意识的女性观照

——论刘震云的男权意识及新作《我不是潘金莲》的女性悖论

提及男权意识,笔者有些困惑:刘震云写作三十余年,关注他的评者众多,为什么鲜有评者关注其笔下的女性人物形象及其写作中隐藏的男权主义书写?带着这份困惑,笔者纵览了刘震云三十余年的创作,从成名作《塔铺》到代表作《一地鸡毛》,乃至后来的故乡系列小说和通俗小说,直到《一句顶一万句》问世,发现刘震云一直坚持用自己的方式构建一个独特的艺术世界。在他的艺术世界里,他的文学视角、关注对象以及作品的主题揭示都是恒定的,有评者认为"刘震云小说具有确定的主题——即抗议物质对于精神、权力对于尊严、历史对于人性的威胁与摧残"①。还有评者认为"刘震云小说的叙事跟他主体的精神突围、逃亡相一致,也跟着调整和变化:从早期的道德激情叙事到新写实的情感零度投入,再到主观化、戏谑化的新历史叙事,实现了他独特的叙事特征"②。也许,正是因为作者在主题揭示和表达方式上给大家留下来深刻的印象,故众评者皆把焦点定格于其小说主题揭示的深刻性与表达手法的独特性上。笔者也和众评者一样,一直震撼于刘震云深邃的主旨立意和天马行空的叙述方式,直到新作《我不是潘金莲》的问世,刘震云坦承自己在之前的小说创作中对女性缺乏了解,他希望自己能在新作中有所突破,开始尝试着从女性视角来表达自己对这个世界的看法。一语惊醒梦中人,新作立即引起笔者对其笔下女性形象的关注,甚至因此而引发了笔者对刘震云写作是否具有男权意识的考证。

---

① 摩罗.中国生活的批评家[J].当代作家评论,1997(4).
② 李莉.刘震云小说的叙事特征[J].科教文汇,2008(11).

一

男权意识问题是个备受中国众多评者、作者与读者关注的文学命题。中国男权意识的滥觞可从"妇"的含义衍变中窥见一斑。在原始社会,由于男人主要从事畜牧,女人主要从事插秧等农业生产,所以"妇"本意指禾苗和农业种植者,含"妇女"之意。但随着生产力的发展以及社会分工的变化,男人的社会地位在逐步提高,女人的社会地位却在逐渐下降,于是关于"妇"的解释也在变化。在西汉《礼记·郊特性》中就衍变成"妇人,从人者也,幼从父兄,嫁从夫,夫死从子"。在东汉的《说文解字》中又解释成"主服事人者也"。而在东汉《白虎通》中又有:"妇人,伏于人也。"在明朝《大明律》中甚至明确规定"若命妇夫亡,再嫁者,罪亦如之,追夺并离异"。

回溯历史,"母权制的被推翻,乃是女性的具有世界历史意义的失败。丈夫在家中掌握了权柄,而妻子被贬低,被奴役,变成丈夫淫欲的奴隶,变成了生孩子的简单工具了"[①]。此后一直到封建社会结束,中国女性始终作为男性的附庸而存在,其主体意识也因此而长眠不醒。而"历史上因反对男权意识而发展起来的女权意识最早起源于19世纪的法国"[②]。从始至今,西方女权主义者们为争取妇女权利、寻求男女平等、反对性别歧视已走过了两百多年的斗争历程。在西方启蒙思想的影响下,20世纪初,追求进步的中国新式知识分子开始把"天赋人权"和进化论学说引进国内,把妇女解放运动作为新文化运动的重要组成部分来开展。随着新文化运动的深入发展,一批具有女性主体意识的女作家如冰心、凌叔华、丁玲、萧红、庐隐等逐渐从经济上摆脱了依附的地位,从家庭小天地走向广阔的社会,以实际行动践行着"我是我自己的,谁也做不了我的主"的独立宣言。但由于中国特殊的国情,中国从未像西方国家那样轰轰烈烈地开展过向男权主义开战的女权主义运动。"因为中国妇女的解放是整体社会革命解放的一部分。新中国的成立使男女平等成为制度;十年动乱后我国进入了一个崭新时期;改革开放使妇女参与社会的机会大大增多。"[③]所以,社会发展至

---

① 恩格斯.家庭私有制和国家的起源[M].北京:人民出版社,1972:20.

② 弗里德曼.女权主义[M].雷艳红,译.吉林:吉林人民出版社,2007:10.

③ 张红梅.女性主义对新时期时期女性文学创作主题的影响[J].南京广播电视大学学报,2002(1).

今,从表面上看,当今女性地位似乎得到了极大的提高,但实质上,由于在漫长历史过程中形成了轻视女性的惯性思维,也由于男性自我意识不可避免的偏颇,"其必然会影响对两性关系的认识和把握,往往会自觉不自觉地将一方置于中心,而将另一方置于边缘的状态"①。

扫描中国现当代文坛,从现代的鲁迅、郁达夫、茅盾、老舍、钱钟书,再到当代的路遥、余华、张承志、苏童、金庸、古龙、陈忠实、张贤亮、周大新等男性作家,他们总是在其作品中有意无意地扭曲着笔下的女性形象,或正面高调,或旁敲侧击,或肆意畅快,或委婉隐晦地表达着自己的男权主义思想。不无夸张地说,男权意识已成为中国男性作家的一种集体无意识。有评者认为"任何一种集体无意识都不能脱离本民族文化,并对本民族的心理产生重大的影响"②。怪不得有评者惊呼"中国几千年的文化传统、美学思想、文学作品不是在塑造女性,而是在改造女性。女性是飘浮在人类历史长河中最繁荣、美丽而又最空洞的能指。在历史文本的层层遮蔽中,女性是一个无所不在的盲点"③。同理,当前文坛上为反对男权意识而存在的女性文学、雄性化写作等文学现象也证明男权意识依然根深蒂固地渗透于许多作家的思想观念之中。

二

深受中国几千年传统文化影响的刘震云是否会走出男权意识的怪圈? 仔细梳理其三十余年塑造女性形象的情感倾向,不难发现刘震云写作中也肆意流露着习焉不察的男权意识。

刘震云在三十余年的小说创作中惯于采用戏谑荒诞的手法,塑造了一批没有正义与邪恶之分的人物形象,讽刺了物欲世界存在的一切龌龊。在他笔下,知识分子是无奈、流俗的,统治者是荒诞、恶俗的,连子民百姓都是无知、蒙昧的。这群荒唐的人物中自然包含众多女性形象。在他笔下,见不到恪守妇道的祥林嫂和吴妈们,见不到隐忍而伟大的为奴隶的母亲们,也见不到通情达理的

① 潘晓云.自我特征的丧失与男权意识的流露——对唐代小说中女性形象的批评[J].江汉大学学报(人文科学版),2010(4).

② 游路湘.背着因袭的重担—论鲁迅小说潜藏的男权意识[J].南京广播电视大学学报,2005(3).

③ 韩晓晶.复苏的性别—后新时期女性主义小说探索[N].天津时报,1997-07-26.

水生嫂们,更见不到善良、自尊的荒妹、菱花。刘震云笔下的女人,没有羞耻,没有尊严,没有人生目标。她们只是作为男人生活的点缀与附庸而活着。从早期的《头人》到《一句顶一万句》,作者对女性形象存在着明显的偏见与漠视。只是在创作初期,刘震云的这种情感倾向并不鲜明。处女作《塔铺》中的李爱莲清纯、善良,她本可以和"我"一样参加高考,靠自己的实力去实现自己的人生目标,享受自己想要的人生,但女子的附属地位使她无法掌控自己的命运。因为生病的父亲和贫困的家庭,她在高考前一周忍痛放弃高考,远离初恋情人"我",被迫嫁给了自己不喜欢的男人。这是多么惨痛的折磨,刘震云以"我"的视角表达出对李爱莲无限的爱怜与惋惜,这似乎可以从李爱莲姓名的谐音中窥见一斑,但这种情感是一种男性优越意识下的本能流露。在新作《我不是潘金莲》中,刘震云第一次把女性定为作品的主角来写,并对女主人公李雪莲充满欣赏之情。但细细回味其三十余年间描写的女性形象,我们不难看出作者对女性还是有着一种固执的轻视与鄙夷。

第一,从作者对这些女性的身份安排来看。除了李爱莲与李雪莲之外,作品中众多女性姓名符号化,如女小彭、女老乔、沈姓小寡妇、某某老婆、某某女儿等。她们的身份不是妓女就是寡妇,要么就是没有话语权的庸俗小市民。在《故乡相处流传》中,刘震云对女人的扭曲与漠视是最狠毒的,他运用重笔对寡妇这种身份从骨子里表示不屑。刘震云在小说里直接说"寡妇有几个是正经的? 就是行为正经,心里也不正经吧? 没见一个20世纪三四十年代中国很走红的女写字的,在一部很流传的小说里,还写过'寡妇梦见个鸡巴——想好事'等词句吗? 不正经是正常的,正经倒是奇怪的甚至是有什么毛病"①。所以,小说中沈姓小寡妇受尽男人的恶意折磨却罪有应得。而在知识分子扎堆的机关里,作为知识女性的她们也没有谁能掌握话语权,充其量只能成为权力追逐场上男人们可以利用的砝码而已。而在温馨和美的小家庭里,她们虽是主角却又因不符合中国传统意义上的温柔敦厚、行为端正的妇女形象而成了别有心机、陷害丈夫、吃里爬外的悍妇与淫妇。

再如从作者对这些女性的外在形象塑造来看。刘震云笔下没有美好娇媚的女性形象。就连备受作者青睐的李爱莲,作者也只是很保守地将其塑造为一名手足粗糙、身材矮壮、结实健康的农村少女形象。而李雪莲作为一名刚生完

---

① 刘震云.故乡相处流传[M].北京:人民文学出版社,2009:74.

孩子的女人,作者更是模糊了一个女人该有的阴柔形象,竟让她在月子里像个男人一样满世界毫无顾忌地寻找仇人。她的言行与穿着打扮都是围绕着如何同男人斗争来进行的。至于其他女人,作者更是采用丑化的手段来讽刺了女人们为之自豪、男人们为之疯狂的所谓美貌。沈姓小寡妇之所以倾国倾城,就因为她长了两颗可爱的小虎牙。倾权朝野的太后竟天生一张柿饼脸。其他女人要么彪悍如虎、要么干瘦如柴,作者从对这些女性外在形象歪曲的塑造中恣意地宣泄着他的蔑视与嘲讽。

第二,从这些女性的品行倾向来看。刘震云笔下大部分女性几乎都烙有潘金莲的影子。在众人眼中,潘金莲是不良妇女、道德败坏的代名词,她因美丽风流、心狠手辣、荒淫无度而成为坏女人样板。若以潘金莲的行动倾向来比照刘震云笔下的女性,她们可称为"新版潘金莲"。除却李爱莲和李雪莲,刘震云笔下女性的品行举止是令人作呕的。历史小说中的沈姓小寡妇就是个见到男人都愿以身相许的轻浮女子,缺乏起码的道德观和人伦观。《头人》中的美兰,作为地主的女儿,因生活所迫成了支书发泄淫欲的对象。关键的是,她不以此为耻,毫不客气地公开做了两任支书的情人,将中国古训"饿死事小,失节事大"远远抛之脑后。而在日常生活中,浅薄、庸俗的女人更是处处皆是,《单位》中的女小彭、女老乔以及几个称不上姓名的某某老婆,她们都是清一色的头发长,见识短,缺乏思想、不思进取、庸俗不堪的女人。女小彭上班就是混日子,女老乔上班就是为己私利瞎整人。在通俗小说中,女人们依然是邪恶、荒淫的代名词。《一句顶一万句》中杨摩西的老婆竟然瞒着两任丈夫与邻居偷情,事发后,竟抛下一切与情人私奔。牛爱国的老婆公然和别人相好,并强行要求牛爱国同其离婚。在其他通俗小说中几位男主人公的老婆们也是动辄红杏出墙,完全一副无才、无貌也无德的恶俗样子。

第三,从作者戏谑夸张的情节设置上来看。刘震云对众多女性充满鄙俗之情,而这种情绪尤在历史系列小说中显得更加浓烈、裸露。因为历史是男人创造的,故历史小说本身也体现出强烈的男权思想。在小说中,历史上曹操和袁绍两个风流人物的分分合合竟然被戏谑为与沈姓小寡妇的两颗小虎牙有关。袁绍首先相中沈姓小寡妇,被曹丞相打败后仓皇逃窜,女人像个不值钱的物件一样被遗弃给曹丞相。曹丞相竟然欣然接受。于是,女人再一次毫不推辞地钻进了曹丞相的怀抱。两军再次交锋,袁绍得胜,这次曹丞相却拔了女人的两颗小虎牙,然后像丢弃垃圾一样将其扔给袁绍。袁绍更加心狠,命令手下人"把奸淫留给她,把英勇给杀了",残忍地使她成为一千多年来反面妇女的死教材。

刘震云对沈姓小寡妇的恶意扭曲的情节还不止此。千年之后,死去的沈姓小寡妇再次复活,她再次成为男人的附属物和嘲弄的对象。在接下来的荒诞叙述中,沈姓小寡妇被男人当作工具实施离间计,她处于男权世界里最底层被蹂躏的地位,作者公然说"说句实话,你不要把女人看得太珍惜了,天涯何处无芳草,世上女的多得是,一花凋谢,百花又开,子子孙孙,哪有穷尽"①。这次沈姓小寡妇的遭遇更惨烈。女人竟然莫名怀孕了,也不知为何人所为,于是一场闹剧出现了,成千上万的男人都成了怀疑对象。沈姓小寡妇开始了荒唐的寻找。最终结果不了了之,男人们一笑置之,沈姓小寡妇只好把这个孩子生下来。作品中曹小娥也难逃此等厄运,她也是莫名其妙地怀孕了,作者再一次戏谑地让她去找寻这个男人,最终结果又一次不了了之。为了男人的和谐,众人索性将女人乱棍打死,就当什么事也没发生过。

在《故乡相处流传》中,男人们随意侮辱女人的情节俯拾皆是。沈姓小寡妇当年生的儿子小麻子当了大王之后,闲暇之余竟别出心裁地要实行选美大赛,以治疗自己的瘴气病。当众人根据他的要求轰轰烈烈地选出美人时,小麻子因为突然而至的军事行动竟轻描淡写地取消了选美之事,建议把选出来的女人打发回去,赤裸裸地流露出对女人是男人附属物的男权意识。

第四,从作者对这些女性的结局安排来看。因为这些女子的恶俗,刘震云在作品中毫不隐讳地表达出对她们的厌恶与鄙视,这点尤其表现在对众女人惨烈的人生结局安排上。李爱莲的辍学与嫁人是缘于现实处境的逼迫,与李爱莲无关,所以作者对李爱莲充满爱怜之意,但无形中也流露出女人因社会地位低下而出现如此凄凉悲剧的情感认同性。李雪莲的结局也很不理想,她抗争了二十余年,最后还是让自己陷入不败自败的尴尬之中,整个人生都输了。而其他女子的结局更惨。沈姓小寡妇被人拔了倾国倾城的小虎牙,拔掉不算还被乱箭射死,花花肠子流了一地,成了中国几千年来不良妇女的反面死教材。美兰则死于村中新盖楼房倒塌之中,死得简单,男人们都觉得轻松极了。对于美兰的死,村中人就一句话"美兰死了",毫无感情色彩,似乎死了一只蚂蚁似的。村中人还一致认为,美兰可以死,但支书不能死,他一死村中就乱了。而曹小娥则在村民的乱棍之下变成一堆肉酱,众人视她的生命如见草芥昆虫。至于那些动辄

---

① 刘震云.故乡相处流传[M].北京:人民文学出版社,2009:31.

红杏出墙的女人最后并没有过上自己想要的生活。

<h1 style="text-align:center">三</h1>

作品是作家心灵的折射。通过上述分析,从李爱莲到李雪莲,似乎折射出刘震云内心世界中的那一丝微弱的憧憬,即他心目中的理想女性形象应该清纯、善良、顺从如李爱莲,同时,还应像李雪莲一样具有反叛性,敢于用自己的行动去争取自己的幸福,哪怕自己的力量是弱小的,不足以改变不堪的现实。而对于李雪莲,刘震云曾说:"原来我的小说主人公都是男的,有人说我对女性缺乏了解,但我并没有放弃这种努力。在现实中做不到,我可以用一本书来接近她"①。相对于刘震云三十余年对其笔下女性所采取的漠视、扭曲的情感倾向,刘震云在新作中给予了李雪莲以有意识的关注与青睐。

第一,作者肯定了李雪莲勇于反叛的个性。李雪莲勇于反叛的个性首先体现在她对潘金莲的否定上。从小说标题中就可看出李雪莲极度反对潘金莲。在刘震云三十余年的创作中,众多恶俗的女人实际上就是潘金莲的翻版,可见颇具男权意识的作者也极其鄙视潘金莲。而在新作中,李雪莲生活严谨,待人接物得体有分寸。相对于刘震云之前笔下的女性那任由男人主宰自己命运的软弱行为,李雪莲显得胆大泼辣,有个性。老胡对他殷勤有加的目的就想和她成好事,当她识破老胡的心思后毫不犹豫地一脚将他踢开,颇显现代女性的自尊与自爱。赵大头一直真诚追求她,但在追求的过程中,李雪莲发现赵大头也为己私利而在利用她时,她当机立断,毅然决然地选择了分手。应该说,她的这些良好品行与历史上道德败坏的潘金莲相比是莫大的讽刺与反抗。其次,李雪莲勇于反叛的个性体现在其敢于反抗整个社会体制的不俗行动上。李雪莲不是一般意义的女性形象,她代表着21世纪具有反叛个性的新型老百姓形象。作为一个普通老百姓,李雪莲胆大、叛逆、敢于质疑、不畏权贵,有一定的自我意识,这种性格对于刘震云笔下中国几千年奴性十足的顺民、愚民形象则是个重大突破。正是因为她的这种性格,一批官员纷纷落马。最后她虽然失败了,但她并没有屈服于官府,她坚持了自己的真理,赢得了自己的胜利。中国现当代

---

① 刘震云.《我不是潘金莲》的女性悖论[N/OL]. 新浪网文化读书频道,2012 – 09 – 03.

小说中的农村妇女形象,从鲁迅笔下的吴妈、祥林嫂,到柔石笔下的为奴隶的母亲,再到罗淑的生人妻、孙犁笔下的水生嫂,再到张弦笔下的菱花、荒妹、周良慧等,隐隐约约地历经了从隐忍、软弱的性格发展为叛逆、坚强个性的成长过程。而到了李雪莲这里,刘震云将她身上的这种叛逆、坚强的个性发挥到极致。

第二,作者肯定了李雪莲执拗认真的人生姿态。作为一名手无寸铁的平民百姓,李雪莲敢于同政府官员对抗,力量的悬殊决定着李雪莲的必然失败。这个道理李雪莲自然是明白的,但她就有"明知山有虎,偏向虎山行"的执拗与勇气。从小说畅快的叙述行文来看,因为李雪莲"咬定青山不放松"的执着,在申请离婚案件过程中,她找完法院审判员之后找法院专委,找完专委之后找院长,然后便是县长、市长,使一个蚂蚁大的民间小事滚雪球般演变成一头大象般的政治事件。从事件表面上看,各位官员成了无辜的受害者,李雪莲反倒成了招人厌弃的无理女子。在同各种官员周旋的过程中,李雪莲精心策划,用心对待,颇显认真细致的人生姿态。

总之,相对于历史上其他恶俗女性形象,刘震云在新作中毫不掩饰地表达着自己对李雪莲的青睐与赏识。但在这份有意识的女性观照背后,刘震云还是无意识地流露出其根深蒂固的男权意识。

第一,李雪莲反叛个性的悖反性。刘震云虽然欣赏李雪莲身上所具有的反叛个性,厌恶潘金莲式的淫荡与不贞,但从李雪莲反叛的内容以及刘震云盛赞李雪莲叛逆性的真实意图来看,似乎具有一定的悖反性。对于李雪莲反叛潘金莲所产生的悖反性,刘震云倒分析得细致入微,他认为"我也不是有意表现李雪莲的道德观、道德底线、人伦观,真论起来她还不如潘金莲更超前、更后现代。现在的'潘金莲'一定不是宋朝的那个潘金莲了,现在成了另外一个东西,意味着不良妇女、道德败坏,她成为一个符号了,所以,李雪莲的指向不是宋朝的潘金莲,而是道德败坏的'潘金莲'。宋朝的潘金莲在生活中未必是那样的,但施耐庵把她塑造成这样的形象了。这个形象最大特点就是在性格上的反叛。父系社会中男人就是妻妾成群,女人就该从一而终。为了防止你跑得快,就要把脚包得特别小,这是男性社会的标准。所以说潘金莲的反叛是彻底的,她不惜上断头台。李雪莲跟潘金莲有一个共同特点,就是反叛。一个反叛的是社会准则、命运,另一个反叛的是一种说法、一句话。李雪莲反叛的这句话就是潘金莲用生命争过来的那句话。但是,李雪莲反叛的是潘金莲的反叛,这是个直接的悖反"①。新作中李雪莲对潘金莲的反抗行为本身就表明她骨子里认同了这个由男人们定义出的道德符号,坚决反对潘金莲那种敢于反叛当时男子三妻四妾的社会规则的行为。从这点来说,刘震云通过李雪莲对潘金莲的反抗,再次间接张扬了自己的男权意识。

第二,新作中李雪莲角色的设置。刘震云擅长塑造男性人物,骨子里对男人情有独钟,这次他终于有兴趣想去塑造他理想中的第一个正面女性主角。但从新作最终表达效果来看,骨子里的男权意识使他偏离了起初的设想。正如他自己在新书首发式上的解释:"虽然故事的主角写的是李雪莲,但在小说中摒弃了李雪莲生活逻辑的官员史为民才是真正的主角。这部小说不能看作是我的第一部女性题材小说。"②至于作者是如何偏离起初的构思设想的,刘震云自己坦承:"《我不是潘金莲》最初正文不是这样的,原来正文的主人公还是李雪莲,当然那个看起来也很好,但我总觉着不对,应该有一个更无形的、更有力量的、更能逼近真正生活的本质和真实的东西。"③到底什么才是真正"无形的力量",在这里,刘震云再一次高调张扬了自己的男权意识。在这个男人掌握话语权的社会,是选择继续在权力场上尔虞我诈,还是选择抽身而退,这只能由熟谙男权世界规则的男人说了算。李雪莲是女人,从始至终的折腾只能为故事的发展起到一定的推波助澜作用,她永远不会明白真正的"无形的力量"是什么。

第三,新作中李雪莲严肃以待的背后是荒诞。李雪莲是个不谙男权规则的女人,她想通过告状扰乱甚至破坏已有的社会秩序与规则,其实,这是一件根本不可能实现的事情。因为与她发生冲突的每个男人都是男权秩序的维持者,每个男人都具有一种无形的力量将她牢牢控制,她以弱小的个体势力来对抗庞大的群体,其失败是必然的。虽然作者一直欣赏李雪莲在与诸多男性对抗中所表现出的执拗与严肃,但相对于史为民的觉醒与顿悟,李雪莲的严肃与认真则显得极其荒诞。更为荒诞的是她一辈子也没悟透的道理竟在史为民这儿轻松找到了答案。其实,李雪莲告状的过程就是史为民人生得以改变的过程,因为他是男人,他熟谙男权世界的规则,所以他轻松表达了刘震云作为男性作家想要表达的真实意图,找寻到人性最温暖的东西,以荒诞的方式化解了李雪莲的

① 刘颋.三人行,必有我舅——刘震云畅谈小说之道[N/OL].中国作家网,2012-09-19.
② 刘震云.《我不是潘金莲》的女性悖论[N/OL].新浪网文化读书频道,2012-09-03.
③ 刘颋.三人行,必有我舅——刘震云畅谈小说之道[N/OL].中国作家网,2012-09-19.

严肃。

其实,文学应该是不论性别的。刘震云起初欲用一本书的方式去接近李雪莲,想塑造一个全新的自立自主、有个性的理想女性形象的初衷与其骨子里习焉不察的男权意识相抵牾,形成了新作中关乎李雪莲形象的系列悖论。但相对于中国文坛上那些高调宣扬男权意识的男性作家们,相对于刘震云昔日的女性形象塑造而言,刘震云已经迈出了可喜的一大步。接下来如何以现代审美文化精神和平等和谐的双性意识去构建具有健全审美人格的女性形象,以人文主义情怀关注女性的生存命运和现实遭遇,从而让她们摆脱沉重的历史偏见,从小说的边缘走向中心,这将是刘震云及众多优秀的男女作家们在今后创作中继续前进的方向。

无"体"之体:刍议当代长篇小说文体发展新趋向

——从《瞻对》的文体争议说起

"大音希声,大象无形。"这是老子在《道德经》中提出的推崇自然的美学观,以此推之,"大文"可否"无体"?此处的"文"姑且理解成小说吧,是否真正好的小说不必束缚在小说的文体规范之内?再来看金代王若虚在《文辩》中的一段精彩对话:"或问文章有体乎?曰:无。又问无体乎?曰:有。然而果何如?曰:定体则无,大体须有。"言下之意,好的文章总是在有体与无体之间游离,以此推之,是否真正好的小说能在"有体"与"无体"之间自由穿梭,进而达到"小说的规定性特征即不像小说"的境界①?此处的"有体"与"无体"可辩证地理解为无"体"之体,即看似无体,实则有体,在文体形态上表现为两个或两个以上文体之间的"跨"体书写。在此,且不管无"体"之体是否为小说创作的最高境界,但总览中国长篇小说的文体发展,从宋元"讲史"到章回体小说,再到当下琳琅满目的各种文体形式,历经数千年的演变,中国长篇小说叙事方式在不断变易,各种形式的文体探索也由来已久,但真正出现打破文体规范和边界,形成无"体"之体的跨"体"书写镜像还是新时期以来。本文将从最近文坛发生的关于《瞻对》的文体争议谈起,在爬梳论述《瞻对》个案的无"体"之体状貌及由来的基础上,梳理80年代末90年代初以来长篇小说无"体"之体现象流脉,再从文体发展的内外机制方面探究形成无"体"之体趋向的成因,并对其发展的可能性维度做出理性评判。

---

① 莱士·马丁.当代叙事学[M].伍晓明,译.北京:北京大学出版社,2005:41.

一

第六届鲁迅文学奖评选中,已负盛名的阿来的《瞻对:一个两百年的康巴传奇》(以下简称《瞻对》)以零票落选,顿时引起坊间一片哗然。接下来,阿来一篇从作品体例、评奖程序和作品质量三方面对鲁奖提出质疑的声明更是将争议推向顶峰。争议的结果自然是维持原判,但硝烟之余,却让作者、读者、批评者以及媒体都不由自主地将焦点集中到《瞻对》的文体界定上。下文将细述不同文体观,以窥这场文体之辨中《瞻对》的无"体"之体的由来、状貌及意义。

一为历史纪实文学作品观。关于《瞻对》的文体,阿来在不同场合坚定地认为是"一部历史纪实文学作品"①。纪实文学是近年来出现的一种新文体,其"既脱胎于报告文学,又有别于报告文学,因为这种文体允许作家在作品基本框架真实的前提下进行某些合理的艺术想象和艺术虚构"②。由是观之,阿来对《瞻对》的文体界定还是比较客观的。因为《瞻对》既具有文学性,也具有非虚构性,但纪实文学的现代性又使阿来的这种界定显得有些别扭。更让人不解的是,《瞻对》首次发表在《人民文学》2013年第8期,2014年初以"长篇历史小说"的身份由四川文艺出版社出单行本,以这种身份亮相必然得到了阿来的认可。现在想想,阿来不愿承认《瞻对》为小说的背后或许存有不关乎文体本身的因素。试想,这部长达二十几万字的作品,若算小说的话,应是标准的长篇,若承认作品是小说,阿来的所有激愤与不平都显得那么冲动与幼稚。问题的关键是,鲁奖的工作人员也将其纳入报告文学类别,不明就里的部分读者也跟在后面为阿来叫屈,可见大家都把《瞻对》当作报告文学,在新出现的"四不像"作品面前大家都不可避免地表现出盲从与困惑。

二为历史纪实作品或地方正史观。有评者肯定了《瞻对》的史学价值,但忽略了作品的文学特质,如认为《瞻对》"是一部地方史,是阿来在大量翔实史料和实地调查基础上,用纪实笔法,把两百年瞻对地方的历史作了准确、形象、简约的梳理,把笔锋扩展到整个川属藏区,并涉及历史上这一地域与西藏的关系"③,

---

① 阿来.融合,而不是对立——《瞻对》创作谈[J].当代·长篇小说选刊,2014(3).

② 何镇邦.文体的自觉与抉择[M].北京:人民文学出版社,1995:181.

③ 朱维群.我读《瞻对》[N].四川日报,2014−06−20.

并指出其"政治上立场鲜明,不做过多阐释,引导读者自己感悟,得出应有结论,题目专,对有志于地区现代化事业的人有重要启迪和帮助"①。而学者贺绍俊的观点更加偏激,他认为《瞻对》是"真正的非虚构叙述"②,认为纪实文学应把拒绝虚构作为写作的伦理标准,应对虚构或者小说笔法采取零容忍态度。"难道零容忍、一票否决就不能写出好看的纪实文学了吗?阿来通过这部作品响亮地回答道:能!我以为这就是阿来这部作品的意义所在。"③在这里,笔者不禁发问,贺绍俊先生认为阿来"完全控制住了自己的小说思维,完全依靠着史料以及民间采访到的历史传说,梳理出一条清晰的历史线索",这里的"民间采访到的历史传说"不就是典型的虚构吗?阿来自己也承认其写作主要依据清史和清朝的档案,以及民间知识分子的记录和当地老百姓以讲故事的方式流传下来的"口头传说"。对于口头传说故事,阿来解释为"作为非虚构创作,我知道把这些传说故事写进历史是没有什么特别的意义。但这些虚构的、似是而非的传说当中其实也包含了当时老百姓对于政治以及重大历史事件的一些看法和情感倾向"④。阿来不仅意识到虚构的民间故事对于叙述真实的瞻对历史所具有的叙事功能,还无法割舍民间文学那独特的美学特质,"它没有历史现实那么可靠,但它在形式上更生动、更美",于是在写作中"多多少少重建或者恢复一些那种民间叙述的美学风格"⑤。贺绍俊先生还认为"纪实文学的灵魂在于作家的思想。一部书写历史的纪实作品,重要的还不在于重现历史,而在于重新认识历史"⑥。试问,作品中阿来那独具特色的个人评判就是正史所要表达的内容吗?所以,把《瞻对》当作地方正史或真正的非虚构叙述的观点是站不住脚的。

三为历史学术随笔或著述观。有评者认为《瞻对》"不是小说,不只是历史,它是一本通过考证与反思,直面藏族民族历史、清政府与藏民关系历史的书,同时也是反思中国历史的书,足以警示当下中国的书"⑦。此观点突出了作品的历史反思价值与学术意义,肯定了《瞻对》是历史随笔或者历史论文的文体。阿来

① 朱维群.我读《瞻对》[N].四川日报,2014-06-20.

② 贺绍俊.《瞻对》:真正非虚构的叙述[N].文艺报,2014-03-28.

③ 同上.

④ 阿来.融合,而不是对立——《瞻对》创作谈[J].当代·长篇小说选刊,2014(3).

⑤ 同上.

⑥ 贺绍俊.《瞻对》:真正非虚构的叙述[N].文艺报,2014-03-28.

⑦ 静岩.读《瞻对》笔记[J].杂文月刊(文摘版),2014(6).

也觉得自己像学者，而不是作家，因为"既要学会在什么地方找材料，还要知道怎么用这些材料，既要兼顾学术性，还要保证一些文学性"①。但细看文本，不管从文本形式，还是作品观点，都不能称之为学术随笔或学术著述。首先从学术论文的形式规范来讲。作品中大量引用第一手史料，这是整个作品的基础，但没有一处交代出处，这是历史著作最基本的工作，但阿来在大段的引用中，有的标出双引号，告之读者是原始资料，有的连双引号都省去，让人分不清是原创还是引用。若按学术的规范要求，从外在形式上就没有过关。其次从历史观点来看。大家一直交口称赞的就是作者对历史的反思，但在作品中，所谓的反思也只是阿来一些针对具体材料或事件有感而发的片段式的即兴感慨，缺乏系统的理论观点。并且，作者对充斥全文的原始史料，有的做出解释或翻译，有的直接摆出，未做解释，给人一种夹生饭的感觉。正如学者高玉所言："用历史眼光来看《瞻对》，可以说问题很多，写了很多战争的故事，但对于交战双方却缺乏必要的背景交代和分析，给人感觉仗打得莫名其妙。"②总之，《瞻对》离历史正史的距离还较远，充其量只能是作者把搜集来的史料，按他的思路和理解帮大家还原了他理解中的历史而已。

四为历史学体式小说观。这是唯一一种认为《瞻对》是小说文本的观点。学者高玉虽也认为作品像一本学术论著，作家阿来像是一个学者，但"从根本上又是小说，是一个历史学体式的小说文本。外在形式上它是历史散文，但内在品质上却是小说，或者说，是历史的材料，但却用小说的方式即用讲故事的方式讲述的，属于历史小说"③。通过对上述几种观点的分析，很显然，最后一种观点比较契合作品实际。不过笔者觉得所谓"历史学体式的小说文本"说法含糊，何谓历史学体式？就是有关"历史"的小说，但这"历史小说"又有别于"新历史小说"和"传统正史小说"，那应该算哪类历史小说呢，笔者认为综合上述四种文体观，作品中有历史、虚构、非虚构等元素，还有文学、纪实等因子，综合起来用"非虚构历史小说"来界定其文体是最合适不过的了。

《瞻对》在结构上采用传统的线性结构，按时间的先后顺序叙事，在历史和现实之间来回穿梭；在叙述思路上，大的线索不变即中央政府与西藏乃至瞻对

---

① 阿来，童方.阿来访谈：《瞻对》，国际写作计划及其他[J].阿来研究，2014(5).
② 高玉.《瞻对》：一个历史学体式的小说文本[J].文学评论，2014(4).
③ 同上。

之间的矛盾冲突,在主线之下不断插入每件事情背后的原委和点评,在顺叙和插叙之间来回穿梭;在语言表达上,一会儿是文言文的原始史料,一会儿是作者或理性,或感性的现代白话文,在两种语言之间来回穿梭;在材料运用上,在确凿的史料和生动的民间传说或口头流传的各种非纸介故事之间来回穿梭。这些纠结的"来回穿梭",使作品作为历史著述,其不足是明显的,因为夹杂了太多的个人评判,让确凿的历史变成了个人的言说;太多的民间故事和口头传说让作品增色不少,但虚构成分又使其历史价值大打折扣。而作为小说其不足也是明显的,因为抄录了太多的文言文史料,使文本的可读性很差;文言史料和现代白话评论之间缺乏有机的融合,造成了文本的割裂。总之,《瞻对》作为学术著述或作为小说的不足或优势合成了现在备受争议的无"体"之体。

二

上文详述了《瞻对》的文体争议以及无"体"之体的由来与状貌,但笔者的用意并不在此。其实,当代文坛上像这样的文体争议并不少,只是争议的范围、程度以及影响力没有《瞻对》大而已。《瞻对》事件只是揭开了长篇小说文体跨"体"书写的冰山一角,回过头来细细梳理当代长篇小说诸如此类的文体现象,我们会发现,原来这种写作由来已久。

早在80年代末90年代初,柯云路的《大气功师》形成了燥热一时的"柯云路现象"。当时大家都认为这是一部长篇小说,但从内容以及写作手法来看,似乎归为一部关于气功的专题性著作较为合适,并且大众也确实把作品当作严谨、真实的气功著述来看待,我们可从《当代》的一则声明中看出当时学界对作品文体界定的无奈与尴尬:"柯云路的《大气功师》在本刊发表之后,引起各界读者的广泛关注。许多读者热忱投书向作者询问或探讨有关人体特异功能、气功等问题。有些读者来信询问作品中所述气功师故事是否真人真事并要求告诉地址,求医治病。关于作品真实性的问题,我们建议读者读一读本刊第五期《大气功师》下卷后所附作者前言,便可一目了然。至于介绍气功师治病之事,本刊编辑部实难满足,读者可找当地的气功协会或有关研究机构打听,或可解决。"① 与读者的热情追捧相对应的则是学界几乎一边倒的反对意见,他们认为

---

① 《当代》编辑部.就《大气功师》致读者[J].当代,1989(12).

《大气功师》"是以小说的形式阐释一种新的'科学理论',但此书不仅没有构建起新的理论大厦,也没能给已有的科学大厦增添只砖片瓦"①。而马原认为"写小说作理论性探索,舍弃了表象思维而采用理性归纳、推理的方式道不可道的道,是这本书的最大失误"②。还有评者虽也肯定了其"是一部开阔思路的小说,作品在有限的篇幅里巧妙设计了一个容量很大的结构框架,让我们具体而集中地浏览了一系列特异功能现象,像这种类型的小说在国内还是第一部。但在文艺作品中提出大智慧、大学说,本身就是一种自我的迷信信仰"。柯云路是位具有一定文体意识的作家,这个可从其新世纪小说《黑山堡纲鉴》《牺牲》的文体创新中窥见一斑。他在写《大气功师》时就已经打破常规小说的写法,将小说笔法和气功理论揉为一体,虽然当时没有得到学界的认可,但无形中向人们透露了一种信息即"小说也可以这样写",所以,当新世纪出现了毕淑敏的《拯救乳房》时,对于这样一部既像心理学著作,又像小说的跨"体"作品时,评论界和创作界虽然也是一片哗然,但基本持接纳态度,认为其"是国内首部心理治疗小说,清华大学博导樊富民认为该书完全可以作为心理治疗研究的教材和参考书"③。

90 年代初,莫言在《酒国》中也已开始使用无"体"之体手法,并且较之《大气功师》,其跨"体"的方式和精巧程度更高一筹。作品中不仅有小说正文,有书信,还有小说人物创作的风格各异、流派迭生的各类文体,这三大文体在整部小说中所占篇幅比例相当,所起的作用也不分主次,书信体中有小说,小说中有书信,同时还夹杂神魔鬼怪,在文体形态上表现为一部成功跨多种文体边界并自由叙事的新文体。除了在文体形态的形式互跨,小说还在现实、叙事、故事三层结构中进行行文互跨,在看似毫无章法的自由中完成精神内核的互相指涉。作家本人对这种文体尝试非常满意,在《檀香刑》还没出版前,莫言称《酒国》是他"迄今为止最为完美的长篇,是我美丽刁蛮的情人"④。在一次演讲中,他甚至"狂妄"地说:"中国当代作家可以写出他们各自的好书,但没有一个人能写出一

---

① 丁言.以小说形式构建理论尝试的失败[J].中国图书评论,1990(6).
② 陈山.大气功师[J].中国图书评论,1990(6).
③ 李瑛.《拯救乳房》书名并非哗众取宠[J].招商周刊,2003(7).
④ 莫言.我变成了小说的奴隶[N].文学报,2000-03-23.

本像《酒国》这样的书,这样的书只有我这样的作家才能写出。"①正如《酒国》封面所言"《酒国》是莫言于 1989 至 1992 年全力打造的一部将现实批判锋芒推向极致,并在叙事实验方面进行大胆尝试和创新的长篇力作,堪称小说文体的满汉全席"②。对应于莫言的偏爱,读者却对《酒国》较冷淡,尤其在作品刚发表时,连专业的研究者也对其知之甚少。这种鲜明反差应归咎于其独特的文体,因大多数读者都易于接受那种既好看又耐看的传统小说,而对那种反传统的异类小说有种本能的疏远,更何况《酒国》跨越文体边界,打破了常规小说的要素形式,对读者的阅读经验提出了极大的挑战。但不管读者和学界的反应如何,作家们的跨文体探索并没有停止。

1996 年,韩少功的《马桥词典》将无"体"探索推向高潮。《马桥词典》发表在专门刊发中长篇小说的《小说界》上,作品问世后,读者和学界对这部以词典的形式写小说的方式整体上是接受的。虽然接下来两年内因这部作品引发了 90 年代中国文坛最惹眼的文学现象即"马桥诉讼事件",但论争的焦点不是"小说该不该这样写",而是"如此创新的小说是不是原创"。诉讼的结果是 1998 年 5 月 18 日以海口市中级人民法院对"马桥诉讼"做出一审判决:指称"《马桥词典》在内容上完全照搬《哈扎尔辞典》,这一评论超出了正常的文艺批评界限,已构成了对原告韩少功名誉权的侵害"③。最终,《马桥词典》在 1998 年 9 月 9 日上海第四届长中篇小说优秀作品大奖中获长篇一等奖,这才使得这场跨时两年、沸沸扬扬的文学事件尘埃落定,《马桥词典》的文体身份也得以公开确定。这场不关乎小说形式的论争,却在无形中增加了《马桥词典》作为新型小说文体存在的合理性和创新价值的不可置疑性。素以文体革新而常青于文坛的王蒙对《马桥词典》大加赞赏,惊呼"长篇小说居然以词典的形式,以词条及其解释的形式结构,令人耳目一新,令人赞叹作者的创造魄力,令人佩服作者把他的长于理性思考的特点干脆运用到了极致",并感慨"如果我们有韩少功的这个视野和气魄,也许我们的文学风景会敞亮得多,我们的头脑会敞亮得多"④。王蒙对《马桥词典》的肯定是发自肺腑的,这从其后期无"体"之体作品《尴尬风流》的

---

① 莫言.我在美国出版的三本书——在科罗拉多大学博尔德校区的演讲[M]// 莫言.小说的气味.沈阳:春风文艺出版社,2003:57.

② 莫言.酒国[M].上海:上海文艺出版社,2012.

③ 朱周斌.《马桥词典》重新定义小说的努力[J].《名作欣赏》,2010(11).

④ 王蒙.道是词典还小说[J].《读书》,1997(1).

问世可看出他对这种创新文体的欣赏与厚爱。而学界肯定的声音也很高,如肯定其"从形式上彻底颠覆了当下人们关于长篇小说的流行观念"①,肯定了其"打破了长篇小说艺术形式持续已久的沉默状态,重新激起了人们对于形式话题的热情。小说借用的词典形式,给读者带来了陌生化的阅读刺激,并由此表明了艺术形式本身的魅力依然如故"②。当然,也不乏有人对《马桥词典》是中短篇小说的连缀体或一篇篇理论随笔的小说形式表示怀疑,但最终,《马桥词典》还是以长篇小说的身份立于文坛,并且,当之无愧地成为当代文坛绕不过去的文体佳作。

在这种语境下,1999 年国内几大文学期刊策划了的一场文体"革命",明确提出所谓的"无文体""跨文体""凸凹文本"等概念,将前面诸如《大气功师》、《酒国》《马桥词典》等无"体"书写实践化、理念化、极端化。其中《莽原》提倡"跨文体"写作"就像在自己的身上插上别人的翅膀一样,再也不是为了形式和形象,而是为了表现的实用,为了更自由地飞翔"③。《大家》指出"凸凹文本"就是"让人写小说时也能吸取散文的随意结构,诗歌的诗性语言,评论的理性思辨;同样让人写散文时也不回避吸纳小说的结构方式"④。《中华文学选刊》则认为"'凸凹文体'、'跨文体'等旗号有'意在笔先'之嫌。'无文体写作'试图回避命名,只注视某种写作现实。当一篇文字颇值得一读,却又无法妥帖地安放进任何现有的'文体',那就是我们张弓以待的'大雁'了"⑤。

从这次文体"革命"的概念设置、文体实验的操作程序以及创作主体的安排来看,其最终的偃旗息鼓是必然的。首先,他们对"无文体"或"反小说"等概念的理解有失偏颇。如《中华文学选刊》所提倡的"无文体"和本文所提倡的无"体"之体是两个概念,"无文体"竟然真的以为小说创作可以完全不受任何束缚,不需要任何一个"体"来依托,这简直有点拽着自己头发想离开地球的可笑,世界上目前还不存在完全无"体"可依的文章。这种不切实际的概念设置使作者在写作过程中很难操作,写出来的东西要么是随笔,要么是荒诞喜剧,要么是搞笑文章,要么是词语解释,最后黔驴技穷,难以为继,只好草草收尾。其次,从

① 王舒.《马桥词典》和《暗示》的文体变革与小说新范式[J].扬州大学学报,2006(2).

② 路文彬.90 年代长篇小说写作现象分析[J].文艺争鸣,2001(4).

③ 张宇.理性的康乃馨——"《莽原》周末"散记之一[J].莽原,1999(1).

④ 李巍,凸凹.文学的怪物[J].文学自由谈,1999(2).

⑤ 匡文立.无文体写作开栏语[J].中华文学选刊,2000(1).

文体实验的操作流程看，显然不是作家群体的自发行为，而是先有理念设想，后有创作实践的一场"实验"。长篇小说文体不仅仅是一种单纯的外在形式，它是作家内在精神情感外现的载体，它蕴含着作者在语言学、修辞学、美学甚至社会学、文化观、哲学观乃至心理学等方面的深层思考。如果要进行一种文体选择与创新，最起码的模式也应该是由作者本人从内心有了触动，再由内到外，由独特的个体到多个相似的个体的共同倡导，才有可能形成一种新的文体革新运动。最后，从各杂志的创作主体安排来看，此次文体"革命"安排的作家大部分都是不知名的新人。只有《大家》推出作家李洱，李洱是当代文坛上极具文体意识的作家，他后期创作的《花腔》堪称文体佳构。在这次文体实验中，李洱极力实践主编的意图，把《遗忘》写成了一个既不像学术论文，又不像随笔散文，也不像小说的"四不像"文章，堪称此次文体"革命"的代表作。而海男的《男人传》《女人传》极尽实验之能事，让人不忍卒读，不知所云，估计连她自己也不知是什么"体"。其他作者及作品更是过犹而不及，在此不再赘述。当众文学期刊为了各种不可言说的利益而先入为主地邀请一些本身对长篇小说文体运用尚未达到炉火纯青地步的青涩作家来推翻成熟文体，事情本身就带有几分闹剧性，所以这场跨时两年的文体实验最终以失败告终一点也不奇怪。

"无文体"实验的失败不禁引起我们对无"体"之体写作的反思。如果要想打破传统长篇小说的写作模式，巧妙地将内容和形式融为一体，就不仅仅是外在的形式探索问题，其必然涉及创作主体的审美诉求、知识学养、人生阅历、创作经历等的综合体现。在这里，所谓的"跨体""无体"既是一种对传统小说模式的解构行为，也是一种对新的小说形式的建构行为，而这种解构或建构行为本身则是长篇小说文体发展的体现，也是创作主体对小说文体的创新与探索的动力所在。所以，进入新世纪，当诸如韩少功的《暗示》、阿来的《空山：六部曲》、李锐的《太平风物》、林白的《妇女闲聊录》、王蒙的《尴尬风流》、史铁生的《我的丁一之旅》、罗伟章的《不必惊讶》、曹乃谦的《到黑夜想你没办法》、麦家的《非虚构的我》、阿来的《瞻对》等不按传统小说形式叙事的无"体"之体作品摆在大家面前时，大家竟然一致表现出"不必惊讶"的神情。当然争议质疑声依然存在，但较之前期，声音明显温柔了很多。在这里且要说明的是，关于阿来《瞻对》的文体热议显然不是缘于大家对无"体"书写的不接受，而是缘于阿来自己不把作品当小说，并涉及不关乎文学本身的评奖因素而导致的，这点和当年的《马桥词典》的"马桥诉讼案"有异曲同工之效,争议的最终结果是众人更加认可了小说的无"体"书写倾向,更加突显了作品的文体革新意义与价值。而对《暗示》、《尴尬风流》、《到黑夜想你没办法》等的文体争议,则间接地反映出当代长篇小说写作究竟能走得多远的博弈,也是对长篇小说写作的自由和广阔的前景的一种"暗示"。

三

通过上述梳理,可见从 80 年代末至今,作家们有意或无意的无"体"书写从未间断,甚至有愈演愈烈之势。存在的就是合理的,到底是哪些因素促成当代长篇小说无"体"之体写作现象的生成? 笔者认为可从小说文体发展的内外机制两方面寻求原因,其中内在机制主要包括长篇小说文体发展的内部自足性、创作主体的文体意识与自觉追求,而外部机制主要包括多重文化语境下作品的审美接受等。

一则缘于长篇小说文体发展的内部自足性。任何文类开始时都是源于某个作家的创造性尝试,接下来,"在文学史进程中,由于一代代作家反复使用同一历史内容并向同一审美形式渗透,使形式本身积淀了某些'艺术形式化'了的内容,这些内容便包含着人类的美感经验、艺术技巧和审美规范"①,从而形成了稳定的文体规范。但在文体演变过程中,"每种特定的文类还会形成其支配性文体规范,如现实主义小说的支配性规范是以情节或人物性格为中心结构文本,而现代主义小说则转向以技巧形式为中心的结构文本"②。当文体发展到一定成熟期时,支配性文体规范还会不可避免地发生变异,而"作为话语体式与结构方式,文体的变异表现为结构与结构之间以及结构内部的转换、兴替、交叉等关系,表现为解构——建构的双向动态过程,这是文体演变所采取的基本形式"③。陶东风先生认为文体变异最常见的一种形式"是两种或两种以上不同文体之间的交叉、渗透而产生一种新的文体。这种交叉、渗透实际上是不同文体占主导性规范结构之间的交流和相互妥协"④。"另一个内在规律是文体内

---

① 谢锡文. 文体规范与创作心理[J]. 写作,1998(4).
② 陶东风. 文体演变及其文化意味[M]. 昆明:云南人民出版社,1994:59.
③ 陶东风. 文体演变及其文化意味[M]. 昆明:云南人民出版社,1994:29.
④ 陶东风. 文体演变及其文化意味[M]. 昆明:云南人民出版社,1994:16.

部占支配性规范的移位突变,即文类的支配性文体规范的移位.并因此而导致整个旧有文类规范系统的变形或解体,形成一种新的支配性规范。"①这种规范必然会带来其他文体要素的变形或解体,从而使整个文本结构方式也面临新的选择和建构。

上文关于"文体变异"的理论指向和笔者在论文开篇所提到的跨"体"书写内涵基本一致。作为发生在文类界限与文学创作关系场中的一种文体现象,关于"跨"体书写的表现形式及确切内涵,目前学界说法名目繁多,莫衷一是,如"文体变易""文体融合""文体杂糅""文体互渗""跨文体""无文体""反文体""文体越界""文体实验"等。这些命名的意义指向显然并不一致,但这些命名又因彼此微妙的区别而共同构成了"跨"体书写的全貌。为了更清晰地理解"跨"体书写的构成及表现形态,根据文体互跨融合的程度以及最终所呈现的文体形态,我们可把"跨"体书写分为"文体互渗""跨文体"两种类型,这和陶东风先生所提出的"文体渗透""文体突变"相适应。"文体互渗"或"文体渗透"在文体形态上呈现为两种主导性文体规范的互渗,创造性地形成一种新的文体,如"小说的某某化""某某体小说"。而"跨文体"或"文体突变"也称无"体"之体,依据各文体互跨的融合度,则在文体形态上既有可能出现由多种文体构成的"四不像"拼贴文体,也有可能出现"多棱镜"的新文体。"跨文体"不仅要求作家熟悉多种文体,且要在作品中自然渗透互融各文体,是"跨"体书写中最难的一类。

以此观照中国长篇小说的文体发展,其内部的变易也是有迹可循的。中国长篇小说最早起源于宋元"讲史",繁荣于明清,尤以"四大名著"为代表的长篇白话章回体小说影响深远。传统章回体小说体式简单,它强调完整的情节,追求以"讲史"为目的的全知全能视角和"讲述"式语言,强调时间和因果的线性关系,这在很大程度上影响着中国现当代长篇小说的文体模式。而20世纪30年代的长篇小说虽一度进入空前的繁荣期,在体式上主要分为命运型、故事情节型、生活全景型以及散文化等结构形态,比起明、晚清具有一定的进步性,但与新时期以来的长篇小说文体现象相比,又稍显单调、传统。而在"十七年"以及"文革"时期的长篇小说又开始走上了古典小说文体的回归路。不无夸张地说,中国现当代长篇小说的发展真正繁荣期应是新时期以后。尤其是历经80

---

① 陶东风.文体演变及其文化意味[M].昆明:云南人民出版社,1994:61.

年代中短篇小说的技巧借鉴与训练,90年代的长篇小说文体追求已变成作家们的自觉行为,文体的革新与个人化、文学化、哲思化等的主题表达相融合,从而形成了新时期以来长篇小说文体现代化过程最亮丽的一笔。诸如意识流小说、散文体、戏剧体、乃至笔者在前文中提到的词典体、随笔体、学术体、专题体、闲聊体等"文体互渗"或"跨文体"现象的出现表明,传统长篇小说文体所具有的权威性、惯例性和普遍有效性已被逐步打破,新型文体形式逐步进入大众视线。如果一种文类的文体规范是僵死的、不能转化的,那么它的生命必然是短暂的。长篇小说文体历经数千年的发展演变,从恪守传统的故事情节结构转向心理型或淡化情节结构,乃至当下的无"体"之体趋势走向,是长篇小说文体保证旺盛生命力的自我转化。尽管学界依然有人对长篇小说文体内部这种创造性转化规律持审慎态度,对长篇小说走向反小说的走势表示担忧和抗拒,但文体的此类变易还会继续。

二则缘于创作主体的文体意识与自觉追求。小说创作不同于公文写作,实用文的程式化、规范性使得作者不能有半点个性化的自由发挥,而文学创作作为个体性很强的精神活动,它允许,也需要作家不间断地别出心裁。因为恪守常规意味着艺术的死亡,真正的个性化写作应该是"捍卫个体独立人格的写作"①。尤其是长篇小说创作,汪曾祺曾说对一个作家最高的评价莫过于称其为文体家。而要想成为文体家的前提之一必须具有自觉的文体意识。正如学者王一川所言"凡希望在长篇小说中做出建树的小说家,无一不把文体作为首要突破口"②。学者吴俊也认为"文体本身的意义难以穷尽,实现文体的种种可能或许就是文学写作的一种深刻动机"③。

在当代文坛上,有意或无意进行无"体"写作的作家如柯云路、莫言、史铁生、韩少功、王蒙、阿来、林白等,都是具有一定文体意识的作家,其中尤以莫言、韩少功、王蒙的文体探索最积极,并在当代文坛产生了一定的影响。如莫言对文体的看法很精辟,他认为"我们之所以在那些长篇经典作家之后,还可以写作长篇,从某种意义上说,就在于我们还可以在长篇的结构方面展示方华"④。正

---

① 黄发有.准个体时代的写作——20世纪90年代中国小说研究[M].上海:三联书店,2002:3.

② 王一川.我看90年代长篇小说文体新趋势[J].当代作家评论,2001(5).

③ 吴俊.《暗示》的文体意识形态[J].当代作家评论,2003(3).

④ 莫言.四十一炮[M].上海:上海文艺出版社,2008:6.

是认识到文体对于长篇小说的重要意义，莫言在其十一部长篇中，几乎每部都因文体的革新而引起学界的惊叹，如《红高粱家族》的"组构体"尝试、《天堂蒜薹之歌》的"演唱与叙述的互文"、《十三步》的"笼中叙事"、《食草家族》的"梦境与魔幻"、《丰乳肥臀》的"家族叙事"、《酒国》的跨"体"书写、《红树林》的"欲望叙事"、《檀香刑》的"大踏步撤退"、《四十一炮》的"诉说就是一切"、《生死疲劳》的"民间叙事"、《蛙》的文体互渗等。而韩少功在不同场合表明自己对传统小说形式的不满，"我从80年代起就渐渐对现有的小说形式不满意，总觉得模式化，不自由，情节的起承转合玩下来，作者只能跟着跑，很多感受和想象放不进去。我一直想把小说因素与非小说因素做一点搅和，把小说写得不像小说。我看有些中国作家最近也在这样做"①。"我写了十多年的小说，但越来越不爱读小说，不爱编写小说——当然是指那种情节性很强的传统小说。那种小说里，主导性人物，主导性情节，主导性情绪，一手遮天地独霸了作者和读者的视野，让人们无法旁顾。即便有一些偶作的闲笔，也只不过是对主线的零星点缀，是专制下的一点点君恩。"②正是在这种开放文学观的引领下，韩少功为当代文坛贡献了《马桥词典》和《暗示》，不管是思想内容还是艺术形式，都被学界视为当代文坛长篇小说最重要的收获之一，尤其是《暗示》被视为"韩少功迄今为止最重要的一部作品"③。较之于莫言的文体佳绩、韩少功的开放文体观，王蒙则体现出对二者的融合，这可从王蒙对当代文坛新出现的每种文体佳作的肯定态度以及王蒙自己的文体探索实绩窥见一斑。童庆炳曾评价"王蒙是一位勇于推进中国文学的发展与创新，勇于为文学而献身的杰出的文体革命家和文学革命家"④。对于长篇小说文体，王蒙说："长篇小说不仅是长篇小说，而且是生命，是宇宙，是历史和地理，是书信和日记，是病案和机密，是金木水火土和心肝脾胃肾。"⑤可见，王蒙的文体观也是非常宽容和开放的。他一生的文学创作影响都与文体有关，早在80年代，他为大家带来了意识流小说，开始实现淡化情节、故事心理化、语言情致化等文体探索。到了90年代，长篇"季节"系列小说因汪洋恣肆的语言和灵动多姿的艺术手法被评论家称为"杂色体""拟骚体""狂欢

① 韩少功,崔卫平.关于《马桥词典》的对话[J].作家,2000(4).
② 韩少功.马桥词典(修订版)[M].北京:人民文学出版社,2008:62.
③ 芳菲.一次健康精神运动的肇始[J].当代作家评论,2003(3).
④ 童庆炳.作为中国当代小说艺术的"探险家"的王蒙[J].中国海洋大学学报,2003(6).
⑤ 王蒙.回眸琐记[J].文艺研究,2001(1).

体"等。到了新世纪,他则抛弃之前的所有即成规范,开始了较为极端的无"体"之体创作,撒欢儿般地写出了《尴尬风流》。他自己坦承《尴尬风流》"由三百多个小故事组成,通过'老王'的眼光打量世界,把它算作长篇小说也行,算作微型小说亦可,都是我撒着欢儿写下的。可以说我是在通过'老王'探索自我,通过'老王'表达对人生的怀疑"①。"一种新文体是否美,取决于它的内容与形式是否统一"②。王蒙、韩少功以及莫言、阿来等作家兼文体家们,他们都清楚地知道自己想要表达什么,最适合采用什么样的方式来表达自己想要表达的东西。正是因为创作主体的文体意识与自觉选择,使得无"体"之体写作成为可能并取得一定的成绩。

　　三则缘于开放语境下作品审美接受的包容性。随着全球经济一体化的发展、全球文化的交流与渗透以及网络信息的畅通无阻,一个多元、个体化的无名时代已经到来。在这无名时代里,社会的平民化、个体化趋势在加速,各种可变量的急剧提升附加给社会群体的压力也在逐渐上升,这些又影响着大家的审美理念,作为个体人的感受的重要性也在明显增加。同时,当今社会是一个多媒体时代,媒体的宣传方式以及舆论导向影响并操纵着人们的认知方向和接受观念。一部作品从构思、发表、出版乃至后期的被接受,都与媒体有着千丝万缕的联系。如作品在没出版前,会有五花八门的宣传报道为作品的问世助威呐喊。作品一旦问世,各出版社、杂志社再联合媒体,拉拢一些批评家召开各种类型的研讨会或评奖活动,评论、研讨的相关信息的最终接受者就是读者。为叙述方便,在这里且根据读者的心理构成、文化素养、欣赏水平大致将读者分为专业读者、一般读者,前者多为高校学院派的文学研究者以及各社会文学研究机构人员、各媒体评论家,后者则为所有受过一定教育的普通大众。各层次人群对作品的要求是不一样的。正如雷蒙德·鲍尔所言:"在可以获得的大量传播内容中,受传者中的每个成员特别注意选择那些同他的兴趣有关、同他的立场一致、同他的信仰吻合,并且支持他的价值观念的信息。"③当媒体以新闻报道、影视剧作、书评等方式把新书的信息传播到读者那里,部分专业读者会对传播过来的信息进行甄别和反思,做出自己的评判,但在普通读者那里情形不一样,部分

①　王蒙.关于《尴尬风流》[J].杂文选刊·下旬版,2009(9).

②　童庆炳.文体与文体创造[M].昆明:云南人民出版社,1994:287.

③　雷蒙德·鲍尔.顽固的受传者[M].//传播学简介.中国科学院新闻研究所,编译.北京:人民日报出版社,1983:91.

"经济上和文化上没有地位和社会阶层无论对精英艺术还是对通俗艺术都没有明确的态度。他们是以非艺术观点来看待艺术作品的成就的"①。这些读者往往最容易被媒体宣传牵着鼻子走,如前文所说的"《瞻对》文体争议"中的普通读者就是明显的盲从心理。还有部分读者会根据自己个体感受去阅读作品,但不管读者的态度如何,评价一部作品是否被接受,一种文体选择是否存有空间,媒体皆能通过它的操控之手,以可量化的指标如作品的获奖、作品的销量、作品的被关注度等来实现着。

在此语境下观照新时期以来有"跨"体倾向作品的被接受状况,发现这些无"体"之体作品在追求个体感受的普通读者和注重艺术价值的专业读者那里、在有没有媒体策划与关注的情况下会产生不同的接受效果。如《大气功师》在遭到学界的质疑的同时却让普通读者爱不释手,一睹为快,因为大家把小说当作真正的气功著述来读。《拯救乳房》却因作者本身为专业的心理咨询师,所以其作品以专业的心理知识和小说的可读性赢得了普通读者和专业人士的认可,但专业读者几乎保持缄默。《酒国》因文本超强的实验性,在作品发表后并没有引起普通读者的关注,但随着文体研究的深入,专业读者逐渐发现《酒国》的文体创新价值,关注度在明显增高,而普通读者本能的追求娱乐、消遣的天性促使他们《酒国》文体实验和艺术追求毫无兴趣。这些作品因发表于20世纪90年代初,再加上作者的知名度因素,媒体宣传的巨大影响力还没显现出来。但诸如《务虚笔记》《马桥词典》《暗示》《空山:六部曲》《太平风物》《妇女闲聊录》《尴尬风流》《我的丁一之旅》《不必惊讶》《到黑夜想你没办法》《非虚构的我》《瞻对》等作品的问世,媒体宣传开始显示其巨大威力,再加上这些作品或以短篇小说集,或以思想随笔集,或以轻松闲聊的方式呈现长篇小说的要素,在大家备受各种物欲挤压,精神荒芜,灵魂孤独之时,在传统作家的长篇故事越编越无味、篇幅越写越冗长时,上述既有思想价值又有文体意识,并且极具有个人思辨性的片断式、碎片化的长篇小说让人耳目一新。尤其像《尴尬风流》那样"退到那个古老的人心世界里省察自身"②式的文化心灵鸡汤,更是备受不同类型读者的青睐。在读者眼里,能让自己的阅读有所收获,能够在读一部作品之后对自己的精神世界产生影响,这样的作品就值得一读,至于其文体是小说还是散文抑

---

① 阿诺德·豪泽尔.艺术社会学[M].居延安,译编.上海:学林出版社,1987:223.

② 谢有顺.对人心世界的警觉——《尴尬风流》及其叙事伦理[J].小说评论,2006(3).

或是学术随笔,这些都不重要。因为读者的大众化、多元化的审美倾向,这些"四不像"的反小说文本在媒体、出版社、评论家、读者等多方合力下赢得了较高的关注度和销售量。而且,高销量、高关注度反过来又传递给作家们一定的正能量,使他们能够继续按照自己内心的愿望去设计小说的表达形式,从而推动小说文体的进一步革新。

四

任何一种文体现象的生成,其背后的成因总是多方面的。通过论述可知,当代长篇小说的无"体"书写现象确凿存在,并且,还在继续上演。对于这种文体发展,其将来的发展趋势如何? 对此,评论界说法不一。在此,且以《瞻对》为例。作为典型的无"体"写作,学者高玉虽肯定了作品作为一种新的小说形式的尝试是一种有益的探索,但认为"《瞻对》的成功具有特殊性,不具有普遍意义;它是一种突破,但这种突破没有多大的文学写作意义,它不能发展成为一种形式模式,不能广泛地推广和运用"①。理由是"阿来的探索本质上是一种越界行为,他实际上是越过了小说的职责和范围,而进入到了历史学术的领域。从小说的角度来看,这是一种大胆的行为,表现出了一种勇气,但在历史领域,它几乎可以说没有什么收获,也不可能有什么收获"②。同样,对于颇受关注的《马桥词典》,也有学者对这种无"体"走向表示担忧,如南帆在肯定了韩少功的形式创新之余,认为其"是不是一部严格意义上的小说? 在我看来,这个问题可以暂时悬搁——目前为止这个问题至少不是那么重要"。经过一番论述之后,在结尾论道"我想必须承认,《马桥词典》是一部独一无二的著作。但是,我仍然无法说明,《马桥词典》是一部严格意义上的小说吗? 现在,这个问题已经逐渐显出了迫力——它将迫使人们全面地追问小说的形态、定义和功能"③。张新颖也表示隐忧,认为"《马桥词典》是一部无限的书,我们不知道词语的变化、增生、消亡的最终会到哪一步,这是不是一件令人忧虑的事呢? 如果它朝向'懒'的方向发展,这部无限的书就会叫我们寝食难

① 高玉.《瞻对》:一个历史学体式的小说文本[J].文学评论,2014(4).
② 同上。
③ 南帆.《马桥词典》:敞开和囚禁[J].当代作家评论,1996(5).

安"①。

对于上述学者对无"体"之体的审慎以及隐忧态度,笔者也持保留态度。《瞻对》这种模糊小说边界的跨"体"书写,它不仅指明了游走于虚构与非虚构之间的小说写作方向,同时也开拓了历史小说书写的另一种模式。况且,历史本身就是任人涂抹的小姑娘,一切历史都是当代史,所有的历史还原都是相对的真实与非虚构,所以,阿来以小说的形式在一定程度上为读者还原了他眼中的真实历史,这就是阿来对历史的贡献,这就是阿来在写作上的收获,除此之外,我们还期待什么? 如果再有其他作家碰到诸如此类的历史素材,他也有勇于表达历史的愿望和责任,笔者认为他还可以再采用更自由的方式来写。而学者南帆因担忧小说的无"体"写作趋势而迫切追问小说的形态、定义和功能,笔者不禁反问,真正小说的形态、定义和功能到底是什么? 正如米兰·昆德拉所言:"在历史的进程中,这种或那种艺术的概念(小说是什么?)以及它的发展方向(它从何而来? 又向何处去?)总是不停地由每一个艺术家、每一部新作品来定义和再定义的。"②更何况《马桥词典》虽以词典形态写小说,但诸如人物、情节、故事等传统小说的基本要素依然具备,小说的主题依然丰富多元。也就是说,若换成传统笔法,依然可写成一部引人入胜的传统长篇小说。但若如此,当代文坛则少了一部具有拓新意义的文体佳作,多了一部四平八稳、毫无文体新意的长篇小说。若真如此,这对韩少功本人,对中国当代小说来说,将是莫大的艺术遗憾,甚至不无夸张地说,长此以往,当代长篇小说的写作也将走向僵化灭亡的末路。

其实,任何一种新鲜事物的问世都会引起世人的关注,这是正常现象,所以,不管学界或创作界对无"体"之体的态度是多么的莫衷一是,各执一端,但笔者还是坚信,"作为一种征兆或标志,小说文体的选择不仅反映出了文学自觉的趋向,而且更重要的是推动了文学写作的自由时代的到来"③。当然,所谓的写作自由也要强调一个"度",任何在文体上完全刻意地标新立异未必可取,而一味地墨守成规并非良策,好的文体创新确乎总是妙在"似与不似之间",本文中所提到的昙花一现的"跨文体革命"就是例证。故不管从创作主体的文体意识

① 张新颖.《马桥词典》随笔[J].当代作家评论,1996(5).

② 旷新年.小说的精神——读韩少功的《暗示》[J].文学评论,2003(4).

③ 吴俊.《暗示》的文体意识形态[J].当代作家评论,2003(3).

与精神追求,还是从文体自身的内部发展趋势,还是从开放语境下作品审美接受的包容性情况来看,无"体"之体写作都存在一定的发展空间。相信,随着写作观念的更加开放,会有更多具有文体意识的作家加入到队伍中来,也会有更多突破文体界限的长篇小说问世。

第四辑　当代作家小说创作总评

新时期以来长篇小说文体研究述评

新时期以来关于长篇小说文体的研究最早是 1987 年吴方在《文艺评论》第 6 期上发表的《〈金牧场〉评说——兼及对小说文体的简单思考》。1987 年前后是新时期以来第一个长篇小说的高潮时期。90 年代后期,长篇小说创作似乎"进入了一段开阔的河面,而在相对平静的水面下分明又涌动着一股股潜流"①。而潜流之一则是作家们对文体创新的追求。与之相应的,研究者们关注文体的热情与意识也逐渐增强,研究的问题集中在文体概念的界定、文体本体的探究、文体的时代特征、流变的趋势以及具体作家作品文体研究等方面。

一、关于文体、长篇小说文体的概念

文体,又称"文学体式",英语为"style",中文有多种释义:"文体、风格、体裁、式样、类型",这正好体现了文体的多重属性。吴承学曾指出我国古代文体"内容相当丰富,既指文学体裁,也指不同体制、样式的作品所具有的某种相对稳定的文学风貌"②。郭英德也说古文体"义旨多端,或指体裁,或指风格,或指语体"③。这里的语体、风格、体裁等包含了文体语言学、修辞学、审美学等各个方面。

有人把文体的属性视为语言属性,韦勒克曾言:"如果没有一般语言学的全面的基础训练,文体学的探讨就不可能取得成功"④。于是有人就把文体理解成

---

① 朱向前.97 中国文坛回眸[N].中华读书报告,1998 – 03 – 01.

② 吴承学.中国古代文体研究[M].广州:中山大学出版社,2000:322.

③ 郭英德.中国古代文学论稿[M].北京:北京大学出版社,2005:1.

④ 韦勒克,沃伦.文学理论[M].刘象愚,译.北京:三联书店,1984:189.

"用语言这种符号表情达意时所呈现出来的一种具体的言语形式"①,是"文学语言的艺术性特征、作品的语言特色、作者的语言风格等"②。而西方文艺理论者则指出了文体的非语言因素,如罗杰·福勒认为"文体即表达方式,它具有存在的理由和价值是由于非语言因素的缘故"③。《简明不列颠百科全书》指出"文体是一种话语方式,是怎么说而不是说什么的问题,偏重于作品的形式"④。H.肖则认为文体是"将思想纳入语词的方式,是写作与谈话的一种特殊结构与表达模式,关涉表达方式而不是所表达的思想"⑤。

随着西方文体理论的引入,新时期以来国内学界对文体的理解逐步深化。1986年李国涛指出文体"不是小说的一个局部,而是它的全部,小说的一切都在文体之中"⑥。这种解释跳出了内容与形式孰重孰轻的观念,指出了文体对于小说的灵魂作用及其多重属性。童庆炳也认为文体"是由一定的话语秩序所形成的文本体式,它折射作家、批评家独特的精神结构、体验方式、思维方式和其他社会历史、文化精神"⑦。不仅理论研究者认识到文体的多重属性,作家也深有体悟。格非认为文体"通常是他与所面对的现实之间关系的一个隐喻或象征"⑧;阎连科说文体于他"是一种有形无形的朦胧,是有可能抓住而又有可能稍纵即逝的一股风"⑨。林白则认为长篇小说文体无界限,它是一个人对这个世界态度的总和。

弄清了文体的多重属性,才有可能界定长篇小说文体的内涵。其中王一川肯定了文体对长篇小说的特殊意义,认为"文体是长篇小说的意义生长地,离开这个土地,意义就无从生存"⑩。谢有顺认为真正的长篇小说文体"不是寄生在作品上的附生物,应该是与作品内在的气质同构在一起,它的推动力是作家为

① 徐岱.形式叙事学[M].北京:中国社会科学出版社,1992:84.

② 申丹.叙述学与小说文体学研究[M].北京:北京大学出版社,2001:73.

③ 罗杰·福勒.现代西方文学批语术语词典[M].袁德成,译.成都:四川人民出版社,1987:269.

④ 刘尊棋等主编.简明不列颠百科全书[M].北京:中国大百科全书出版社,1985:127.

⑤ 美·H.肖.文学术语辞典[M].(A Dictionary of literary Terms)"style"条,New York,1972.

⑥ 白烨编.小说文体研究[M].北京:中国社会科学出版社,1988:64.

⑦ 童庆炳.文体与文体的创造[M].昆明:云南人民出版社,1994:1.

⑧ 格非.文体与意识形态[J].当代作家评论,2001(5).

⑨ 阎连科.寻找支持——我所想到的文体[J].当代作家评论,2001(6).

⑩ 王一川.我看九十年代长篇小说文体新趋势[J].当代作家评论,2001(5).

了更好地到达他眼中真实的世界图景"①。吴义勤分别从难度、长度、速度、限度四个方面畅谈长篇小说文体的基本特征，认为其"绝不是一个平面的'语言'问题，而是一个深邃、复杂、立体、多维的系统结构，它牵涉到小说的故事、情节、人物、结构、修辞、叙述、描写等几乎所有的方面"②。王索霞在专著《20世纪90年代长篇小说文体论》中从语言学、叙事学、心理学、社会学等范畴来界定长篇小说文体，这有点"泛化文体"的意味。但该著作又从叙事学角度分析长篇小说文体，认为长篇小说文体特指时间形式、空间形式和文体修辞三个方面，这又有"窄化文体"的意味。为确保文体研究的纯粹性，晏杰雄在《论长篇小说文体的基本范畴》中将长篇小说文体的基本范畴定为叙述、结构、话语三方面，这倒是契合文体的语言学、叙事学、审美学等属性，有一定的说服力。

目前学界对长篇小说文体的界定并不一致。简单意义上讲，长篇小说文体是区别于诗歌、散文、戏剧、中短篇小说的一种体裁样式，但长篇小说广阔的社会场景、多义的主题揭示、复杂的情节设置、丰富的人物塑造以及多变的语言风格和多元的表达方式等决定了对其体式的考察不能单纯地停留在体裁形式上，必然要涉及语言学、叙事学、审美学等多重内涵。从语言学角度看，主要体现为对语言文字、标点符号、句式等的选择和运用上；从叙事学角度看，主要表现为小说的叙述方式即叙事的方式，具体包括叙事视角、叙述者类型、叙事时间、叙事空间、叙事结构等；从美学角度看，就是由小说的内容和创作方法所决定的小说的结构方式或小说的内容、情感、情绪、创作方法等所构成的整体风格，与作家的气质、性格、思想倾向、审美趣味等息息相关。

二、长篇小说文体本体问题探究

新时期关于长篇小说文体本体问题诸如语言表达、小说结构、叙述方式等方面的探讨梳理如下。

关于小说的语言表达。小说语言在小说创作中承担着极其重要的角色。王彬彬说："语言是小说的本体，写小说就是写语言。小说的语言是浸透了内容

---

① 谢有顺.文体的边界[J].当代作家评论,2001(5).

② 吴义勤.难度·长度·速度·限度——关于长篇小说文体问题的思考[J].当代作家评论,2002(4).

的,浸透了作者的思想。"①新时期以来,小说语言观念已经由传统的"载体论"转为"本体论",语言在小说中的地位与作用逐步得到提高。较早对小说语言工具论提出异议的是高行健,他在《现代小说技巧初探》中强调作家的语言运用应当多有创造、自成一格,而不必顾虑语法规范和修辞尺度,同时还提出:"语言风格是作家的个性、气质、文化修养、美学趣味的总和,是超乎语法学和修辞学之上的语言艺术"②。高行健的说法得到不少作家的声援。阿城认为"语言是文化"③,何立伟认为"成熟的风格,首先是成熟的语言"④,汪曾祺认为"语言和内容是同时存在的、不可剥离的"⑤。黄子平在《得意莫忘言》中指出"文学作品以其独特的语言结构提醒我们它自身的价值。不要到语言的'后面'去寻找本来就存在于语言之中的线索"⑥。龙渊则指出"作为小说艺术,语言符号乃是一种不可或缺的中介物质,它使小说家的审美理想得以细密充盈地表述和挥发,使读者具体入微地感知这种独特的审美机制和情感色彩"⑦。同时,他还认为作家一般根据题材的选取、题旨的构思来确定小说的语言形态,并归纳出新时期小说语言呈现出语言"淡化"和"非美文学化"两种倾向。

新时期是文体实验的活跃期,有文章说:"不论你喜欢与否,有个现象却是持各种观点的人都无法否认的:在这一年,中国当代小说家们以及他们的作品头一次失去了统一,即统一的观念,统一的精神,统一的思路,统一的手法直至统一的语言。"⑧新时期也是文艺理论争鸣最活跃的时期,南帆在为"新时期文学理论大系"的《小说艺术卷》所写的导言中说:"小说进入了一个争议最为频繁的时期,这些争议的很大一部分已不属于政治与道德的分歧。小说的语言、叙述方式、形态、文体日益成为人们的关注对象,小说形式的探索正逐步解除禁令"⑨。

新时期后期创作界和理论界共同掀起的"语言热"使小说文体实验更是掀

① 王彬彬.《遍地月光》与长篇小说的语言问题[J].文学评论,2012(3).
② 高行健.现代小说技巧初探[M].广州:花城出版社,1981:59.
③ 阿城.文化制约着人类[N].文艺报,1985 - 07 - 06.
④ 何立伟.美的语言与情调[J].文艺研究,1986(3).
⑤ 汪曾祺.关于小说语言札记[J].文艺研究,1986(4).
⑥ 黄子平.得意莫忘言[J].上海文学,1985(11).
⑦ 龙渊.修辞法则当代小说的语言形态[J].小说评论,1988(1).
⑧ 李洁非,张陵.1985 年中国小说思潮[J].当代文艺思潮,1986(3).
⑨ 南帆.变革:叙述与符号[J].当代作家评论,1989(1).

起大浪。但高潮的语言文体实验之后则是江郎才尽的难以为继,尤其是历经先锋小说的文字游戏之后,作家和评论者对小说语言持冷静态度,尤其是面对许多不断升温的文体创新潮流,评论者对文体之一的小说语言研究甚少。即使偶有文章论及,还是陷入概念不清、语焉不详的境地。

进入新世纪,王索霞在《20世纪90年代长篇小说文体论》中根据话语的表达方式将长篇小说分为各种类型的文体,但同时又将跨文体等文体体裁以及叙事表达方式等类型混在一起,无法厘清叙述的语言表达方式及其特征。而对小说语言做出充分论述的是晏杰雄的著作《新世纪长篇小说文体研究》,他指出小说语言是社会性话语,并以巴赫金的长篇小说话语为理论来源,将新世纪长篇小说的话语方式分为引语、微型对话和大型对话等类型。这是目前国内学界对当代长篇小说语言做出细致分析的代表性成果之一。当然,除了从叙述人语言和人物语言等角度来关注小说的语言表达方式之外,《论当代小说的叙述反讽》从反讽角度指出叙述反讽是"一种基本的话语表达方式,旨在通过对立两项悖逆冲突,更深刻地披显作品的真实意旨"①,并认为当代小说的叙述反讽主要分为戏谑、反讽、语调反讽、话语反讽、视点反讽等类型。

关于小说的叙述方式。从修辞学角度看,小说是叙事的艺术,而叙述的功能就是叙事,由此可见,叙事就是叙述。叙述方式不仅是一种叙事技巧,也是作者叙述观念的体现。新时期以来,叙述观念以及叙述方式得到了学界的高度重视。孟悦、季红真的《叙事方法——形式化了的小说审美特性》详细论述了叙述方法的多样构成及其功能,并将叙述者分为不掩饰的叙事人、主要人物叙事、次要人物叙事、傀儡叙事者、隐身叙事者五种类型,将叙述视角分为全知视角、次知视角、戏剧视角等类型。张虹的《论小说的叙述艺术》也将小说的叙述者分成大于或等于或小于人物的三种类型,将叙述视角分成全知、第一人称、第三人称共三种视角。程德培界定了叙述者的定义,认为"叙述者是小说作为一种言语创造的中介物,它的一头与作者密不可分,而另一头又和言语符号的传达息息相关,叙述者的存活率取决于作者指意和叙事能指的合一"②,探讨了叙述者作为受指与能指的双重角色,分析了叙述者与作者之间的联系与区别。

进入新世纪,吴效刚的《论小说的叙述者》详细论述了叙述者与作者、人物、

---

① 黄擎.论当代小说的叙述反讽[J].浙江大学学报,2002(1).

② 程德培.受指与能指的双重角色——关于小说的叙述者[J].文艺研究,1986(5).

读者之间的关系,加深了人们对叙述者角色功能的了解。晏杰雄的《新世纪长篇小说视角的复归与创化》认为"新世纪以来作家对视角的运用趋向合理,体现出开放包容的文体观。一方面,作家在创作中普遍运用传统或变形的全知视角,另一方面致力于多样视角的创化,呈现出多种视角互相交织、包孕和叠合的综合化倾向"①。

关于小说的结构形式。小说的结构是小说的外在形式,属于叙事学范畴。普遍意义上大家都把结构等同于情节安排,在划分类型时单一地将其归为情节型结构。1989 年,刘孝存、曹国瑞的《小说结构学》认为小说结构"是小说作品的组织方式和内部构造,是小说人物和事件进展的布局,是人物关系和人物心态的总体设计,它受到生活规律和作品题材的制约,又体现作家对生活的认识和创作意图,同时还是作家艺术匠心的体现"②。同时,还指出小说的内部结构是多层次的,归纳小说结构的方法、角度也不尽相同:有分成封闭式与开放式的二分法;也有以时空变化或事物发展为序的纵连法、以思想感情为线组合相关材料的横联法和二者兼有的交叉法的三分法。该书将小说结构分成传统小说的情节型结构和现代小说的新结构两种。前者称为封闭型结构,后者称为开放式结构。

学界在对小说结构的研究中,对其概念理解各执一端。张志忠的《论长篇小说的结构艺术》认为长篇小说的结构"不仅是情节、人物的设置和延展,是作品材料的安排组织,而且是作家的激情、思索与作品的人物、题材、主题等的汇合点,是决定作品内在的意蕴和情调、比例和参照、以及叙述方式的选择等的重要尺度"③,并从现象学角度将其分为放射性结构、内敛式结构和介于两者之间的结构,指出时间性与空间性、纪实性与隐喻性为其重要范畴。遗憾的是,文中没有对小说结构做出清晰的界定。何龙的《小说的叙述结构——探索中的小说叙述艺术》将"小说的时间分为客观时间、主观时间和叙述时间;将小说结构分为封闭性结构和开放性结构"④。

20 世纪 90 年代,张彦哲的《小说的叙述结构及其功能》厘清了小说叙述方式与结构的关系,他认为"从叙事学的角度看,小说就是具有一定长度的叙事。

① 晏杰雄.新世纪长篇小说视角的复归与创化[J].江西社会科学,2011(6).
② 刘孝存,曹国瑞.小说结构学[M].北京:光明日报出版社,1989.
③ 张志忠.论长篇小说的结构艺术[J].小说评论,1988(6).
④ 何龙.小说的叙述结构——探索中的小说叙述艺术[J].文艺研究,1988(5).

其涉及的问题很多,叙述视角的选择、叙述时间的安排、叙述语言的锤炼、叙述语调、节奏的掌握和叙述结构的确定等。然而叙述结构是叙述方式的核心。叙述从动态、过程看是叙述方式,从静态、结果看就是叙述结构"①,并根据特定的时空顺序和事物的不同关系将小说结构分为链式、平行式、辐射式、散点式等模式。李洁非在《小说类型探讨》中重点探讨了小说的结构和文体类型,指出小说的结构是作品"篇幅的长短、情节的安排所体现出的叙事特征"②。格非在谈及小说的结构时认为"作家在安排长篇小说结构时,自然会考虑到多种因素:故事的长度,作品的容量,主题的复杂程度等,它还涉及作家对长篇小说艺术长期以来所形成的某种固有的信念、哲学观、传统的文化形态的影响"③。在这里,他肯定了结构作为小说外在形式的重要意义,但没指出小说结构的确切内涵。

进入新世纪,王索霞在《20 世纪 90 年代长篇小说文体论》中将小说结构称为有意味的时间形式,将小说分为命运型、纪年型、戏剧型、空间化的时间、成长型等结构类型,同时将并置、和声、反讽、反思归为小说的空间形式,这种划分对于普遍意义上由时空构成的小说结构观有所突破,但结构概念并不清晰。晏杰雄在《新世纪长篇小说文体研究》中坦承无力为"小说结构"下个完满的定义,但归纳出小说结构"涉及事物的形式,具有包容性,是作家对小说具体材料的布局和组织。布局是空间概念,具有内在统一性。思想或主题对结构具有塑形作用"④等特征,并据此将新世纪长篇小说的结构分为情节型和开放型两种,这与《小说结构学》的观点基本相似。吴效刚在《论小说的叙述空间》中认为小说的叙述空间由"地域范围、景物设置、社会环境、文化氛围等四个因素构成,叙述空间根据小说的内容选择分成客观性空间和心理空间两种,叙述空间的方式又分成焦点式和散点式两种"⑤。晏杰雄在《论新世纪长篇小说的叙述空间》中认为"综合考察新世纪长篇小说的空间形式,主要体现为时间空间化和空间并置两个特征,并引起了传统阅读方式的变革"⑥。

关于小说的"跨"体书写。"跨"体书写是发生在文类界限与文学创作关系

---

① 张彦哲.小说的叙述结构及其功能[J].齐齐哈尔师范学院学报,1990(3).
② 李洁非.小说类型探讨[J].当代作家评论,1991(3).
③ 格非.长篇小说的文体和结构[J].当代作家评论,1996(3).
④ 晏杰雄.新世纪长篇小说文体研究[M].北京:作家出版社,2013:187.
⑤ 吴效刚.论小说的叙述空间[J].西北师大学报,2000(5).
⑥ 晏杰雄.论新世纪长篇小说的叙述空间[J].文艺争鸣,2013(10).

场中的一种文体现象。关于其表现形式及确切内涵,目前学界说法名目繁多,莫衷一是,如"文体变易""文体融合""文体杂糅""文体互渗""文备众体""跨文体""无文体""反文体""凸凹文本""超文本""非小说""文体越界""文体实验"等。这些命名的意义指向并不一致,根据文体互跨的程度以及最终所呈现的文体形态,"跨"体书写大致可分为"文备众体""文体互渗""跨文体"三种类型。

"文备众体"在文体形态上呈现为一种主导文体,而其他诸如诗词歌赋、墓铭碑志等文体的插入只能起到叙事、立意、抒情及审美等辅助功能。谈及"文备众体",最早可溯至宋朝赵彦卫的《云麓漫抄》中的"文备众体,可以见史才、诗笔、议论"①,其指出了唐传奇诗文兼具、韵散结合的文体特征。从此,"文备众体"便演变成中国传统小说常见的文体特征。扫描当代文坛,魏巍、李准、路遥、莫言、贾平凹、李锐、韩少功、阎连科、格非等作家都在长篇创作中成熟使用过"文备众体"的手法并取得一定成绩。但吊诡的是,大家皆把焦点聚集于古典小说,而对现当代小说创作中存在的"文备众体"现象,论者甚少。进入新时期,当代文学史编者注意到"文体杂糅"现象,如李达三认为《李自成》中"诗、词、对联、灯谜等传统形式的运用,收到极好的艺术效果"②。江西大学中文系指出《李自成》"充分发挥古代各种文体的艺术作用以增强艺术表现力"③。陈其光提出《芙蓉镇》"融多种色彩成份为一体的语言特征"④,但关于"文备众体"的宏观研究并不多。进入新世纪,洪治纲在《多重文体的融会与整合》中归纳出文体融合的审美特征,着重从"作家文体意识的觉醒和审美现代性崛起的文化背景上,从发生学视角探讨了文体融合出现的深层根源"⑤。

"文体互渗"在文体形态上呈现为两种主导文体,两种文体互相渗透,创造性地形成一种新的文体,"小说的某某化""某某体小说"为其基本表现形态。关于"文体互渗"的渊源,最早有人指出文体的互渗是个统称,"它有'话语语体互渗''文本互渗'和'文体互渗'三种不同的表现形式,而文体互渗是指不同的文体在同一种文本中使用或一种文体代替另一种文体使用的现象"⑥。方长安

---

① 赵彦卫.云麓漫抄[M].北京:中华书局,1996:135.
② 李达三主编.中国当代文学史略[M].杭州:浙江大学出版社,1988:334.
③ 江西大学中文系.中国当代文学史[M].南昌:百花洲文艺出版社,1990:265.
④ 陈其光.中国当代文学史(1976—1988)[M].广州:广东高等教育出版社,1992:464.
⑤ 洪治纲.多重文体的融会与整合[J].文学评论,2007(3).
⑥ 董小英.叙述学[M].北京:社会科学文献出版社,2001:323.

认为"文体互渗"为"不同文本体式相互渗透、相互激励,以形成新的结构力量,更好地表现创作主体丰富而别样的人生经验与情感"①。他还在《现当代文学文体互渗与述史模式反思》中认为"中国现当代作家大都倡导文体间的相互渗透,追求文体的互文性效果,这种文体意识使他们的作品因文体融合而具有了新的外在形态与内在的结构性张力"②。当代文坛上运用"文体互渗"手法并取得成绩的作家也不少,如莫言、张承志、柯云路、韩少功、阎连科、李佩甫等,但对应于作家的热情,研究者的关注显得有些寥落。

依据各文体互跨的融合度,跨文体则在文体形态上既有可能出现由多种文体构成的"四不像"拼贴文体,也有可能出现"多棱镜"的新文体。关于"凸凹文体""跨文体"等提法,在中国则源自 1999 年由几大文学期刊所策划的一场文体"革命",《大家》主编指出"凸凹文本""就是让人写小说时也能吸取散文的随意结构,诗歌的诗性语言,评论的理性思辨;同样让人写散文时也不回避吸纳小说的结构方式"③。《中华文学选刊》栏目主持人则认为"'凸凹文体''跨文体'等旗号有'意在笔先'之嫌。'无文体写作'试图回避命名,只注视某种写作现实。当一篇文字颇值得一读,却又无法妥帖地安放进任何现有的'文体',那就是我们张弓以待的'大雁'了"④。跨文体的倡导者们所设想的文体是虚妄的,在实践中根本无法实现。在这次"革命"中,只有李洱的《遗忘》接近跨文体的本意,绝大多数作品不可避免地落入"四不像"的尴尬之中。跨文体写作不仅要求作家熟悉并创作多种文体,且要在小说中自然渗透融合各文体,是"跨"体书写中最难的一类。故当代文坛上跨文体探索者甚少,研究者更少。

总之,学界对于跨体书写这一重要的文体现象还没有足够重视,需要研究者投入一定的关注。

三、时代文体特征的总结及流变趋势的宏观把握

开始研究新时期文体特征及变迁是在 20 世纪 90 年代之后。刘克宽认为"新时期长篇小说的文体以结构的多样化为中心,在叙述、语言、审美视角等方

---

① 方长安.现当代文学文体互渗与述史模式反思[J].湘潭大学学报,2008 年第 6 期。
② 同上。
③ 李巍.凸凹:文学的怪物[J].文学自由谈,1999(2).
④ 匡文立.无文体写作开栏语[J].中华文学选刊,2000(1).

面走向多姿多彩的领域"①。陈春生认为"80、90 年代的文体演进走了借鉴一实验一和谐的道路"②。李少咏则从文体学出发,以长篇小说文本为研究中心,认为"前新时期小说文体超越传统,后新时期则在多元融合中形成了独特的共享空间,小说的现实形态日趋复杂多元化"③。魏石当认为"新时期小说创作呈现出意识流和生活流两种新的独立的文学叙述方式与结构方式"④。王春林认为从 1978 至 1989 这十余年中,长篇小说文体表现出"革命现实主义文体的复归、现代现实主义文体的创化、现代主义文体的初始尝试"⑤的趋向。从相同角度进行论述的还有徐凤、晏杰雄的《1980 年代长篇小说文体略论》。

对 20 世纪 90 年代长篇小说文体进行宏观研究的成果较丰富。张学昕认为"90 年代中期所有作家日趋成熟,20 世纪末达到了形式探索的高潮,小说的寓言性结构趋势和性别文体诗学的出现以及网络文学的出现带来文体的变化"⑥。李豪曙认为"90 年代小说文体走向个人化、大众化、本土化,出现了内心独白体、新闻媒介体、史传体等新的文体"⑦。贺仲明认为自 20 世纪 90 年代以来"作家对小说形式美有意关注和追求,作品在文体、叙述方式、叙述语言等形式上进行创新,并在创作资源、思想情感和艺术上表现出本土化趋势"⑧。晏杰雄认为"90 年代长篇小说的文体革新在自我生长中走了现代主义和新现实主义两条路线"⑨。

关于新世纪以来长篇小说文体的宏观研究有张学昕的《新世纪长篇小说写作的"瓶颈"》,他认为新世纪以来长篇小说对传统、经典表达方式的彻底放弃、淡化和实验性文体形式的过于"放纵"以及颠覆性意图,致使一些作品变成动作

① 刘克宽.从时空观念的变化到叙事方式的革新——漫议八十年代长篇小说的文体发展[J].青大师院学报,1996(1).

② 陈春生.觉醒·实验·和谐——新时期小说文体演进的轨迹[J].湖北师范学院学报,1998(5).

③ 李少咏.遮蔽与澄明——新时期小说的文体革命[J].殷都学刊,2001(1).

④ 魏石当.生活流与意识流_对新时期小说文体特征的研究[J].河南社会科学,2002(4).

⑤ 王春林.1978 年到 1989 年长篇小说文体流变[J].理论与创作,2009(2).

⑥ 张学昕.当代小说文体的变化与发展[J].吉林大学社会科学学报,2004(6).

⑦ 李豪曙.论 20 世纪 90 年代中国小说文体的发展与新变[J].当代文坛,2005(1).

⑧ 贺仲明.形式的演进与缺失——论 90 年代以来小说的技术化潮流[J].上海文学,2006(6).

⑨ 晏杰雄.1990 年代长篇小说文体的演变路线[J].社会科学战线,2011(5).

花哨的叙事游戏。王春林认为新世纪以来长篇小说文体出现了"现实主义文体本土化、新历史主义文体继续发展、现代主义文体走向成熟的流变过程"①；古大勇等认为"长篇小说进入了一个无主潮、多元化的无名时代，在艺术形式上则注重艺术表达上的碎片化、细节化的特征，小说的空间感、场面感大大增强，取消了时间的线性发展顺序，出现了方言、口语、原生态语言的本土化追求和文体结构的本土化创新"②。晏杰雄的《新世纪长篇小说文体研究》从纯文体视度梳理了新世纪当代长篇小说文体内在化、本土化、混沌化的演进趋势以及在叙述、结构、话语等方面的文体特征，不失为国内第一部对新世纪长篇小说文体进行系统性专题研究的专著。

通过上述梳理，长篇小说文体研究取得较好的成绩，总结出了 20 世纪 80 年代的小说文体表现出情绪化结构和意识流的日趋多元化倾向；20 世纪 90 年代的小说文体表现出本土化、大众化、个人化的趋势以及寓言性结构和性别文体诗学倾向；21 世纪小说文体则出现碎片化、混沌化、多元化、内在化的趋势以及多元的结构特征和叙事的游戏倾向。这些研究成果部分地反映了新时期以来各时代文体的阶段性特征。但从整体上看，关于新时期以来长篇小说文体的宏观研究成果看似繁荣，但对应于浩瀚的小说创作则显得单薄。也有人违背学术研究的创新精神，如《新时期小说文体：流变与新生》《新时期小说文体特征探讨》《新时期小说文体演变轨迹初探》等文章完全照搬他人的研究成果，毫无个人见解和学术价值，制造了虚妄的学术繁景。

四、个体作家作品文体研究

长篇小说创作在新世纪进入了更加繁荣的阶段，作家们的文体意识自觉增强，研究者的文体批评意识也在增强，文体研究也相应进入繁荣期，特别是具体作家作品的个案探究更是兴旺发达。以高校博硕论文和期刊论文为例，据不完全统计，在 2000 至 2013 年关于长篇小说文体的 70 多篇博硕论文中，只有 16 篇宏观研究，余下的皆为个案研究。在 1987 至 2013 年公开发表的关于长篇小说

---

① 王春林.新世纪长篇小说文体论[J].小说评论,2011(2).
② 古大勇,李丽.21 世纪初长篇小说创作的艺术新变[J].山东理工大学学报(社会科学版),2011(4).

文体的 210 篇期刊论文中,只有 42 篇宏观研究,余下的都是个案研究。单个作家作品鲜明的文体特征往往能代表一个时代的文体特征,不同时代文体特征的变迁融合又能反映出一个民族的文体特征。在众多个案研究中,对作家的关注度并不一样。以从知网搜集到的从 1987 年起的期刊和博硕论文为依据,研究者多选文体意识鲜明的作家作品为研究对象,如阎连科、王蒙、莫言、王安忆等。量化顺序大致如下:阎连科、王蒙、莫言、李洱、王小波、王安忆、韩少功、贾平凹、红柯、余华、李锐、刘恪、张承志、苏童、史铁生、格非、林白、叶兆言、李佩甫等。从研究内容来看,多从叙事学、文体学、语言学、美学等角度,探讨作家作品的文体特征。

关于作家作品的个案分析论文数不胜数,这里以阎连科为例。自 2005 年以来,关于阎连科的硕士论文就有 19 篇,其中关于叙事研究的就有 15 篇,而叙事又分为乡土叙事、乡土小说叙事、乌托邦叙事、身体叙事、暴力叙事、寓言化叙事、苦难叙事、叙事修辞、叙事策略、叙事风格等。这里的"叙事"已经不再是纯粹意义上的文体研究了。而纯粹的文体研究只有《论阎连科"耙耧系列"小说的文体特征》一篇。在众多的博硕研究论文中,大多从结构、语言、叙述方式等视角指出了阎连科寓言体、戏仿体或索源体的结构特征;从通感、戏仿、反讽等语言表达特色以及多重的叙述视角,勾勒出阎连科作品的文体特征以及作家强烈的文体意识。但严重不足的是重复论述太多。

五、新时期以来长篇小说文体研究的问题与思考

新时期以来对当代长篇小说的文体特征的研究取得了成绩,但对应于当代长篇小说年均近千部的出版量来说却颇显单薄,研究本身的不足之处也是明显的。

第一,重要概念界定不清。目前的研究成果对文体本身的内涵与外延界定不明确,尤其对长篇小说文体范畴尚未形成完备的、正确的共识,导致了各类研究成果的不确定性与不严谨性。有人认为长篇小说文体就是形式,有人认为是语言,有人认为是艺术手法的再现。在深入论述长篇小说文体内部的结构、叙述方式、语言表达时,有人认为语言表达就是修辞,而修辞本身就是小说叙述的技巧,而小说叙述技巧之一就是结构的设置。这些不确定性的模糊意指使大家在研究小说文体时不知不觉地陷入了形式主义批评或思潮流派的划分,把文体

研究推入混乱,例如对"叙事"的"泛化"运用就是明显的例证。

要想全方位廓清相关核心概念,首先要厘清文体学与叙事学、语言学、修辞学、心理学、社会学、文化学、阐释学、接受美学等理论之间的联系与区别;其次要厘清文体的基本内涵,尤其对"跨"体书写的概念要界定清晰;再次在厘清文体基本内涵的基础上,进一步厘清小说文体、长篇小说文体的基本内涵以及之间的联系;再其次还要厘清个体文体、时代文体乃至民族文体之间的关系,为后期的文体研究确定合理的逻辑起点。

第二,研究方法单一。当下的文体研究方法单一,角度有限。如在总结时代文体特征及宏观归纳小说文体流变趋势时,多从传统的思潮流派如现实主义、现代主义、后现代主义等出发,归纳出来的文体特征不可避免地打上了思想史、人物史的烙印。在探究文体本体问题时,多从文体与作家本人的个性、气质、文化修养、美学趣味作相关分析,但往往忽略作家所处的社会政治、经济、文化环境的关系。在分析小说文体时,多从叙事学、修辞学、语言学等角度分析小说的体式特征,不能从美学、文化学、社会学、心理学等方面深入挖掘形成小说体式背后的社会思想文化根源以及作家的深层心理机制。

为打破这种单一、传统的研究视角,确定长篇小说文体研究的多角度、立体化研究思路,首先可从纯粹的文体学出发,从话语表达、叙述方式、叙事结构等方面爬梳出新时期以来长篇小说文体突出的本体性特征以及变迁规律。在解决了"是什么"的前提下,再采用心理学、社会文化学、接受美学、传播媒介等视角,从作家自身、文体发展的内在规律、读者的阅读期待以及社会、政治、经济、文化发展的当下语境等角度深层剖析出当代长篇小说文体变迁的原因,以解决"为什么"的问题。

第三,重要文体现象被忽视。新时期以来学界对长篇小说创作中存在的重要文体现象——"跨"体书写缺乏深入的考察。屈指数来,新时期以来善用"跨"体书写手法的作家实在不少,他们在创作中有意识地践行"文备众体""文体互渗""跨文体"等"跨"体手法,为当代文坛留下了一系列文体杰作。况且,善于运用"跨"体书写的作家大多是文体意识鲜明的文体家,研究长篇小说文体,他们的作品是绕不过去的代表作。故现有的研究成果在一定程度上遮蔽了当代长篇小说文体的基本全貌,重视"跨"体书写的文体现象对于研究新时期以来长篇小说文体具有纲举目张的意义。

为使新时期以来长篇小说文体研究取得实质性进展,我们还不妨在研究中试着打通当代长篇小说与古今中外长篇小说文体发展的流脉,在互相比较与借鉴中确定当代长篇小说文体的特征与发展现状。同时,重视当代文学史编写中的文体研究,因为其是走近文学现场的最佳途径之一,在各时代的文学历史长河中原生态地、系统地梳理文体变迁规律及原因,呈现长篇小说发展的本来面貌,可为将来小说文体的发展提供合适的参照系。另外,回归小说文本,在可靠的作品内部打捞长篇小说文本自身的文体内涵,可近距离、有说服力地摸索出小说文体演变的内部规律,最大限度地突显出文体研究的严谨性与原创性。

论新时期以来非学术视野下的
长篇小说文体关注

　　文体，又称"文学体式"，英语表述为"style"，中文释义为"文体、风格、体裁、式样、类型"。关于文体的理解，历来众说纷纭，莫衷一是。其实，文体具有多重属性，关于文体的理解不外乎从语言学、修辞学、审美学的角度入手。中国古代文体论者就指出了文体的多重属性。郭英德认为古文体"义旨多端，或指体裁，或指风格，或指语体"①。吴承学认为古文体"内容相当丰富，既指文学体裁，也指不同体制、样式的作品所具有的某种相对稳定的文学风貌"②。罗根泽认为古文体"有两种不同的意义：一是体派之体即文学的格，如元和体、西昆体，一是体类之体即文学的类别，如诗体、赋体"③。这里的语体、风格、类别等则包含了语言学、修辞学、审美学等多种属性。若只偏执于文体的某种属性，必然导致文体理解的混乱。如语言中心者认为"文体是一切能够获得某种特别表达力的语言手段"④，而修辞中心者认为文体"关涉的是表达方式而不是所表达的思想"⑤。

　　当前国内学界对文体的理解已趋全面。在作家眼中，文体"通常是他与所面对的现实之间关系的一个隐喻或象征"⑥，在理论家眼中，文体"不是小说的一个局部，而是它的全部"⑦。结合各种理解，童庆炳给出了一个全面的解释，指出文体"是由一定的话语秩序所形成的文本体式，它折射作家、批评家独特的精

---

①　郭英德.中国古代文学论稿[M].北京：北京大学出版社，2005：1.
②　吴承学.中国古代文体研究[M].广州：中山大学出版社，2000：322.
③　罗根泽.中国文学批评史：第1卷[M].上海：上海古籍出版社，1984：146.
④　韦勒克，沃伦.文学理论[M].刘象愚，译.上海：三联书店，1984：191.
⑤　肖H.文学术语辞典[M]"style"条，New York：[出版者不详]，1972.
⑥　格非.文体与意识形态[J].当代作家评论，2001（5）。
⑦　白烨.小说文体研究[M].北京：中国社会科学出版社，1988：64.

神结构、体验方式、思维方式和其他社会历史、文化精神"①。

弄清了文体的多重属性，再来界定长篇小说的文体就有章可循。长篇小说的文体从字面意义上理解，就是区别于诗歌、散文、戏剧、中短篇小说的一种体裁样式。但长篇小说广阔的社会场景、多义的主题揭示、复杂的情节设置、丰富的人物塑造以及多变的语言风格和多元的表达方式等决定了对其体式的考察不能停留在单纯的体裁形式上，必然也要涉及语言学、修辞学、审美学等多重内涵。从语言学角度看，长篇小说的体式主要体现为对语言文字、标点符号、句式等的选择和运用上；从修辞学角度看，长篇小说的体式主要表现为小说的话语表达方式即叙事的特点，具体包括叙事视角、叙述者类型、叙事时间、叙事空间等内容；从审美学角度看，长篇小说的体式就是由小说的内容和创作方法所决定的小说的结构方式或小说的内容、情感、情绪、创作方法等所构成的整体风格，与作家的气质、性格、思想倾向、审美趣味等息息相关。当然，也有研究者将其内涵扩大到"心理学、社会学"②。这有点"泛化文体"的意味，塞进袋子的东西多了，就不是真正意义上的文体了。

弄清了长篇小说文体的基本范畴，就可有的放矢地了解长篇小说的文体研究。在中国现当代文学史上，长篇小说有过几次繁荣期，一次是20世纪30年代，一次是20世纪五六十年代，然后就是20世纪90年代至今。新时期长篇小说处于式微期，故新时期以来关于长篇小说文体的系统性专题研究启动较晚。1988年《小说文体研究》问世，该书共选编新时期以来有关小说文体研究论文28篇，全方位反映了新时期小说创作文体变化趋势和小说文体批评新成果。但该著只有极少篇章涉及长篇小说，故它的出现对于长篇小说文体的研究也只能起到抛砖引玉的作用。从现有的研究成果看，20世纪90年代之前学术视野下的长篇小说文体研究几乎空白，但在非学术视野下呈现的则是另一番景象，即在文学史编写、文学批评期刊专栏、文学期刊专栏以及各种媒体宣传点评中一直存有人们对文体的关注，这些浮光掠影的文体关注从时代和历史的高度还原了新时期以来长篇小说文体发展的大致流脉。

---

① 童庆炳.文体与文体的创造[M].昆明：云南人民出版社，1994：1.
② 王宵霞.20世纪90年代长篇小说文体论[M].北京：光明日报出版社，2006：1.

一、当代文学史编写中的点缀性掠影

所谓文学史"就是发生在过去的文学活动的历史。但文学作为一种活动已不复存在,唯一能直接把握的是文学活动的结果,而在所有结果中最接近文学活动本体的是文学作品"①,此特点决定了文学史编写的滞后性。故笔者根据当代长篇小说的创作实况,在数以百计的当代文学史中选取 20 世纪 80 年代后期的一些代表史著进行定量分析,以窥出新时期以来长篇小说文体在文学史编写中的地位与变迁轨迹。

(一)新时期后期文学史编写中时代文体特征及变迁趋势的宏观把握

1988 年邱岚的《中国当代文学史略》已开始辟专章谈新时期的长篇小说,认为新时期以来的 8 年中,已有近千部长篇小说问世,但质量高、影响大的作品却很少,并归纳出长篇小说"侧重文化心理描写、淡化故事情节、突出民风民俗、追求结构与语言创新的"②文体趋势。该史著开始提及"形式"二字,已是不小的进步,但在分析作家作品时,还是落入"把作品分割成内容与形式两方面,先分析思想内容,后分析艺术特征"③的窠臼。并且,点缀性的艺术特征总结和长篇累牍的思想内容剖析在篇幅上明显不成比例,所以文学史就演变成主题思想史、人物形象史。同年,李达三主编的《中国当代文学史略》肯定了新时期改革文学主体意识大张扬所带来的文体大解放,"一方面是传统现实主义的不断深化,另一方面是现代派小说的大量涌现,除写实小说之外,又有了写意、荒诞、变形、象征、魔幻等。第三股潮流是将现实主义和现代主义相糅合产生一种开放的现实主义或现代现实主义"④,并且该书在评价《李自成》时第一次饶有新意地提到了"杂糅众体"的文体特征。

(二)后新时期文学史编写中独到的个案文体分析

1988 年前后,文艺观念的深刻变革导致学术界提出了"重写文学史"的口号,文学的"向内转"以及"主体性"的讨论使新时期后期的文学观念发生了转型,这点也体现在文学史的编写上。20 世纪 90 年代是当代文学史编写的高峰

---

① 陶东风.文体演变及其文化意味[M].昆明:云南人民出版社,1994:255.
② 邱岚.中国当代文学史略[M].北京:高等教育出版社,1988:361.
③ 陶东风.文体演变及其文化意味[M].昆明:云南人民出版社,1994:260.
④ 李达三.中国当代文学史略[M].杭州:浙江大学出版社,1988:218.

期,1990年江西大学中文系编写的《中国当代文学史》认为新时期长篇小说创作的显著标志是艺术上的不断探索,并分别从艺术结构、语言特色、叙述视角等方面总结了一些长篇小说的文体特征,在评论《李自成》时也指出作品"充分发挥古代各种文体的艺术作用,以增强作品的艺术表现力"①的文体融合特征,体现出编者一定的文体批评意识。1992年和1998年陈其光主编的两个版本《中国当代文学史》的风格和体例大致相似,在论及时代文体特征时无独到见解,缺乏一定的文体意识,但在评析《芙蓉镇》时则新颖地提出其"立人物小传的'链条式'结构和'融多种色彩成分为一体'的小说语言特征"②。1995年刘景荣主编的《中国当代文学》在体例上有所创新,直接以作家论的形式来分章论述,在每个作家大篇幅的思想形象论述中再附上简短的艺术特征概括,不过这特征多是泛泛而谈,大而无当。当然也有让人眼睛一亮的发现,如在论及《黄河东流去》时,认为作品采用了"《水浒传》的链条式结构和古诗、民歌、谚语的开篇导入,适应了我国人民群众审美心理和审美习惯的民族化艺术形式"③。上述文体点评缺少一定的理论向度和深度,而同在1999年出版的几部文学史较之以前具有稍强的文体意识,其中,陈思和主编的《中国当代文学史教程》从新的美学原则的崛起开谈,论述了西方现代意识对小说创作的影响,然后开专章论及先锋精神与小说创作。虽也是选择个案分析来论述文学史的发展,但开始出现一些新的文体特征如贾平凹的"拟笔记体"、韩少功的"词典体"、马原的"元叙事"等。朱栋霖等编的《中国现代文学史(1917—1997)》首次提及文学本体性,重点谈了先锋小说的文体特点以及马原、莫言的文体特征以及新潮长篇小说在文体形态上的文学革命。

(三)新世纪以来文学史编写中关乎长篇小说文体本体的探究

进入新世纪,学者们编写文学史的热情并没减退,随着长篇小说成为时代第一文体,文学史中开始出现一些专题性文体探究,且评价内容越来越接近文体内核。2003年王庆生的《中国当代文学史(1950—1990)》首次系统厘清了作品本体论、形式本体论、语言本体论的内涵及相互关系,并分析了新时期以来的文体批评状况,即由"宏观研究和微观研究两大板块构成,前者包括了对文学形

---

① 江西大学中文系.中国当代文学史[M].南昌:百花洲文艺出版社,1990:265.
② 陈其光.中国当代文学史(1976—1988)[M].广州:广东高等教育出版社,1992:464.
③ 刘景荣.中国当代文学[M].开封:河南大学出版社,1995:4.

式的理论探讨和对文学形式演变的动态描述,后者包括了对具体的文学形式构成因素的研究,也包括了对某一具体作家作品的形式构成及特征的研究"①。2005年董健等主编的《中国当代文学史新稿》也提及了文学本体性的讨论,但没有展开谈,但其开设了专章探讨新时期小说的文体特征,重点探讨了几个创作样式复杂的小说家的文体创新,在一定程度上勾勒出1989—2000年长篇小说文体的特征。

在上述零散的文体掠影中,我们能看出文学史编写中文体成分的比例越来越大,编者的文体批评意识也在逐步增强,思想主题点缀艺术特征的固定模式也在一步步打破,新时期以来长篇小说的文体特征也在片段的掠影中得以彰显。

二、文学批评期刊专栏的经典化意图

进入新世纪后,长篇小说当之无愧地成为时代大文体,一些在国内具有一定影响力的文学批评期刊如《当代作家评论》《小说评论》《南方文坛》分别策划了各种专栏,以期推动当代长篇小说文体的研究与发展。其中,《小说评论》于1999年开辟了"长篇小说笔记专栏",此专栏特邀雷达在长达六年的时间里撰写了二十四篇文章,分为二十一期,对新时期以来近百篇代表性长篇小说进行追踪式评论。虽然其中不乏一些关乎小说文体的精彩论述,但终究不是小说文体的专题研究。不过,关于小说文体的专题研究专栏也有,早在1987年《文艺评论》连续发表了李国涛的四篇《缭乱的文体》评论文,为当时本已百花齐放的文体研究再添新彩,但依然不涉长篇小说文体,而真正对长篇小说文体进行专栏讨论的则是《当代作家评论》。

(一)关乎长篇小说文体内部因素的第一次对谈

进入新世纪,《当代作家评论》曾两次举办大型长篇小说对谈会。2001年该刊和《收获》在大连联合主办了"2001年长篇小说文体对谈会"。作家张炜、尤凤伟等和评论家陈思和、王一川等以及相关工作人员参加了会议。对谈会上,与会的作家、评论家分别从不同的立场,对长篇小说的文体、叙事、语言、结构等

---

① 王庆生.中国当代文学史,北京:高等教育出版社,2003:267.

问题作了深入的探讨。会后,该杂志在 2001 年第 5 期集中刊发了九篇评论文①。这九篇文章皆篇幅简短,随性率真,虽少了学术研究的厚重,但不乏真知灼见之火花。如学者型作家格非从宏观上论述了文体与意识形态的关系,认为文体与形式通常是作家与其所面对的现实之间关系的一个隐喻或象征;而在红柯的意识里,文章是没有文体之分的。作家们的言辞多具象可感,意象横生,而批评家们则是言辞犀利,一语中的。王一川拿出学术研究的姿态将长篇小说文体分成拟骚体、双体、跨体、索源体、反思对话体、拟说唱体等新类型,并归纳出 20 世纪 90 年代长篇小说文体正衰奇兴的新趋势;孙郁认为当下长篇写作在文体上出了问题即在西方的宏大叙事理念里陷得太深,未能与民族语言艺术沟通起来;谢有顺认为更多的时候,文学的贫乏不是因为缺少文体的探索,而是因为文体的滥用。

(二)关于"如何写"长篇小说的第二次对谈

截至 2005 年,当代文坛长篇佳作迭出。2005 年《当代作家评论》与渤海大学、《作家》、春风文艺出版社联合主办了"2005 年小说现状与可能性对话会",作家莫言、贾平凹等与批评家王晓明、南帆等以及相关工作人员相聚一堂,就长篇小说的写作展开了讨论,并于 2006 年第 1、2 期集中刊发了十二篇评论文②。较之上次,作家的声音要多于评论家,所交流内容侧重了创作实感,淡了文体探究。莫言认为长度、密度和难度是长篇小说的标志,也是小说文体的尊严;贾平凹认为生活给创作提供丰富的细节;阎连科则谦虚地坦承自己在写作中遇到了无力把握现实以及面对写作时出现新的重复的尴尬;东西则坦承写内心秘密、写人物和对生活的预测成了其写作的兴奋点;李锐认为中国小说最伟大的地方就在于可用方块字深刻地表达中国的传统文化;林白认为长篇小说无界限,它是一个人对这个世界态度的总和;艾伟则强调只有信服力、社会反思力、时代质

---

① 格非《文体与意识形态》、红柯《有关长篇小说的一些想法》、张炜《作家的出场方式》、王一川《我看九十年代长篇小说文体新趋势》、孙郁《文体的隐秘》、谢有顺《文体的边界》、张新颖《说"长"》、严锋《诗意的回归》、王宏图《对真实幻觉模式的突破》。

② 莫言《捍卫长篇小说的尊严》、贾平凹《生活会给我们提供丰富的细节》、阎连科《长篇小说创作的几种尴尬》、东西《寻找小说的兴奋点》、李锐《用方块字深刻地表达自己》、林白《时光从我这里夺走的》、艾伟《对当前长篇小说创作的反思》、谢有顺《重申长篇小说的写作常识》、洪治纲《想象、细节与说服力》、王晓明《面对新的愚民之阵》、王尧《长篇小说写作是灵魂的死而复生》、李静《长篇小说的关切与自由》。

疑力相结合才能写出令人信服的好小说。而评论家们则显得语重心长。为防止长篇小说在语言、叙事、结构、精神书写上的粗制滥造，谢有顺呼吁要强化写作的难度，扩展经验的边界，增强叙事的说服力以获取长篇写作的尊严；洪治纲则认为作家须用超凡的文学想象和关键性的细节设置才能写出具有说服力的好作品；王晓明则认为在当下的读图时代，长篇小说写作应坚守文学的根本；王尧认为优秀的小说家要有自己的想法，要会在重新获得对世界的认识之后找到观照和把握世界的审美方式；李静认为艺术的创造力来自作家对社会的独特洞察，但这必是一种将洞察力化为"有意味的形式"的艺术能力。

其实有这种想法与举措的还不止《当代作家评论》，《南方文坛》也曾在同期集中刊发过长篇小说专题论文，如在 2009 年第 5 期刊发吴义勤的《关于新时期以来"长篇小说热"的思考》、汪政的《多样化与长篇小说生态》、张福民的《长篇小说和它的历史观问题》，在 2011 年第 6 期刊发了张清华的《我们需要肯定什么样的长篇小说》、杨扬的《中国当代长篇小说的问题》等。

当然，诸如此类同期刊发文章的情况颇多，在此只略举一二。这些评论性文字对小说文体的分析尚处于局部的、感性的层次，但它们的存在显示了文学批评期刊促进长篇小说文体研究经典化的意图，也表明了期刊关注长篇小说研究的决心与姿态。

三、文学期刊策划的"跨文体革命"闹剧

其实，在文学批评期刊积极策划专栏以推进长篇小说文体的革新与发展之前，各类文学期刊竟然同在 1999 年发起了"文体革命"，以推进小说文体的革新。但这次"革命"不是作家群体的自发行为，而是先有各文学期刊的理念设想，后有作家们的创作实践。其中，《大家》主编李巍指出"凸凹文本是一个文学怪物，它就是要在文体上坏它一次，隔塞它一次，为难它一次，让人写小说时也能吸取散文的随意结构，诗歌的诗性语言，评论的理性思辨；同样让人写散文时也不回避吸纳小说的结构方式。我们希望，在文体的表述方式上能以一种文体为主体，旁及其他文体的优长，陌生一切，破坏一切，混沌一切"①。《莽原》主编张宇认为，"文体像牢笼一样局限和阻碍着写作的自由，文体的繁复和腐朽伤害

---

① 李巍.凸凹：文学的怪物[J].文学自由谈,1999(2).

和围困着写作的激情和灵性。于是,跨文体写作就像在自己的身上插上别人的翅膀一样,再也不是为了形式和形象,而是为了表现的实用,为了更自由地飞翔"①。《中华文学选刊》则于2000年推出"无文体写作",栏目主持人匡文立则认为:"'凸凹文体''跨文体'等旗号有'意在笔先'之嫌,显示出来的是某种'命名癖'。'无文体写作'试图回避命名,只注视某种写作现实。我们选择的标准也很简单:当一篇文字颇值得一读,却又无法妥帖地安放进任何现有的'文体',那就是我们张弓以待的'大雁'了。"②。

从各杂志的创作实践来看,《大家》推出"凸凹文本"的代表作是李洱的《遗忘》,虽然李洱在极力实践主编的意图,把作品写成了一个既不像学术论文、又不像随笔散文、也不像小说的"四不像"文章,大家还是勉强将其归为小说。《莽原》的所谓"跨文体"最后都变成了清一色的学术随笔或思想随笔。而《中华文学选刊》更是作茧自缚,其所提倡的"无文体"根本无法实践,写出来的东西要么是随笔,要么是荒诞喜剧,要么是搞笑文章,要么是词语解释,最后黔驴技穷,难以为继,只好偃旗息鼓,草草收尾。

在各杂志主编极力鼓吹、各作家极力实验的合力下,"文体革命"轰轰烈烈地上演了一年多时间。在闹剧上演的过程中,评论家们则表现出一贯的冷静与忧虑。一开始杂志主编们就将评论家定位为"革命"的助势者,在刊发各种实验文章时也刊发了评论家的评论文,但众评论家的观点几乎一致。其中洪治纲认为"作为一种整合性的艺术实验,它失去了对某种主题的单纯表达,在一种后现代式的叙述行为中体现了作家对既定艺术规范的反叛。但这种反叛并不具备明确的建构目标"。③ 吴义勤认为:"不能从一个极端走向另一个极端,凸凹文本这样一种包容性文体本身也是十分可疑的。不能故弄玄虚,为文体而文体、为革命而革命,否则就是本末倒置了"。④

这场文体革命闹剧虽已成为历史,但在现象背后遗留下更多的东西值得我们思考。长篇小说文体不仅仅是一种单纯的外在形式,它是作家内在精神情感外现的载体,它蕴含着作者在语言学、修辞学、审美学甚至社会学、文化观、哲学观乃至心理学等方面的深层思考,如果要进行一种文体选择与创新,最起码的

---

① 张宇.理性的康乃馨——"《莽原》周末"散记之一[J].莽原,1999(1).
② 匡文立.《无文体写作》开栏语[J].中华文学选刊,2000(1).
③ 洪治纲.整合的可能与局限[J].大家,1999(4).
④ 吴义勤.可疑的文体[J].大家,1999(2).

模式也应该是由作者本人从内心有了触动,再由内到外,由独特的个体到多个相似的个体的共同倡导,才有可能形成一种新的文体革新运动。当众文学期刊为了各种不可言说的利益而先入为主地邀请一些本身对长篇小说文体的运用尚未达到炉火纯青地步的青涩作家来推翻成熟文体时,事情本身就演变成了一场闹剧,其最终的不了了之也是必然的。

四、媒体宣传或评奖颁奖辞中的精彩点评

在长篇小说备受追捧的世纪之交,除了文学批评以及文学期刊以专栏的方式探讨长篇小说文体,在相关的媒体如《光明日报》《文艺报》《中国教育报》《中国社会科学报》《文汇报》《文学报》《中华读书报》等也能见到一些散落的文体评论,这些评论或以文坛消息、年度总结,或以书评、短论等方式传达着当代长篇小说在文体研究方面的相关成果与信息。

(一)新的文体研究成果的及时报道

2000 年《文艺报》对文体研究新成果《中国近百年文学体式流变史》做了即时性报道。2001 年《辽宁日报》的《语言自觉 文体创新》和《北京日报》的《文学界反思小说的文体》全面报道了 2001 由《当代作家评论》等主办的长篇小说文体对谈会的研讨成果。2003 年《中国教育报》的《新时期长篇小说的文体》和《文艺报》的《小说研究的新收获》全面报道了文体研究专著《新时期小说文体论》的研究成果。2006 年《文艺报》的《小说文体研究的新成果》,2007 年《文艺报》的《文体意识自觉与文体革命》皆立体评价了专著《新颖的"NOVEL"——20世纪 90 年代长篇小说文体论》。

(二)经典作品的文体推荐及对时代文体的多维思考

2000 年《文学报》的《论王蒙的"狂欢体"写作》概括了王蒙"季节"系列小说的"狂欢体"文体特征。2002 年《文汇报》的《〈暗示〉:一次失败的文体实验》,指出《暗示》有文体的实验意识,但因为整个作品的构成元素不是叙事而是议论而导致基本上的失败"。2003 年《中国邮政报》的《一部等待了很久的小说》对张炜新作《你在高原·西郊》的叙述、结构、语言做了充分的肯定。

2002 年《光明日报》的《长篇小说的文体变化》认为 20 世纪 90 年代以来"陌生化"的文体追求带来审美表现方式和阅读的革命性变化,作家创作中哲学意识的强化使小说文体产生出寓言性、象征性表现结构。2002 年《文汇报》的

《关注文艺的"新工具革命"》指出文艺工具的革命性主要体现在"超文体"现象上。2002 年《中国图书商报》的《呼唤文体独立的时代》指出各文体之间是平等的,各文体要保持自己的独立性。2003 年《光明日报》的《纷繁的长篇小说文体》认为新时期长篇小说的文体革命已从多方面展开,强大的冲击波正在改变着长篇固有的模式。2007 年《光明日报》的《长篇小说写作的文体压力》认为文体意识的强化不仅弱化部分作品的思想性,也使精神性和艺术性相割裂,使文学写作的价值取向发生变异。2009 年《文汇报》的《手机小说,创造另一种文体?》指出手机小说对当代长篇小说文体的影响。2012 年《人民政协报》的《文体家的小说与小说家的文体》盘点了当下小说家的文体意识状况。2013 年《中国社会科学报》的《新世纪现实主义长篇小说的文体类型》,指出新世纪文学写作呈现出以奇幻的形式重组历史记忆、以现实主义的策略重构现实整体性两种趋势;同年《太原日报》的《长篇小说热与作家的文体意识》对当下长篇小说热以及长篇小说的文体意识提出了自己的思考;同年《北京日报》的《小说的长度与生存理由》指出复调的种类与浓度是长篇小说存活的理由。

(三)各类文学颁奖辞中的神来之笔

除却各类报纸,还有部分关于个案文体评价的神来之笔镶嵌在各类文学颁奖辞或获奖作品简介中,如茅盾文学奖、华语文学传媒大奖、中国小说排行榜、当代长篇小说年度奖等。

在这里且以华语文学传媒大奖为例。首届大奖认为史铁生"一次次地突破语言和文体的边界,其写作已经成了文体变革和精神探索的象征";第三届大奖认为格非的《人面桃花》"叙事繁复精致,语言华美典雅,散发着浓厚的书卷气息"、林白的《妇女闲聊录》"有意以闲聊和回述的方式,让小说人物直接说话,把面对辽阔大地上的种种生命情状作为新的叙事伦理";第五届大奖认为北村的"叙事果敢坚决,同时又不失隐忍和温情"、乔叶的小说"有着精微的叙事,细腻的感情,语言针脚准确而绵密";第六届大奖认为"麦家的小说是叙事的迷宫,有强大的叙事说服力";第十届大奖认为方方的小说"叙事悠长而强悍,格局宽阔,气象磅礴",而杨显惠的"叙事手法,也因着去修辞,赤诚,不夸饰,而有效恢复了文学与历史、现实短兵相接的写作传统"。[①]

这些评语虽只是针对具体作家作品而言,但都围绕文体的基本属性进行总

---

① 引语皆来自历届华语文学传媒大奖的颁奖辞,下同。

结,比中规中矩的学术研究显得精粹、到位,有些观点则直击命门,精彩无比。如指出了作品《人面桃花》的语言和审美属性、《妇女闲聊录》的修辞属性,同时对作家个人的文体风格也做出了精辟的总结。

五、各类文体关注的价值

总体来看,上述各种形式的长篇小说文体关注均因缺少系统的理论分析而呈现出零散感性的非学术特征,但瑕不掩瑜,这种非学术视野下的文体关注为学界的学术研究提供了一定的史学线索,积累了一定学术研究素材,同时也为文体的发展起到了宣传导向作用。

在上述提及的文学史编写中,越来越重的文体成分已经表明编者的文体意识越来越强烈。而在文学史中留下的文体成分对于后来的文学史编撰者来说具有重要的参考价值,尤其是其对时代文体的特征及流变趋势的宏观把握,对后来者来说具有时代感和真实性。而由文学批评期刊、文学期刊所举办的文体关注专栏活动或所策划的文体革命活动,其所留下的各类文体批评文章本身就是学术研究的一部分,且活动本身皆为当代文体研究绕不过去的重要事件。在媒体宣传或评奖颁奖辞中的零散式点评中,不仅准确报道文体研究新成果,还精辟道出文体研究的新动向,最终敏感传达出文体演变的某些动态。这些都为严谨的学术研究提供了宝贵的研究素材,具有一定的学术参考价值。

当前的各类当代文学史都是思想流派史、人物形象史或文艺思潮史,几乎没有一部文学史将长篇小说文体的流变提高到和作品的思想、主题、人物、艺术特征等相提并论的位置进行充分的论述。但实际上任何一部优秀的长篇小说都不会放弃对文体的探索与追求,故一部全面权威的文学史也应该不会忽略对长篇小说文体的系统概述,尤其不会忽略那些有鲜明文体意识的长篇小说。从目前的文学史编写现状来看,文学史中的文体成分越来越多,关注的内容也由之前的一笔带过转变为专章详论,这说明编者的文体意识越来越强烈,创作者的文体意识也越来越鲜明。故现有的文学史编写中所含有的文体成分有利于后来学者依据其所提供的学术线索,进行真正意义上的小说文体流变史的撰写。而此项工作的完成,则弥补了文学史编写的缺憾,具有一定的文学史价值。

上述中由各文学批评期刊举办的专栏活动所产生的影响以及相应的一系列争鸣论文的问世,在当时学界刮起了一股文体研究风,且对作家创作的影响也是直接的。之后令人眼花缭乱的诸如《暗示》《花腔》《桃之夭夭》《人面桃花》等文体意识鲜明的作品的问世,足见对谈会的召开对当代长篇小说文体的发展切切实实起到了推波助澜的作用。

而由文学期刊发起的"文体革命"活动更具启示意义,更加引起人们对长篇小说文体的关注与思考,如长篇小说文体是否已发展到了束缚写作自由的程度?何为跨文体?它与"文备众体"、文体融合、文体互渗有什么区别?无文体写作真的能成立吗?大家都在期待什么样的长篇小说文体?这些思考都有利于促进创作者的文体革新和理论者的文体研究。

而散落在媒体报纸或评奖颁奖辞中的精彩文体点评,更因媒介宣传的及时性、动态性、互动性、受众范围广、产生影响大的特点,报道了文体革新动向和文体研究新成果,营造了浓郁的文体关注氛围。在读者的文体期待心理、作者的文体求变心理以及研究者的文体研究兴趣的合力下,文体革新和文体研究会走得更远。

重返历史现场　新寻精神价值

——论"十七年"小说的爱情书写

　　"十七年文学"之所以成为一个相对独立的研究对象,是它自身的时代背景所决定的。一提及"十七年文学",大家都能看出其在文学、人情、人性、个性等方面的缺失,都能看到艺术被政治左右。但是就是这样一段文学,在过去的半个世纪里,总是或隐或现地始终成为众评者谈论的资源。尤其在当下,对"十七年文学"的研究与重新审视,已经形成学界的一股学术热潮。大家呼吁重返历史现场,以科学的态度、客观的视角重新发掘"十七年文学"的精神价值。

一、关于"十七年文学"中是否存有爱情小说的争议

　　小说是"十七年文学"中最重要的载体,其中"三红一创,青山保林"为代表的几部长篇小说至今依然作为红色经典备受当下各种层次读者的青睐。虽然"十七年"小说尤其是长篇小说取得了很大的成就,但迄今为止,关于"十七年"是否存有爱情小说的争议一直未休。对此,众评者各持己见。其中,有论者认为"十七年"根本不存在爱情小说。如作家梁晓声言之凿凿地认为:"我要说的其实是这样一种情况——十七年中,中国未出版过一部纯粹的长篇爱情小说,即以写爱情为主的长篇小说。也就是说,真正算得上是爱情小说的长篇,在十七年中是绝对缺席的。"①但有相当一部分论者认为《青春之歌》和《红豆》可算是当时最有代表性的长篇爱情小说。既然长篇中没有纯粹的爱情题材小说,那么中短篇中有没有纯粹的爱情小说呢?对此,梁晓声还是坚持他的观点,认为"爱情在长篇小说中既不能以'题材'的名义独立存在,那么在短篇中是否便被

---

① 梁晓声.关于爱情在文学中的位置[N].中国教育报,2003－06－14.

允许,获得'通行'了呢? 短篇中也几乎没有"①。对此,还是有评者提出相反意见。有评者认为在 1956 年"双百"方针之后,中国就"迎来了一个爱情小说的春天。如陆文夫的《小巷深处》、宗璞的《红豆》、邓友梅的《在悬崖上》、李威仑的《爱情》、徐怀中的《我们播种爱情》、丰村的《美丽》等等,在这批小说中,作家们从政治、伦理、社会、道德、责任等多种角度来阐述爱情的内涵"②。但该评论者在此文的结尾却相悖地得出"我们会惊讶地发现,在'十七年'文学创作中竟然找不到纯粹的爱情文本,爱情只不过是'十七年'文学中社会主义革命或建设主题盛宴的佐料,一种点缀;爱情似乎在政治的夹缝中倔强地生长,但是它没有了夺人的亮、沁鼻的香、天然的美。严格说来,'十七年'文学是爱情的荒漠,没有一部完整的真正意义上的爱情小说,这不能不令人悲哀"③的结论。甚至还有人认为"肖也牧的《我们夫妇之间》堪称'十七年'婚恋题材中受到极不公正待遇的代表作"④。

在众说纷纭中,关于"十七年"是否存有爱情小说的争议至今方兴未艾。但笔者在仔细咀嚼"十七年"小说的基础上,以"十七年"时期政治运动和文艺政策为纵坐标,以每个时期具体的作品为横坐标,在条分缕析中重返历史现场,拨开历史迷雾,发现古往今来,爱情一直是文学作品永恒的主题,当代中国的"十七年文学"自然概莫能外。在"十七年"这样一个政治意识形态占主流的时代里,依然存有纯粹的爱情题材小说,只不过其数量是有限的,表现形式比较独特。而在各类非爱情题材小说中,关于爱情成分的书写也俯拾皆是,同样,其书写形态和言说方式极具"十七年文学"特有的模式与精神向度。

二、"十七年"小说爱情书写的存在状态

(一)"十七年"爱情小说存在的历史可能性

"十七年文学"在性质、特点上与之前的现代文学和之后的当代文学都存在

---

① 梁晓声.关于爱情在文学中的位置[N].中国教育报,2003 – 06 – 14.

② 王淡海.政治夹缝中的爱情无实之花——十七年爱情小说略论[J].湖南科技学院学报,2005(12).

③ 同上.

④ 朱丹.异端者的寂寞书写——论十年爱情短篇小说创作导向[J].呼伦贝尔学院学报,2011(6).

着较大的差别,它的政治功能超越了审美功能。此时期的主流话语以一种近乎强制的方式对创作主体进行思想限制,对文艺的领导也被简单地操作成对文艺工作的行政化管理。这种管理方式使作家被高度地组织化、政治化,在创作的过程中压抑了他们个性化的自我,使他们创作时在一定程度上失去了更冷静客观的剖析社会和审视人性的可能,其所创作的作品自然也失去了丰富性和文学性。所以,在"十七年"时期进行纯粹的爱情题材创作将会遭受诸如在题材选择、爱情观表达等方面的巨大束缚与阻力。

在"十七年"时期,题材问题不只是一个写什么的问题,还是一个立场问题。在新中国成立前夕,文艺界就引发了一场关于"可不可以写小资产阶级"的讨论。从新中国成立初开始文艺界便把小资产阶级生活情调同资产阶级知识分子相挂钩。在这种情况下,描写爱情题材的作品就自然与小资产阶级生活情调画等号。故新中国成立初期敢于以小资产阶级人物和爱情为题材的作品是少之又少的。

为宣传国家新颁布的婚姻法,作家们开始光明正大地以男女婚恋为题材进行爱情小说书写。只是遗憾的是,在实际书写过程中,作品中男女主人公的形象皆为图解国家政策而设,故事情节发展皆有既定的价值导向,忽略了作为个体人的复杂真实情感纠葛。

50年代中期,对"家务事、儿女情"题材的争论又一次把爱情题材书写推到了风口浪尖上。当时有评者肯定了爱情题材,认为"近年来,描写家庭、婚姻、恋爱问题的作品显著增多,它们以题材的新颖、冲突的尖锐、人情味的深厚和接近群众的切身问题而受到广大读者的喜爱。这类作品中有个别流露着庸俗感情的,已经遭到了唾弃,但大多数则是健康的,有的已得到中央文化部的奖励和文艺界的好评"①。但也有人持否定意见,认为"在艰苦斗争的环境里写爱情会影响斗争本身的严肃性和真实性,会对英雄人物有所损伤"②。甚至有人认为写爱情和家庭生活是没有什么意义的,会"模糊时代精神面目"。在此背景下问世的《洼地上的"战役"》本并不是一部纯粹意义上的爱情题材小说,其只是在革命题材中穿插着感人的爱情故事,较之于当时重大的革命题材叙事而言,因深厚的人情味和高尚的爱情成分书写而引起了极大的关注与批评。

---

① 宋垒.也谈"儿女情、家务事"[J].山东文学,1957(4).
② 陈亚丁.关键在哪里[N].光明日报,1957 - 03 - 19.

1956年至1957年上半年"双百"方针的提出,使部分极受鼓舞的作家积极拿起手中的笔,他们抒真情、写真意,创作出一批颇有艺术价值的作品,其中一些涉及爱情题材的小说,如《小巷深处》《美丽》,等因其灵活的表达形式、多元的主题揭示、生动的人物形象塑造而赢得了读者的好评。这些艺术作品在远离历史喧嚣的今天看来显得弥足珍贵,特别值得我们从不同的角度去挖掘它们的文学价值、历史价值和审美价值。

20世纪50年代中期,文艺界针对当时创作中普遍存在的爱情描写模式化现状展开了一场"爱情需不需要条件"的争论。有人认为"这种讲政治条件的爱情在现实生活中是不存在的"①,有人则认为"这种爱情不符合艺术真实的要求,是有违于我国优秀的文学传统和现实生活的"②。黄秋耘也指责当时讲究劳动与斗争的爱情的不合理性,认为"人的生活毕竟是多方面的,人的感情世界毕竟是多种多样的,他不可能从朝到晚,甚至从晚到朝都在从事着劳动和斗争"③。而持相反意见的一方则认为"建筑在模范或是奖章上面的爱情正是社会关系变化中的一个新的因素"④,"爱情,只有建筑在对共同事业的关心,对祖国的无限忠诚,对劳动的热爱的基础上才是有价值的、美丽的,值得歌颂的。否则,虚无缥缈、玄而又玄的爱情,不但得不到同情,反而会受到社会舆论的谴责的"。⑤

(二)应景而生的各类小说的爱情书写

既定的题材范围和有条件的谈情说爱,使得"十七年"作家在创作爱情题材小说和爱情书写时显得小心翼翼,趋势善变。大致来看,"十七年"关于爱情题材的作品有过三次高潮,即20世纪50年代初为宣传婚姻法的应景之作,但随着1953年对路翎《洼地上的"战役"》等小说中的资产阶级情调的批判,爱情话语随即转入低潮;20世纪50年代中期"双百"方针提出,人性、人情、人道主义思潮的涌动促成了《美丽》《在悬崖上》等反映爱情伦理作品的集中问世,但随着1957年下半年反右斗争的扩大化,爱情叙事再一次遭受重创;20世纪60年代初文艺政策的调整使爱情叙事稍有抬头,但随着1962年底"以阶级斗争为

①　鲁达.缺乏爱情的爱情描写[J].文艺报,1956(2).

②　周培桐,张葆莘.谈《三里湾》中的爱情描写——兼评缺乏爱情的爱情描写[J].文艺月报,1957(1).

③　黄秋耘.谈爱情[J].人民文学,1956(7).

④　叶知秋.关于"爱情"[J].文艺月报,1957(3).

⑤　了之.爱情没有条件[J].文艺月报,1957(3).

纲"的提出,爱情书写再次遭遇冷袭。从这三起三伏中,我们不难看出"十七年"爱情小说创作与党的文艺政策发生着同频共振关系。在这同频共振中又不可避免地形成了独特的"十七年"各类小说的爱情书写。

在"十七年"时期的文坛上主要有农村建设和革命历史两种题材的小说占据主流,只是在不同时期,伴随着政治形势的起伏跌宕,这种流向分布的状态也不均衡。但在这两大主流题材之外,还不可或缺地存有爱情题材小说和各类小说中的爱情书写。据"十七年"时期特定的政治历史背景和文化创作氛围,笔者暂且将其分为主流叙事中的爱情小说和爱情书写、非主流叙事中的爱情小说和爱情书写两大类,以便读者从整体上把握"十七年"小说爱情书写全貌。

所谓主流叙事是指作家在革命话语体系内,在社会主义创作原则的规范下,依托"革命战争"和"农村建设"两大主题的展开,在历史的向度上追求新中国谋求发展的宏大叙事。这种叙事模式的确立使得"十七年"文学在一定程度上成为时代精神的单纯的传声筒。根据文艺政策和政治运动形势,"十七年"小说中关于爱情的书写也在发生着相应的变化。

新中国成立初,随着《中华人民共和国婚姻法》的正式实施,当时文艺界出现了一些宣扬婚姻法的作品,如由人民文学出版社在1953年结集出版的6篇专门书写婚姻题材的问题小说集,集名为《结婚》,主要包括马烽的《结婚》、柳溪的《喜事》、谷峪的《强扭的瓜不甜》、王玉胡的《阿合买提与帕格牙》、王安友的《李二嫂改嫁》、韶华的《儿女们的自己的事》等。与此同时,赵树理的《登记》也为宣传婚姻法的趋时应景之作。这些作品在特定的文艺思想的指导下,歌颂新中国新气象的主流意识,给新中国成立初期的文坛带来了活泼生动的气息。接下来,在20世纪50年代末60年代初又出现了一批限定在主流文艺思想范围之内的爱情小说如康濯的《春种秋收》、胡万春的《爱情的开始》、谢璞的《二月兰》、草明的《爱情》等。这几篇小说中的男女主人公或是工人,或是农民,或是知识分子,他们对爱情的理解限定在主流意识范畴之内。上述作品虽然直接以婚恋为题材,以爱情为线索,从小说特征上来看,不失为爱情小说。但大家处理个人爱情与集体意识的冲突时,都不约而同地选择了爱情的让位。

在50年代末60年代初,虽然少有爱情题材小说问世,但作家们却在宏大的题材书写中巧妙地穿插爱情成分,从而产生了一批思想性、艺术性更臻深刻的优秀长篇。这种含有爱情成分的作品主要包括梁斌的《红旗谱》、柳青的《创业史》、周立波的《山乡巨变》、冯德英的《苦菜花》、王汶石的《黑凤》等。它们都是在主流文艺思想的指导下进行创作的，或回顾戎马倥偬的战争岁月，对宏大的战争场面作全景式扫描，以再现史诗风韵的长歌，或讴歌叱咤风云革命英雄乐章，或描写英雄的日常生活以及他们对比较复杂的人生况味的低吟浅唱，在一定范围内初步形成了"十七年"小说中农业合作化运动和革命历史题材二水分流的格局。其中农业建设题材写实地描写社会生活正在发生的变革，革命历史题材充满着对昔日战斗生活的浪漫想象。在革命英雄传奇小说中当爱情与革命发生冲突时总是革命至上，政治永远放在首位。而在表现农业合作化运动的题材中当爱情与国家形势发生冲突时，仍是将工作放在首位，个人的感情生活放置次位。所以说这两种题材在表现主题上有异曲同工之妙，它们的共同点是都有对爱情成分的合理糅合以及由此而产生的理想的文学艺术效果。

所谓非主流叙事主要是指作家围绕着革命话语体系，敢于直面现实，敢于切入现实的矛盾，并在批判现实中表达作家个人美学理想的叙事。在当代文学发展过程中，1956年下半年至1957年的上半年是一个重要的时期。这期间，"双百"方针的提出以及提倡要正确处理两党不同性质矛盾的学说对繁荣创作起了积极的促进作用。在当时，无论是理论界还是创作界，都一定程度出现了前所未有的热烈和繁荣的局面。一些见解独特、观点新颖、切中时弊、发人深省的新观点、新作品不断问世，起到了良好的作用和影响。正是在这种情形下，短篇小说创作领域里出现了一股令人耳目一新被称为"干预生活"的创作潮流。在这些干预作品中，还难能可贵地出现了一拨突破创作禁区，大胆描写和表现丰富多彩的爱情题材小说，如《在悬崖上》《小巷深处》《美丽》《爱情》《央金》《爱情的开始》《西苑草》等。这些作品摒弃说教式的、完全政治化的爱情描写，真实地、多角度地、多元化地表现出爱情生活的多样性和复杂性。如《西苑草》就敢于质问当时流行于文坛的概念化、模式化的爱情表达方式，用力抨击了当时在择偶标准上把政治身份凌驾于爱情之上的世俗做法；《在悬崖上》《美丽》等则表达了作者对当时存在的封建迷信和封建家长作风的痛恨之情以及对爱情、人性的关注和张扬；《田野落霞》则交叉渗透了对对爱情不忠贞、对家庭不负责任的道德败坏者的鄙夷；《小巷深处》则完全抛开政治因素的影响，从一个新的角度来阐述在新的社会里人人都可平等享受甜美爱情的新迹象，表明在国家获得解放以后人们对待爱情的态度呈现出新的在成长、旧的在逆变的趋势。

非主流爱情小说多出自充满革命激情的青年作家，他们对新中国的诞生怀着欢喜和赞美的心情。在演绎爱情故事时也都在不同程度带上了作家们个人的情绪色彩,但在处理个人情感与集体意识时依然不可避免地又回到政治选择的惯性轨道。如《美丽》把爱情与事业的矛盾描写成了水火不容、非此即彼的二元关系。类似于当下婚外情、第三者插足的《在悬崖上》里还是不无遗憾地把原本属于纯个人性的道德评价牵强地转化成政治性评价,忽略了情感自身发展的逻辑性。

在干预生活的作品中,还有部分作品如《组织部新来的年轻人》《甲方代表》等虽不是爱情题材小说,但在处理爱情与革命事业的关系时也能巧妙地达成水乳交融的状态,含有爱情成分的书写使作品的主题更加凸显。《组织部新来的年轻人》中林震怀着一种成长的渴望和焦虑来到组织部,在事业纠葛和爱情体验两条线索的交织中展开了对理想与现实的冲突。在作品所呈现的内在冲突中,赵慧文与林震之间朦朦胧胧的爱情意识也得以凸显。在外在冲突中,他们变成了相互理解的同志。两个人在交往过程中轻微的困惑与迅速的自制使林震对现实愈来愈清醒。《甲方代表》中男女主人公因为热爱工作而相爱,又因为相爱而更加热爱工作。这种爱情叙事还是难逃"十七年""谈恋爱讲条件"的价值导向。

(三)"十七年"各类小说的爱情书写模式

"十七年"各类小说中的男男女女在不同环境背景下谈情说爱、谈婚论嫁,这里有在 20 世纪 30 年代国民革命战争时期或新中国成立后抗美援朝战争中男女在爱情与政治的冲突中挣扎的故事;有新中国成立初青年男女在与陈规旧俗搏斗中争取自己幸福的故事;还有 20 世纪五六十年代在国家实行社会主义工农业建设大潮中青年男女在爱情与事业中进行一元化选择的故事等。作者们在处理爱情与革命、劳动、主流意识形态等关系时,不约而同地形成了既定的书写模式。

1. X 是革命者,Y 是非革命者,Z 是女性→Y 追求 Z,Z 喜欢 Y→X 在 Z 面前出现→X 喜欢 Z,Z 追求 X 并放弃 Y→Y 失败

此种叙事模式多出现在"革命＋恋爱"的爱情故事中,最为典型的作品有宗璞的《红豆》、草明的《爱情》、杨沫的《青春之歌》等。如《青春之歌》中的林道静(Z),她在走投无路的时候偶遇了不是革命者而只追求平安过日子的余永泽(Y),很快,他和林道静相爱、可当革命者卢嘉川(X)出现之后,情况就发生了变化。出于对革命的痴迷,林道静对卢嘉川有了好感,而卢嘉川也挺喜欢她,最后她义无反顾地选择了卢嘉川。余永泽在爱情上成了一名失败者。再来看《红

豆》中江枚（Z）的情感生活。她在学校里与不关心革命的同学齐虹（Y）相爱。可当革命的浪潮涌来时,她放弃了能与齐虹去国外进修的良机而追随了革命,齐虹也只好一人独自前往国外进修,成为一名爱情失败者。

青年男女在国内革命战争时期如此处理爱情,而在抗美援朝革命战争中,恋爱男女还是把参不参加和是否支援革命当作择偶的唯一标准。如在李威伦的《爱情》中,叶碧珍（Z）和周丁山（X）的情感一般,可当她得知周丁山已报名参加了抗美援朝战争时,立即爱上了他。在草明的《爱情》中,李小华（Z）同时被刘德胜（X）和林升平（Y）所追求,两人都是优秀的男青年,当李小华得知刘德胜要上战场时,这场三角恋爱的关系立即变得明朗起来,她决定与刘德胜确定恋爱关系。她曾对刘德胜说:"不去朝鲜,我还不觉得我爱你呢。"①面对这种结局,林升平虽败犹安,他也觉得刘德胜是个令人佩服的人。可见在政治上要求上进在每个年轻人心中的地位是极其重要的。

这种叙事模式在方之的《在泉边》中也出现。"我"（X）和崔福来（Y）都喜欢姑娘范柳秀（Z）,"我"和崔福来已被应征上参加抗美援朝战争。本来范柳秀更喜欢崔福来一些,可在关键时刻,他因为舍不下范柳秀准备放弃参军。这使得姑娘立即看不起他,并决定和"我"确定恋爱关系,当"我"说:"你要真的愿意和我好,那就等我三五年。"她竟给"我"下了军令状:"先说好,你不许空手回来,我也不能空手接你。记着,就在这棵树下说的。"②她选择了"我",也选择了支援革命。而在抗美援朝战场上这种崇尚革命的爱情书写模式更让人扼腕叹息。在路翎的《洼地上的"战役"》中的金圣姬（Z）是个朝鲜姑娘,她喜欢并爱上了中国战士王应红（X）,但革命的严明纪律使他拒绝了朝鲜姑娘的追求而固守着对革命严明纪律的忠诚,最后竟选择了以身殉国来解决这段令人难以抉择的爱情。

2.Z 是新青年→被家人定了亲→Z 有了自己的心上人（X）→反抗旧的封建遗俗→反抗成功

这种叙事模式多出现在新中国成立初期的那些为宣传党的政策而作的主流叙事小说中。如赵树理的《登记》、谷峪的《新事新办》《强扭的瓜不甜》、刘真的《春大姐》等作品中。其中《登记》是一篇典型的反对封建婚姻家长制,提倡

---

① 草明.草明小说选[M].上海:文艺出版社,1979:80.

② 同上。

婚姻恋爱自由的小说。在作品中,艾艾(Z)是个在新社会成长起来的新女性,她追求自由恋爱并有了心上人(X)。可是她的父母亲却要把她另嫁他人。艾艾于是便与父母、村委会发生了一系列冲突,最终的结局还是以艾艾为代表的青年人获胜了。而《春大姐》则是一篇典型的三角恋爱关系作品,李玉春(Z)爱上了刘明华(X),刘明华家境不好,但他是农业合作社的领导。张九喜是玉春娘相中的女婿,其家境尚好,但不是农业合作社社员。李玉春在刘明华及公社成员的帮助下,反抗玉春娘的婚姻安排,私下举办了婚礼仪式,最终取得了玉春娘的理解和接受。在《强扭的瓜不甜》中作者更是尖锐地揭露了旧的封建遗俗对男女幸福婚姻的戕害。18 岁的姑娘坠儿(Z)有了心上人小康(X),其父母为了防止她"继续犯错误",竟把她许配给九岁的小勇做童养媳。最后,在小康和妇女主任的帮助下,这桩荒唐的婚姻才得以解散。

3. X 是建设者,Z 是女性→Z 不支持建设→思想转变→Z 爱上 X,共同参与建设

这里的"建设"主要指新中国成立初的工业建设和新农村建设,出现此种叙事模式的作品有谢璞的《二月兰》、康濯的《春种秋收》和胡万春的《爱情的开始》。如在《春种秋收》中,周昌林(X)是个热爱新农村建设的有为青年,刘玉翠(Z)开始看不起周昌林,也看不起老山沟的一切。为此周昌林对她也心存偏见,当有人想把她介绍给他,他评价道:"她呀! 趁早……她那脑瓜子里装满了资产阶级享乐思想……说得好听点是我没那福分,说得不好呀,我压根儿瞧不起她。"①随着故事情节的发展,刘玉翠的思想也发生了转变,她越来越喜爱农村,也渐渐爱上了周昌林。同样,周昌林也因为刘玉翠的思想转变而改变了对她的看法并爱上了她。最后,他们齐心合力地参与到建设中去并喜结连理。《二月兰》中,兰表妹(Z)本是个城里中学生,由于中考失利,她打算到农村外婆家安心复习以备来年再考。一开始,她对农村里发生的一切并不感兴趣。可是,随着村子里农业合作社的新成立,以及表哥(X)在农村建设中的表现,她开始对农村建设有了兴趣。最后,兰表妹完全放弃了中考而加入农村建设中去。在小说的结尾,兰表妹主动以女朋友的身份要求与表哥一起上山看苞谷,表哥因此而欣喜若狂。在《爱情的开始》中虽然标题醒目,但作品却通篇未提"爱情"两字。文中的"我"(X)对陈秀娟(Z)很有好感。陈秀娟虽然只是"我"的一名徒

① 康濯. 春种秋收[M]. 北京:人民文学出版社,1980:104.

弟,但她在事业上要求进取,工作起来很用心。而"我"在事业上容易自满。最后,她成了厂里的明星,她的进步让"我"感到羞愧无比,同时也幡然悔悟,决心从头做起,好好学习业务。看到"我"的思想转变,陈秀娟也感到无比高兴,于是一场真正意义上的爱情故事刚刚开始。

在上述几种固定爱情叙事模式中,我们可以看出"十七年"小说在进行爱情书写时都不可避免地陷入集体化、政治化、共性化叙述当中,也许,在当下一些并不了解"十七年"历史的读者眼中,这种"讲条件的爱情"是多么的荒唐与可笑,但重返历史现场,我们发现这一切都具有其存在的原因与价值。

三、"十七年"小说爱情书写体现出的价值

正如学者丁帆所说,"'十七年'时期的文学是一个艰难的命题,之所以说它是艰难的,就是因为在它的全部历史过程中存在着许许多多的悖论之处,难的是要在其中清晰地表述出一条属于自身价值取向的逻辑理路来,委实是不太容易的"①。同理,要对"十七年"爱情小说的价值做出评价,这也是一个容易产生分歧的问题。众所周知,"十七年"文学太容易让人看出它在文学性方面的缺失,让人看到政治对艺术的僭越,故在这个年代出现的爱情小说书写总难免会给人留下了幼稚、单纯与可笑的浅层印象。但是,深入了解时代背景,仔细地咀嚼小说文本,就会如董之林所说,"其实当时文学界对于强调阶级斗争的理论公式及概念化创作倾向始终有反感情绪,并在实践中有所抵制,否则就不会出现五六十年代不同类型的爱情小说各有展示的景观"②。的确,较之于"十七年"充斥文坛的宏大题材与宏大叙事,此时期爱情小说书写对于丰富文坛、全方位表现时代人民生活、疏通现当代爱情小说流脉体现出了难得的文学价值、史学价值和文学史意义。

走进"十七年"这段历史,我们所看到的不仅仅是作家们如何顺应批判,迎合政治,而更多的是作家对新中国真挚的信任和热情的想象。他们通过一定的艺术手段,使新的社会风尚与传统意绪达到有机的融合,为读者描绘了在个性

---

① 丁帆.在与思——十七年文学现实主义思潮新论:序言[M]// 丁帆.在与思——十七年文学现实主义思潮新论.南京:南京师范大学出版社,2004:1.

② 董之林.追忆燃情岁月——五十年代小说艺术类型论[M].河南:河南人民出版社,2002:80.

受到极度禁锢的时代男女主人公难得外露的丰富多彩的情感世界。尤其是那些在非主流叙事中崭露头角的年轻作家,如邓友梅、张弦、王蒙、陆文夫等,他们敢于打破公式化、概念化的创作手法,以自己的真诚、胆识和热情编织着文学之梦,以强烈的艺术感染力和思想穿透力为大家创作了一拨纯粹的爱情题材小说。这些小说大胆地深入生活、干预生活,使文学得以成为一个民族的良心。其质朴率性的爱情书写使得这些爱情小说呈现出卓尔不群的美学品格,即强烈的时代感、使命感、真实感、悲壮感;其纯净向上的爱情观、伦理观使得作品在揭露问题、干预生活时具有扶正压邪、净化心灵的警策作用和教育功能。他们在描写爱情时能排斥政治因素的干扰,更多地从人道主义的立场出发走进每个人的内心世界,去关怀每一个普通人的生存,去诠释爱情的真正含义。所以这些作品的问世犹如声声惊雷震响文坛,使赤色的文坛上空升腾起绚丽的文学火花。而对那些出现在主流叙事中作为细节描写的爱情成分,在增强了作品的可读性、生动性和文学性的同时,无疑发挥了突显主题、成就经典的美学功能作用。

作为现实主义叙事文学的一个特殊的理论命题,走进"十七年"爱情小说,从作家无法超越传统艺术常规的创作实践中,读者能够了解到翻天覆地时代的社会与政治变革的纬度关系。"十七年"是中国当代史上前所未有的大变革时代,故"十七年文学"一直处于政治运动频繁的时代背景中,文学真正成为阶级斗争的晴雨表,它揭示了时代人物丰富的情感世界,折射出时代历史的变迁,展示的全部生活内容就是当时社会重大事件发生的再现。因此,这一时期的小说必然带有时代深刻的印记。而在市场走俏、商品林立的讲究物质的时代,这段历史愈加显得面目模糊,重新研究"十七年时期"的爱情小说,并不是为了怀旧,而是为了更加真实地了解我们的过去。可以这么说,抛弃这段文字叙述的历史是残缺的历史。"历史学是一项有凝聚力的智性工程,并且已经在解释世界如何发展到了今天这一点上有了进展"①,英国历史学家霍布斯鲍姆认为历史学能告诉人们从哪里来,到哪里去。人类的过去和未来是不可分割的一个连续体,三者之间有着内在的联系与因果关系。小说断代史只不过是历史学中一个细小的分支,"十七年"在浩瀚的历史中也只是沧海一粟,但在全球化的喧嚣中,记

---

① 埃里克·霍布斯鲍姆.史学家:历史神话的终结者[M].马俊亚,郭剑英,译.上海:上海人民出版社,2002:98.

忆的缺失和经验的脱节如影随形。从这层意义上讲，一部文学史就是一部社会发展史。"十七年"爱情小说在中国当代文学乃至一个时期的世界社会主义文学运动中有着不可低估的史学价值。

自五四新文学兴起之后，虽然带着深刻启蒙意义的小说以呼唤社会改革之声崛起于文坛，但传统小说那种亲近市民阶层，重在满足消费市场的流脉也并未因此而衰竭。不仅秦瘦鸥、张恨水等人的"鸳鸯蝴蝶派"小说以传统笔法讲述凄婉动人的爱情故事依然拥有众多读者，甚至在左翼文学阵营内部，传统小说的写作方式也有较强的吸引力使有些作家虽然政治上站在"左"翼阵营一边，而在艺术鉴赏方面却心有旁鹜。而到了"十七年"时期，虽然"工农兵文学""无产阶级革命文学"的口号喊得很响，但小说创作的意趣表现却有着向传统回流的趋势。忠奸善恶的人物秉性、大智大勇的传奇英雄、戎马倥偬中的爱情姻缘、有情人终成眷属或难成眷属的命运悲喜剧以及中国古典小说和现代鸳鸯蝴蝶派小说的某些写作技巧和语言风格，都或明或隐地在"十七年"爱情小说书写中得以表现。这些传统因素在当代小说中运用，为此时期爱情小说创作增添了一定的艺术魅力，使得部分作品成为特殊时期里的经典爱情小说而吸引众多读者。1957年春夏之交"反右斗争"的开始，"干预生活"的创作主张遭到了批判，许多作家也因此而长期蒙冤受难。但是，在"文革"结束以后的新时期，这股封闭已久的文学潮流又被人们从历史深处发掘出来，汇入新时期思想解放大潮之中，使之成为新时期文学拨乱反正、恢复和发扬现实主义传统的一个重要理论支撑，这些文学上的"鲜花"在新时期又得以重新开放，使它的文学价值再一次得到人们的认可。

关于"十七年"爱情小说在整个现当代爱情小说史上的地位，有评者认为"20年代是觉醒之爱情，30年代是革命、都市和乡村中的爱情，'十七年'是爱情与翻身解放的关系，新时期是爱情和性的泛滥"[①]。谈到爱情小说，大家都认为"十七年"是一个较尴尬的时期。但在这阶段无性、纯净的爱情小说中，我们看到"青年团员田春生和杨小春为了集体生产一次又一次地推迟结婚登记，看到新郎邹麦秋从婚礼现场溜到地窖里去看管农业社的红薯种，却难以看到青年恋人花前月下的一点点温存，初恋热恋或失恋时的心理波动。时代歌唱了以劳动

---

① 夏德勇.中国现当代小说的情爱模式及其文化语境[J].广州大学学报(社会科学版),2006(11).

为最高选择标准的爱情,歌唱了有着崇高的道德原则的爱情"①。但"十七年文学"作为一个充斥政治革命的时代文学,"作为一种叙事,却真实地体现了那一时代的精神生态与价值取向,其中蕴含的精神生态与价值向度体现并影响了几代人的精神构成,是中国现代化进程中精神演化流程中的一个独特的阶段"②。新时期初期爱情小说以"爱的呼唤"的方式开始向爱情题材发起进攻,刘心武、陆文夫、张弦这些在"十七年"时期已在爱情小说书写上崭露头角的作家积极地为爱情小说争取位置。这些都说明"十七年"爱情小说作为精神与情感的温床,培育或极大地影响了新时期作家与学人,为新时期爱情小说埋下了丰富的资源生长点,从而把"十七年"文学的价值命脉延续到了当下。

①　王爱松.中国现当代爱情小说综论[J].湖南人文科技学院学报,2008(2).

②　傅书华.重新审视"十七年"文学[J].理论与创作,2004(2).

《人啊，人！》：
突破政治文化规约的文体选择与文学反思

　　新时期初，新秀作家戴厚英凭借长篇小说《人啊，人！》登上文坛。转眼三十余年过去，谈及新时期以来的"人道主义思潮"，《人啊，人！》似乎是中国当代文学史无论如何也绕不过去的重要作品。其实，《人啊，人！》不仅具有思潮价值，在文体创新上也具有史学价值。但事实上，无论是思潮价值，还是文体史学价值，《人啊，人！》都没有在当代文坛上留下应有的一笔。本文将在总览新时期初长篇反思作家在政治文化规约下所进行的集体式创作概况的基础上，窥探戴厚英在恪守与突破规约间所进行的文体探索，重点反思作品的文体探索价值与不协调的各种冷遇成因，以期从文学视角重构《人啊，人！》在中国当代文学史上的文体价值。

一、恪守政治文化规约的长篇反思小说创作

　　"政治文化"是一个内涵丰富、外延多重、既现代又稳定的概念，是一国国民长期形成的相对稳定的对于生活其中的政治体系和所承担政治角色的认知、情感、态度和价值观等。它"更关注的是政治上的心理方面的集体表现形式以及政治体系中成员对政治的个人态度与价值取向模式"①。而关于中国20世纪政治文化的功能，有学者指出"20世纪中国思想文化领域主要有救亡文化、革命文化、农民文化等，这几种文化又都是政治倾向性极强，都是旗帜鲜明的政治文

---

　　① 朱晓进.政治文化与中国二十世纪三十年代文学[M].北京：人民出版社，2006：8.

化。因此可以说,这个世纪的文化是政治文化占有压倒性优势的文化"①。此论断指出 20 世纪中国政治文化具有超强的渗透性,这种渗透力自然会影响到文学的表述与存在状态。

新时期初的政治文化形态主要体现为主流话语对"文革"的历史评定以及这种评定对作家们的历史认知和创作心态所产生的影响。1976 年 12 月底《会议公报》以决议的形式提出要把全党工作的重心和全国人民的注意力转移到社会主义现代化建设上来,这就意味着历时十年的"文革"终于结束,停滞了三十余年的中国政治、经济、文化也开始了新的艰难转型。同时,《公报》对"文革"做了定性描述,认为"毛泽东同志发动这样一场大革命,主要是鉴于变修,从反修防修出发的。至于实际过程中发生的缺点错误,适当的时候作为经验教训加以总结,统一全党和全国人民的认识,是必要的,但是不应该匆忙地进行"②。这种轻描淡写、点到为止的描述自然无法对真实的历史做出客观的总结,甚至还有淡化、美化历史真相之嫌。随着"文革"历史的尘器逐渐落定,大家对历史的态度也渐趋统一。接着,《关于建国以来党的若干历史问题的决议》明确指出,"'文化大革命'是一场由领导者错误发动、被反革命集团利用,给党、国家和各族人民带来严重灾难的内乱,明显地脱离了作为马克思列宁主义普遍原理和中国革命具体实践相结合的毛泽东思想的轨迹"③。这种带有政治纲领性的历史定论在新时期初以及之后的很长一段时间内,成为各领域进行历史表述的准绳。

十年"文革"浩劫虽已结束,但对这场劫难乃至整个"十七年"以来的历史言说才刚刚拉开序幕。从 1977 年至今,在文学、政治、文化、历史、思想等领域对'文革'历史的叙述一直成为不衰的热门话题,尤其在文学领域,甚至成为当年的亲历者和部分精英作家的终生文学命题。当我们把历史镜头推近至新时期初时,便发现当时的文学命题并不是一个纯粹关乎文学的命题,其背后隐藏着诸多关乎政治制度、主流意识形态等非文学的制约因素,这种制约也使新时

① 李泽厚,刘再复.告别革命——回望二十世纪中国[M].香港:天地图书有限公司,1995:259.

② 中共中央文献研究室.中国共产党第十一届中央委员会第三次全体会议公报[M]//三中全会以来重要文献选编(上).北京:人民出版社,1982:12.

③ 中共中央文献研究室.中国共产党中央委员会关于建国以来党的若干历史问题的决议[M]//三中全会以来重要文献选编(下).北京:人民出版社,1981:760.

期初的文学居于社会文化和主流意识形态的中心,文学和政治呈现出一体化、同谋划结构。主流话语在对"文革"做出定性的基础上对当时的文学基调也做了明确定位即"作品在批判社会黑暗,揭露丑恶人性时,不是只让读者感到痛苦、失望、灰心丧气,或悲观厌世,还要能使读者得到力量,得到勇气,得到信心,得到鼓舞,去和一切黑暗势力、旧影响做斗争"①。这种基调使伤痕、反思作家在控诉、批判历史时还要"肩负不容推辞的职责,那就是启迪人们去追求光明和真理,鼓舞人们去奋发进取,引导人们向上,树立崇高的理想和信念"②。这种"政治权力对否定文革和当代历史作某种程度改写的要求,很快获得具有启蒙意识的作家的呼应"③。不过,对应于五四时期的精英知识分子自主的启蒙姿态,八十年代初的作家则是采用顺应和迎合的启蒙立场,他们与"政治思潮保持高度同步性,在文学领域完成的是和意识形态领域共同的政治主题"④。

新时期初产生轰动效应的伤痕和反思小说主要是中短篇小说。事实上,新时期初的长篇小说也确实不发达,纵览新时期的长篇小说,在思想和艺术上皆可圈可点的作品也是屈指可数。在这里且以 1985 年为界罗列出长篇小说篇目,如《东方》《黄河东流去》《第二次握手》《许茂和他的女儿们》《人啊,人!》《星星草》《将军吟》《李自成》《芙蓉镇》《冬天里的春天》《沉重的翅膀》《一个工厂秘书的日记》《蹉跎岁月》《浓雾中的火光》《白门柳》《耿耿难眠》《钟鼓楼》等。当然上述作品在题材上除了少数涉及工业改革和日常生活外,大部分都集中在对历史的叙述上,这里的"历史"不仅指"文革",还包括"十七年"、抗美援朝、解放土改、抗日救国甚至上溯至清明朝的革命历史。长篇小说的文体特点决定了其对时代政治文化反映的迟缓,故在这有限的几部长篇中,只有《人啊,人!》《冬天里的春天》《芙蓉镇》属于反思小说。这几部作品分别在高校、农村、革命部队三个领域对新中国成立以来的历史进行深切的反思,描绘了极"左"路线对人们正常生活的摧毁,在写作中都不可避免地存有政治文化规约下的写作痕迹,如忠奸对立的写作模式、爱憎分明的价值评判以及邪不压正的批判基调。

① 丁玲.生活·创作·时代灵魂——与青年作家谈创作[M]//彭华生,钱光培.新时期作家谈创作.北京:人民文学出版社,1983:229.

② 李国文.我的歌——谈《冬天里的春天》的写作[M].彭华生,钱光培.新时期作家谈创作.北京:人民文学出版社,1983:211.

③ 洪子诚.中国当代文学史[M].北京:北京大学出版社,1999:259.

④ 吴义勤.中国新时期文学的文化反思[M].南京:江苏文艺出版社,2009:15.

在小说结尾，要么是人的主体价值得以回归，要么是"春天在人民心中"的光明到来，要么是对来之不易的新生活的由衷礼赞。作家们的心态一致，都在痛诉中呼唤着春天，严酷中透着深情，悲观中透着希望。在这种规约下，大家在"写什么""表达什么"上立场基本一致，但在"怎么写"上体现出不同的倾向。《芙蓉镇》秉承传统的现实主义手法，追求给人物"立小传"的史传手法和线性情节结构，从正面构建历史，反思历史。《冬天里的春天》则在传统现实主义基础上加入了现代主义因子，在三天两夜的时空里通过联想、回忆以及意识流等手法，将时序颠倒，把历史和现实穿插，突破传统线性情节结构，具有一定的文体意识。而《人啊，人！》则大量运用了现代主义手法，多元的人称叙事视角、通篇的意识流自述、恰到好处的"文备众体"以及象征、梦境、荒诞等技巧的运用，较之另两部反思小说在文体革新上都有了质的突破。下文笔者将重点论述《人啊，人！》在恪守政治文化规约的前提下，敢于突破政治文化的规约，大胆进行有意识的文体探索，突显了作品的文体价值。

二、突破政治文化规约的文体选择与拓新

在中老青作家都在按照主流意识形态规定的历史定性和文学基调进行历史叙述时，戴厚英也在既定的基调下谴责着非人性的极"左"历史对正常人性的摧残，呼唤着人道主义的回归，但她显然清醒地意识到"如何写"的重要性，如她自己所说"我采取一切手段奔向我自己的目的：表达我对'人'的认识和理想"①。这"一切手段"即作者的文体选择，在《人啊，人！》中体现为并置叙述、通篇的意识流手法，梦境、荒诞、象征等现代主义手法，以及"文备众体"的传统文体手法等。因为诸多如意识流等现代主义手法在新时期初已被反应迅速的中短篇小说加以尝试，并收到了较好的文体革新效果，而长篇小说由于文体结构特点，对现代主义技巧的借鉴和反应缓慢，虽然戴厚英在小说中运用了诸多现代主义技巧，但在当时整个小说创作中已不算什么创举。且又因为"小说是体裁的百科全书"，"文备众体"是长篇小说创作最基本的文体特征。中国小说从宋元话本到明清小说，"文备众体"的手法运用日臻成熟。而在新时期，运用"文备众体"手法的作家并不少，如魏巍、李准、古华、姚雪垠、刘斯奋、凌力、霍达等。

---

① 戴厚英.人啊，人！：后记[M].广州：花城出版社，1980：358.

戴厚英第一次写长篇,就相当娴熟地运用"文备众体"来表达自己想要表达的东西,从这点来看,长期从事文艺理论研究的戴厚英,不仅对中国传统小说技巧了然于心,还有爱好诗词、善编故事的创作底蕴。《人啊,人!》一共有十处穿插成分,主要包括自创的古律诗、现代诗、故事、散曲以及日记、书信、梦境的文字记录、对联等。由于小说采用第一人称自述的方式进行内部心理描写,表达情感和哲理反思是小说的最终主旨,所以这些插入成分在很大程度上承担着叙事和议论的功能。巧用"文备众体"虽突显了作家的文体意识,但也不是作家的创举。故在此,笔者将在诸多的文体选择中重点选取匠心独具的并置叙述来论述作品的文体拓新。

谈及"并置",容易让人想起"排比",当然在文学中这两者含义指向显然不同。作为修辞手法,排比是把意义、结构、语气相同或相近的词组和句子并排,以达到加强语势的效果,据此也可分为成分、分句、单句、复句排比,但构成排比的句子或词组本身缺乏独立性,只有合在一起才能发挥出其整体功能。作为一种表达技巧,构成"并置"的物象都是平等而各自富有意味的,并且互相之间具有一定的对话性。其实,在中国古典诗歌中如"枯藤老树昏鸦,小桥流水人家"、"鸡声茅店月,人迹板桥霜"等,这些就是意象并置的体现。在中国古典文学中,并置局限在诗歌,到了 20 世纪,并置扩展到小说领域。关于小说创作中"并置"概念的出现,大家皆认为是由美国学者约瑟夫·弗兰克于 1945 年在《现代小说的空间形式》中首次提出的,他认为并置是指"在文本之中并列地放置那些游离于叙述过程之外的各种意象和暗示、象征和联系,使它们在文本中取得连续的参照与前后参照,从而结成一个整体。换言之,就是词的组合,也就是对意象和短语的空间编织"①。这里的并置还是主要指意象并置,但在小说创作中,运用意象并置显然有些捉襟见肘。因为并置作为一种现代主义小说技巧,是对传统小说追求开端、发展、高潮、结局的线性情节结构模式的反叛,是由时间艺术向空间艺术的拓展,它更多地追求形式空间化,是"将场景描写的顺序叙述变为不断切断闪回,将大范围、大空间的多条故事线索并置变为小范围、小空间的多个人物行动的现在时刻的并置"②。故作家可以依据表达的需要,将空间并置

①　周宪.现代小说中的空间形式:译序[M].约瑟夫·弗兰克,等.现代小说中的空间形式.北京:北京大学出版社,1991:3.
②　杨星映.中西小说文体形态[M].北京:中国社会科学出版社,2005:281.

叙述分为结构并置、情节并置、叙述者并置、人物并置、意象并置等多种类型。

小说中的"并置"概念虽于1945年才明确提出,其实早在这之前的现代小说中就已经开始有作家运用。但在新时期初,撇开当时的政治文化语境不说,在很多知名作家都在娴熟使用现实主义手法、视现代主义手法如洪水猛兽的特殊时期,第一次进行小说创作的戴厚英在小说中竟娴熟运用了并置技巧,这不得不让人佩服她超前的审美倾向与文体意识。戴厚英毕业于中文专业,毕业后一直从事于文艺理论的教学和研究工作,同时还主教外国文学课,这为她接触并了解东西方的文艺理论和思潮提供了极大的便利。一旦她内心有了"自我表现"的强烈欲望,有了想用小说进行情感倾诉的冲动,如她自己在后记中所说:"就好比既是'半路出家',又是'带发修行',难免总'尘缘不绝'。在创作的时候,常常会不由自主地联想起文艺理论中的一些问题。在写这本小说的时候,更是比较自觉地在实践中探讨某些理论问题了。"①她主张用现代主义手法取代现实主义手法,认为不仅现实主义手法能保证艺术的真实,现代主义手法也能达到艺术的真实。"现代派派别繁多,见解殊异。但采取较为抽象的、荒诞的方法去对抗现实主义的方法,则是它们的主要倾向或基本倾向。"②"严肃的现代派艺术家也在追求艺术的真实,他们正是感到现实主义方法束缚了他们对真实的追求,才在艺术上进行革新的,他们要充分表现自己对世界的真实的主观感觉和认识。"③虽然她在后记中没有明确指出自己的并置技巧受到了哪位作家作品的影响,但细读文本还是发现她在篇章体制、人物塑造、情节设置等方面运用了结构并置、叙述者并置、人物并置以及情节并置等技巧,不可避免地流露出借鉴西方现代小说空间艺术的痕迹。

结构并置。小说结构即小说的外在形式,属于叙事学范畴。目前学界还没有对其做一个明确的界定,有人认为它是"小说作品的组织方式和内部构造"④,有人指出它是作品"篇幅的长短、情节的安排所体现出的叙事特征"⑤。在此,笔者认为主要指小说在外部结构上所体现出来的特征,是构成小说内容各章节之间逻辑关系的体现。新时期初,诸多长篇小说在篇章体制上都在按照

① 厚英.人啊,人!:后记[M].广州:花城出版社,1980:358.
② 戴厚英.人啊,人!:后记[M].广州:花城出版社,1980:356.
③ 戴厚英.人啊,人!:后记[M].广州:花城出版社,1980:357.
④ 刘孝存,曹国瑞.小说结构学[M].北京:光明日报出版社,1989:30.
⑤ 李洁非.小说类型探讨[J].当代作家评论,1991(3).

故事发展的时间性、因果逻辑性来设置章节，一般多体现为传统的章回体或自然章节体，也可称为变形的章回体。如《将军吟》《芙蓉镇》《冬天里的春天》都采用这种篇章体制。在《人啊，人！》中，作家没有按照这种比较适合读者阅读习惯来安排小说的篇章体制，而是将整个小说分成四部分，如第一章"每个人的头脑里都储藏着一部历史，以各自的方式活动着"就围绕每个自述人对历史的看法而展开，专章探究历史观；第二章"每颗心都为自己寻找归宿，各有各的条件"就围绕每个自述人对孙悦、何荆夫的爱情而展开叙述，在凌乱的意识流动中一点点还原历史；第三章"这样的事每天都发生：心与心互相撞击，或爆出火花，或只有响声"依然围绕孙悦与何荆夫、赵振环的情感纠葛而展开，在各种意象、片段情节中展开对人性、人情的探讨；第四章"这样的天气应属正常：东边日出西边雨，道是无晴却有晴"则围绕出版《马克思主义与人道主义》而展开，将作品的哲学反思推向高潮。这四章每章重点不一样，虽然小说的主线是孙悦与何荆夫、赵振环的情感纠葛，但这条主线在不断地被割裂，不断被插入其他细枝末节，使得一条本来也可以很流畅的线性结构隔空成四个既独立又互为逻辑的并置性结构。

叙述者并置。叙述者即故事的讲述者，涉及小说的叙事视角和人称安排问题。关于叙述者的种类及功能，学界研究颇深，有人根据叙述者在小说中担任的角色功能将其分为"不掩饰的叙事者、主要人物叙事者、次要人物叙事者、傀儡叙事者、隐身叙事者五种类型"[1]。有人认为"叙述者是小说作为一种言语创造的中介物，它的一头与作者密不可分，而另一头又和言语符号的传达息息相关，叙述者的存活率取决于作者指意和叙事能指的合一"[2]，指出了叙述者与作者之间的关系。在新时期初的长篇小说创作中，盛行的是单一的第三人称视角，叙述者就是作者，是全知全能的上帝之眼。而在《人啊，人！》中，作家摒弃了传统的"上帝之眼"，别出心裁地采用了"福克纳"式叙述方法。作为并置叙述的经典之作，福克纳在《喧哗与骚动》中通篇采用第一人称的叙述方法，分别让傻子班吉、昆丁、杰生以及作家自己的视角对康普生家族的兴衰过程的具体历史和生活场景做不同视角的描述，完全打破了传统意义上线性结构叙事方式，形成了文学史上独树一帜的叙事方式。作为一部文体革新的经典之作，主授外

---

① 孟悦，季红真.叙事方法——形式化了的小说审美特性[J].上海文学，1985(5).
② 程德培.受指与能指的双重角——关于小说的叙述者[J].文艺研究，1986(5).

国文学的戴厚英一定不会感到陌生,且从《人啊,人!》的叙述者安排中也能看出作者对这种叙述方式的青睐。

一部作品出彩与否往往不在于讲述的故事本身,而在于讲述故事所采用的方法即叙事的艺术水准。其实,《人啊,人!》作为反思小说讲述的故事并不新颖,不外乎对"十七年"以及"文革"十年极"左"历史的控诉以及对特定历史语境下爱情纠葛的描绘。但戴厚英在作品中采用了叙述者并置的手法,让赵振环、孙悦、何荆夫、许恒忠、孙憾、奚流、李宜宁、陈玉立、小说家、游若水等人物轮番出场,发自肺腑地畅谈自己对历史,对孙悦和何荆夫之间的情感以及对能否出版《马克思主义与人道主义》的看法和个体的心理情感。这些叙述者在文中都是视点人物,每个人都有叙述的权限,在文中既是叙述者也是人物。传统的长篇小说多采用典型法来塑造人物,《人啊,人!》则在叙述者并置中"让一个个人物自己站出来打开自己心灵的大门,暴露出小小方寸里所包含的无比复杂的世界"①,并且在这充分自主的视点叙述中,每个人物之间是平等的。若非得要分出个主次来,可根据人物出场的次数多少看出作者对人物用力的大小,孙悦、何荆夫、赵振环可视为主要人物叙述者,而其他人物为次要人物叙述者,而对于那些在文中出现,但没有单独辟章出场的如奚望、兰香等可称之为隐身叙述者。如此安排,虽没有激烈的冲突,没有细腻的特写,但人物形象也很立体生动,在随意自如中完成人物的塑造和主旨的表达。总之,作者选择这种福克纳式叙述方式,让每个人物的内心渴望与困惑都得以自然地喷涌和流淌,而这真诚的情感浸泡着小说的语言,使小说在多声部的表述功能和混响美学效果上形成独特的文学叙事。同时,这种叙述方式让读者在新时期初政治文化语境下看见一个迥异于同时期声泪俱下、简单控诉的文学的空间。在这个空间里,独立声音和主体生命共同表达着作者对人性、人情、人道主义以及对"文革"、对历史的理性反思。

情节并置。情节对于小说来说,某种意义上就是故事,所以,情节并置又可称为故事并置,是指小说在同一空间里展开了不同的故事或情节,它也是相对于传统意义上的线性因果逻辑的情节设置而言,不再追求故事的连贯性,而是将环环相扣的情节链隔空为一个个小的空间单元,而从整体来看,这些隔空的情节单元又在辐射状的单元信息中暗合成一条清晰的叙事链,完整地讲述一个

---

① 戴厚英.人啊,人! :后记[M].广州:花城出版社,1980:358.

故事。在《人啊,人!》中,因为并置的篇章结构,整个小说被隔成四个部分,而在这四个不同的文学空间里,每个空间为读者呈现了不同的生活场景,而这场景极具随意性,互相之间并没有规定的生活逻辑性和先后主次性。通常一遍读下来,读者的脑海中只能留下一个个有些关联或毫无关联的情节碎片,再加上作者还通篇运用了意识流、象征、梦境、荒诞等现代主义手法来表达每个叙述者的情感世界,用作者的话来说,这些抽象的方法"可以更为准确和经济地表达某种思想和感情,否则,要把这些内容用另一种方法表达出来,却还是相当费力气而又费笔墨的"①。情节并置手法虽然最大限度地获取了叙述的自由,却很难为读者描述一个连贯性的故事,读者随着人物的意识流不断地穿越于历史和现实之间,情节碎片随着不断流动的意识更加碎片化,叙述的时间感消失,小说的空间并置效果得以突显。正如弗兰克所言"就场景的持续来说,叙述的时间流至少被中止了,注意力在有限的时间范围内被固定在诸种联系的交互作用之中。意义单位如此之大,以至于这个场景可以凭借全部悟性的幻觉来阅读"②。也就是说,读者要想读懂《人啊,人!》整部作品的意义,必须一次次重温阅读小说情节片段,在各个人物所提供的点滴信息中一点点构建自己对历史、对特定历史时期的爱情、对人性与人道主义等的理解。

三、不关文学的身份接纳与关乎文学的锋芒遮蔽

新时期初,大部分读者、作家以及文学批评者都习惯于接受现实主义创作手法,现代主义手法虽然于1977年开始传入中国,但在1980年初很少有长篇小说作家敢于尝试,学界甚至还存有把现代主义手法当作资产阶级自由思想来看待的可能。在这种语境下,戴厚英敢于将自己在日常教学中所学到的文艺理论知识化用到创作中来,显示了她的勇气与决心。而她选择在整个新时期都没有人尝试使用的并置叙述手法让长篇小说获得了新的叙述的自由,更显示了她敏感的文体意识。莫言是中国当代文坛上热衷于文体创新的文体家,1987年他发表了中篇《红高粱》,1990年他将这些系列中篇融合出版了长篇小说《红高粱

---

① 戴厚英.人啊,人!:后记[M].戴厚英.人啊,人!.花城出版社,1980:355.

② 周宪.现代小说中的空间形式:译序[M].约瑟夫·弗兰克,等.现代小说中的空间形式.北京:北京大学出版社,1991:3.

家族》,歪打正着地实践了结构并置的小说形式。然后长篇小说创作开始出现一系列并置叙述作品如《务虚笔记》《无风之树》《无字》《李氏家族》《中国,一九五七》《太平风物》《檀香刑》《蒙面之城》《暗示》《抵抗者》《花腔》《暗算》《不必惊讶》《空山》《到黑夜想你没办法》《认罪书》等,从整体发展趋势上看呈现出90年代寥落,新世纪蔚然成风,甚至有愈演愈烈之势。从新时期以来30余年的并置叙述手法运用情况来看,戴厚英当年的并置叙述手法技巧运用虽然没有达到后来诸如《花腔》等作品那样具有炫技的高超复杂难度,但她的文体选择对中国当代长篇小说文体的革新起到了一定的引领作用。并且,这部作品所体现的文体意识,对于作家本人而言,也具有经典的、不可复制的、不可超越的丰碑意义。因为尽管她的第一部作品是《诗人之死》,但由于出版受阻,该作品还是在《人啊,人!》之后发表。从1981年至1996年,她共发表长篇小说《诗人之死》《脑裂》《我的故事》《空中的足音》《往事难忘》,但这些作品不管从主题表达,还是文体探索,都无法超越《人啊,人!》。这点很让人费解,为什么同样的生命体验,同样的学识修养和审美倾向,更加开放多元的写作语境,戴厚英没有保持强劲的文体革新意识,反而又走回了传统叙事的老路? 个中原因不得而知,但有一点可以肯定,《人啊,人!》作为一篇文体佳作,在戴厚英的创作生涯中将永远被奉为经典。

但吊诡的是,从作品发表至今,若以录入知网的研究文章为据,关于《人啊,人!》的相关研究成果不多。而在这不多的研究中,研究时间集中在80年代前中期和新世纪以来,90年代几乎被人淡忘。在研究内容上也呈不协调的"一边倒"倾向,即在新时期前中期的时评和后来的重评中,大家皆把焦点集中在作品的"写什么"上,而鲜有论者提及"怎么写"的问题。在关于"写什么"的批评中,大家的焦点多集中在作品的"思想政治倾向"上,总体来讲,否定性意见大于肯定性评论。如1984年有人公然批评其"是一部思想政治倾向不好的作品,它集中宣扬了作为世界观、历史观的资产阶级人道主义"①。甚至到了当下,作品中一向被人认可的"人"的价值突显和追问也遭到了质疑,有人认为《人啊,人!》中'人'是不追求个体的爱情的人,是样板戏里共产党员样子的人,是幽灵化的

---

① 韩绍泉.试评小说《人啊,人!》的思想政治倾向[J].江汉大学学报,1984(1).

人"①。相应的一些肯定性评论多集中在关于作品中理性与诗意的"人"的追求、"人道主义"的呼唤、真实的情感与理性反思、知识分子的矛盾与困境等方面,也有人认为《人啊,人!》是"乍暖还寒、乍晴还雨年代的晴雨表,一种政治文化征候,一种有力的社会象征行为"②。两种态度有天壤之别,作者自己也感慨"多少年来我一直像一团迷雾中的鬼魂,让人抓不住、看不清。有人把我想象成天使,封我为伟大,许我以不朽,又有人把我描绘成魔鬼,指我为孽种,判我下地狱"③。而在单薄的关于"怎么写"的研究中,新时期初的时评中有人浮光掠影地提及作品的"多元第一人称手法"④"自我表现"⑤"注重主观的艺术创新"⑥等艺术表现手法。新世纪后的几篇论文如《新时期小说的叙述方式及其美学特征》《论戴厚英小说的叙事视角》《自传式思维的文学表现——论20世纪安徽女作家的创作》等再次谈及《人啊,人!》的"自述"和"第一人称视角"文体特点。通过梳理前人研究成果,学界的热议焦点主要集中在作家其人其事以及人道主义的思潮价值上,少有人关注作品的文体革新及价值,即使有也只停留在感性的、不全面的文体现象罗列上。

除却学界对作品关注不多的现象,翻开中国当代文学史,发现随着时间的推移,越接近新时期,越难见《人啊,人!》的身影。从发表时间、表达内容以及主题揭示、写作思路来看,《人啊,人!》都符合反思小说特征。在这拨带有政治文化主流意识的集体式写作中,无论从主题揭示的力度与情感倾向、作品的叙事模式与表达方式等方面来看,反思小说潮中应该有它的位置。但翻看文学史,事实不是这样。在这里,按时间顺序,抽样了一些当代文学史,如1988年李达三的《中国当代文学史略》、1992年陈其光的《中国当代文学史》、1992年李旦初的《中国当代文学史》、1995年刘景荣《中国当代文学》、1998年张钟的《中国当代文学》、1999年洪子诚的《中国当代文学史》、2001年吴义勤的《中国当代文学

---

① 翟业军.从戴厚英看新时期初期文学中的人[J].汕头大学学报(人文社会科学版),2013(4).

② 戴锦华.涉渡之舟——新时期中国女性写作与女性文化[M].北京:北京大学出版社,2007:77.

③ 戴厚英.自传·书信[M].合肥:安徽文艺出版社,1999:2.

④ 王行之.我读《人啊,人!》[J].读书,1981(11).

⑤ 张炯.评《人啊,人!》的思想和艺术倾向——兼论"自我表现"与反映时代[J].时代与探索,1983(4).

⑥ 吴中杰.重评《人,啊人!》[J].上海大学学报,1986 / Z.

50年》在谈及反思小说代表作时,都一致认为长篇反思小说代表作是《芙蓉镇》《冬天里的春天》,都没提及《人啊,人!》。当然也有少数几部文学史肯定了《人啊,人!》的思潮价值和文体倾向,但都一笔带过,语焉不详。1999年陈思和的《中国当代文学史教程》在谈及人道主义思潮时,用了大段文字指出"借助人物之口,甚至于通过作者的议论直接提出人性与人道主义概念的,是戴厚英的长篇小说《人啊,人!》。虽然作品构思还留有正反两军对垒的概念化影子,还有着理念大于形象的倾向,但作者毕竟是'文革'后第一个在文学创作中大胆提出了人性、人道主义的命题"①,该文学史还肯定了作品的文体意识,指出"小说在形式上尝试的心理意识结构和第一人称叙事的转换方式,在一定程度上弥补了过于理念化带来的欠缺"②。1999年朱栋霖等的《中国现代文学史》认为"对文学中人性、人情、人道主义问题的讨论是80年代前期规模最大、对文学产生广远影响的、最深刻的文艺思潮激荡,最直接的是启发文学从人的角度来反思历史,以异化来对人的悲剧进行形象的解释,《人啊,人!》是这方面的代表"③。2003年王庆生的《中国当代文学史》在提及新时期的反思小说代表作时,肯定了《人啊,人!》"虽然曾因对人性、人道主义的思考过于理想化、抽象化而引起争议,但它对人性的探索无疑是有意义的。新时期滥觞于'伤痕文学'中的人道主义精神,在反思小说这里汇成了一股奔腾激越的人道主义潮流。"④但该文学史在肯定反思小说的文体革新时,注意到了《编辑错了的故事》《春之声》两篇短篇小说对西方现代派的意识流、象征、蒙太奇等手法的吸收和借鉴,并指出"反思小说在回归现实主义传统的同时,又使现实主义的小说艺术得到发展,这对于稍后的小说艺术革新和现代派小说在中国的出现,有着重要的意义"⑤,没有提及于同时期发表的长篇小说《人啊,人!》在文体革新上所取得的突破。

若说新时期初具有轰动效应的中短篇小说夺去了伤痕、反思小说的锋芒,使当代文学史编写忽视了《人啊,人!》的价值存在,但在当时专为长篇小说设置的文学奖评比中,也体现出这种漠视倾向。在这里且看首届茅盾文学奖获奖情况。第一届参评茅奖的作品时间范围为1977至1981年,而这时段正好是新时

① 陈思和.中国当代文学史教程[M].上海:复旦大学出版社,1999:218.

② 同上。

③ 朱栋霖,丁帆,朱晓进.中国现代文学史[M].北京:高等教育出版社,1999:76.

④ 王庆生.中国当代文学史[M].北京:高等教育出版社,2003:291.

⑤ 王庆生.中国当代文学史[M].北京:高等教育出版社,2003:293.

期伤痕、反思小说集中发表期，最终有六部作品获奖即《许茂和他的女儿们》《东方》《李自成》《将军吟》《冬天里的春天》《芙蓉镇》。这六部作品中，《冬天里的春天》《芙蓉镇》是反思小说，但客观地从文学本体视角来评价新时期初的三篇反思长篇，他们在题材选择、历史叙述、价值评判上都基本符合国家主流话语规定的文学基调，尤其是《人啊，人!》首次直接提出人道主义思潮，具有振聋发聩的意义。但在具体的"怎样写"的格局上，三部作品气象不一。《芙蓉镇》采用全知全能的第三人称叙述视角、讲究因果逻辑关系的线性封闭式情节结构、讲述式客观呈现方式和类似于传统章回体的篇章体制，有传统特色但少文体意识。《冬天里的春天》在四平八稳的传统叙述中糅进了意识流等现代主义技巧，在结构设置上体现出一定的文体意识。很显然，比及前两部作品，在"怎样写"的问题上，《人啊，人!》显然走在时代的前头了。茅盾文学奖是代表国家主流意识的奖项，在评选规则上明确要求"坚持思想性与艺术性的完美统一"，同时兼顾"题材、主题、风格的多样化"。依据评选规则，无论从哪个角度来看，首届茅奖中《人啊，人!》似乎都不应该缺席。

当然，能否得到研究者的关注、能否进入文学史、能否获奖，并不是评价一部作品艺术价值的唯一标准，但不可否认的事实是：《人啊，人!》的思潮价值在渐渐得到学界的认可，但其具有史学意义的文体探索价值被完全遮蔽。这不禁令人深思：在一个文学容易产生轰动效应的年代，《人啊，人!》以"人道主义"先锋的身份出现在文坛，作品一发表就引起学界热议，按正常逻辑，作品想不引人注目都不行，但其却落得这么个下场。要想寻出原因，还得从激烈的争议声中寻找答案，不难发现，关乎作家其人其事的指涉成了争议的主要内容，作家的身份成了影响作品评价的主要因素。

谈及戴厚英的身份，首先是"文革"期间"左"倾革命积极分子的身份。她和同时代人一样，历经了"十七年"以及"文革"十年的斗争，而在近三十年的斗争中，她始终站在极"左"的立场上"虔诚地相信人世间的一切都是阶级斗争"，她曾"站在讲台上，大声地宣读根据领导意图写成的讲稿，批判我的老师所宣传的人道主义"。她还"做了'大批判'的'小钢炮'，当过'红司令'的'造反兵'"。历史错误已经犯下，当年遭受戴厚英伤害的人中还有几人能原谅并接受她的反思与批判？当年因主张人道主义而遭受戴厚英批判的钱谷融先生在回忆录中说"我不很清楚她在'文革'中究竟做了些什么，我所熟悉的许多文艺界的朋友，对厚英几乎很少好评。我的这些朋友，我觉得并不是特别偏狭而不知宽容的人,我想厚英在'文革'中的一些言行一定确有令人难以谅解的地方"①。而他自己对戴厚英的某些行为也表示不可谅解,"当时发言批判我的当然不只她一个,她表现得比较突出的一点是,其他人在发言中对我总还是以先生或同志相称。唯有她,却是直呼其名。对她的声色俱厉地直呼我的名字不免很不习惯,我觉得她大可不必如此的"②。这里只是略举一例,在各种回忆录中对戴厚英表示反感的内容很多。文学即人学,可以想象,当"文革"结束后,那些在运动中遭受伤害的人,还有几人能以公心对待曾经施害的人,尽管这些账都可以算在历史头上。

其次是她的"业余作家"身份。她在极"左"运动中伤害过别人,也伤害着自己。正是因为之前的盲从、蒙昧与迷茫,"文革"结束后,戴厚英立即进入怀疑、反思与批判的心理状态。她"一面包扎身上滴血的伤口,一面剖析自己的灵魂",终于认识到自己"一直在以喜剧的形式扮演一个悲剧的角色:一个已经被剥夺了思想自由却又自以为是最自由的人;一个把精神的枷锁当作美丽的项圈去炫耀的人;一个活了大半辈子还没有认识自己、找到自己的人"③。在这种认知驱动下,步入不惑之年的她开始发表作品。问题的关键是,在这之前,她是一名"运动健将",根本就不是作家,在文学政治一体化的新时期,当年的政治运动重镇上海文坛能接纳她吗? 当然,若换在当下,能不能进入作协,能不能获取被主流文坛认可的身份都不重要,只要作品发表,得到大家的认可照样可以成为作家。但在新时期,作品出版在一定程度上也要受到主流意识审核的。所以,《人啊,人!》费尽周折在当年远离政治运动中心的广东出版,但业余作家的身份和后期的舆论导向还是让作品在沸沸扬扬的争议声中成为"是非"作品。如果学界"因人论文"抗拒着戴厚英加入主流文学圈,那么种种对其作品艺术价值的漠视与排斥行为也就不令人费解了。

再次是她的"人道主义宣讲者"身份。当戴厚英以"人道主义宣讲者"的身份出现在文坛时,立即一石激起千层浪,有人认为一个在"十七年"、"文革"时期热衷于造反、公然批判人道主义的"小钢炮"在"文革"结束后第一个站出来呼唤"人道主义",这行为本身背后有多少真诚度可言? 甚至有人担心作者身上

---

① 钱谷融.关于戴厚英[J].当代作家评论,1997(1).
② 同上.
③ 戴厚英.人啊,人! :后记[M].广州:花城出版社,1980:356.

是不是又有了"文革"时期惯见的投机倒把心理。很显然,这些评价本身就有了不关乎人道主义哲学思潮本身的评价,而是对提出者道德伦理的一种怀疑与抗拒。

到此为止,笔者已不意去搜集更多与文学无关的因素来解释《人啊,人!》的文体探索价值不能得到学界认可的原因,也无意于像当下一些学者那样以精英意识去解构戴厚英所主张的人道主义的合理性与"人"的价值的狭隘性。笔者认为,我们应远离历史的喧嚣,避开写作主体与当事人之间的历史人事纠葛,将文学还给文学。我们应客观地看到,对应于同时代的传统书写,戴厚英用自己的生命体验迈出了超出寻常的一步,在一定程度上引领了长篇小说创作对文体的关注与探索。鉴此,希望文学史编写者们思考并重估其文体探索价值,让中国当代小说文体史上永远留下其应有的一笔。

徐贵祥创作综述

徐贵祥,笔名楚春秋,1959 年 12 月出生于安徽省霍邱县洪集镇一个基层干部家庭。1978 年应征入伍,之后由一名新兵成长为班长、排长、连长、集团军组织处干事。1989 年 9 月,已有深厚军事生活底蕴的徐贵祥弃武投文,考入解放军艺术学院文学系进修文学,1991 年获得文学学士学位。徐贵祥毕业后接着回部队机关任宣传科科长,1994 年调入解放军出版社任总编室主任兼编辑,1998 年加入中国作家协会,后调至空军政治部文艺创作室专业作家。现任解放军艺术学院文学系主任。

徐贵祥是 20 世纪 90 年代新世纪军旅题材小说领域内一位笔耕不辍且收获颇丰的小说家,著有长篇小说《仰角》《历史的天空》《高地》《明天战争》《八月桂花遍地开》《特务连》《四面八方》《马上天下》等,中短篇小说集《潇洒行军》《弹道无痕》《天下》《决战》等。其中《弹道无痕》获《解放军文艺》1991 至1992 年优秀作品奖,据此改编的同名电影获 1995 年中宣部"五个一工程"奖、中国政府电影华表奖;《潇洒行军》获《昆仑》1991 至 1992 年优秀作品奖;《决战》获第七届中国人民解放军文艺奖;《仰角》获第九届中国人民解放军文艺奖;《历史的天空》获第三届《人民文学》奖、第十届中国人民解放军文艺奖、第八届中宣部"五个一工程"奖。2005 年《历史的天空》获得第六届"茅盾文学奖",这是当代皖籍作家第一次登上长篇小说的最高领奖台,也是唯一一个三次获得全军文艺大奖和四次获得中宣部"五个一工程奖"的军旅作家,因此也被评论家称为"新世纪军旅长篇小说的领军人物之一"①。

历史上的江淮流域安徽段,可谓文星璀璨。远的不说,近代就有桐城派驰

---

① 朱向前.中国军旅文学五十年[M].北京:解放军文艺出版社,2007:178.

名中外,现代有陈独秀、胡适、蒋光慈等文化名人。而徐贵祥的出生地安徽霍邱也有着良好的文化传统。在 19 世纪 30 年代,鲁迅创办的未名文学社中台静农、韦素园、李霁野和韦丛芜四名成员都是霍邱人,他们在中国文坛上都是名噪一时的大家。如此深厚的文化底蕴对徐贵祥的创作无疑有着深远的影响。徐贵祥在一次访谈中说:"我的作品以家乡文化为地理文化背景,实际上就是占领了一座精神高地,近水楼台,得天独厚,取之不尽。"①徐贵祥虽然二十岁之后就离开了家乡,但是家乡给他的营养从来就没有中断。他曾说:"家乡作为我强大的后方,作为我取之不尽的动力源泉,作为我创作的生活基地,我想,我有责任,也有能力创作出更好的作品回报我的家乡。"②无怪乎在他的所有小说都流溢着皖西淮河岸边的风土人情,有部分小说故事发生的地名就直接以皖西真实的地理山川名称命名。如《历史的天空》中的寥城(现霍邱县城的别称)、淠河(淮河支流、发源于大别山腹地、流经六安全境)、独龙潭(霍邱中部地名)、乌龙集(位于霍邱西南部)等;有的则是皖西地名的谐音,如洛安州、舒霍埠等。《八月桂花遍地开》中的地名也是如此,如淠水河、梅山城、大蜀山、小蜀山、东河口、东石笋、白塔畈(三地位于现金安区境内)、月亮岭、桃花坞(皖西学院现所处区域)等,谐音的地名有陆安州、天茱山(皖西南有天柱山)、笋岗(六安市裕安区内的松岗乡、金安区内的孙岗镇)等。而书名"八月桂花遍地开"就是取自皖西民歌"八段锦"之一的《八月桂花遍地开》。在《八月桂花遍地开》这部小说的创作后记中,徐贵祥回忆道:"在酝酿这部作品之初,我的学兄、安徽省六安市委宣传部部长喻廷江同志就江淮地域文化和抗战背景给了我很多帮助。我们常常通话聊至深夜。作品被定名为《八月桂花遍地开》,也得益于喻廷江和史红雨、马德俊等家乡师友营造的意境氛围。"③这充分说明作家在进行小说情节和场景构思时,家乡故园的人事、风土、地物一直萦绕在他的脑海里,不仅成为他小说创作的素材,而且成为他创作的精神动力。"在他的心目中,故乡是一片自古以来就英雄辈出、文化底蕴丰厚的土地,也是他走到哪里也割舍不了的地方。"④

徐贵祥打小有两个梦想:一个是当兵,另一个是当作家。1978 年高考失利后,他选择了当兵,实现了人生第一个梦想。参军后不久,徐贵祥考入武汉军区

① 李欣.皖籍军旅作家徐贵祥:江淮文化是我的"精神高地"[N].新安晚报,2008 - 03 - 09.

② 徐贵祥.我的土地我的家[N].江淮晨报,2007 - 12 - 18.

③ 徐贵祥.在后面·八月桂花遍地开[M].北京:北京十月文艺出版社,2005.

④ 陈晓敏.徐贵祥:新年瞄上新"高地"[N].江淮晨报,2006 - 03 - 19.

炮兵教导大队,他就是在那里遇到了可爱的战友并把他们写进自己的作品当中。在教导大队经历的点点滴滴都被徐贵祥珍藏在心里,在与战友分别了二十年之后的1999年,他创作了第一部中篇小说《仰角》,其中很多原型都来自那个阶段。

1979年,刚入伍不久的徐贵祥被拉到了中越边境自卫还击作战的战场上,这个没有任何实战经验的新兵,凭着牛犊之勇和战友之情,刚上战场竟稀里糊涂地立了一个三等功。"二十多年以后,我写《历史的天空》。在部队经历的那些往事总是不自觉地涌现出来。我把人性、情感、欲望、命运同战争和政治生活进行了结合,梁大牙身上发生过的一系列故事,都曾真实地存在过。在开始写这部作品之前,我内心对所见所闻、发生在战场内外军人身上的故事充满着讲述的欲望。特殊的时代造就了我们这样特殊的军人……"①对于徐贵祥来说,这段特殊的经历也成了他今后创作的宝贵财富。"我对于军事生活的体验和理解,无不打上战争的烙印,脑海里时时会出现一些陌生而又熟悉的人物和情景。我身边曾经发生过的关于人的生死存亡的故事几乎构成了我文学准备的全部,同时也成为点燃我创作激情的动力源。"②作为一个经历过战争的当代军人,徐贵祥认为自己有责任把对战争的理解和认识告诉给更多的人。

身为军人作家,特殊的身份使他被评论界誉为"正面强攻军事文学"的实力派军旅作家。关于他的小说创作观,他说"我不希望读者从作品里看见的只是精彩的故事,我更希望读者通过作品,了解我们的历史,了解我们的民族,了解我们的敌人,了解我们自己,了解在战争中作战双方的状态,了解在战争背后,我们的民族与不同民族的文化较量,从而了解我们的今天和明天"③。从20世纪90年代开始,徐贵祥以其在军旅小说创作主题表达上所取得的突出成绩引起了文坛和读者的高度关注。事实上,在其"大红大紫"的背后,徐贵祥有着近三十年的创作思索史,其间的每一次创作题材的转型和创作意图的转变都印证了一部新作品的问世,这种进步与思索一直延续到《马上天下》的出版。

徐贵祥早期的作品有些稚嫩,《瞬间越野》《大路朝天》《走出密林》《征服》等中篇小说是徐贵祥在1984年至1985第二次上前线参战期间所作。这些作

---

① 旺达.纪念抗战胜利60周年·徐贵祥用真实书写历史 [N].新世纪周刊,2005 - 07 - 18.

② 徐贵祥.我为什么写战争小说[J].中国图书评论,2001(1).

③ 贾明宇.文学图书市场的"硝烟弥漫"[N].中华读书报,2005 - 05 - 11.

品对于大多数读者来说都是陌生的,但蕴含在作品中的那种对理想主义和英雄主义不遗余力的一往情深令人十分感动。那时候的他已经是一名军官了。在当时的战斗中,作为副连级指挥官,徐贵祥身上升腾的是军人的豪迈与激情。一般来说,作家早期的创作多循迹于其个体生活经历和大众传统写作之间。从这点来看,徐贵祥此时段的作品彰显出对英雄主义和理想主义的全力表达。英雄主义和理想主义历来是战争文学的主体品格,徐贵祥作为一个有着强烈英雄主义追求和理想主义色彩的作家,他寻找一切可能的契合点切入军人人格的最高尚层面。

1989年徐贵祥进入解放军艺术学院文学系学习。在读书的那段时间里,徐贵祥自认为写得比较好的作品是《潇洒行军》和《弹道无痕》。《潇洒行军》借助一支战功卓著的炮兵营精简解散的过程,把从抗战草创时的第一任营长到80年代的一个小战士等六代军人集中到同一个场景之下,历史在骤然之间得到了浓缩和提纯。《弹道无痕》则以一位战士从新兵入伍到退伍为线索,串结出个体命运在与军队利益的不断冲突和磨合中不断被消耗和提升的过程,集中体现了作为整体军队的品质和作为个体军人的人格。这两篇小说传递的略带忧伤的义勇和决绝使作品在英雄主义和理想主义叙事上与同类作品相比显露出较为醒目的不同。

1991年徐贵祥从解放军艺术学院毕业,到解放军出版社当了一名编辑,终于结束了摸爬滚打、风风火火的基层生活,他却在很长一段时间里难以适应这种按部就班、温文尔雅的生活方式。他尝试写过三个非战争题材小说,如《年根》《预约晚餐》《有钱的感觉》,作者以一个现实主义作家特有的敏感和责任来书写当代都市生活众生相。其中《有钱的感觉》被拍成电视剧,可用作者自己的话来说没有拍出有钱人的味道和感觉。很遗憾,这三部中篇还是被淹没在缤纷的现实题材书写当中。

在相当长的一段时间里,徐贵祥把自己封闭了起来,重新回到战争的思绪当中。在那片想象的天地里,他开始对战争和文学进行更深层次的思考。从古战争题材《决战》《天下》和时代背景模糊的《错误颜色》,每一部小说都有着不可阻挡的军事视角震撼力。《天下》取材于一个著名的古老传说,但却更像是一则寓言。无限膨胀的征服欲和占有欲把所有的人卷进了一个永不停歇的争斗中,血刃和谋略都是一种战争形式,战为利往是这个巨大轮子最强大的驱动力,战争的合理性和魅力便由此突显。在这些作品中,勘窥作者军旅小说创作意图滥觞的作品《决战》写得磅礴大气、豪情万丈,读罢令人精神抖擞、荡气回肠。在作者眼中,虽然"战为利往"是战争永远的原则,但其理想世界中的战争是"兵不血刃""不战而屈人之兵"的。《决战》原名就为《尚战》,作者取其"尚战不战"之意,展示了战争的至上境界即"尚战不战",彻悟了战争的终极目标即为了永久的不战与和平而战,表达了以不战的方式进行决战的小说主题。此种理想境界虽距现实遥远但恰恰构成了小说独特的价值意义。

随着《决战》《天下》《弹道无痕》等作品的问世,由初期的引起文坛注意到接踵而来获得第七届、第九届全军文艺大奖,徐贵祥在小说创作中找到了自己进攻的主阵地,接下来他的创作始终关注军旅生活。1999年,徐贵祥结合自己对部队建设长期的观察与思考,创作了长篇小说《仰角》,把和平时期波澜不惊的军营生活,描绘得风生水起,恢宏辽阔。小说中虽然没有出现高大全的个体英雄形象,但作者凭着自己对和平时期军队生活的了解,入木三分地塑造了一群形象生动的军人群体。如具有草莽英雄特质,因其在抓部队训练中表现出精、刁、细、刻而被尊称为"萧天狼"的师长萧天英;满腹经纶、稳重精明的参谋员韩陌阡;教学上的炮兵专家、理论上的民间哲学家和生活中的糊涂虫教员祝敬亚;才华横溢、素质过硬的炮兵谭文韬;其貌不扬但军事技术过硬的训练标兵常双群;爱美如命、写得一手好文章的炮兵栗智高以及短矮粗壮、生活习惯糟糕透顶的炮兵马程度等,这些人物的性格特征迥异,奋斗目标不一,但他们在一次次的人格历练和灵魂搏斗中共同展示着当代军人的精神风貌和综合素养。在《仰角》中徐贵祥写道:"战争一天也没有离开我们,只不过它是以一种隐蔽的方式暗中进行的罢了。"[1]这种战争观表明:即便在和平时期,军人所做的一切也都是在为战争做准备,并且这种准备状态本身就是战争的一种存在形式。于是,"为了能在也许明天就要到来或者永远也不会到来的战争中立于不败之地,作为战争的主体——军人,其人格素养、意志品质、精神品格就成了制胜的关键因素"[2]。

《历史的天空》以其"在种种历史的偶然背后,显示出了历史的必然,纵向而又曲折地演绎了梁必达从一介草莽到高级将领的性格史与心灵史"[3]而荣膺第

① 徐贵祥.仰角[M].北京:解放军文艺出版社,2006.

② 朱向前,王新国.一棵"绿色"的大树——关于徐贵祥的长篇小说创作及相关问题的对话[J].神剑,2007(1).

③ 朱向前.第六届茅盾文学奖《历史的天空》获奖评语.

六届"茅盾文学奖"。在这部小说中,徐贵祥首次集中笔力塑造个体英雄。与其说这是一部战争小说,倒不如说是一部人物性格演绎史和心灵成长史。主人公梁必达由一个带着匪气的流氓无产者,在复杂的政治斗争和对敌战争中,逐步成长为具有高度政治觉悟和斗争艺术的高级将领。在此,作者一改传统军旅小说主人公一出场就具有较高政治觉悟和过硬军事素养的符号化英雄书写,开始了草莽英雄的成长书写。

在小说中,梁必达是个草莽英雄,其特征是粗口大牙、个性粗莽,对待战争"勇"字当头,不大讲究战术和战争智慧。但作者并不止于生动地为大家还原了一个有血有肉的草莽英雄形象,其真正目的是想通过草莽英雄的成长来演绎其战争观的生成。作者在《高地》中借严泽光之口宣称"没有文化的军队是愚蠢的军队、不读书的军官是愚蠢的军官"①,这种军事观在《历史的天空》中也有体现。在小说中,当梁必达听到自己荣升为师长的消息后,不仅不欢呼雀跃,反而躺在床上担忧自己的文化水平不够。在小说结尾,梁必达的那段有关对未来高科技战争如何打法以及我军如何应对的高谈宏论令人无比吃惊,让读者深深感受到这个草莽英雄经过数个历史阶段的战争洗礼已经初具战术意识。这也是作者准备在后期小说创作中要对战争艺术和兵家智慧进行探究的一种趋向暗示。

接下来,作者创作状态极佳。2004年出版《明天战争》,2005年推出《八月桂花遍地开》,2006年又有《高地》问世,2007年创作《特务连》,2009年《四面八方》与读者见面,作者一口气写出了五部军事题材长篇小说。其中,《八月桂花遍地开》以人道主义的悲悯目光关照战争中的每一个人,揭示了在强大的战争机器面前人的无助与弱小。《高地》以严泽光和王铁山两位军人为争夺高地结下的恩怨为线索,揭示出和平时期军人的可贵品质:智慧、正直、阳刚,诠释了作者对战争与和平的辩证理解。作者认为"战争与和平永远是一对悖论,人们宁愿过和平时期的琐碎生活而不愿承受纷飞战火中血腥的浪漫和勇猛,但如何在和平年代平淡如水的日常生活中张扬军人的勇敢和尊严,是一个值得思量的问题"②。和《仰角》的叙事模式相似的《特务连》则为读者演绎了一群特务连的新兵在和平时期的军营生活中的成长、竞争与抉择,塑造了老一代具有草莽英

---

① 徐贵祥.高地[M].武汉:长江文艺出版社,2006.
② 张彦武.新推力作《高地》徐贵祥:写战争是为了和平[N].中国青年报,2007-01-19.

雄特质的诸如阚大门师长的形象和新一代知识型、技术型军人的新形象,也在人物不经意间的对话如"你喜欢打仗吗?——我为什么要喜欢打仗?我又不是神经病。"①"打仗的时候你是怎么想的?——我什么也没想。箭在弦上,不得不发!"②表达出作者对战争本质的思考——英勇的战士们不是因为喜欢战争而战争,而是为了民族、正义、信仰、和平而战!再一次抒发了作者对和平的渴望之情。和《历史的天空》相比,《四面八方》的题材和表述方法由战场转向了社会,由思考战争转为思考信仰、社会、人民。这种转变表明作者对于战争的思考已延伸到战争之外。

若按题材来分,徐贵祥的小说可分为当代和平军营题材和历史战争题材。前者有《仰角》和《明天战争》。在《明天战争》中作者开始研讨战略战术战法,虽然正面描写战争的笔墨不多,但文中渲染的那种军纪严明、训练刻苦、部队科技意识强烈、对全新明天战争充满紧迫感的氛围无不体现出一个有着高度责任感与使命感的军旅作家的忧患意识。

若论作者对兵家战术的关注,在上述五部巨著中,尤以《高地》最鲜明。这种创作意图主要通过小说中人物严泽光表现。严泽光身上不乏前期作品中类似于"梁大牙"式的草莽英雄特质,依然是粗口大牙、脾气暴躁、固执己见、对革命事业一腔热血、对打仗行军情有独钟。但和以前的草莽英雄相比,他对战争艺术和兵家智慧倍感兴趣,骨子里天生就具有战术意识。如作者在文中借他人之口评价严泽光"我听刘界河同志说,你很有战术意识,了不起"③。还借他人之眼展示他对战术研究的痴迷"严泽光觉得不过瘾,把这一带的地形也勘察了,把可能会出现的战斗也制订了很多预案,在地图上过战斗瘾"④。在日常行军中,只要看到好地形就两腿挪不动了,并且口中念念有词:"啊,我从来没有看见过这么好的地形,这绝对是一个打伏击战的有利地形。"⑤在和平时期,他在内心这样评价自己:"在战术这个世界里,我是能工巧匠,是艺术家。我得心应手,游刃有余。我虽然算不上是大文化人,可我是战术专家。"⑥尤其在小说结尾,他阐

① 徐贵祥.特务连[M].北京:作家出版社,2007:81.
② 同上。
③ 徐贵祥.高地[M].武汉:长江文艺出版社,2006:39.
④ 同上。
⑤ 同上。
⑥ 同上。

述的"用兵之道"更加显示他的有勇有谋,实现了从技术到战术的超越。只不过《高地》正面描写战争的场面较少,所以并没有足够的机会供极具军事作战天分的严泽光施展军事才华,军事天才形象塑造平面化。这种缺憾在后期创作中也得到了弥补。

在前期的小说创作中,徐贵祥的写作意图一直在若隐若现、灵动飘忽地彰显着。不可避免地,每部作品都或多或少存在些许缺憾。但总体来说,每部作品较之以前都是一种进步。对此,徐贵祥自己也坦承"我对战争的认识是一步一步深入的"①。他认为"《马上天下》是踏在《历史的天空》《八月桂花遍地开》《高地》的肩膀上建立起来的"②,觉得"《决战》体现了和平意识,《历史的天空》体现了'勇',《高地》体现了战术意识,《马上天下》可能是这几个意识的合成体"③。毋庸置疑,《马上天下》是作者创作意图的完美体现,是作者前期积蓄在各个作品中的思想火花的燃烧绽放。对此,人民文学出版社社长潘凯雄曾高度评价说"21 世纪中国军事文学是从《马上天下》开始的"④。与之前的英雄成长书写相比,这是一部关于战术专家的成长史。小说还另设了两个线索人物与陈秋石一起成长、历练:一个是有着崇高职业军人道德感的恩师杨邑,一个是投身于革命的草莽英雄式的儿子陈三川。最后,这对师生殊途同归,父子俩也由精神背叛到心心相印。小说在对战争本质的追问以及战争艺术的探究中完成了"战争的艺术"到"艺术的战争"的相互融合。

在前期的人物形象塑造中,作者塑造了一系列草莽英雄形象如萧天英、梁必达、严泽光、阚大门等。作者曾把军人的形象,划分为四个层次,即"武术型、技术型、战术型、艺术型"⑤。若按这种标准来划分其笔下的战争英雄,则萧天英等人大可列为战术型英雄。《马上天下》中的陈三川充其量只算武术型勇夫,而陈秋石则跨入了最高级别行列。如果说萧天英等人在一定程度上实现了从武术到技术再到战术的超越,那么到了陈秋石这里则实现了对战争艺术的超越。在《马上天下》中,陈秋石已经把战术意识融入他的血液里,在一次次重大战役

① 徐贵祥.军旅作家徐贵祥:中国军事影视作品还不成熟[N/OL].搜狐读书频道专访实录,2010－01－09.

② 同上。

③ 同上。

④ 同上。

⑤ 徐贵祥.从战争的艺术到艺术的战争[N/OL].中国作家网,2010－01－29.

中屡屡书写神来之笔,一次次以弱胜强,以少胜多,在惊心动魄的危急关头反败为胜,转危为安。作者用精彩的实战场景和细致的作战细节让陈秋石这个战神走进了读者内心。为了更好地体现对战神陈秋石的肯定与推崇,作者还特设了陈三川这个草莽英雄形象,让读者在鲜明的对比中强烈地感受到现代战场到底需要什么样的英雄。

战神陈秋石对兵家战法的理解与运用因超越融合了是非、道德、利益等因素而极具时代性、人文性和科学性。文中作者曾假借陈秋石训导儿子陈三川发表了诸多颇有见地的用兵之道。如:"打仗是一门艺术,走一步要看几步,不能因为贪图蝇头小利而耽误大事。"①"打仗必须有全局观念。"②"三流的指挥员被敌人消灭,二流的指挥员消灭敌人,一流的指挥员既不是消灭敌人,更不是被敌人消灭,而是让他投降滚蛋。"③"我们要讲究战术,要懂得用兵之道,不能光凭勇敢,不能搞人海战术。"④这些训诫表面看上去是一位父亲对儿子的谆谆教诲,实则象征着新一代战神对传统草莽英雄的军事思想革新,体现出作者对战争智慧的极力推崇。在小说结尾,象征没有文化和战术意识的草莽英雄陈三川最终也因善用战术而得到了兵团的通报表扬,再一次体现出作者对战争艺术的顶礼膜拜。

徐贵祥在创作初期提倡"尚战不战",在接下来的作品中一直提倡写战争不是为了战争,是为了和平。写战争的惨烈与悲壮也是为了让世人明白和平的可贵。在《马上天下》中,作者对战争本质的理解更为人性。他在表白自己的创作心态时说:"我写战争,是希望通过这种人类特殊的行为来认识人,解剖人,并且按照文以载道的思想来感染人、教育人。我写战争,就要追求战争的最高境界。"⑤文中陈秋石对杨邑说的那句"我厌恶战争,但是我不厌恶战斗。我就是因为不想打仗,才学会了打仗"⑥,一语中的地道出了作者所追求的关于战争的最高境界即"战而不战",体现出作者对残酷战争的反思,表达了对美好人性与绿色和平的终极渴望!

---

①　徐贵祥.马上天下[M].北京:人民文学出版社,2010:345.

②　同上。

③　同上。

④　同上。

⑤　王雪瑛.《马上天下》:为了人类心底的愿望[N].新闻晚报,2010－01－20.

⑥　徐贵祥.马上天下[M].北京:人民文学出版社,2010.

深入剖析中国当代军事文学的现状和前景,正如徐贵祥所言,存在着"过去的战争没有写好,现在的战争不好写,未来的战争写不好"①的现象。徐贵祥正是因为敏锐地捕捉到中国军旅文学生存与发展的精髓,故始终秉承着纯粹的军人理想和崇高的英雄信念,肩负着对军队的神圣责任感和职责感,以贴近历史的真实,站在人类、人性的高度去比较和诠释战争,生动地塑造了一批有血有肉的草莽英雄人物形象,辩证地展现了军人性格的二重性乃至多重性,建构起了一套个性鲜明、风格独具的英雄叙事话语,在当代军旅文学乃至中国当代文学史上留下了浓墨重彩的一页。

　　当然,作为中国第六届茅盾文学奖得主,其小说创作在技巧运用上近乎无懈可击,这不仅表现在他对长篇巨著的自如驾驭、典型人物的多元塑造上,还表现在故事悬念的巧妙设置、创作主张的新颖独到上。但是作为一名创作状态极好的作家,依然还存有一定的提升空间,如增强文本叙事的文学性,改善作家因快速推进创作而带来的语言上的粗糙感,尝试完成由过去一味强力打造长篇巨著而向中短篇军旅小说的转变等。自《马上天下》出版之后,徐贵祥已很久没有新作问世。现细读其所有作品,发现其创作不可避免地陷入了新的困境如写作资源渐显匮乏、小说写作日趋走上自我重复的模式化道路。在完成上述转变、突破上述困顿的情况下,徐贵祥将会成为当下文坛上创作生命力最旺的领军级军旅作家。

---

　　① 徐贵祥.我和我的民族一起歌唱——《八月桂花遍地开》创作感想[N/OL].中国作家网,2007 - 01 - 19.

许春樵创作综述

　　许春樵,安徽天长人。1983 年毕业于安徽师范大学中文系。1991 年华中师范大学中文系文艺学硕士毕业。曾先后在学校、报社、出版社等单位任职,并担任编辑部主任和出版社副社长。1997 年调入安徽省文联文学院任专业作家,从事专业创作,现为安徽省文联文学院副院长、国家一级作家、中国作协第七届全委会委员、安徽省政协委员,享受政府特殊津贴。

　　许春樵于 20 世纪 90 年代初开始发表小说,至今已发表小说、文学评论、随笔散文等两百多万字,其创作以小说为主,而在小说创作中则短篇、中篇、长篇小说三种体裁篇幅兼顾发展。纵观其创作发展史,2002 年可为节点。在这之前,许春樵以创作中短篇小说为主,之后,则以创作长篇小说为主。中篇小说代表作有《一网无鱼》《生活不可告人》《找人》《来宝和他的外乡女人》《不许抢劫》《艳遇》《九月的天空》《缴枪不杀》《知识分子》;短篇小说代表作有《季节的景象》《请调报告》《谜语》《天灾》《过客》《犯罪嫌疑人》《跟踪》《礼拜》《悬空飞行》等;长篇小说有《放下武器》《男人立正》《酒楼》等。先后出版中短篇小说集《谜语》《一网无鱼》,散文集《重归书斋》等。

　　许春樵是个高产全能的作家,自 20 世纪 90 年代以中篇小说《找人》在文坛产生广泛影响以来,他就坚持中短篇小说和长篇小说循序阶段性发展的势头,用自己的实力稳打稳扎地占据了当代文坛一席之地。他的中短篇小说多次被《新华文摘》《小说选刊》《小说月报》《中篇小说选刊》《短篇小说选刊》《中华文学选刊》《作家文摘》《书摘》等报刊转载,并被收入数种小说合集。许春樵的长篇小说在全国的影响更大。其中《放下武器》进入“2003 年中国长篇小说排行榜”“长篇小说专家排行榜”前十位,被《光明日报》《人民日报》《文学报》《文艺报》《小说评论》《当代作家评论》《文艺理论与批评》《文汇读书周报》《文艺争

229

鸣》《南方文坛》等全国各地数十家报刊评论介绍。《男人立正》作为中国作协重点扶持作品,发表后被《长篇小说选刊》《小说月报》《西安晚报》《南京日报》《江淮晨报》等报刊相继转载。在这些作品中,还有《季节的景象》获上海文学奖(1990—1991),《请调报告》获第二届安徽人民政府文学奖,《放下武器》和《暗示》获香港陈伟南文学奖,《生活不可告人》获《当代》文学拉力赛冠军。

许春樵还颇具影视缘。其中《放下武器》由山西太原电视艺术中心购买版权投拍30集电视连续剧。《男人立正》由中央电视台、中国国际电视总公司购买电视电影版权,拍摄成20集电视连续剧,同时被深圳人民广播电台录制成"长篇小说连播",并入围"阅读中国——建国六十年500部长篇小说目录"。《酒楼》由北京东方龙门国际文化传播公司购买影视版权,改编成30集电视连续剧。中篇小说《不许抢劫》由中央电视台电影频道和北京金兴影视文化传播公司联合改编并拍摄成同名数字电影;《找人》也被改编成电影,作品被搬上银幕。对于小说家来说,影视化并不是他们的终极追求,甚至有些作家很忌讳自己的小说作品与剧本有关联,因为作品改编会在一定程度上削弱作品的文学性。某个作家如果钟情于市场走俏和商业运作而乐于当编剧,那这个作家的小说创作之路只会越走越窄。许春樵的作品之所以能被影视界看好,这与其作品的关注视角以及主题揭示倾向很有关系。这些作品虽涉足不同领域,但多采用现实主义创作手法来关注社会百姓的本真生存状态,在枝蔓丛生的故事情节和跌宕起伏的冲突中展示人物性格、揭示作品主题。从题材的选取到关注的群体以及作品所要表达的主题来看,许春樵的小说无疑是改编电影、电视剧的理想脚本。

许春樵的小说创作受到文坛如此的关注,在一定程度上与其作品向"上"的主旨立意和向"下"的关注视野有关。许春樵是个有着强烈社会责任感的作家,敏于观察、善于思考的作家特质使他一以贯之地表现出对百姓日常生活的关注以及对人类生存的种种困境与不堪的挖掘。截至2011年出版的中篇小说《知识分子》,回顾许春樵的小说创作之路,可以发现其创作表现虽然具有一定的阶段性特点,但整体看来具有明显的恒定性特征,这里的恒定性主要指作品主题揭示的恒定和关注对象的恒定。

追溯许春樵的创作起源,人们多从其于2003年发表的长篇小说《放下武器》开始研究,其实,早在20世纪90年代初他就发表作品,其短篇小说《季节的景象》获"上海文学奖"。在1991年至1996年,许春樵发表了三篇乡土小说即

《季节的景象》《季节的情感》《季节的背影》，这三篇可称之为"季节"系列小说或"乡土"系列小说，在乡村四季景象的变化中叙写着一个个伤感苦涩的爱情故事。在《季节的景象》中少女荷子终于挣脱无爱的婚姻，在结婚的前一天逃离贫穷苦难的乡村；《季节的情感》中为娶心仪的女人素子而外出打工数年的秋槐，一身风尘地赶回老家时发现素子已经成为人妻人母；《季节的背影》中贫穷弱小的少女穗子在苦难的生活中编织着人生的幻想，但生活的艰难还是迫使她过早地成为人妻人母，瘦弱的身躯承受着不堪承受的生活之重。这三篇小说表现出许春樵在创作伊始应有的敏感善思特质。他以20世纪90年代乡村生活为研究对象，细腻表现当时中国乡村生活现状及生活在底层的农民苦涩的情感世界。

从1997年开始，许春樵的小说开始转向叙写城市普通市民和知识分子的庸常生活和烦恼人生，开始转向官场批判物质和权力对人性的异化和压榨。小说《礼拜》截取了日常生活的一个小侧影，描写了三个研究生在大都市的一次尴尬经历。作为物质的匮乏者，三个研究生利用礼拜天光顾城市，可他们只是城市吐在地面的一口痰而已。面对城市的无情与庸俗，三个物质匮乏者想极力维护那点可怜的尊严和人格，但这种自尊因缺少金钱的支撑而显得那么苍白无力。最后，在尊严和人格被逼得走投无路时，三个研究生才用愤怒的拳头讨回一点尊严，在这里开始彰显小人物身上"不倒的骨气"和"立正的精神"。小说《我的亲戚们坐在椅子上》由三篇故事构成，笔锋直指官场上行政人员非常态的运作规则。第一篇《我大哥》中大哥仕途一路见好，只因在一次党小组会上向县长提了一点善意的小建议，从此不再被重用。第二篇《我姑父》中姑父只会写材料，但另一个为官者只会用材料，会用材料的和会写材料的互相帮衬，二人官运亨通，职位连连上升。第三篇《我表哥》中表哥仕途一向艰难，只因在一次宴席上替县长喝了十几杯酒而得到县长的赏识，自此仕途顺利。

上述作品虽然在人物形象的塑造、主题揭示的力度和深度等方面欠火候，但已初显作者的创作意图。作者于同时期发表的中篇小说《请调报告》较之前期作品具有一定的思想深度。这是一篇表达知识分子理想幻灭的悲剧小说。师范教师向序的人生理想是大学毕业后能在教育岗位上大干一番事业。大学毕业后，他果然如愿以偿地分配到偏远小城的师范学校，但在坚守人生理想的过程中，他不仅在物质生活上陷入生存的困境之中，其所坚守的精神理想在世俗权力面前也显得不堪一击。是留在教育系统继续自己的苦难物质生活？还是调到行署任秘书开始自己讨厌的政界生活？当这个两难的问题摆在向序的面前时，经过一番痛苦思想挣扎的向序还是选择了后者。在他行政之路上步步走向成功的同时，其在精神上却步步走向了虚无。

在前期思考的基础上，许春樵确定了自己的写作方向，继续关注城市普通市民和知识分子的庸常生活和烦恼人生，对物质和权力的批判力度更加深刻，同时更加高调地肯定了他们在金钱物质和世俗权力的压抑下不屈的骨气和高尚的人性。从1997年之后，许春樵的小说按题材分类，大致可以分成以下几类：

第一类为官场系列小说。此类小说主要代表作有《谜语》《缴枪不杀》《放下武器》。人的异化是当代文坛小说经常表现的一个主题。许春樵的《谜语》《缴枪不杀》《放下武器》等作品重点表现了在官场上权力的异化以及在权力和社会的倾轧下人的异化。《谜语》为读者讲述了官场上存在的运行规则，所有的人事变化都是在冠冕堂皇的"根据工作的需要"的幌子下潜在变化的。而这里的"根据工作的需要"表现为在权力系统中，下级对上级的不能越轨、不能犯上、不能自大、不能说"不"上。这是官场权力异化的表现，遵从规则者就成为异化的人，不遵从者则失去在官场生存的空间，甚至危及性命。《谜语》中的县财政局局长王跟业以自己几十年的为官之路，亲身体验了官场的异化。早在十二年前，他坚持原则公事公办，敢于对上级说"不"，没给统战部换轿车。统战部部长升为县长之后，根据工作的需要将他调到无权无势的地震局任局长，一干就是十多年。在这十多年的"被贬"岁月中，王跟业终于悟透了权力系统的运行规则，并且深谙此道成了弄权高手。在最近的县级干部换届选举中，最没希望的他却出人意料地当选为副县长。小说故事情节简单，但意蕴丰厚，讽刺意味颇浓。小说以谜语命名，谜底何在，作者并没有给出明确的答复。用作者的话来说"可以根据自己的生活经验和审美理想去设计谜底"[1]。同样表达异化主题的小说《缴枪不杀》则走出了《谜语》中正常人的异化与同化的悲哀与局限，表现出对权力异化的对抗与逃遁。默默无闻的县图书馆管理员陈根林因发表了一篇小文章，被急于想提高政府接待处人员文化素质的周县长相中，立即被调到接待处工作。不谙官场游戏规则的陈根林被莫名抛进官场，在无处不在的权力纷争中，他不明不白地被人利用，还使有恩于自己的周县长丢了官。小说结

---

① 许春樵.谜底在哪里？[J].中篇小说选刊,2000(2).

尾处他因祸得福获得了升官的机会,但已看透官场规则的他很冷静地放弃了这次机会,毅然决然地回到家乡开始了他钟爱的专业养殖生活。小说题为"缴枪不杀",这里的"枪"从不同层面理解意义不同。在战场,它是武器;在官场,它是权力的象征。陈根林傲然放弃众人趋之若鹜的权力,给异化了的权力系统一个深刻地嘲讽,也表达了作者对超脱物外的人生境界的诗意向往。

　　2003 年出版的长篇小说《放下武器》,从小说标题上来看,和《缴枪不杀》很是相似。把两部小说的标题加在一起,就是一句完整的战场用语"放下武器,缴枪不杀"。的确,两部作品表现内容比较相似,写的都是县乡干部的官场生活。较之《缴枪不杀》,《放下武器》表达了正常人性在异化官场中的本色生存以及生存困境,面对权力异化,作者在《缴枪不杀》中让陈根林选择了放弃,而在《放下武器》中,作者让郑天良做尖锐对抗,最后的结局只能是以死相对。若单从表面形式看,《放下武器》是一部反贪小说,它采用时兴的反贪小说的套路,讲述了县级干部郑天良如何从一个乡村兽医成长为劳动模范、优秀共产党员和第三梯队干部,以及最后堕落为一个吃喝嫖的贪官的过程。在小说结尾遵循因果报应规则,让贪官受到了法律的严厉惩罚。其实深析小说《放下武器》是一部另类官场小说。许春樵尽管也写了官场的腐败和丑恶,但是他尽力展示的却是官场人生。这就使他虽然有时候不自觉地要讽刺一下丑恶,但绝大部分时候还是冷静地展现,超越了习惯上的善恶对立模式。并且作者还超越了传统反贪小说中贪官因为金钱和美女而堕落的写作模式,让郑天良的死更多地归因于"官场挤压"和"担心被边缘化的恐惧心理"①等因素,在作者冷静的叙述中让读者顿悟真正的贪官不应是郑天良,真正该上刑场的也不应是郑天良,而应该是诸如黄以桓之流。尽管作者是那么同情善良的郑天良,但在权力异化、人性异化的官场上,他永远是当年那位健康、善良、能干、无私的乡村兽医,他一直用他那一套淳朴、实事求是的为人做事的方式来行走官场,自然是捉襟见肘、步步受限。但是,他也没有能力改变异化的官场,摆在郑天良面前的路只有三条,一是像吴成业一样,过早悟透官场规则,对一切漠然处之,自然无功也无过,在官场低调行事,力所能及地做好本职工作;二是像《缴枪不杀》中的陈根林一样淡出官场,回到自己心仪的专业岗位,也算逃过必然灭亡的一劫;最后一条就是选择死亡,只

　　①　方维保.投降:不关武器的精神事件——评许春樵的长篇小说《放下武器》[J].文艺理论与批评,2004(2).

有死才能表明他所坚守的人生立场。很显然，作者没打算让他超然退出官场，也没给他悟透官场规则的机会，唯有他的死才能给读者以震撼，从而提升了另类官场小说反贪的力度。

第二类为知识分子系列小说。此类小说主要代表作有《一网无鱼》《生活不可告人》《知识分子》。此类小说关注的对象均为不同层次的知识分子，作者在冷静描述中展示了当代知识分子在冰冷的城市中求生存、讨生活所遭遇的不堪困境和求"上"不屈服的抗争历程。《一网无鱼》中的中专毕业生陈空毕业之后一直在各个城市为了生存而奔波，但他"从小县城来到省城谋生就像一个技术不高的小偷企图钻进森严壁垒的银行保险柜，要么进不去，进去了也撬不开，失败是注定的"①。虽然工作难找，但是若违背良心、背离人性，随便找个工作糊口还是可以的。但陈空看不惯市容纠察队为谋私利对底层老百姓进行法律名义上的拦路抢劫，受不了有钱人把他们的狗看得比没钱人的性命和尊严还要重要，更受不了所谓的大牌明星动辄耍大牌，无视他人尊严的无礼行径，所以为了尊严和良心，他一次次失业，一次次受到社会的伤害。陈空像千万个待业青年一样，只好在网吧打游戏中打发重组自己失意的生活。最后，在善良女友的感化下，陈空也如愿找到了适合自己的工作，开启了生活的新篇章。至于他们将来的新生活如何，作者在给读者留下无限遐想的同时，也让我们看到城市的庸俗、荒诞和无情，城市漂流者想融进城市显得力不从心。但在虚拟的网络世界就能寻找到精神慰藉吗？其结果依然是一网无鱼，一无所获。

时隔十年，作者沿着《一网无鱼》的叙事模式发表了《知识分子》。小说中的知识分子身份由过去的中专生升格为研究生，描述的对象也由一对男女青年发展为三对男女青年。依然是在城市中讨生活，但身为文学研究生的郑凡还是侥幸地觅得小城文化局艺术研究所研究员的岗位。但在城市生存，买房子成为普通百姓生活的第一要事。为了实现这个愿望，郑凡想尽一切办法去挣外快，以期早点凑齐买房首付款。小说中，以郑凡为代表的各类知识分子在物质和情感的双重挤压下一步步被异化，其中舒怀因父亲入狱、女友背叛、工作的不如意而走上因故意杀人被判处死刑之路；黄杉因两次被女友背叛而走上傍富婆之路。小说中两位同学的女友都是因为金钱的原因而离开男友，而郑凡却在网络上结识了与他不离不弃的女友，作者通过演绎这三对年轻人的爱情故事诠释了

---

① 许春樵.一网无鱼[M].合肥:合肥工业大学出版社,2011:1.

当代年轻人的择偶观、金钱观和人生价值观,突显了金钱和物质对人性的异化与折磨,也彰显了郑凡和女友对美好人性的坚守与企望。

第三类为"底层百姓"系列小说。此类小说主要代表作有《找人》《来宝和他的外乡女人》《不许抢劫》《艳遇》《九月的天空》《男人立正》《酒楼》等。此类小说,作者的关注点集中在原生态、冷色调地展现底层百姓的苦难生活上,但在通篇的苦难叙事中,读者看到的不是人与人之间的冷漠与自私、不是对生活的麻木与绝望,相反,更多的是温顺地忍受和坚强地反抗。《找人》"表现了普通百姓因对社会秩序、制度的怀疑乃至不信任而产生的信任危机"①。《来宝和他的外乡女人》《艳遇》则描述了一个处于生活劣势的男子在面对生活有污点的女子时所表现出的豁达、宽容和救赎。来宝花了很多钱买了外乡女人为老婆。在众人皆防备外乡女人会"放鹰"的情况下,他却给了她万分的信任。实际上这个外乡女人这次是第四次被迫"放鹰",但因为来宝的坦诚和信任,使外乡女人在可以逃离的情况下放弃逃离,在得知来宝为帮她凑钱而被警察抓获的消息后,以死报答了对来宝的谢意。而《艳遇》中陈林因怒杀与自己妻子通奸的仇敌而坐牢,出狱后身上有了污点的他开始新的生活。为了组建新的家庭,他走进了婚姻介绍所,认识了所谓富可敌国的富豪遗孀实则为中介行骗的吸毒女杨晓雯。在与杨晓雯交往的过程中,陈林已经知道她的真实身份,但为了挽救身上有了污点但不代表就是污泥的杨晓雯,陈林费尽周折,但在小说的结尾,杨晓雯死于车祸引发的火灾,临死前挽救了三条人命。她以自己的死免除了法律的追究,用实际行动诠释了陈林的那句"有了污点但不代表就是污泥"的信念。而在《不许抢劫》中以杨树根为代表的一群农民工远离家乡奔赴城市从事最辛苦的工地油漆活,靠自己的劳动力换取一些基本的生活费。可他们面对的是代表冷酷、虚伪、无情的城市包工头,这些包工头贪婪成性,在连续拖欠两年工资无望讨还的情况下,杨树根最终带领大家忍无可忍地走上绑架抢劫之路。小说结尾处杨树根因绑架罪而被捕,小顺子因年幼接触油漆活而染上白血病凄凉死去。作者借高老汉老泪纵横的那句"这究竟是个什么世道"发出了对不公社会的强烈谴责和对底层百姓善良品格与美好人性的高度礼赞。

而在此类小说中影响力最大的要属 2007 年出版的长篇小说《男人立正》。

---

① 王达敏.文学探索者的现实阐释——许春樵小说论[M]//安徽作家报告(1949 – 2009).合肥:安徽文艺出版社,2009:519.

235

小说讲述了一个生活在社会底层极其卑微的男人,为了维护男人的尊严,在道德失范的年代里,他秉承中国人的传统美德,进行了抗争与艰难的生存奋斗过程,体现了作家对美好人性的呼唤。家境贫寒的陈道生是双河机械厂的下岗工人,他为搭救因吸毒卖淫的女儿,被好朋友刘思昌以做生意为由,骗去了他向厂里其他的生活同样拮据的工人们东挪西凑的血汗钱,共计三十万元。为了维护自己在亲朋街坊中的信誉,陈道生在妻离子散的情况下,开始了八年还债的苦难历程。其间,他卖糖葫芦、蹬三轮、卖西瓜、贩菜、卖血、去医院做护工,甚至到殡仪馆当背尸工,自己辛苦经营的一个小小服装店也被讨债者分割,贪图安逸的妻子也愤然离开了他,历经种种折磨,最后在亲戚和一个好女人于文英的全力帮助下,在乡下承办了一家养猪场,终于还清债务,却因劳累过度,猝然离开人世。作者在这篇小说中让陈道生在生活的苦水中浸泡,但他的灵魂因为生活的磨难反而变得更加纯净与超脱。在作品中,作者不仅展示了陈道生的善良,还以陈道生为焦点辐射出众乡亲的诚信与互助,这些都是支撑陈道生抗争生存的力量之源。最后,连刘思昌也把骗他的欠款还给了他。有评者认为"如果说,陈道生的悲惨经历映射出作家对社会诚信与悲悯情怀的呼唤与拯救的理想光泽,那么在刘思昌的身上则更集中地体现着作家对人性危机的忧患意识与对社会邪恶的批判锋芒。……刘思昌的还债与自杀,是良知未泯、忏悔赎罪的表现,此举既可能让那颗罪恶的灵魂得以安息,也在人性的天平上为自己增加了一点重量,作品对人性内容的解读,也由此得到了提升"①。

2009 年出版的长篇小说《酒楼》则描述了"金钱社会对于知识男人的道德理想形象的摧毁,以及这种道德理想被创作主体遽然摧毁之后所造成的前后反差鲜明的折断性叙述"②。与他以往许多的创作如《男人立正》的始终如一的道德理想主义不同的是,它表现了道德理想主义及其在商业社会中的尴尬和崩溃。小说的笔触直指物质理想背后的家族伦理崩溃与精神异化,经营老字号酒楼的齐氏家族,父子两代尖锐冲撞,兄弟之间冷酷相搏,在家族危机日益剧烈的演绎中,深刻揭示了诱惑对人心的篡改,利益对亲情的突破,物本主义对人本主义进行的公开挑衅。天德酒楼传到了齐家三兄弟一代,却被老大一人独占。老

① 赵凯.人性的反思与道德的呼唤——也谈《男人立正》[J].《小说评论》,2009(1).
② 方维保.道德理想主义的困境与小说的折断性叙述——评许春樵长篇小说《酒楼》[J].海南师范大学学报(社会科学版),2011(6).

三齐立言不愿接受兄长的施舍,也不堪老大的精神虐待,在造汽车的白日梦幻灭后,从最底层做起,磨砺自己,寻找机会,他做过搓澡工,收过破烂,历经穷困潦倒和婚姻失败的打击,终于创办了自己的酒楼,吞并了老大的酒楼。成功人士齐立言却变了,由诚笃奋发的创业者变成了狡诈贪心的资本野心家。作者揭示了在商品经济利字为天、多种欲望让人性愈加诡异的今天,人究竟应该有一个怎样的活法的主题。

总览许春樵的作品,若单看作品的主题揭示倾向,其秉承的是鲁迅的现实主义批判精神,只是鲁迅批判的矛头指向整个封建礼教制度和当时社会不合理的一切黑暗,而许春樵则把批判的矛头指向当下社会一切不合理的存在,在揭示人类生存困境的同时以人道主义立场表达了对大写的"人"的理想人性的向往与礼赞。若单从作品关注的对象和选取题材来看,似乎能看见作家刘震云的影子。刘震云认为"一个真正的作家写作,不是为了写作而写作,写作是他生命的一部分,他需要表达对这个世界的看法"①。所以刘震云的作品主要关注两类人即生活在社会底层的芸芸众生和官场上的各类机关人。即使把小说背景放回到历史的长河中去,刘震云也总是执着地"抗议物质对于精神、权力对于尊严、历史对于人性的威胁与摧残"②。而许春樵在二十余年的创作中,也始终把关注的焦点主要放在两类人身上,即生活在社会底层的小人物和官场上的各类行政人员。和刘震云不同的是,许春樵在作品中也揭示权力机关和社会制度对人性的压榨和异化,但在描述各类小人物的生存困境的同时总是着力塑造"小"人物"大"的形象和"大"人物"小"的形象来。若单看作品流露的气息,似乎又让读者浸泡在无边的苦难中,这不禁让人想起路翎的"苦难意识",但和路翎的苦难意识中弥散着强烈的主观战斗精神所不同的是,许春樵笔下的穷人在穷到山穷水尽、一无所有的时候,作者给予他们更多的是"不倒的骨气"和"立正的精神"。

许春樵曾经说过,文学需要一批安贫乐道、灵魂纯净并能矢志不渝、坚贞忠诚、对文学满怀敬畏的人去捍卫和坚守,就像一个教徒对神的膜拜与牺牲。在宗教的意义上看文学,文学不只是一项事业,更是一种修行。他正是用这种信仰来对待文学的创作,用自己一颗敏感的心去感触这个世界的人生百态,从一

---

①　刘震云.在虚拟与真实间沉思——刘震云访谈录[J].小说评论,2002(3).
②　摩罗.中国生活的批评家[J].当代作家评论,1997(4).

些小人物的人生经历中看社会的种种姿态。许春樵是一位正在成长和成熟的作家,他以自己独特的笔法来叙述了社会百态,创造了一批小人物的形象,为当代的小说创作贡献了一份自己的力量。

第五辑　张弦研究专辑

真我心境下的社会反思与人性观照

——论张弦小说主题意蕴的演进与流变

张弦是中国当代新时期文坛上具有一定影响力的小说家,同时,也是中国当代影坛上占有一席之地的编剧与导演。这位双栖于小说与影视创作的作家,在 20 世纪 80 年代深受读者和评论者的关注。有人说他是女性写作高手,因为他为读者塑造了众多善良女性形象;有人说他是爱情小说家,因为他的成名代表作,如《被爱情遗忘的角落》《银杏树》《挣不断的红丝线》《未亡人》等均以关注男女情感、描绘婚姻家庭而吸人眼球;还有人说他是反思小说家,因为他在继承鲁迅传统的基础上高举批判民族传统旗帜,毫不留情地揭露旧社会丑恶的一切。上述这些评论似乎都有道理,但独立来看似乎又不能全部概括张弦的成就。张弦自 1997 年因病离世后,为读者留下了几十篇小说。仔细阅读这些小说,发现其作品涉笔较多的是爱情、婚姻和家庭等题材,关注最多的也是不同命运和性格的女性。他写作总是以其个人真切的感受为出发点,反思社会和时代,反思造成一切个人不幸的根源。但除了关注女性与爱情、反思民族传统之外,他还把目光投向更广阔的社会视野,以自己一颗温和、善良的敏感之心去感悟社会生活的方方面面,从而为读者真诚展现出社会历史和人性中最微妙的纠葛,在真我心境中自然流淌出一个有着高度社会责任感的作家对生活的感悟与期待。

从 1956 年的《甲方代表》(又名《上海姑娘》)开始,到 1987 年的《情网》为止,张弦一共创作了二十几篇小说。在这二十几篇小说中,除却《苦恼的青春》和《情网》为中篇小说外,其余皆是短篇小说。从时间上来看,1956 年到 1987 年有三十二年时间,这其中还包括从 1957 年至 1978 年被下放的二十二年时间,真正算来,张弦的小说创作时间只有十年。在这十年内,张弦涉笔的题材和反映的主旨是多方面的。为全面了解张弦小说创作的主旨意蕴,下面笔者将以张弦这十年的创作之旅为主线,条分缕析出张弦小说创作主题的演进与流变,从而深入了解张弦的小说世界。

一、初涉文坛前的热情歌唱与美好憧憬

1953 年,学工科的张弦从清华大学钢铁机械专科毕业,分配到鞍山钢铁设计公司当了一名设计技术员。作为一名刚刚走上工作岗位的大学生,在国家实行第一个"五年计划"的年代里,张弦同所有参加建设的年轻人一样,无比兴奋、骄傲与激动不安。他坚信:"所有属于个人的东西,包括暗暗期待着的爱情,都只需要奋不顾身地工作,便会自然而然地来临的"。① 作为一名热爱文学的青年技术员,张弦还用自己的方式来表达自己的感受,他说:"沸腾的生活不断地冲击着我,使我激动不已,无法安宁。我觉得如果不把自己的感受写出来,简直就是一种失责,一种对新生活的建设者的负债"。② 于是,他构思了第一个短篇小说《上海姑娘》,以"我"即技术员黄野的眼睛去观察了一位娇弱却又热忱、执着、忘我地工作着的上海姑娘形象。可以说,从技巧层面来看,作品稍显稚嫩,但作者在文中怀着一颗真诚的心,生动展现了作者所熟悉的热火朝天的工业建设场景,表达了对积极投身于社会主义建设的人们的礼赞,寄托了作者对美好爱情的向往。文中"我"与白玫之间建立在工作基础上的微妙的情愫彰显了作者崇尚劳动、讲求志同道合的恋爱观和择偶观。

怀着这份冲动与情愫,张弦接着又发表了《最后的杂志》和《羞怯的徒弟》。在《最后的杂志》中,没有扣人心弦的故事情节和引人眼球的人物塑造,男主人公连个姓名都没有,直接以"他"来代替,女主人公红芬在文中也没有正面的形象描写。男女主人公之间也没有直接的交流,但就在女主人公朦胧、含蓄、害羞的猜测、期待中刻画出一位热爱劳动、忘我工作、渴望知识的向上的男青年形象。文中结尾处以"最后一本杂志"为纽带含蓄地描绘出两个年轻人之间朦胧、美好的爱恋之情,再一次彰显出张弦的柔情与对美好爱情的憧憬。而在《羞怯的徒弟》中,作者这种情绪更浓。作品中那个胆小、羞涩甚至有些笨拙的女徒弟,在文中一开始为师傅所诟病。在师傅眼中,这个女徒弟不灵巧、不干脆、不

---

① 张弦:谈我的第一篇小说 [M]//张弦.张弦文集.北京:解放军出版社,1999:357.

② 张弦.张弦自传[M]// 张弦.张弦文集.北京:解放军出版社,1999:420.

大胆,甚至对师傅的建议有点软软的顽强反抗。后来,因为在工作过程中,羞怯的徒弟凭借自己的悟性,在不显山不露水中竟然帮助师傅攻破了技术难关,这使师傅一下就喜欢上这个女徒弟。在这两个年轻人之间,劳动成了联结两个人心房的纽带,再一次彰显了张弦的浪漫主义情怀。

二、独特的李兰形象及其在文学史上的意义

张弦生活在新中国成立初期那欣欣向荣、万物更新的社会环境中,人与人之间也逐步形成了一种新型的、纯洁的同志式关系。在他眼中,个人的幸福、前途与国家利益都将和谐地融为一体。尽管此时的张弦在认识生活与表现生活时不可避免地流露出技术上的幼稚与思考上的肤浅等不足,但张弦还是真诚地唱出了心中的赞歌,初步树立起自己的艺术观,并凭借这些思想清新、情思烂漫和人物纯洁的作品跻身于人才济济的文坛。这对于并不准备专门从事小说创作的张弦来说是个不错的开局。

1956 年下半年至 1957 年上半年,当时的中国文坛正在党的"双百"方针的指引下呈现出极其活跃的创作局面。在"双百"方针的感召下,一批作家如王蒙、刘绍棠、李国文、李准等"敢于正视现实矛盾,揭露生活的阴暗面,大胆干预生活,触及人的灵魂,表现了强烈的探索精神和批判意识"①。而一直凭着热情在写作的张弦在热火朝天的工业建设中也敏感地发现了现实生活中存在的不和谐音符。于是,他与当时"干预生活"的文艺思潮不谋而合,开始了对社会的思考。正如他自己所说:"我渐渐感到自己作品肤浅、单薄,很不满足,很想写出触及社会生活较深的东西"。② 在这种情况下,张弦便构思出后来给他带来深重灾难的第一部中篇小说《苦恼的青春》(原题为《青春锈》,写于 1957 年,发表于 1980 年初)。这部小说是张弦小说创作艺术思想上的转折与飞跃,是他对现实生活的研究与深化,也是他在文学道路上真正有意义的第一部作品。虽然作品切入的角度和前几篇作品相似,但表现生活的深度明显加强。他透过热火朝天的生活表象发现了别人没有发现的东西,塑造出一个在当时文学史上还没有出现过的典型人物形象即李兰。李兰是"新中国建国初期精神面貌积极向上、富

---

① 朱栋霖,丁帆,朱晓进.中国现代文学史[M].北京.高等教育出版社,1999:19.
② 张弦.张弦自传[M]//张弦.张弦文集.北京:解放军出版社,1983:421.

有自我牺牲精神,而又在每个毛孔里都渗透着'左'的教条主义毒素的典型,是当时新文学中出现的为数众多的青年群像中有独创意义的一个"①。其实,李兰的意义并不仅仅在此。1977年底,刘心武在《人民文学》上发表的短篇小说《班主任》,作品因塑造了谢慧敏这个心灵被严重戕害与扭曲的中学生形象而引起社会的广泛关注。当时在文学史上被誉为新时期"伤痕文学"的滥觞。遗憾的是,张弦没有刘心武幸运,当《苦恼的青春》这篇具有振聋发聩意义的作品创作出来后,还没来得及公开发表,张弦就在1957年下半年全党开展的"整风运动"与"反右斗争"中成了被批判的对象。后来张弦忆及此事时痛心不已,他说:"尤其表现了我的单纯、幼稚和不设防的,是在反右高潮过去之后的'向党交心'运动中,我向组织交出了《青春锈》的手稿,真诚地请求组织上帮助我提高认识。所换来的结果是,以写'反党小说'的罪名被定为右派分子。"②事实上,李兰身上典型的"'左'倾幼稚病"和谢慧敏是一脉相承的,中国当代文坛上"伤痕文学"的真正滥觞应该追溯到张弦的《苦恼的青春》。因为党的错误政策导致"伤痕文学"这个名词整整迟来二十年;也因为党的错误政策,导致张弦刚刚起航的文学之旅莫名搁浅。但庆幸的是,在短暂的创作过程中,张弦已找到自己创作的方向。他凭着自己对生活的理解和感悟,在深入了解生活的基础上,采用现实主义手法,深层采掘与研究生活。

三、"文革"十年的伤痕记忆与释然面对

因《苦恼的青春》被下放到农村的张弦万没有想到这一去就是二十二年。这二十二年间,张弦以"罪人"的身份接受劳动改造,足迹遍及湖南岳阳、安徽马鞍山,尝尽了底层百姓的万般苦累。这二十二年对于热爱文学的张弦来说,损失是巨大的,但二十二年眼所及、身所受的磨难恰恰成为张弦宝贵的精神汲养。

1976年10月,"文革"结束以后,中国当代文坛迎来了新时期文学。而"此时期的文学奠基是从对过去,尤其是十年'文革'中所推行的极'左'文艺政策、

---

①　刘锡诚.独创的艺术——评张弦的小说[M]//张弦.张弦文集.北京:解放军出版社,1999:400.

②　张弦.张弦自传[M]//张弦.张弦文集.北京:解放军出版社,1983:421.

文艺观念的凌厉批判起步的"①。深受"文革"之害的张弦返回文坛后,以"文革"为写作对象发表了题为《记忆》的短篇小说,开始了一段新的创作生涯。《记忆》发表时正是文坛上"伤痕文学"风起云涌之时,一批如《班主任》《剪辑错了的故事》《伤痕》《我该怎么办》等优秀小说尖锐控诉了"文革"给无数普通中国人的生活和心灵所带来的无法弥合的创伤。但这些作品由于只顾及恣肆的情绪发泄,把作品的重心停留在对社会与人生伤痕的表层描写上,所以在产生巨大反响的同时,其生命力也是有限的。而此刻的张弦反倒显得更加理性与冷静。他的《记忆》在众多"伤痕小说"中显得新颖、深刻,在获得全国优秀短篇小说奖之后,张弦在文坛上立即声名大噪。也许是受《苦恼的青春》创作倾向影响,张弦在《记忆》中塑造的秦慕平形象与李兰有相通之处。李兰身上的"'左'倾幼稚病"因那次团支部改选而有所觉醒,所以《记忆》中的秦慕平不再是极"左"的执行者,特别在他本人也深受"文革"极"左"路线的伤害时,也为自己亲手制造方丽茹冤案而产生愧疚。因为有愧疚,才能有觉醒;因为有觉醒,才有人性的复苏。这是善良的张弦所企盼的。同样是揭露"文革"的作品,张弦没有从正面描写公式化、概念化的千篇一律的政治斗争场面,而是以方丽茹对秦慕平的理解来表达自己对"文革"运动的理解。小说中没有激昂的控诉与痛苦的宣泄,更多的是深沉、严肃和反思。尤其在小说结尾处,张弦写道:"是的,记忆是一样好东西,它能使人们变得聪明起来。在我们共产党人的记忆中,不应保存自己的功劳业绩,也不应留下个人的得失、恩怨,应该永远把自己对人民犯下的过错、造成的损失,牢牢铭刻在记忆里。"②

张弦在构思《记忆》的同时,还在构思另一个短篇小说《舞台》。发表于1979年9月的《舞台》是张弦的另一篇返回文坛的试笔之作。同样为试笔之作,《舞台》相对于《记忆》在当时所产生的影响小得多。《舞台》中三个年事已高、即将离休的主人公都是历经"十年浩劫"的受害者。他们曾经有着满腹的抱负与理想,但政治运动中断了他们曾经的梦。现在,云破天开,阴霾散去,但青春已逝,面对自己心爱的"舞台",他们该何去何从? 张弦此时的立场依然是正面向上的,他对曾经给自己带来莫大伤害的"文革"运动一如放映员方丽茹般理解和宽容,并通过作品中的人物行动诠释了自己的观点。那个不忍心告别舞台

① 朱栋霖,丁帆,朱晓进.中国现代文学史[M].北京:高等教育出版社,1999:71.
② 张弦.记忆[M]//张弦.挣不断的红丝线.北京:人民文学出版社,1983:14.

的著名演员薛兰菲何尝不是作者痛苦心灵的折射？那个应当离休却死皮赖脸地占着职位的部长徐寿康何尝不是作者所鄙夷的。毕竟历史的过错已成历史，违背新旧更替的法则来维持已逝的宝贵理想，岂不又是错上加错？唯独那个坦然离休并一直为青年人的事业而忙碌着的医生刘德煌才是作者想要树立的理想形象。在小说的结尾，薛兰菲豁然开朗，决意要加入刘德煌的行列，为培养年轻人做出自己的贡献。文章立意清晰，思想明确，可惜由于没有一个核心人物，只依靠对比的手法来塑造三个人物的形象，难免会因缺乏独特意义和感人之处而使形象单薄平面化。虽然《舞台》的影响不大，但在张弦的小说创作之旅上，《舞台》的选题、构思在一定程度上体现出张弦后期创作的艺术倾向。

四、对封建余毒的深刻反思与对女性命运的细致探究

通过前期的创作，张弦已经寻求到一条比较适合其气质与造诣的艺术之路。敏感的张弦一直在思考，这点在《苦恼的青春》中能窥见一斑。接下来，在1979 年至 1982 年这段时间，张弦文思泉涌，佳作迭出，其中《被爱情遗忘的角落》获全国优秀短篇小说奖。与此同时，张弦还创作出一组以探究女性命运为题材、深受文坛关注的爱情小说，如《未亡人》《银杏树》《挣不断的红丝线》《回黄转绿》等。这些小说视角恒定，立意相似，对于中国几千年来的封建余毒在新社会里所产生的毒害予以无情地揭露。因为他的善良与温和，他的揭露方式依然保持惯有的温和与冷静，但在这理性背后，则是一颗饱受痛苦与折磨的赤诚之心，所产生的批判效果依然振聋发聩。

在《被爱情遗忘的角落》里，作者一开始准备抱着真诚的态度"去尽情倾诉乡亲的困苦、哀愁和希望，尽情地讴歌这来得多么好，又多么不易的温馨的十一届三中全会的春风"①。但是，现实生活中存在的诸如公开买卖婚姻、扼制男女恋爱自由等封建余毒令作者坐立不安，再加上作者"十年动乱"中的大部分时间在农村度过，亲眼见农民终年辛苦劳作，却长年挣扎在贫困的生活当中。而长期贫困的物质生活必然带来精神、文化生活的贫乏。于是，作者主张大胆干预生活，主张"真实地反映生活，努力探索和追求比生活本身更真实的真实"②。

---

① 张弦.感受和探索——《被爱情遗忘的角落》创作回顾[J].电影艺术,1982(5).
② 同上。

在如此创作动机的刺激下,张弦构思了一个角落,一个同当时社会在政治、经济、道德、民情、风俗等均有着千丝万缕内在联系的角落。作品中菱花、存妮、荒妹母女三人因所处的不同历史时期而遭受不同的婚姻,从"一个侧面展现了我国社会主义革命和建设所走过的一段曲折的路"①,表现了作者"悲天悯人、忧国忧民"②的沉思和对农村经济改革的"光明憧憬"③。作品一经发表,便被文坛视为当时反思文学的典型代表作。众读者皆认为这是一篇反对包办婚姻、追求婚姻自主的小说,但向来追求艺术创新的张弦的立意并非仅在此,他在文中通过菱花喊出了"这日子怎么过回去了"的迷惘,向读者抛出了"为什么到了20世纪70年代末,全国解放已经二十年的当时还会出现这样的悲剧"这么一个令人深思的课题,从而使得作品包容深广的社会历史内容,具有相当的思想深度和社会容量。

张弦因《角落》而蜚声文坛,这使他更加坚信已找到适合自己的创作观。接下来,张弦一口气发表《未亡人》《挣不断的红丝线》《银杏树》《回黄转绿》等作品,这些作品一经发表均引起很大反响,有评者索性将张弦定为爱情小说家,有人这样评道:"在张弦的爱情小说中,爱情不是增加刺激的调味品和趋附时髦的化妆品,而是作家用以观察和干预社会人生这个沸腾的化铁炉的一个洞眼"。④的确,张弦谈婚姻与爱情,不是琼瑶式的浪漫情爱,而是依托在既定的社会历史背景与制度下,通过弱势女性在不堪环境中的困苦挣扎,进而挖掘出导致一切不幸的思想根源来。如《未亡人》中的周良惠,她的年长其十五岁的市委副书记丈夫,当年亡妻后光明正大地"钦点"她为娇妻,众人皆呼适宜,甚至投来羡慕的目光。可见权力世界中"夫贵妻荣"的封建思想根深蒂固。但当寡居了十几年的周良惠鼓足勇气欲同比她小几岁的邮递员结婚时,换来的却是众人包括她的亲人的鄙夷与威胁,再一次体现了权力世界中"夫贵妻荣"的封建思想的根深蒂固。

依然是抨击"夫贵妻荣"的封建残余思想,在《挣不断的红丝线》中却少了周良惠式的抗争与控诉,多了份傅玉洁式的失望与屈服。傅玉洁在年轻时骄傲地放弃了"夫贵妻荣"的世俗生活,义无反顾地追求自己的理想爱情。但是,当

① 李钧.沉思与憧憬——读张弦的《被爱情遗忘的角落》[J].中国文学研究,1987(3).

② 王蒙.善良者的命运——读张弦的小说创作[J].文学评论,1982(5).

③ 张弦.惨淡经营[J].上海文学,1981(1).

④ 胡永年.卓然不群 别具一格——评张弦的爱情小说[J].清明,1982(1).

理想在现实生活中遭受打击时,她在动摇、退缩、后悔,最后,还是回到了当年那个她曾经鄙夷的避风港湾。作者在此借傅玉洁灵魂深处的变化批判了封建残余思想卷土重来的现象,还借其女儿之口喊出了"我要走自己的路"的决心,表达了作者反叛封建余毒思想的信心与希望。

面对封建余毒,周良惠在控诉,傅玉洁在屈服,而在《银杏树》中的孟莲莲深受其害却浑然不觉。孟莲莲身上具有旧社会贤良妇女的优良品质,她善良、贤淑、勤劳、痴情、善解人意,但她身上也存有让现代女性无法接受的性格即无原则地妥协与忍让。《银杏树》依然在讲一个老掉牙的故事,即"陈世美式"农村青年姚敏生借助孟莲莲的力量进了城,很快就抛弃了孟莲莲,最后在记者的干预以及县委书记的威吓下,他选择了无爱的婚姻,乖乖回到孟莲莲身边。姚敏生固然可恨,但孟莲莲的表现何尝不让人痛心。张弦在小说结尾处别出心裁地以孟莲莲的知足与嬉笑来结束这场现代版陈世美闹剧。在孟莲莲的嬉笑知足中有力揭示出中国女性身上所存的封建思想之深。

循着这条路,张弦对爱情、婚姻的思考更为深入。为追求幸福的婚姻,周良惠、傅玉洁、孟莲莲都在以自己的方式努力争取着,至于追求到手的幸福是否就是自己想要的,只有她们自己心中清楚。在此基础上,张弦再次把目光锁定在新时代女性身上,细腻挖掘她们对于爱情、婚姻、家庭以及生活的独特理解。

在《回黄转绿》中,尹影作为现代社会追求美好生活的女性代表,在家庭中有着绝对的权威地位,对生活也有足够的支配权。但她渴望那种远离油盐酱醋的高雅生活,因为讨厌一成不变的日常生活,讨厌一向踏实过日子的丈夫,她把人生的希望寄托在高雅的文学爱好上。这种生活观直接影响着她的小说创作观,所以她的创作也因少了生活"干扰"的痕迹而显得毫无生机。尽管她曾有处女作《梦》,因自身对生活的真切感受曾获得过大家的好评。但接下来的创作就一直停留在飘浮、浅薄的状态中。很显然,尹影的生活观、文学观都是有问题的。为了能让她有所觉醒,作者特意安排了务实、稳重的诗人南宇为她敲响警钟。当尹影一厢情愿地向南宇表达自己的爱慕之心时,南宇冷静地拒绝了尹影的求爱,同时,还不留情面地指出其在小说创作上存在的不足。这使得一直生活在幻想之中的尹影顷刻间从云端跌落地面。最后,尹影举手投降,又回到了那个曾让她瞧不上眼的家庭,实现了小说的"回黄转绿"的主题。相对于前几篇女性题材小说,《回黄转绿》的影响小得多,在一定程度上与作者"对生活的剪裁有较多的以竟为之乃至强使生活就范的痕迹有关"①。总之,张弦以批判封建残余思想为主题,以妇女命运为题材所写的这些小说,在全国产生了极大的影响。有评者曾说:"在当代作家中,如此执着地探讨妇女命运、妇女地位,而且取得如此成就的,还很难找到第二个人。"②

五、百态人生的反思与微妙人性的参悟

20世纪80年代是中国小说家热情最为高涨、探索最为积极、所取得的成绩极为可观的十年。在这十年里,从"伤痕小说",到"反思小说",再到"改革小说"与"寻根小说""先锋小说"等流派的演变,整个小说创作局面相当活跃。当众作家追逐小说流派进行创作时,张弦则淡定地听从自己的心境去抒发自我感受,其前期作品与"伤痕小说""反思小说"等流派相契合,在一定程度上也缘于张弦个人情感与社会情感的相契合。渐渐地,张弦淡出了20世纪80年代小说流派的演变,继续在真我心境下关注社会与人生,只不过关注的范围较之前期则显得更加宽广,关注的题材更加多样,人物类型也丰富多彩。在1982年至1985年间,张弦发表了一系列关注人生百态、探幽微妙人性的作品如《春天的雾》《遗愿》《绿原》《请原谅我》《临街的窗》《热雨》《八庙山上的女人》《焰雪天》《浅浅的游泳池》《伏尔加轿车停在县委大院里》等。这些作品根据作者表达主题的不同,又可分为以下几种类型:

(一)悖逆世俗常规 反思百态社会

面对死亡,谁也无法回避。死后的告别仪式自然也是死者与人世间存有关联的最后一个环节,谁也无法拒绝世人对逝者的赞扬与哀悼。但在《遗愿》中,张弦让读者看到了悖逆世俗常规的快意。文中优秀的女工程师冉亚琼因癌病缠身而将不久人世,临终前她向丈夫交代了一桩遗愿,即死后无论如何不要让任何人向她的遗体告别。这个决定当即引起了强烈的反响。在众人眼中,这样的遗愿是违背世俗常情的。张弦对此世俗常规有着自己的理解与立场。文中的冉亚琼其实是一位坚毅而执拗的女性,对于病魔,她曾做过顽强的抗争;对于

---

① 王蒙.善良者的命运——读张弦的小说创作[J].文学评论,1982(5).

② 刘锡诚.独创的艺术——评张弦的小说[M]// 张弦.张弦文集.北京:解放军出版社,1983:411.

事业,她倾注全心。可以说,她的一生是积极向上的一生,在她眼中,死后隆重的追悼形式和所谓的高调赞扬,都是毫无意义和价值的。相反,这在常人眼中看似近乎荒谬的遗愿,在冉亚琼眼中又是多么有意义。同样是面对死亡,《临街的窗户》中的刘奶奶则是以自己独特的方式来迎接死亡。刘奶奶也是一位一辈子不认命、不服输的顽强女性,当她因摔了一跤瘫痪于床后,刘奶奶在病榻上认真反省了自己坎坷的一生,反复思考了命运和死亡的命题,最后,她终于想通了,不认命、不服输是不可能的,与其瘫痪在床等待死亡,倒不如化被动为主动。于是,她设计了一个周密的争取死亡的计划。刘奶奶反复咀嚼自己一生所历经的沧桑世事,终于悟透了人生和自然命运之间的和谐关系,最终平静地带着微笑离开了人间。对于死亡,世人皆认为"好死不如赖活着",但《临街的窗户》则完全违背了世俗常情,令人深思。

这种背离世俗常情的主题思想不仅体现在对死亡的理解上,还体现在日常生活和工作中。在众人眼中,大龄男女不成家似乎是令人无法接受的现实。于是,总有热心人为这些大龄男女牵线搭桥,认真地安排一场又一场的相亲。在《热雨》中,张弦对此类做法是排斥的,他在作品中极力描绘那种牵线人极度热心、面试男女极度无趣的约会场面,让读者看出这些表面上似乎能给大龄男女青年带来幸福的约会仪式,实则在一次次磨蚀着他们对爱情和幸福的向往之情。在小说结尾,当男主人公在无味的约会仪式结束时,终于忍不住发了一通牢骚。殊不知,倒是这一通无礼的告别词竟然引起了那位不知是孙姓还是宋姓的女主角的强烈共鸣。在无意之中,两颗本无意沟通的心灵竟然在瞬间息息相通,产生了强烈的碰撞。张弦在不经意的情节设置中点破了常人帮忙牵线未必能促成美满婚姻的庸俗举动,指出男女之间只要坦诚相待,乐于沟通,总是能找到人世间最美好的爱情的。而这类违反常俗的事情也经常在政府机关里上演。在《伏尔加轿车停在县委大院里》中,新上任的领导老乔为提高工作效率,一改往日单位领导骑自行车下乡的常习,准备开轿车下乡视察工作,谁知却招来老办公室主任和其他老领导的反对,认为这样做有悖于中国人秉承的艰苦奋斗的革命精神。事实上,今非昔比,处在经济改革迅猛发展的当下,过分拘泥于昔日惯常的做法以博取廉洁敬奉的虚名,这样做必然会严重阻碍社会经济的发展。张弦善于抓住社会中存在的诸多习以为常的事例,折射出自己对社会的反思,体现出一个作家该有的警觉与社会责任感。

(二)微妙人性的捕捉与参悟

张弦是细腻的,在后期作品中虽然不再书写社会重大主题,但他把目光更多地投射于生活小事件,捕捉在日常事件中男女主人公微妙的情感世界。有人说张弦"并不喜欢简单地趋奔某种社会观念或说教,总是以一种近似原生态生活的潜心刻画,使其作品显现着多维关系的复杂统一。其善于从人性角度审视社会,从社会角度考察人性"①。在《焐雪天》中,张弦没有明确的是非善恶观,而是直观地呈现出新时期农村建设期间农民不同的精神面貌。其实,头脑灵活、干事有魄力的曹炳康并不真的就是"活流氓";向来异常沉稳的村支书朱发山未必真的就是光明磊落、让人敬仰的好领导;一直叫嚣着"士可杀不可辱"的乡村知识分子杜葆坤并非真的就是有气节的知识分子;而贤良的素月更是充满争议。当曹炳康对她进行百般骚扰时,无邪的素月是受害者;当曹炳康一再用金钱讨好她,她不可抗拒地臣服于这个曾经被她斥为"活流氓"的男人时,她又是令人鄙夷的。这一组人物在社会发展浪潮中不同的表现均体现出经济发展对现代人精神世界的冲击,引起读者对微妙人性的深层思考。在探讨微妙人性主题的作品中,《请原谅我》颇具深意。女人在丈夫被误诊为癌症患者即将死去时,原谅了丈夫之前所吐露的外遇秘密。可女人一旦得知丈夫是误诊时,丈夫之前所吐露的秘密顿时成了女人心中一颗致命的毒瘤。女人为何前后态度如此巨变,个中原因很复杂。故事虽然很简单,但张弦撷取生活的横截面,细心挖掘其中的深意,着实为读者留下了一串值得深思的关乎人性的命题。

人性是复杂的,它很难让人一下子就能判断出谁是谁非。《焐雪天》《请原谅我》中的人物如此,《八庙山上的女人》中的人物亦是如此。《八庙山上的女人》颇具讽刺意味,小说中抗日英雄刘刚因为抗战有功,而在之后的人生仕途上一路顺风。殊不知,在他风光无限的背后竟是在当年抗日的八庙山上因情而留下一对母女的一世期盼。这是个不能公开的秘密,一旦公开,昔日英雄就会变成违纪战士。为了自己的仕途,英雄选择了遗忘和逃避。为了英雄的仕途,善良的母女选择了等待。但这无望的等待一等就是一辈子,直到这位可怜的母亲即将离世,英雄依然不敢前来相认。八庙山上的女人是善良的,但英雄究竟是个什么样的人?面对曾经的承诺,他有过愧疚,但只在内心深处挣扎,从未付诸过行动。直到自己年事已高时才决意去看望母女。可当世俗的光环再次照耀

---

① 柏文猛.形象的意味:张弦解读[J].盐城师范学院学报(哲学社会科学版),2000(1).

着他时,他又一次不由自主地选择了放弃。那位英雄是真正意义上的英雄吗?苦等了一辈子的女子这样做有意义吗?这些问题令人值得深思,真正触及人性深处的隐秘与纷芜。

六、缠绵伤感的情恋绝唱

"从性格上来说,张弦是善良、温和、敏感、多情的。"①由于多情,张弦和工人出身的第一任妻子闹过离婚。为此,他曾陷入无边的苦恼之中,并付出了一定的代价。在80年代末,他终于如愿和导演秦志钰结婚。这段人生经历对张弦在20世纪80年代后期的创作产生影响。凡是闹婚外恋者,多数是彼此伤害而以失败告终。但张弦却在现实中收获了那份不被人看好的爱情。为表达"他对美好爱情的渴望以及对美好爱情难以觅求到的无奈"②,张弦创作了堪称绝笔之作的中篇小说《情网》。张弦一生只写过两部中篇小说,似乎命中注定与中篇有着擦肩之痛。其中《苦恼的青春》因为政治的原因被搁浅了几十年,使得一部在文学史上具有开拓意义的佳作就这样平淡谢幕了。而《情网》是作者倾注心力写出来的佳作,作品早在1987年就完成初稿。之后张弦一直忙于写剧本、拍影视剧,所以小说直到张弦离世之后才公开发表。但这并不影响作品所取得的艺术成就。作品中男女主人公不惜一切代价地勇敢追求真爱,这似乎隐约能看见张弦生活的痕迹。最终由于外界的压力过大而导致这份不幸的爱情寿终正寝,但他们毕竟倾注全心地去爱过。作品中最大的亮点就是女主角苏星的鲜明性格,她敢爱敢恨,敢离敢合,性格坚强,立场坚定。这较之张弦笔下以善良著称的女性形象群则是一大突破与开拓。

纵览张弦这十余年的小说创作,从初涉文坛前的单纯歌唱再到封笔之前的情恋绝唱,无不印证着张弦所生活的时代特色与痕迹。这使其小说在主题揭示上呈现出鲜明的时代性与真实性。张弦一直认为,文学是人学,这头一个人便是作家自己。的确,从张弦人生不同阶段的主题揭示特征来看,张弦用自己真实的感受流淌出每一部作品,从而深深感动着读者的心。在追求真情实感的同

① 张守仁.一个遗憾的弥补[J].文学自由谈,1999(3).
② 秦志钰,张远,张为.关于出版《张弦文集》的说明[M]// 张弦.张弦文集.北京:解放军出版社,1999:442.

时,张弦还在不断追求艺术的创新。他不满足于浮于生活表象的浅吟低唱,透过众人司空见惯的生活表象,进行多方位、深层次的反思,充分挖掘微妙人性,深刻抨击封建传统余毒,从而为世人留下了一批经典之作。

以鲁迅为基点论张弦的民族反思与批判精神

在中国现代文学史上,乡土写实小说的现实主义批判传统都可以在鲁迅的小说中找到其最初的源头。他最早承袭晚清梁启超"故今日欲改良群治,必自小说界革命始;欲新民,必自新小说始"①的启蒙思想,抱着启迪民众、解剖国民性的目的,把当时占据中国人口绝大多数的农民和激进的知识分子作为批判载体,以犀利尖锐的笔力、深邃丰富的思想、扎实深厚的功底,揭示出国民心理文化弱点,用实际行动践行了"文艺是国民精神所发的火光,同时也是引导国民精神的前途的灯火"②的主张,开创了"改造国民性"这一贯穿整个20世纪中国现实主义文学的重要母题。众多现实主义作家如许钦文、蹇先艾、台静农、彭家煌、许杰、茅盾、老舍、王统照、沙汀、赵树理、丁玲、周立波、柳青、高晓声等在他的影响下,敢于正视和揭露社会现实中种种矛盾和国民的精神弱点,不遗余力地将现实主义批判活动向纵深推进。

作为中国现代文学史上开创现实主义批判精神的一代宗师,鲁迅的成就与地位是后人无法撼动的。他擅写小说、杂文、散文甚至诗歌和学术性论文,是典型的学者型作家和作家型学者。他的反思批判意识鲜明地渗透于各种文体写作中,其中尤以杂文和小说为甚。其批判矛头直指五四时期社会政治、历史、文艺等方面存在的弊端。而比鲁迅晚出现于文坛达半世纪之久的张弦,作为中国新时期颇有影响力的"反思文学"引领者,他也自觉承继了鲁迅所开创的现实主义批判精神,在创作中分别从社会政治、经济、文化以及复杂人性等因素出发,揭开封建余毒留下的伤疤,深入剖析新时期复杂人性,揭示出众多善良者悲剧

---

① 梁启超.论小说与群治之关系[J].新小说,1902(1).

② 鲁迅.论睁了眼看[M]//鲁迅.鲁迅全集.北京:人民文学出版社,1981:240.

命运的滥觞。为方便研究,本文以张弦和鲁迅的小说创作为研究视域,通过比较在条分缕析中窥探张弦对鲁迅现实主义批判传统的承继与拓新。

一、鲁迅小说中彻底不妥协的反封建主题

五四运动是一场彻底不妥协的反帝反封建革命运动。正如毛泽东所言"五四运动所进行的文化革命是彻底地反对封建文化的运动,自有中国历史以来,还没有过这样伟大而彻底的文化革命。当时以反对旧道德提倡新道德、反对旧文学提倡新文学,为文化革命的两大旗帜,立下了伟大的功劳"[①]。其中旧道德就集中体现在旧的封建礼教上,它如同一道沉重的精神枷锁,牢牢地套在中国人民身上。鲁迅正是以此为切入点,抓住封建礼教不合理的一切进行猛烈抨击。意在暴露家族制度和礼教弊端的《狂人日记》,作为鲁迅创作道路的新起点,首次在文艺领域内提出了反封建主题,吹响了新社会精神界人士向旧封建开火的战斗号角。在小说中,作者用"吃人"两字尖锐地指出封建道德是吃人的道德、封建社会是吃人的社会。"翻开历史一查,这历史没有年代,歪歪斜斜的每页上都写着'仁义道德'几个字。我横竖睡不着,仔细看了半夜,才从字缝里看出字来,满本都写着两个字是'吃人'!"[②]在鲁镇喜庆祥和的"祝福"中,代表着当时底层社会千万个农村妇女形象的祥林嫂带着对于人生无穷的质疑悲惨地死去,让读者清晰地看见封建礼教吃人的狰狞面目。

如果说《狂人日记》是鲁迅彻底不妥协反封建的一篇檄文,在接下来的创作中,作者便沿着"揭示国民性以唤起民众觉醒""剖析新时期知识分子性格及命运以探索革命出路"两条线索并行交叉地将反封建主题进行到底。

鲁迅早年唤醒民众的革命理想和辛亥革命失败所带来的痛苦经验交叉在一起,促成了《呐喊》集子的出版。从《药》到《阿Q正传》系列作品的问世,作者深入揭示了辛亥革命失败的原因所在,痛心于当时国民对于旧的不合理的封建制度的不以为然,对于新的革命事业的无动于衷。《药》写出了群众对于辛亥革命的冷漠;《明天》将这种令人窒息的冷漠在更广领域里突显;《头发的故事》《风波》《故乡》依然体现了《药》的主题。尤其是《故乡》中鲁迅少年好友闰土那

① 毛泽东.新民主主义论[M]// 毛泽东.毛泽东选集.北京:人民出版社,1952:693.

② 鲁迅.狂人日记[M]// 鲁迅.鲁迅小说全编.北京:人民文学出版社,2006:4.

一声卑怯的"老爷",将其精神上麻木、生活上无助的农民形象入木三分地刻画出来,折射出旧的制度的黑暗和新的革命的茫然。面对这种旧的势力不灭而新的力量又不能滋长的不堪局面,鲁迅进行了连续的探索,《阿Q正传》则是这种探索的集大成者。在作品中,鲁迅从现实生活出发,塑造了"阿Q"这个典型形象,通过描写阿Q以及生活在未庄的人们对于辛亥革命的态度,指出了革命失败的根本原因,同时还高度概括出阿Q们身上存有的自高自大、自轻自贱、自欺欺人、狭隘、自私、冷漠、苟且等民族精神的劣根性。

鲁迅在逐层深入地从各方面揭示病痛唤起民众觉醒的同时,还在着力思考着当时中国革命的出路问题。从辛亥革命失败的经验教训来看,农民问题是首要问题,只有这个问题解决了,革命取得成功的可能性才能自然加强。可现实让鲁迅看到,唤起国民的觉醒并非依靠一个人的力量可以做到。同时,五四以后,在革命初期形成的革命统一战线出现了急剧分化。当时的鲁迅也敏锐地觉察到这种分化。他说:"后来的《新青年》的团体散掉了,有的高升,有的退隐,有的前进……"①鲁迅此时期写的小说,后来结集成《彷徨》。从热情的"呐喊"到苦闷的"彷徨",正表明了鲁迅思想的转变。于是,鲁迅笔下的人物形象由对农民和城市贫民麻木精神的描绘转到对正在分化的知识分子心灵的剖析与命运探索中去。根据作品分析,鲁迅对其笔下知识分子的情感和期望大致可以分成四种类型。

第一类是鄙夷唾弃型。如《孔乙己》中的孔乙己和《白光》中的陈士成,他们对旧的科举制度没有半点觉醒和反抗,是封建社会崩溃时期科举制度尚存的殉葬品。鲁迅对他们的悲剧命运并不同情,还一针见血地揭露了封建科举制度的弊端,将批判的矛头指向科举制度所依附的封建制度本身,以唤起中毒太深的旧式迂腐知识分子的觉醒。

第二类为痛心遗憾型。如《在酒楼上》的吕纬甫和《孤独者》中的魏连殳,他们虽然不再热衷于科举考试,接受了资产阶级民主革命思想的影响,成了最早的觉醒者,可喜地走上了社会改革之路,可遗憾的是,他们是软弱的,面对顽固的封建旧势力,他们彻底失败了。面对他们的失败,鲁迅的心情是沉重的,但对知识分子的出路依然在做进一步地探索。

第三类则为赞赏反思型。《伤逝》中子君与涓生,作为五四时期追求个性解

① 鲁迅.南腔北调集[M].北京:人民文学出版社,1981:456.

放的觉醒青年,敢于冲破封建家庭的牢笼,争取个人的婚姻自由。这种题材与构思本是令人欢欣鼓舞的,读者似乎在文中也看到了当时知识分子新的出路。但鲁迅在作品中并没有对这种果敢的行为大唱赞歌,而是冷静地让读者看到了这对颇有代表性的青年男女的个性反抗以失败告终,深刻剖析出单纯追求个性解放而忽略了社会解放这一高远目标,其失败也是必然的道理。

第四类知识分子如《端午节》中方玄绰、《幸福的家庭》中没有姓名的庸俗作家、《弟兄》中张沛君等,鲁迅毫不留情地刻画出这些小资产阶级知识分子骨子里软弱、中庸、虚伪、内敛的文化心理特征,也流露出对他们无奈生存状况的同情,又一次回到"揭示病痛以引起疗救的注意"的老路上去了。

鲁迅如此无情地解剖着笔下的每个人物,用他自己的话说:"我的确时时解剖别人,然而更多的是更无情面地解剖我自己。"①正是这种无情解剖,使鲁迅能突破常规,掠去生活中浮华的表象,对封建制度施以致命的抨击,从而树立起一座民族反思与批判之丰碑,这种精神永远值得后辈作家与世代读者学习。

二、张弦在反封建礼教以及揭示民族劣根性 领域内对鲁迅现实主义批判传统的承继

自辛亥革命以来,中国人民经过不懈努力终于推翻了压在人民头上的三座大山,将吃人的封建制度的根基彻底摧毁。但封建意识的残余力量还在一定程度上影响着各代人们的思想行为。因为"一个民族,在千百年来的群体生活流程中,都会孕育出一种共同感和行为模式,这是几千年历史的积淀,它对人性的渗透,对人类生活的灌溉,是潜移默化,无时不在的"②。所以,在现当代文学史上,反封建主题一直是作家们关注的焦点。20 世纪 50 年代开始执笔、20 世纪 80 年代真正发轫,亲身经历各类政治运动的张弦以《被爱情遗忘的角落》(以下简称《角落》)奠定了自己在新时期文坛上的地位。他从创作伊始就表现出"敏于思考,善于反思""选材要严,挖掘要深"的写作特质。在创作初期,作为一名刚走上工作岗位的大学生,张弦敏锐察觉到在激情昂扬的时代主旋律中,还是不可避免地存有一些不和谐的杂音。作品《苦恼的青春》就塑造了一个深受极

---

① 鲁迅.坟:写在《坟》后面[M]//鲁迅.鲁迅全集.北京:人民文学出版社,1981.
② 陈勤建.文艺民俗学导论[M].上海:文艺出版社,1991:205.

"左"思潮毒害的畸形人物李兰。她保守、偏激、思想僵化、迷信上级、脱离群众。作品虽然直到雾散云开的20世纪80年代才得以发表,但足显当时张弦可贵的政治敏锐性。在谈《角落》的创作体会时,他说:"眼前这块土地上,曾被几千年封建盐碱所侵蚀,党的阳光滋润了它,社会主义的犁铧翻了它,但极'左'的阴霾不是又使它板结起来泛出灰蒙蒙的盐碱吗?"①在回顾《未亡人》的创作过程中,他就体会到经过几十年革命巨浪荡涤依旧没有退化的封建余毒给党和人民造成极大的危害。认为"不但有父母干涉婚姻的,还有子女干涉婚姻的,原因固然很多,但引起我思索的是封建传统观念并不是老年人的专利品,年轻人身上的遗毒也不可轻视。肃清封建意识的残余——尽管是残余——这非是几代人的努力所能达到的"②。在这种自觉批判意识的主导下,从20世纪50年代至90年代的历史跨度中,张弦在无意与有意中走上了现实主义批判之路。

在众多评论者眼中,大家把张弦定位于社会爱情婚姻小说高手,其笔下众多善良女性也因此而成为经典人物形象。但张弦的爱情题材并不是单纯的爱情叙事,他将爱情融进了广阔的社会历史空间,赋予小说主题一定的深度与广度。他已经理解到爱情问题"一般说来是不能脱离社会的⋯⋯因为是重大的社会生活决定爱情生活,社会生活的重大变化决定了文艺创作主题的变化"③。在张弦笔下的女性,如《角落》中的存妮、菱花,《未亡人》中的周良惠,《挣不断的红丝线》(以下简称《红丝线》)中的傅玉洁,《银杏树》中的孟莲莲等因受了封建思想余毒的侵蚀,在新社会里不能拥有真正幸福自由的爱情与婚姻,在悲惨无奈中接受命运的不公平安排,走上了旧社会女性曾经走过的旧路。年轻幼稚的存妮竟用结束宝贵生命的方式来洗刷自己因一时冲动而犯下的所谓"罪孽";周良惠、傅玉洁在"夫贵妻荣、从一而终"的封建观念的魔咒中难觅幸福与自由;孟莲莲在颇具封建家长做派的领导的支持下夺回了空壳婚姻却喜不自禁。这些女性的不幸主要来自封建传统道德观对其幸福与尊严的粗暴摧残。早在五四时期鲁迅就大声疾呼:"要除去人生毫无意义的苦痛,要除去制造并玩赏别人苦痛的昏迷和强暴"。④新时期善良女性的悲剧使人不禁想起鲁迅当年提到的"吃人"礼教。让我们看到,在封建制度早已革除的新时期,旧的封建礼教依然

① 张弦.《被爱情遗忘的角落》的创作回顾[J].电影艺术,1982(5).

② 张弦.从两篇小说谈虚扬[J].钟山,1982(2).

③ 胡耀邦.在剧本创作座谈会上的讲话[J].文艺报,1980(3).

④ 鲁迅.我之节烈观[M]//鲁迅.鲁迅全集.北京:人民文学出版社,1981.

露出吃人的嘴脸。存妮的死、周良惠的守活寡、傅玉洁的妥协、孟莲莲的无爱婚姻以及李兰感情枯萎乃至丧失了生命活力等,这些悲剧的出现就是封建礼教余毒在爱情婚姻领域内继续"吃人"的体现。

高尔基认为:"文学总是跟着生活走的,它确认事实,用艺术手法来概括事实,做出综合的结论。文学应该积极地深入当代生活。"①张弦正是从日常生活中提炼精髓,循着常人的生活轨迹窥见了一种民族的底色和历史的积淀。在鲁迅小说中,我们看到的是农民与城市贫民的麻木与冷漠,看到知识分子身上普遍存有软弱的性格。在张弦小说中,我们似乎也看到了形如祥林嫂、单四嫂子等无助孤苦的身影。几十年前,祥林嫂们在众人看客式的冷漠、麻木的氛围中绝望地活着甚至死去;几十年以后,《污点》中的季桂贞因爱情上的一时失足而一辈子被人当作不正经的女人来看,就像当年的祥林嫂一样被逼得无处容身。当年的祥林嫂在被强卖的过程中还有过反抗,可新时期的女性们却是一味地顺从。季桂贞面对人们的非议总是从一个城市逃避到另一个城市,企图以逆来顺受换取世人的理解,最后被逼上绝路还不悔悟。孟莲莲在外力的帮助下得到了无爱的婚姻,这在现代女性眼中是无法容忍的,她却满足得"胖"起来。傅玉洁虽然追求过真正的爱情与婚姻,但在"夫贵妻荣"的魔力吸引下选择了妥协。

在张弦笔下,不仅女性是软弱的,各类知识分子在世俗的名利面前依然如同鲁迅笔下的知识分子一样,失去了斗争的勇气。《银杏树》中的姚敏生为了保住工作,在权力的高压下乖乖地和不爱的女人结婚;《焐雪天》中的杜葆坤在初闻妻子被辱的情况下,叫嚣着"士可杀不可辱",当面对名和利的诱惑,自觉放弃一切反抗的机会,心安理得地享受起用妻子受辱换来的胜利果实。即使有个别知识分子敢于发出自己大胆的质疑,但这种反抗也是软弱无力的。《红丝线》中的苏峻,敢于指出由封建残余思想所带来的专权与不平等。他针对齐副师长利用手中职权"相中"傅玉洁这件事一针见血地讽刺道:"我想不通! 不是总批评我们是小资产阶级吗? 那为什么他们老革命不爱农村的无产阶级姑娘,偏要找小资产阶级小姐呢? 不是总讲感情是有阶级性的吗? 那他们这种感情又是哪个阶级的呢?"②这种犀利论调在当时是极为少见的。就是这样一位敏锐、进取、有思想的青年,经过几次政治运动的改造完全变成了胆小怕事、没有原则与立

---

① 高尔基.论文学及其他[M].北京:人民文学出版社,1958.
② 张弦.挣不断的红丝线[M].北京:人民文学出版社,1983:75.

场的卑微小人物。

在对张弦与鲁迅进行比较分析中,让我们印象深刻的不仅仅是众人的软弱,更多的是社会环境的冷漠与麻木。《角落》中的存妮用自杀来洗刷自己的"罪孽",小豹子也被"绳之以法"。可面对一死一抓的惩罚结局,众人包括存妮、小豹子的亲人对他们依然是无语与鄙夷,这种漠视与麻木甚至直接影响了包括荒妹在内的其他年轻人正常的男女恋爱观。《污点》中的众人对季桂贞的议论无处不在,"私生子"成了众人鄙夷她的主要话题,范围甚至扩大到她的儿子与将来的儿媳。《未亡人》中上至党政机关领导,近至身边的儿女亲人,他们都在充当着周良惠守活寡、保贞节的执行者与监督者。当受尽了精神折磨的周良惠勇敢地发出"为什么共产党不以破除迷信而以恪守封建道德为荣? 为什么要把自己的幸福锁在令人尊敬的骨灰盒里"①的抗议时,他们立即形成一股合力,将周良惠牢牢地束缚在封建礼教的黑盒子里。

纵观张弦小说的题材选取与主题揭示,从《苦恼的青春》到粉碎"四人帮"后的系列小说创作,皆体现出小题材、大叙事的写作倾向。通过平凡人物的普通生活遭遇,反映出重大的社会、政治、经济乃至文化问题。这种将社会批判与政治、经济、文化批判融为一体的批判意识,正是对鲁迅现实主义批判精神的承继。但张弦的人生经历、性格乃至所处时代背景等因素的存在,使张弦在现实主义批判载体、所产生效能以及批判基调等方面在承继的基础上做出了一定的拓新。

三、张弦在批判载体、效能以及基调等方面对鲁迅传统的拓新

由于鲁迅所处的中国还是一个半封建半殖民地的落后的农业国,当时中国首要任务就是反帝反封建,农民的土地问题是中国反帝反封建斗争的基本内容,所以,农民问题是中国革命的基本问题。辛亥革命的失败使鲁迅深刻意识到农民问题的重要。再加上鲁迅长期与农民以及城市贫民打交道,对农民以及城市贫民的生存及思想状况甚是了解,于是,关注民众以唤起民众的觉醒成了鲁迅文艺创作必然的选择。同时,五四时期的知识分子是最敏感的阶层,他们首先接受并传递时代先进信息。但他们往往又是不稳定的阶层,为了革命的需

---

① 张弦.未亡人[M].北京:人民文学出版社,1983:59.

要,鲁迅自然把知识分子当成了另一个重要表现对象。

与鲁迅只关注农民、下层城市贫民以及知识分子不同,在张弦笔下出现了各色党政领导者的身影。二十余年停职下放的生活经历,使张弦看够了极"左"、极"右"以及旧的封建思想对正常人性的摧残。张弦敏于透过一系列生活表象悟出悲剧的背后,除了被摧残者本身存有弱点之外,还存有一批施暴者,那就是导致善良者不平命运的各色党政领导。张弦在关注底层人物以及知识分子的命运的同时,将笔触伸向了鲁迅所没有也不能涉足的批判对象领域,从这点来看,他进行了颇具时代特色的拓新。

当《苦恼的青春》定稿后,单纯的张弦虔诚地把手稿主动呈给自己万分信赖的党支部书记审核。接下来的灾难是他始料不及的:停职、批判、下放、劳动。张弦在后来的回忆中说,当其把手稿交上去时,"回答他的是支部书记亲切、赞许的笑容"①。就是这样一位领导,"笑眯眯地"改变了像张弦这样单纯善良者的命运。因为亲历了党政领导者的虚伪与可怕,在 20 世纪 80 年代创作中,张弦为读者塑造了一系列党政领导者,众多善良女性在由他们扮演的社会秩序掌控者、封建家长、男权者的摧残下如飘零的花瓣在风雨中陨落、枯萎。《记忆》中的放映员方丽茹因颠倒放映带几秒钟而让自己的命运一辈子颠倒。导致她人生悲剧的就是时任市委宣传部部长的秦幕平。这位政治理论修养颇高的领导竟在方丽茹偶然失误事件中上纲上线,犯了严重的"左"倾主义。在小说结尾,这位领导因莫须有的罪名遭受政治冤案后得以平反,他感同身受极"左"路线给人民带来了伤害,尽己所能地帮助方丽茹获得平反。在张弦首篇反思领导之过的作品中,善良的作家只是将批判的矛头指向带给人们灾难的错误思想与路线,对党政领导抱有一丝理解与期望。

但如何深入发掘党政领导者身上的封建毒素,这是张弦一直思索的问题。继《记忆》《舞台》两篇试笔之后,张弦进入了井喷的创作阶段。诸如《未亡人》《红丝线》《银杏树》《回黄转绿》《八庙山上的女人》等小说均以爱情婚姻为题材,深入探讨各色党政领导对善良女性的摧残。《未亡人》中的过世市委书记维明,他的生命存在与否并不重要,其身份就是对女性命运的一种遥控与威慑。在第一任妻子病故后,他就轻而易举地再娶了年轻的周良惠。从此,丈夫健在时"夫贵妻荣"的封建意识就决定着做妻子的与做丈夫的之间永远的不平等;丈

---

① 张弦.小说之外的苦恼——写在《苦恼的青春》的前面[J].钟山,1980(2).

夫离世了，从一而终的封建礼教如同一道紧箍咒牢牢套在未亡人头上。而《红丝线》中的齐副师长凭着战争年代立过战功就以党组织的名义随意挑选女大学生。因为傅玉洁的反抗，未遂。但事隔几十年之后，齐副师长丧偶，傅玉洁为了寻找靠山，两人还是走到了一起。在新婚之夜，那位老领导还意味深长地说了一句："咱们俩不早就拴上了红丝线了吗?"这根红丝线代表什么? 众人皆知。我们不难看出男尊女卑、男权至上的封建毒瘤在这里肆虐疯长。《银杏树》中包青天式县委书记郑霆用自己的权力强行促成了孟莲莲与姚敏生的无爱婚姻，再一次彰显领导干部以权代法、官贵民贱的封建思想。同为女性悲剧命运制造者，作者对《八庙山上的女人》中英雄人物刘刚讽刺的意味更深。这位众人眼中显赫一世的大英雄竟在最困难的斗争年代与一新婚女子有染，并生有孩子。女人用一辈子时间与生命去等待英雄的归来，换来的是虚伪、无情与不敢相认。在此，张弦将人物光辉高大的形象外罩揭开，将其卑劣阴暗的人性撕开给众人看，所产生的批判效果发人深思。

一切文艺作品只能起到宣传和教育作用，要想单纯地通过文艺作品来彻底改变社会现状是很困难的。五四时期鲁迅所倡导的"为人生"的文学观也正是应了"揭示病痛，以引起疗救的注意"的初衷。从今天来看，鲁迅的现实主义批判所产生的影响是振聋发聩的。鲁迅深入揭示了当时社会矛盾所在根源，为大家塑造了诸如"阿Q""祥林嫂""孔乙己"等经典人物形象，以文艺的方式为众多读者深度还原了五四时期中国社会、革命诸方面现状，使得研究鲁迅、阅读鲁迅作品成了整个中国现当代文学专业各类研究者和学习者的必修课，可见，鲁迅的现实主义批判所产生的影响是深远有力的。

鲁迅的批判在现今所产生的影响是重大的，但若论及鲁迅批判在当时和现今哪个时期所产生的影响大，笔者认为是现今。因为在五四时期，信息传播渠道单一，主要方式就是各类纸质报纸和刊物。况且也只有知识分子才会关注这些报纸刊物。更遗憾的是，鲁迅的部分作品在当时并没能及时和读者见面，如《孤独者》《伤逝》在当时就没公开发表过。连激进的年轻知识分子都无缘阅读这些文字，更不要说那些文化程度不高的农民和城市贫民了。所以，从这个角度来看，鲁迅的现实主义批判并没有达到他想要的理想效果。从《呐喊》到《彷徨》的转变也能显示鲁迅这种焦虑的思想状况。正如评论者所言："实际上对国民性批判的力度依然没有深入普通国民。鲁迅——知识阶层——下层民众才是真正的传播过程,也是国民性批判生效的过程。"①

相对于鲁迅的"迟来的生效",张弦的现实主义批判在当时就产生了极大的反响。因为新时期信息传播方式已经由单纯的纸质传播发展为立体多元的多媒体传播。新时期是中国影视发展的黄金时期,影视产业开始全面市场化成为大众消费的文化商品。并且经过数年的休整,银幕上也迎来了爱情片解冻的春天,《角落》被搬上荧屏后立即成为当时红极一时的经典电影,歌曲《角落》也流传一时。经典电影不仅捧红了沈丹萍等明星演员,也使张弦名噪一时。小说《角落》获1980年"全国优秀短篇小说奖"。电影剧本《角落》也获1982年第2届"中国电影金鸡奖最佳编剧奖"。作品获奖折射出众多读者与观众对张弦在作品体现出的批判意识持肯定态度,同时也在一定程度上影响着当时众多读者和观众的爱情观。随后,《未亡人》《银杏树》《红丝线》等小说深受读者关注,并被译成英、日、德、法、俄等文,在海内外产生广泛的影响。应该说,张弦挥起民族反思之刀,解剖社会存在的各种痼疾,充分发挥了文学的感化教育功能。

在进行现实主义批判时,鲁迅是冷峻尖锐的,甚至有些悲观。从《呐喊》到《彷徨》,从祥林嫂的死、阿Q的被处决、单四嫂子宝宝的夭折、革命先烈的血被卖作药引等,读者近乎愤怒了,尔后是透心凉的绝望。正如叔本华所言:"人知道的越清楚,愈有智慧,他就愈痛苦"。② 鲁迅就是这种人。他"看出了整个五四运动的自我否定的逻辑、自我否定的结论……"③所以,鲁迅深刻地揭示出国民的愚昧与麻木、知识分子的软弱与虚伪,并一针见血地指出痼疾的根源就是封建统治制度。但如何改变现状呢?读者一如鲁迅一样的苦恼,因为鲁迅在批判中没有指明出路。《药》中革命先烈的坟顶虽然围着一圈红白的花,但这种喜气很快被周围死一般的静所冲淡;《故乡》中作者在小说结尾写到"我想到希望,忽然害怕起来了……我想:希望本无所谓有,无所谓无的。这正如地上的路;其实地上本没有路,走的人多了,也便成了路"④。但这种希望依然是渺茫的。唯一让我们看到亮色的是果敢冲破封建枷锁发誓要做自己的主人的子君和涓生。可鲁迅看出了这种果敢的虚弱,最后还是让他们回到了起点。当时的中国出路在哪里?鲁迅是知道的,那就是革命。革命如何成功?需要民众的支持与觉

---

① 魏萌萌.鲁迅"五四"文学对国民性批判的有效性论证 [J].名作欣赏·中旬刊,2010(7).

② 叔本华.世界作为意志和表象的世界[M].石冲白,译.北京:商务印书馆,2009:400.

③ 林毓生.鲁迅的"国民性论述的深刻性、困境与实际后果"[J].扬子江评论,2009(1).

④ 同上。

醒。可凭个人力量在短期内能唤醒民众,让先进知识分子的骨头硬起来吗?对于这点,鲁迅也是没自信的。后来的社会发展证明,鲁迅的不自信是有根据的。略知鲁迅的人都知道他敏感、尖锐、善于批判。他曾对许广平说:"我心里的黑暗,你们根本不知道,我不敢告诉你们年轻人。"①。对于社会黑暗,众人皆在迷糊状态中,唯独鲁迅在越来越险恶的时事磨砺中认清了形势,明白当时破旧立新的迫切和任务之艰巨。所以,导致鲁迅冷峻悲观的批判基调是由时代的局限以及鲁迅个人思想的深刻和性格的冷峻等多方面因素促成的。

与鲁迅相比,张弦是温和、软弱、浪漫的,这种性格直接影响着作品批判力度的大小与基调的明暗。虽然其笔下软弱善良的人物命运多舛,但作者最终还是让读者看到了亮色的曙光。《角落》中荒妹与荣树的大胆恋爱给众多渴望自由爱情的年轻人以鼓励;《记忆》中秦幕平的幡然醒悟让党政领导干部的形象高大了几许;《红丝线》中傅玉洁的女儿那句"我要走自己的路"让读者感到晚辈们新的生活将会是另一种样子;《污点》中的季桂贞面临周边所有人的非议与侮辱发出了"我们要活下去,我们是无罪的!"的抗议;《银杏树》中现代独立女性韦静怡以其自尊、自重与自强给孟莲莲式蒙昧女子以当头一击;就连《苦恼的青春》中的李兰也在众人的教育下认识到自己的缺点,决心重新开始。同时,张弦所处的 20 世纪 80 年代是"中国小说家热情最为高涨、探索最为积极、所取得的实绩极为可观的十年"②。一批和张弦一样因国家政策失误而历经坎坷的作家分别从政治、社会层面去反思历史,总结教训,群体写作所产生的影响合力也促使张弦社会反思与批判的力度加强。

综上所述,张弦在小说创作领域内继承了鲁迅的现实主义批判传统,并在时代更迭的基础上,做出了一定程度的拓新。本文将张弦与鲁迅放在一起作对比,并无有意抬高张弦之意。张弦的艺术成就及各方面的影响是不能和鲁迅相比拟的,但他在现实主义批判上做出了自己的贡献,形成了自己的特色,具备了一个作家该有的社会责任感,完成了文学创作启蒙与革新的光荣使命。

---

① 林毓生.鲁迅的"国民性论述的深刻性、困境与实际后果"[J].扬子江评论,2009(1).
② 朱栋霖,等.中国现代文学史[M].北京:高等教育出版社,1999:83.

善良者不平命运的滥觞与救赎

——论张弦小说中的男性形象

　　张弦是中国新时期文坛上一颗耀眼的星星。这位 20 岁初涉文坛、中间因政治运动搁笔二十余载，真正成熟发轫于 20 世纪 80 年代的现实主义作家，以他的一生经历和思考，为大家深度还原和反思了当代中国那风雨飘零的历程。从创作上来讲，张弦是位严谨善思的作家。在短短的二十余年间，共留下了二十余篇中短篇小说，平均算来一年一篇作品，从数量上来说应该算少。从性格上来说，他善良、温和、理性、为人大度、情感细腻且不乏浪漫，这些潜在的因子合在一起成就了特殊的张弦，使他的作品在看似平常的题材背后总是有话可说，在主题表达、结构设置等方面总是独树一帜、见解独到。

　　自张弦离世至今，又是十几年过去了。关于张弦，论者众多，但大多集中在 20 世纪八九十年代，到了 21 世纪已是寥若晨星了。且论者大都习惯把其定位于以书写爱情题材小说为主的女性写作作家，关注最多的均是孟莲莲、周良惠、存妮、方丽茹等系列女性形象。他们不约而同地站在同情、理解、感伤的立场上叹女性命运之悲伤、叹社会之艰辛、叹时运之变迁、叹恶俗势力之强大、怨善良女子之柔弱。其实，以细读文本的方式重读经典，再结合张弦一生的沉浮经历，笔者发现活跃于张弦笔下不仅有或悲情，或善良，或温柔，或叛逆的女性形象，还有一批活跃于女性形象背后或睿智，或深沉，或忠诚，或畸形的男性形象。从这些人物身上我们似乎看到了张弦那历经世事坎坷、从容面对生活的影子，再现了作者那曾经充满憧憬与死灰般无奈的生活痕迹，感受到作者那温柔、多情、善良、理性且不乏睿智的性格，同时也彰显出作者对爱情、婚姻、文学等领域的深度思考与终极拷问，深度还原出悲剧女性不平命运的滥觞。

一、烙满初涉社会时代印记的热血青年

张弦作为 20 世纪 30 年代出生的一代人,在我国实行第一个五年计划时期,他以一名工科大学专修科毕业生的身份分配至鞍钢设计公司当一名设计员。与同时代所有的年轻人一样,在全国支援鞍钢建设的大潮中,张弦也积极投身于热火朝天的鞍钢建设之中。正如他自己所言"我年轻的、热情的心激动地跳着,情不自禁地唱起自豪的赞歌来,不觉得也不顾忌它的幼稚和肤浅"①。

《上海姑娘》是张弦的处女作。说起创作动机,张弦曾说:"真正促使我拿起笔来创作的,并非那些空洞的虚幻的遐想,而是一种非常实在的强大动力——生活感受。"②这种情况下构思的《上海姑娘》自然就烙上了张弦初涉社会的印记。小说中的男主人公黄野实际就是作者"我"的化身,作者也曾坦言"男主人公黄野有我自己的影子"③,他以当事人的身份为大家还原了一位外表娇气、文弱,却在工作上热情、执着、坚持原则、忘我投入的上海姑娘形象。黄野是名工地技术员,作为一名全身心投身于工业建设的革命者,面对热气腾腾的建设场面感到无比兴奋和骄傲。一开始,他对上海姑娘白枚的生活习惯以及与生俱来的娇气产生了偏见,但在接下来的工作中慢慢发现她身上有着向上、肯干、踏实的美好品质。黄野本人也是位爱岗敬业的热血青年,经过一段时间的接触,因为共同的工作兴趣和踏实的工作态度,最终两位年轻人互相产生了爱情。正如作者所言,"我们坚信所有属于个人的东西,包括暗暗期待着的爱情,都只需奋不顾身地工作,便会自然而然地来临"④。

继处女作《上海姑娘》之后,张弦接着写了《最后的杂志》《羞怯的徒弟》两篇短篇小说。发表后,在当时并没有引起多大的反响,但今日细读,还是能真切体会到作者在国家第一个五年计划时期的热情高涨的情绪与对美好生活的向往。《最后的杂志》中的男主人公没有姓名,作者只用"他"作为人物指称。作为"青年突击手",他不仅热爱劳动,还热爱学文化,经常光顾书店购买诸如《学

---

① 张弦.挣不断的红丝线·后记[M]// 张弦.挣不断的红丝线.北京:人民文学出版社,1983:271.

② 张弦:谈我的第一篇小说,张弦文集(小说卷)[M].北京:解放军文艺出版社,1999:358.

③ 同上。

④ 同上。

文化》《知识就是力量》等科普书籍。在女主人公眼中，"他的脸是那么直率，那么敦厚，那么纯朴"①。渐渐地，店员红芬喜欢上了他，作者通过她的情感变化表达出对投身于工业建设的"他"的礼赞，也投射出作者对自己所从事的建设事业的无比自豪。

　　作为一名作家，必须具备以下几个基本条件。首先他得有敏锐的生活观察力，对生活有强烈的敏感度；其次他得有一定的想象与虚构能力；最后他得有对生活进行反思批判的能力。在这三个条件中，最后一点是区分一个作家优劣高低的重要依据。张弦是一个善于发现问题并积极进行思考的作家。在他一度沉浸在欢欣鼓舞的工业建设浪潮中，塑造了诸如黄野、"他"以及严必胜等几位单纯、上进的热血青年形象的同时，经过冷静的思考，他对生活的研究与认识开始深化。"他透过蒙在生活表面的幕帷，发现了别人没有发现、没有认识到的东西"。②《苦恼的青春》就是他深刻反省生活的第一部佳作。时间依然定格在建国初期，同样是一群青春无限、活力十足的热血青年，小说中同样洋溢着积极向上、激情昂扬的气息，但文中的男主人公郭进春，作为基建公司的团支委员，他在群众眼中是热情坦率的，在领导眼中是欠稳重和原则的，在女主人公李兰眼中则是不冷静、好生事的刺头儿。就是这样的青年，他独具慧眼，发现了李兰作为五六十年代青年身上常有的问题。由于他们在旧社会饱受苦难，对新社会往往心存感激，对党的事业自然是无限崇敬与忠诚。可在他们激情的血液中却在肆虐地流淌着"左"的教条主义毒素因子。周边的同事也发现了这种苗头，但大家习以为常，没做深究。郭进春发现这个问题之后抱着友好、真诚的态度对其进行说服与劝告。也许缘于作者善良、温和、软弱的本性，在小说结尾，经过郭进春及同事的帮助，李兰也认识到自己的不足，并决心重新改进。郭进春用张弦式的真诚与善思弹奏了一首异中求谐、稳中求新的激进曲。

二、导致善良者不平命运的各色领导

　　当张弦正倾情致力于对青年知识分子意气风发的礼赞与关注时，曾有人质

---

① 张弦.最后的杂志[M].北京：人民文学出版社，1983：195.
② 刘锡诚.独创的艺术——评张弦的小说[M]//张弦.张弦文集(小说卷).北京：解放军文艺出版社，1999：405.

问张弦,其小说中为何看不到党的领导？其笔下为何没有各类党政领导干部形象的塑造？其实,创作初期的张弦在设计院担负着繁重的设计工作,用他的话来说"根本没有想要专搞写作这一行。只是想,有点感受,自己觉得非写不可时,就写。没有感受,就作罢"。① 在这种境况下进行的创作是不需要足够的主题设计和理论支撑的,更没有奢想让文学创作给其带来什么影响和声誉。殊不知,20 世纪五六十年代是个文学被政治僭越的特殊年代,他的稍作思考和精心设计还是给他带来了致命的一击。就是带着这份思考,在《苦恼的青春》定稿后,作者一如既往地用虔诚、单纯的双手把手稿亲呈给自己万分信赖的党支部书记审核,以求提高自己的认识水平。接下来的灾难是他始料不及的,停职、批判、下放、劳动顿时充斥着他的生活。不要说进行文学创作,就连设计图纸的资格也被剥夺了。张弦在后来的回忆中说,当其把手稿交上去时,"回答他的是支部书记亲切、赞许的笑容"②。就是这样一位领导,"笑眯眯地"改变了像张弦这样单纯善良者的命运。

时隔二十余年,冤屈者得以昭雪平反,张弦又获得了重新执笔的权利。此刻的张弦不再兴奋与激动,历经各项政治运动的折磨之后,性本善思的张弦对生活更多了份严峻的拷问。二十余年的生活阅历,使张弦把笔触转向了各类党政领导者。在其作品中,我们印象最深的是一个又一个善良者在各色领导扮演的社会秩序掌控者、封建家长、男权者的操纵下如飘零的花瓣在风雨中陨落、干枯。

张弦执笔思考的第一部作品就是《记忆》。小说中的放映员方丽茹因颠倒放映带几秒钟而让自己的命运一辈子颠倒。导致她人生悲剧的就是时任市委宣传部部长的秦幕平。这位领导时称政治理论修养极高,但他却在对待方丽茹这件偶然失误事件中上纲上线,犯了严重的"左"倾主义。作者在人物构思时真是用心良苦。时隔一年之后,这位部长也因莫须有的罪名遭受冤案。在小说的开头和结尾,张弦写到秦幕平在自己冤案得以平反之后第一件要做的事就是给方丽茹平反,他这颗曾经蒙尘的心在磨难中也得以净化。有评者认为"秦幕平是生活中常见的人物,我们在任何一个单位里差不多都可以看到他的影子,他加害别人,最后自己受到了惩罚。由于自己的无罪而蒙冤,才使自己稍稍聪明

① 张弦.惨淡经营——谈我的两个短篇的创作[J].上海文学,1981(1).
② 张弦.小说之外的苦恼——写在《苦恼的青春》的前面[J].钟山,1980(2).

一点,常常带着一种悔恨与自责去看待历史和人生"①。的确,这位领导是因自己的特殊经历导致他对弱者悲惨命运的感同身受,他的人性回归一方面取决于其自身的修养与本性,更多的还是取决于特定的历史环境。从整体上来讲,像秦幕平这样的领导,在给人民带来创伤的同时还能客观面对自己的过错,这很让人心暖。从这层意义上来说,张弦对"秦幕平式"领导是心怀敬意的,批判的矛头直指给人们带来灾难的各种错误思想与路线。

同时,在《记忆》中,作者还着墨不多地刻画了另一个领导者形象,即时任市文化局副局长黄喜强。这位领导从始至终官运亨通,在一场场政治运动中始终站在加害者立场上。他冷漠、绝情,面对方丽茹的自杀和李克安的求情无动于衷。在方丽茹冤案上,他是直接的刽子手,但面对错误却不知反省。当秦幕平主张为方丽茹平反时,当时已升为市委宣传部副部长的黄喜强竟振振有词地宣称"无论如何,方丽茹的错误是存在的。有错误就该处分嘛"②。同为善良者悲剧命运的制造者,但不同的人生经历和性格品质让读者对其产生了迥然不同的感受。很明显,两者相较,前者可敬,后者可鄙;在革命队伍中,前者少见,后者多见。作者在文中如此设置两个人物的对比,再次表达了他对自己不平遭遇的愤慨与释然,也寄托了自己对理想型领导出现的期待。

同《记忆》相比,张弦的另一篇试笔之作《舞台》也为读者淡笔勾勒了一位理当离休却占着位子不肯让的市委宣传部部长徐寿康。在大家眼中"他无疑是个好人,他作风正派,心地善良,而且真诚地关心朋友。但他的心却是如此的衰老,对沸腾的生活无动于衷。在他的舞台上,他是那样迟钝、龙钟,远远跟不上节拍,却顽固地不肯退下来"③。小说中的舞蹈演员宋碧华年近三十还没登台演过主角,按照徐寿康只依据威望和资历而不是专业水平高低来登台的标准,恐怕等她熬到人如黄花也不会实现人生理想。从这个角度看,徐寿康型领导也是诸如宋碧华类年轻人不平命运的缔造者。

对于党政领导者形象的塑造,张弦一直在摸索。继《记忆》《舞台》两篇试笔之后,张弦的创作进入了火山喷发式的能量释放阶段。诸如《未亡人》《挣不断的红丝线》《银杏树》《回黄转绿》《八庙山上的女人》等小说均以爱情婚姻为

① 刘锡诚. 独创的艺术——评张弦的小说[M]// 张弦. 张弦文集(小说卷). 北京:解放军文艺出版社,1999:404.
② 张弦. 记忆[M]// 张弦. 挣不断的红丝线. 北京:人民文学出版社,1983:12.
③ 张弦. 舞台[M]// 张弦. 挣不断的红丝线. 北京:人民文学出版社,1983:28.

题材,从复杂人性、社会习俗、封建余毒等角度探讨女性悲惨命运根源。其中对党政各色领导的形象塑造为挖掘发人深省的社会问题起到了画龙点睛的作用。《未亡人》中那位根本就没露过面的市委书记维明,俨然就是封建社会家长的身份。他的生命存在与否并不重要,他的身份就是对可怜女性命运的掌控与威慑。他在前妻病故后,轻而易举地如同顽皮的孩子征服一匹柔弱的小猫一样征服了年仅 19 岁的周良惠。从此,丈夫健在时,"夫贵妻荣"的封建意识就决定着做妻子的与做丈夫的之间永远的不平等;丈夫离世了,"从一而终"的封建准则如同一道紧箍咒牢牢套在周良惠的头上,可怜的女人永无自由之日。而《挣不断的红丝线》中的齐副师长凭着战争年代立过两次三等功的功绩就以党组织的名义相中年轻大学生傅玉洁,同时,还物色了另一个姑娘小汪作为替补对象。事隔几十年之后,成为师长夫人的小汪不幸染绝症身亡,这位"亲切"的师长还是惦记着傅玉洁。在前妻尸骨未寒之时,象征性地征求儿女意见后与傅玉洁正式登记结婚。还在新婚之夜说了一句意味深长的话"咱们俩不早就拴上了红丝线了吗?"这根红丝线代表什么,应该是仁者见仁,智者见智。但我们不难看出男尊女卑、男权至上的社会毒瘤在这里肆虐疯长。《银杏树》中包青天式的县委书记郑霆用自己的权力强行促成了孟莲莲与姚敏生的婚姻,但"好心的书记还给莲莲一个丈夫,能同时还给她旧日的爱情吗?"①对于孟莲莲而言,书记表面上是挽救了她,实则给了她一个没有生命力的婚姻躯壳,人为地为其掘起一座无爱的婚姻死穴。

同为女性悲剧命运制造者,作者对《八庙山上的女人》中的英雄人物刘刚讽刺的意味更深。这位显赫一世的大英雄因抗敌有功而仕途得意。殊不知,在当年的八庙山上掩护他的年轻夫妇中,男子为国战死,女子竟同他有染,怀孕并生下一女儿,取名为盼盼。这是个天大的秘密,女人为了大英雄的光辉形象隐姓埋名,一辈子不下山,不嫁人,痴痴等待英雄的回归。可这一等就是一辈子,最终女人带着永久的缺憾撒手人寰。

张弦善于以温情的姿态来撩开卑鄙者的面纱,其所产生的批判力量更让人感到震撼。在刻画刘刚时,作者从头至尾都在描述这位大英雄的风光无限与有情有义,读者也在心平气和中期待英雄出场如何用实际行动来弥补八庙山上女人曾为他所付出的一切。可在年老昏花的他历尽千辛万苦来到山脚下要与辜

---

① 张弦.银杏树[M]//张弦.挣不断的红丝线.北京:人民文学出版社,1983:125.

负已久的母女俩见面时,心中间或幻想让盼盼当众喊他一声爹,可他立即后悔了,"好端端的,干吗要招这个麻烦呢?"[①]陡然,一副无情、胆小、不负责任的伪君子嘴脸跃然纸上。后面的情节发展更让人气得捶胸顿足,女人已经死了,他还在自欺欺人地委派代表上山看望她,自己却在众人的夹道欢送中绝尘而去。

三、忠于爱情的浪漫坚守者

在各类题材创作中,张弦对爱情婚姻的驾驭与挖掘是最成功、最有新意的。评者认为"他不是为写爱情而写爱情,而是着意于写社会性的爱情和爱情的社会化,把爱情婚姻和社会问题紧密结合起来写"[②]。所以张弦的爱情小说不落俗套,恋爱中的男子也是与众不同的。因为张弦是温顺、忠诚的,所以其笔下的男人们不一而足地表现出理性、真挚、谦卑、温情的特点。在各种世俗势力面前,他们身份卑微,能力有限,但他们会选择自己的方式默默为自己心爱的人撑起一片蓝天,用自己的实际行动给予对方以理解与支持。

《记忆》中的李克安是个不起眼的放映员,作为方丽茹的师傅,"摆弄起放映机来,真是既精细又温柔,但在爱情方面却鲁直而笨拙"[③]。因为他的一封求爱信,导致了方丽茹工作上的分心和失误,从而酿成一场政治冤案。但他是个有责任感的人,在接下来的批判大会上,他把所有责任都揽到自己身上,想使心上人得以解脱,未果;他苦苦向领导求情,未果。从此,心上人随着下放而在他的生活中消失了。时过境迁,当他以专政队员的身份站在秦幕平身边用无限悲戚的低音责问"过去你怎么整人家的? 忘了……"简短一句话,道出了李克安对心上人不平遭遇的深刻同情和对秦幕平之流的深恶痛绝。当得知方丽茹平反的消息后,一直生活低迷的他立即精神焕发地直奔心上人身边。此等痴情与平实着实让人感动。

这种默默含蓄和醉人爱意还体现在《未亡人》中的绿衣人身上,在小说中,绿衣人的身份是名邮递员,在文中连个姓名也没有。他在周良惠遇难时,悄悄地来,低声地说,轻轻地走,只留下一个绿色的背影陪伴她走过艰难的人生春

---

① 张弦.八庙山上的女人[M]// 张弦.挣不断的红丝线.北京:人民文学出版社,1983:155.

② 吴宗惠.张弦小说中的女性形象[J].兰州大学学报,1995(2).

③ 张弦.记忆[M]// 张弦.挣不断的红丝线.北京:人民文学出版社,1983:4.

秋。绿衣人把自己对对方的同情与爱慕深深隐藏在内心深处,尽己所能地去帮助一个急需帮助的弱者,在平实中尽显真诚。正如周良惠所感慨"仅仅是同情吗? 仅仅是友谊吗? 不,在同情和友谊的深处,闪烁着真诚、善良和美好的火光。虽然微弱,却足以照亮生活的信念"①。当周良惠苦尽甘来,风光重现时,人格的尊严使他自觉消失了。周良惠费尽周折找到他时,他竟然说:"怎么理解你的光临呢? 你现在又是主任了。……恩赐吗? 我不需要。"②男人的矜持、心灵的珍贵让世俗的人为之折腰,也让周良惠本很纠结的爱恋之心刹那间更加坚定。最后,他们还是勇敢地相恋了,至于结果怎样并不重要,但绿衣人的重情重义、含蓄收敛较之那些官位显赫的大人物而言,人格魅力格外耀眼。诸如此类的普通不平凡的人物还有《回黄转绿》中的赵秉康,作为一名不能很好地处理文学创作与现实之间关系的妻子的丈夫,他尽显男人的理性与包容。妻子的莫名厌烦和无端指责,他尽收心底。面对非难不做任何解释却用自己的宽容和努力去博取妻子的欢心。在妻子和他草率离婚之后,她的虚幻梦想被残酷现实击得粉碎时,赵秉康还是一如既往地等待与守候,温馨的家门永远朝她开放……

一直以来,众人皆认为张弦笔下的男人是软弱的,如王蒙认为"《一只苍蝇》中的萧总工程师虽是男性,却颇乏雄风。同样是具有那种善良、软弱、不敢也不善斗争的特点"③。但笔者认为不尽然。其在后期创作的中篇小说《情网》中对男主人公孙纪方的塑造就是一个佐证。据原《十月》编辑张守仁回忆说:"张弦写出《情网》后,取来一看,觉得没有想象那么好,笔触较为粗糙,缺乏生动的细节,建议他修改。"④后来,张弦忙于电影编剧,这事也就没了下文。1998 年经过章仲锷的安排,《情网》最终在《中国作家》增刊上和读者见面了。

《情网》的优劣在这里暂不评论,但评论者在认真细读完全文后,还是被文中男主人公孙纪方的形象深深打动。这位高级知识分子身上全方位凝聚着张弦对事业、爱情、婚姻、人生、人性的深层理解。在孙纪方身上,评者再一次看到了张弦的影子。在家庭里,他自觉包揽一切家务,是个好丈夫;在单位,他潜心钻研学术,颇有建树。孙纪方为人正直,对生活奢望不高,与性格粗暴、世俗刻薄的工人妻子倒也能平安相处,可这种脆弱的平衡在年轻、知性、善解人意的女

① 张弦.未亡人[M]// 张弦.挣不断的红丝线.北京:人民文学出版社,1983:64.

② 同上。

③ 王蒙.善良者的命运——读张弦的小说创作[J].文学评论,1982(5).

④ 张守仁.一个遗憾的弥补[M]// 张弦.张弦文集.北京:解放军文艺出版社,1999:445.

研究员苏星出现后瞬即破解。在当时特殊的环境下,家庭的平衡一旦被打破,别有用心的同行排挤和简单粗暴的政治政策,立即使孙纪方欣欣向荣的事业遭受重创。但文中的孙纪方虽为知识分子,面对妻子的蛮横刁难、单位的高压政策,他一改张弦笔下知识分子惯有的怯弱与忍让,为了心爱的姑娘,为了挚爱的事业,毅然奋起反抗。为了爱情,他真诚地付出,大胆地行动;为了生存,他依托过硬的专业技术,风生水起地开办了新的公司。历经磨难之后本以为这对恋人会取得"有情人终成眷属"的理想结局,但张弦善于别具匠心的结局构思还是震撼了读者。在小说结尾,苏星最终成长为一名成熟、理性的女性,她要将痛心、甜蜜的爱情往事化为历史,远嫁异国他乡。面对如此结局,孙纪方除了呆呆地望着窗外的一切,还能说什么呢? 正如张守仁在与张弦闲聊社会上婚外恋的结局时说,所有的婚外恋几乎最终都以失败告终。此处孙纪方的无语正是此种观念的表达,但孙纪方作为一名敢作敢为、有情有义、善良却不怯弱、平凡却不卑微的知识分子形象颠覆了前期所有形象定义。

四、深窥人生真相的各类智者

张弦始终温情地关照着各类人物形象,这其中有对自我形象的文学关照,有对制造善良者不平命运的各色领导的犀利批判,还有对浪漫专情男子的礼赞。除此之外,还有一类人物活跃在张弦笔下,他们并不算小说中的主角,但其在文中总是以睿智的分析、真诚的态度道出事情的真相,揭示出生活的规律。

《苦恼的青春》中的郭进春虽然直率、易冲动,有时说话并不得体,但他对许多事情的批判是一针见血的。他讨厌李兰无休止的、毫无意义的各类报告和讨论,建议她把精力放在有用的事情上。在五六十年代,他就有自己的是非判断观、爱情观、事业观。李兰对余书记唯命是从的态度和助其违法的行为让郭进春直接点破。李兰的所谓无产阶级恋爱观也让郭进春唾弃。

《舞台》中刘德煌,作为一名已退休的人民医生,是薛兰菲的忠实观众和义务保健医生。他向来不讲恭维话。当青春逝去的薛兰菲重返舞台吃力地演完节目后想听他的赞美时,他竟然说"你为什么不培养个助手,不,B角呢"①? 这句话的含义即年老的薛兰菲的确不适合在舞台上表演了。同时还补充一句即

---

① 张弦.舞台[M]// 张弦.挣不断的红丝线.北京:人民文学出版社,1983:21.

"自然法则是铁打的"。在劝薛兰菲退出舞台这件事上可以看出刘德煌的坦荡与磊落。与此同时,他还极力扶持年轻人做自己喜欢做的事,帮助年轻医生做实验,不惜拉下老脸向老领导求情给予经费支持。这件事更加体现出他作为老一辈专业技术人员对专业的崇敬和老者对后辈的爱护与栽培。此种心胸和气度,当然是文中那位尸位素餐的徐部长所达不到的。两者相比,小说批判的力度骤然提升。

《回黄转绿》中的南宇是导致故事情节发展变化的催化剂。同样是文学爱好者,南宇在众人中显得格外冷峻、犀利。众人皆对尹影的处女作评价很高,唯独南宇指出"你夸大了你的女主人公的痛苦,尤其夸大了这种痛苦的价值……"①南宇对尹影的评价可谓一针见血,他批评尹影的小说太缺乏生活干扰的痕迹,一语中的地指出尹影小说创作贫乏苍白的根源所在。尹影的婚姻观是不食人间烟火的,其文学创作观也要求文学远离生活干扰。带着这种观点,尹影轻率地离婚并向自以为是理想化身的南宇求婚。南宇表现的理性十足、责任感很强。他淡漠、镇定地回答她:"人总是要面向现实。无论多么崇高的理想之光,也是在现实的地平线上升起"。② 正是南宇的冷峻、犀利和高度责任感最终让尹影从幻想云端跌落地面,在小说结尾最终又回到生活和文学的正常轨道。

在张弦小说众多善良悲剧女性中,唯独李兰、薛兰菲、尹影三位女性因张扬的个性、叛逆的精神和较强的能力而成为生活和命运的主宰者。但不足的地方在于她们身上都具有一些颇具时代特征的弱点。如李兰的"左"倾主义思想直接影响着她的工作思路和方法,但本人不以为然,一意孤行。薛兰菲虽有高超的舞蹈技艺,但政治运动已经让她错过了艺术人生黄金期,但她本人不遵守自然法则依然想继续主演主角。尹影更是不能处理好现实与文学创作以及婚姻之间的关系,草率地对待婚姻,造作地对待文学,最终在现实中碰得头破血流。正因为站在她们身后的皆是作者推崇的生活智者,他们用自己对生活的真切感悟真诚地劝说、引导着她们,使她们从思想的误区中及时走出,从而开启新的人生征程。

① 张弦.回黄转绿[M]// 张弦.挣不断的红丝线.北京:人民文学出版社,1983:147.
② 张弦.回黄转绿[M]// 张弦.挣不断的红丝线.北京:人民文学出版社,1983:155.

五、众人眼中的"跳梁小丑"

张弦的作品始终闪烁着人道主义光芒,作品里的人物在复杂的社会环境中流露出复杂的人性。在前几类人物中,除却领导者,大多是善良者,但是为了更加立体凸显善良人性的可贵,作者还是善于运用对比的手法在作品中勾勒了非善良者形象。这些人物在张弦作品中并不占据重要位置,作者所用笔墨并不多,但他们的存在对于揭示矛盾、促进冲突的发生起着推波助澜的作用。如《情网》中的彭洛夫,作为孙纪方的老同学,在专业不及孙纪方过硬的情况下,为了整垮对方,不惜使用各种伎俩,陷对方于不堪之中。但作者在刻画坏人时并没有让坏人坏到底,间或的不安和沉默表明彭洛夫还是个有良知的人。

张弦善于依托特定的情境来揭示人物在特定环境中的复杂人性。《挣不断的红丝线》中的苏骏、《焐雪天》中的杜葆坤皆属于这种类型。他们在人生初期皆不失为有思想的知识青年,有自己人格的底线。其中苏骏针对齐副师长利用手中职权"相中"傅玉洁这件事一针见血地讽刺道:"我想不通!不是总批评我们是小资产阶级吗? 那为什么他们老革命不爱农村的无产阶级姑娘,偏要找小资产阶级小姐呢? 不是总讲感情是有阶级性的吗? 那他们这种感情又是哪个阶级的呢?"①这种论调在当时的小说创作中是较少见的,在貌似不经意的挖苦中直接点破小说主题。就是这样一位敏锐、进取,有思想的青年,经过几次政治运动的改造,失却了心爱的专业,被生活的磨难彻底击垮了。面对他的唯唯诺诺、逆来顺受,当傅玉洁向他提出离婚时,竟然下跪求情。这一跪,人的尊严与个性算是彻底泯灭。《焐雪天》中的杜葆坤作为乡间青年知识分子,当得知妻子被流氓侮辱时,"士可杀不可辱"的气节使他下定决心要去起诉这位流氓。当对方帮他解决了工作和组织问题后,最佳打倒对方的机会摆在他的面前他也断然拒绝,甚至运用阿 Q 式"我才不上当呢"的话语来安慰自己,一点可怜的自尊在世俗面前土崩瓦解,人性深处的私欲在名利的诱惑下泛滥成灾。作者采用这种方式塑造人物形象,比及传统的那种苦难不气馁、精诚不放弃,矢志不渝与恶势力斗争,最后在外界相助下意外取得成功,众人皆大欢喜的老套路,所挖掘的主题意义更值得深思。

---

① 张弦.挣不断的红丝线[M].北京:人民文学出版社,1983:79.

如王蒙所言,张弦是不善于写恶人的。事实上,其笔下倒也没有真正十恶不赦的坏人,如《焐雪天》中曹炳康,人称活流氓,但他脑子活、能力强,性格乐观、人际交往广,这些似乎并不是流氓的特征。在对待女人方面,也是彬彬有礼,连被他调戏的女人都念及他的好处来。这样的坏人,恐怕在读者眼中并不显得多厌恶,反倒有了几分喜爱。张弦笔下真正意义的坏人应该是《一只苍蝇》中的龙科长了。这是作者第一次以独特的视角向众人揭示一位在不同政治年代,运用手中职权投机钻营的恶俗小人形象。从标题的命名、情节的设置、人物的安排来看作者还是进行了精心的构思,但通篇平淡的对话和迂缓的情节发展还是未能使这位坏人真正"坏"起来,只不过成了一只令人作呕的苍蝇。

总之,张弦在文学创作上主张"真正的艺术品,应该是现实生活本身,又不是生活的照搬,让人感到要比生活的真实还真实"①。正是秉承这种观点,作者从现实生活中提炼艺术形象,并融进了自己对生活的认识、理解、评价和审美,成功塑造了一系列立体生动的人物形象群。这些形象群中,女性形象多是善良的弱者特征,只有极少女性形象有了叛逆和奋起的意识,但最终还是以失败告终。而立在善良女性背后的男性形象则是多元化的。这里有让人礼赞的爱情坚守者、单纯上进的热血青年和冷静的生活智者,同时还有遭人唾弃的各类人性卑鄙者,尤其是对那类制造善良者悲剧命运的各色领导的形象塑造。他们都与善良女性形象交织成长发展,更加丰富着小说的内涵,深化着小说的主题揭示。

但是张弦的艺术成就并不拘泥于塑造某个人物形象,他善于"深思一个之所以这样做而不那样做的历史的、社会的、政治的和经济的轨迹"②。善于从人物的个体特征与行动发展中折射出社会的影子,寻找出人物命运的历史感,从人物的历史纵深感和强烈的时代气息中引起读者的共鸣和深度思考。所以,张弦笔下的男性形象塑造的意义不止挥笔批判了封建残余和顽固势力对新社会善良者的迫害现象,还探讨了现代迷信存在的根源所在,更深层剖析了典型人物在社会、政治、经济、文化、伦理等多重因素交织影响下的人性本质,让人物用自身的行动启迪读者,给世人以深思。

---

① 张弦.刘绍棠、陆文夫、张弦谈创作[J].长春,1981(10).

② 张弦.我的路和我的小说[J].北京师范大学学报,1983(4)。

论张弦影视剧作的内核构成及价值得失

在中国当代文学史上,张弦因发表具有一定思想深度与历史深度的短篇小说《被爱情遗忘的角落》(以下简称《角落》)而成为新时期颇有影响力的"反思文学"代表性作家。其实,深入研读张弦的作品会发现其创作一开始就是小说与影视创作同步进行的。甚至还可以这样说,作为编剧的张弦,其在影视剧创作方面所取得的成绩并不逊于小说。评论家钟惦棐就认为"张弦和文学的姻缘,首先是和电影的姻缘"①。因此,要想全面了解张弦的思想艺术世界,非常有必要深层次探究张弦的影视创作总况。

一、张弦影视剧创作概况总览

从1956年发表小说《甲方代表》及电影文学剧本《锦绣年华》,到1997年的因病离世,再除去中间因政治原因被迫辍笔的21年,张弦只有20年的创作时间。在这宝贵而又短暂的创作生涯中,张弦共改编、独创影视剧文学作品23部。在这些作品中,《锦绣年华》《赛金花》《陈圆圆》《再爱一次》等因各种原因没有被搬上荧幕和银屏,其余作品皆公开发表,并在海内外获奖且反映均佳。20年来,张弦几乎是在以年均一部作品的速度创作着,与此同时他还发表了几十篇中短篇小说,但大家惯于把焦点定格于张弦的小说创作,忽略了他的影视剧创作成绩。于是有评者认为"与其他作家相比,张弦的创作是低产的"②。王蒙也指出"张弦创作的题材领域狭窄,和其坎坷多难的人生经历、丰富的社会体

---

① 舒克.弹拨情爱之弦,剖析社会之刃[J].电影艺术,1999(1).
② 阮忆.漫论张弦创作个性[J].浙江师范学院学报,1984(2).

验相比,人们有理由要求他在更广阔的生活领域里施展他的创作才华"①。通过研究梳理,笔者认为不管在小说领域还是影视领域;不管从作品数量还是质量;不管从作品的艺术价值还是社会影响力来说,张弦都可称得上一位高产、勤奋、认真、严谨、有高度社会责任感和旺盛创造力的作家及编剧。

鲁迅先生有句名言:"倘要论文,最好是顾及全篇。并且顾及作者的全人,以及他所处的社会状态,这才较为确凿"。② 笔者认为要想全方位了解张弦在编剧过程中所体现出的艺术追求与创作意图,不仅要全面了解他的剧作,还要了解剧作外其特有的人生经历、其所处的时代环境以及作者一贯的世界观、人生观和艺术观。故笔者将以张弦所处的时代环境和其坎坷的人生经历为背景,以其各时期的作品为主线,阶段性分析剧作的主题揭示与创作倾向,爬梳整理其逐步认识社会的历程和在艺术之路上摸爬滚打的行踪,在条分缕析中窥探张弦编剧作品的内核构成,了解张弦作为编剧所取得的成就及不足,进而全面了解张弦的思想艺术世界。

二、张弦影视剧作内核构成的历时性分析

(一)火红岁月里初涉影坛的激情与憧憬

20世纪50年代的中国正在进行着轰轰烈烈的社会主义工业建设,作为当时新兴的钢铁建设基地,鞍钢的人们热火朝天地投身于建设之中。大学毕业后主修工业设计的张弦被分配至鞍钢设计院当了名技术员,这番激情与火热自然感染了年轻单纯的他。早在高中阶段,张弦就对文学充满着热爱,尤其爱慕苏联工程师们既为祖国建设做贡献,又以有力笔触热情描绘新生活的创作方式。于是,刚刚走上工作岗位的张弦也尝试着在繁忙之余进行写作,渴望畅意表达出自己在火热建设生活中的所见所感。

1955年张弦完成了人生第一篇小说《甲方代表》和第一部电影文学剧本《大学毕业生》。隔年初,他把剧本习作寄给了在当时颇有影响力的电影评论家钟惦棐。素昧平生的钟惦棐收到剧本习作后热情指导了张弦,并将作品改名为《锦绣年华》。同时,他将剧本推荐给刚刚创刊的《中国电影》杂志和北影厂,使

① 王蒙.善良者的命运载[J].文学评论,1982(5).
② 鲁迅.题未定草六[M]//鲁迅.且介亭杂文二集.北京:人民文学出版社,2006:143.

作品得以顺利发表,北影编辑部对剧本也很感兴趣,打算接受拍摄。就在此时,张弦的小说《甲方代表》也公开发表,编辑部认为改编拍摄《甲方代表》要比《锦绣年华》好。就这样,张弦的小说《甲方代表》被北影厂看中并搬上了银幕。虽然第一部电影文学剧本没有如愿搬上荧屏,但此种结果对初涉影坛的张弦来说还是意义非凡。因为在"十七年"文坛盛行农村建设和革命战争题材的情形下,《上海姑娘》的出现顿时为影坛送来了一缕清新之风,就这点足显张弦不俗的眼力与创新精神。再从影片在处理爱情与革命事业的价值取向、作品敢于干涉社会、揭露问题的反思力度等都折射出张弦作为编剧所具有的社会责任感、敏锐的时代感受力和深入独到的反思力以及对人物内心世界尤其对女性细微情感世界的细腻把握。遗憾的是,"十七年"时期政治对文学的僭越使对文学充满激情和憧憬的张弦不能自由地以一个作家的独特眼光,逐步深入审视他所置身的那个火红年代。最终,在一次向党交心的政治运动中,涉世不深的张弦因主动呈上未发表小说《青春锈》而被冤屈地划为右派,使其刚刚扬帆的文学创作之旅戛然而止。

(二)人生逆境中不屈的呐喊与控诉

1976 年中国人民终于迎来了打倒"四人帮"之日,中国文艺也真正迎来了她的春天。可此时的张弦依然还是以接受劳动改造的身份正在安徽马鞍山市一家电影院接受劳动改造。此刻,长期遭受"四人帮"迫害的张弦再一次激动地拿起手中的笔,用自己的亲身感受写出了揭露"四人帮"迫害知识分子的电影文学剧本《心在跳动》(上映时改名为《苦难的心》)。影片中医术高明的老医生罗秉真在"四人帮"猖獗之际,因不肯违背职业良心与邪恶同流合污,被冤屈打成"现行反革命分子",但他无怨无悔,一直用一颗炽热的心同人民群众一起。张弦通过塑造这位正直善良、爱国向上的知识分子形象,表达了自己不屈的抗争之心和审视反思历史的立场,这为张弦进军影坛奠定了冷峻、凝重的反思基调。

(三)重返文坛后悲剧女性形象群的塑造与社会反思

从 1957 至 1978 年的二十二间里,张弦虽因政治所迫只创作了三部电影文学剧本,但善思的张弦并没有因此而停止以艺术家的独特眼光去观察生活、剖析社会。相反,22 年的苦难生活成了日后张弦创作的不竭资源,为他在接下来十年的创作井喷奠定了坚实的基础,也使得一批经典之作横空而出。此阶段的作品有《角落》《青春万岁》《秋天里的春天》《湘女萧萧》《井》《失恋者》《金镖黄天霸》《银杏树之恋》。

《角落》讲述了在偏僻的靠山庄里,菱花、存妮、荒妹两代人所经历的三种不同的爱情遭遇。影片以过人的胆识与勇气将批判的矛头直指当时的封建余毒和极"左"或极"右"路线与政策,作品跳出了世俗爱情婚姻题材的书写模式与价值,对于当时刚刚经历过一场空前浩劫的中国社会来说具有振聋发聩的意义。《秋天里的春天》中的市长夫人周良惠"文革"前后因丈夫被害而遭受了不同待遇。"文革"中,因丈夫的身份使她一夜间沦为"叛徒臭老婆",但她却收获了"卑微绿衣人"对她的爱情;"文革"后,周良惠复了原有的地位和"尊严",但她与"卑微绿衣人"之间的爱情却遭受了世俗的威胁,影片在不动声色的对比中取得了力透纸背的讽刺效果。《银杏树之恋》则以明暗相接的叙述方式讲述了乡村女教师孟莲莲与都市女记者常雁两位女性所面临的不婚姻遭遇。前者追求世俗的婚姻,后者追求理想的爱情,在两相对比中揭示了来自女性自身封建思想的蒙昧比来自外界的束缚所产生的阻力更大的主题。这三部影片通过描写不同女性在不同时期所遭受的婚姻悲剧,抨击了疯狂岁月里荒唐的政治运动和固存的封建思想余毒对中国百姓的侵害,在控诉与抨击中反思社会与历史,呼唤妇女在精神上的解放和美好人性的回归,从而引领了中国新时期"反思文学"的潮流。

《湘女萧萧》《井》是根据沈从文、陆文夫之作改编的影片,剧作依然以不同时期女性为主人公,探究她们在特定环境中,饱受封建余毒思想侵蚀而不自觉,或想反抗却无法解脱终不能拥有美好爱情与婚姻的悲惨命运。《湘女萧萧》中的童养媳萧萧本为封建礼教的受害者,但在封闭落后的湘西世界里,最后竟同化为封建礼教的遵守者与执行者。张弦曾说"作家要寻找自己,要找到自己所熟知的、有浓烈兴趣的题材。不能哪门热闹写哪门,还要找到能使自己的心灵发生强烈共鸣的人和事"①。笔者认为此阶段张弦的创作正是在此种心态下进入了井喷状态,其所创作品思考深刻,技巧精妙,并以其浓烈的主观情感体验,细微刻画出丰盈的女性心理世界,最终在爱和恨、痛苦和欢乐、失望和渴求中形成了自己的艺术风格与追求。

此阶段张弦还密切关注影坛动向,而"80 年代是中国通俗文学兴起的时期,也是新中国成立以来内地武侠电影的第一个繁荣期"②。时代的发展和观众

---

① 张弦.写"我"的题材、"我"的人物[J].雨花,1983(8).
② 王玉坤.20 世纪 80 年代内地武侠电影的独特形态[J].电影文学,2010(11).

的审美趣味促使向来严谨认真的张弦在创作时也要考虑作品的商业性、娱乐性,于是,求新求变的张弦也开始尝试着创作武打片,《金镖黄天霸》可算一次投石问路,它是作者根据历史传奇和公案小说改编而成。影片以绿林好汉黄天霸因江湖恩怨和官府势不两立为起因,最终因"忠孝"意识又与江湖决裂投靠官府,并以不惜杀死结义兄嫂为代价来换取朝廷加官晋爵的复杂转变过程。影片在追求娱乐性的同时,因大胆塑造了具有多重性格人物形象和饶有深意的人性探究而给观众留下了深刻的印象。

(四)穿梭于历史和现实之间的女性观照与人性探幽

1989 年张弦和导演秦志钰结为伉俪,编剧和导演的合作使张弦有足够信心在已有创作基础上迈开步伐,大胆探求新艺术。"在 20 世纪 90 年代改革开放和市场经济建设的大背景下,中国主旋律电影和艺术电影的发展出现了明显的商业化倾向。"①而张弦本人不仅支持电影的商业化,还呼吁多拍好的娱乐片。他认为"我们要研究观众的欣赏心理,满足群众的娱乐愿望,就要多拍、拍好娱乐片"②。在此种思想的主导下,张弦的影视文学剧本关注的对象依然是女性,但作品所处的时代背景、所反映的题材多元化了。根据剧作的需要,其作品背景要么以现实生活为舞台,要么将镜头自由延伸至历史上的任何一个时期,在历史与现实之间通过众多女性的悲惨命运,表达着张弦对人生、人情、人性的思考,"强烈的历史感和现实感构成了张弦女性题材电影剧作的内核部分"。③ 此阶段作品有《安丽小姐》《独身女人》《焚心欲火》《杨贵妃》《玫瑰楼迷影》《杨开慧》《唐明皇》《赛金花》《寻觅骄杨》《双桥故事》《再爱一次》《陈圆圆》等。

《安丽小姐》是张弦新阶段追求艺术创新与突破的开端之作。这是一部典型的现代都市故事片,影片以中国 20 世纪 80 年代现实生活为舞台,以改革开放以后在经济特区出现"官倒走私"的经济犯罪现象为故事主体,以安丽小姐在这种官商勾结、以权谋私的犯罪行为中与几位男人之间的情感纠葛为线索,在正义与罪恶、纯洁爱情与世俗肉欲、金钱享受与清贫自在的较量中,赞扬了以安丽小姐初恋男友林亦平为代表的正义力量,歌颂了安丽小姐善良纯洁人性的回

---

① 宣宁.起舞在商业社会——浅析 20 世纪 90 年代以来中国主旋律电影和艺术电影的商业化倾向[J].江汉大学学报,2005(5).

② 文虎,兴福.张弦如此大声疾呼,中国拍娱乐片为何这样难? [J].电影评介,1988(3).

③ 任殷.张弦的小说、电影世界[J].当代电影,1989(5).

归。同时,作品极具现代都市气息的场面铺设和扣人心弦的情节安排极大地满足了观众的娱乐和审美需求。

有了《安丽小姐》的良好开端,张弦又效仿国外为明星量身写戏的电影商业操作手段,开国内先河为当时"中国第一悲剧女星"潘虹量身定做剧本《独身女人》。"专门为潘虹写剧本,并不是写潘虹本人的生活经历,而是根据潘虹所独有的气质和她的表演风格来写的"。① 张弦的这次探索,在艺术与思想上较《安丽小姐》大有进展。张弦善于演绎女性的内心世界,而潘虹也善于表现人物内心情感,二者的完美结合自然能提升影片的艺术感染力。《独身女人》中的欧阳若云和徐丽莎、安丽小姐一样,能说一口流利的外文,有着令人羡慕的形象和聪明的头脑,身边总是有着众多的爱慕者。为了事业与感情,作为一家时装公司总经理的她与身边诸多男士进行着若即若离的情感交往。她身上既有中国传统女性寻求皈依的道德观,又有现代女性追求独立人格、实现个人价值的人生观。在影片结尾,欧阳若云的事业终见起色,但恋人齐方却死于非命。本该收获爱情的她瞬间失去了爱情,这种结局不禁让人深思:独身女人作为一种资源,她获得了事业上的成功;独身女人作为一种身份,注定她不能收获自己的爱情,最终在情感上永远处于无所皈依的窘境。独身女人的身份将使她继续奋斗下去,迎接人生新的挑战。

为了能拍出精彩好看的娱乐故事片,接下来张弦又创作了《焚心欲火》《玫瑰楼迷影》。《焚心欲火》描写了20世纪30年代山村女子水秀多舛的婚姻悲剧。山村的多次婚姻失败使水秀成了村里的"克星"。接下来,为了离乡不惜下嫁白痴丈夫、为了寻求精神寄托又结识大学生,为报答罗家不惜与公公相爱并怀孕,水秀的所为不禁让人困惑:她是一位深受封建迷信思想迫害的苦命女子还是视情感为儿戏的水性杨花之女? 这使水秀的人性和灵魂始终处于被道德拷问的位置。相对于《焚心欲火》的揪心,《玫瑰楼迷影》显得尤为刺激。影片在情节设置上可谓步步惊心、环环相扣,极尽设悬之能事。可惜,由于太偏重于情节的惊险刺激,影片还是不可避免地走上了简单平面的庸俗纯娱乐化之路。

停下来冷静思考的张弦,开始进行新的电影艺术形式的探索,而"90年代中国电影的文化意图则是在影像活动的可能性上,把历史从人的记忆深处放逐

---

① 星星.首部专为潘虹写的剧——与《独身女人》编剧张弦一席谈[J].电影评介,1991(11).

出去,并把历史交还给大众感官的直觉活动及其娱乐性满足"①。在此思潮的影响下,张弦在坚持关注女性爱情婚姻题材的基础上,把影视的镜头转向中国历史深处,将诸如杨贵妃、赛金花、杨开慧等历史女性搬上荧幕,在合理的想象中演绎着传奇女子在历史长空里的喜怒哀乐、爱恨情仇。与此同时,张弦还开始和电视剧结缘。为提高国产电视剧的质量,张弦还呼吁"一流的文学家、电影艺术家应认清电视剧在中国的特殊地位,捐弃对电视剧的成见,热情投身于电视剧创作中来。"②电影和电视剧是两种不同的艺术形式,电视剧可以充分调动诸如个性化的对话、富有深意的细节、齐头并进的情节等手段来表现人物内心,塑造人物性格。而电影因受篇幅限制,在人物设置、情节安排、表现手段上皆需慎重考虑。熟谙此道的张弦从各自不同的艺术特征出发,于1992年参与了影视套拍的历史影片《杨贵妃》、电视剧《唐明皇》的创作。影视剧中的杨贵妃美丽善良,通音律、善歌舞,爱慕荣华却不扰朝政、受尽宠爱却不恃宠而骄、追求爱情与独立个性却又落得辗转蛾眉马前死,君王有泪救不得的悲剧女性形象。从这套作品中,我们能清晰地看到张弦的艺术探索从内容到形式的拓展,他那支善于剖析书写社会问题的笔,正由现实向历史纵深处推进。

《杨开慧》与《寻觅骄杨》是另一套同一题材套拍的电影和电视剧。影片采用倒叙手法,以杨开慧被捕入狱为切入口,通过她在狱中遭遇以及痛极之余的思绪将镜头不断拉回到她与毛泽东交往的一幕幕往事,以悲壮、充盈着历史悲情的基调真实还原了那段不为人知的历史。而一向主张"把电视剧当电影来拍"③的张弦在创作电视剧时则使用倒叙和纪实手法,以当代一个电影摄制组欲拍摄杨开慧的故事为引,再通过后人寻觅"骄杨"的人生路迹,在探访英雄亲人、寻找英雄遗物的现实中,巧妙地将毛茸茸的历史呈现在观众眼前。

在此期间,张弦一边关注现实,一边深入历史,还参与了电视剧《双桥故事》《赛金花》《再爱一次》的创作。其中,《双桥故事》是由江苏省委宣传部组织的命题电视剧。但张弦凭着职业作家该有的专注与热情,倾注大量心血,为大家塑造了三中全会后,以坚韧宽厚和精明能干解决人生多重难题并取得成功的优秀农民企业家形象。《双桥故事》再一次与《上海姑娘》一样紧扣时代脉搏。前

---

① 王德胜. 娱乐化的历史——90 年代中国电影中的历史问题[J]. 当代电影,1998(1).

② 张群力. 张弦谈电视剧[J]. 中国电视,1994(1).

③ 同上。

者是年轻人的有感而发,后者是深谙社会的趋时应景之作,但二者的情感都是真诚的。张弦自己也视《双桥故事》为《上海姑娘》的姊妹篇,认为"两部姊妹篇其实写的都是农民命运。只不过农民的命运已发生根本转变。"①

三、不同时期张弦影视剧作的价值得失与社会影响

（一）首部影片所遭受的不公正批判

初涉影坛的张弦是幸运的,但其首部公映电影的命运是多舛的。《上海姑娘》于1956年拍摄完工,但随着党的"双百"方针的结束,中国文艺界开始盛行反右之风,一批无辜的知识分子被戴上资产阶级帽子。在此背景下,以青年知识分子为主角的《上海姑娘》就不可避免地招致了"美化资产阶级知识分子""不要党的领导"等罪名。所以"影片直到1957年初才公映,公映时的广告上注着'该片有严重缺点错误,希望广大观众批判'。批判文章也于公映之日见报,这大概是开'批判公映'的第一个例子"②。同时还有批评说"《上海姑娘》夸大知识分子的作用,宣扬资产阶级生活方式,恶毒攻击党的领导,歪曲丑化工人阶级"③。当时编辑部有位同志因听说小说的原名叫《上海姑娘》,说了句:"好!凭这四个字,就能卖三毛钱!"这句话"被作为'票房价值论'的典型语言批判了二十多年"④。此后二十年,《上海姑娘》一直被作为批判的对象和失败的创作来看待,直到1980年才得以平反,开始在全国范围内公映。

（二）劳动改造期反思滥觞之作受到的好评与肯定

《苦难的心》是张弦搁笔多年后的第一部电影文学剧本,由于作品中灌注了其多年的生活感受,人物形象较为丰满,思想感情真切,也受到了观众和舆论界的好评。有评者认为影片"以现实主义的艺术手法,细腻、凝重的笔触对各种人物的面貌进行了细致描绘;对各类人物的灵魂给予了深刻的剖析。它以强烈的艺术感染力,撼动着观众的心弦,使人痛心疾首,肝裂肠断"⑤。这部影片在20世纪70年代末上映,其实就是中国文艺界"反思"作品的开篇之作,再一次体现

① 千子.有关《双桥故事》的故事——访张弦、秦志钰夫妇[J].当代电视,1993(6).
② 张弦.成萌和《上海姑娘》[J].当代电影,1985(4).
③ 江苏省电影发行放映公司.毒草及有严重错误影片四百部.出版者不详,1968(1).
④ 张弦.成萌和《上海姑娘》[J].当代电影,1985(4).
⑤ 洪开.一颗正直的心——介绍故事片《苦难的心》[J].电影评介,1980(2).

了张弦高度的政治敏锐性。

（三）创作井喷期可圈可点的轰动与争议

获得创作自由权的张弦以小说《角落》震动文坛，根据同名小说拍摄的影片更是一夜之间红遍大江南北。在其之后的创作中，一向严谨认真的张弦再也不能创造出第二部像这样在小说与电影领域社会影响如此深远而长久的佳作。

接下来《湘女萧萧》的精心改编，有人评价"影片的独到与深刻之处就在于它不但形象地描绘出这吃人的命运圈，而且从文化的角度解剖这命运圈，使我们了解到世代相沿、循环不已的礼教吃人的根本所在"。①而改编的《井》更是引起观众热议，认为新时期知识女性徐丽莎为了追求自己的事业和情感，在由"身边的婆婆、丈夫、邻居、工厂领导，甚至她依恋的童少山共同织成的一张封建的中庸、世俗的网络"②中挣扎，最后，被现实逼迫得走投无路，只好跳进小区里那口象征社会的井里，以死捍卫了女性的尊严，同时也控诉了封建余毒对新社会女性的致命摧残。影片虽没像《角落》那样引起轰动，但已使初涉影坛的张弦在影坛上立稳了脚跟。

投石问路的影片《金镖黄天霸》拍成后，有人认为影片"引起圈内人相当的争议，评论界多有批评，市场反应亦很平淡"③。但以今天的审美眼光来看，《金镖黄天霸》不同于一般武打片的打打杀杀、恩怨情仇，其最新颖的、最具特色的是张弦对黄天霸这个人物的塑造。也许考虑到这种结局的安排不符合中国传统的"好有好报、恶有恶报"的伦理道德观，张弦用心良苦地在影片结尾打上"黄天霸用他义兄义嫂的鲜血染红了顶戴花翎，然而这只鹰犬的下场是不会美妙的……"字样。笔者认为这种导向性提示虽然表达了张弦的立场，但对于整个影片来说，有狗尾续貂之嫌。其实，关于黄天霸的善恶可以让观众自己去评判，并且在争议中会增强影片的人文性和艺术性。当时就有评者认为"黄天霸起码不是坏人。他是个具有双重人格的复杂人物，影片真实地再现了历史，这在银幕上还不多见"④。还有评者将影片的观赏形式分为顺向性、横向性、反向性三

---

① 彭加瑾.解开人生命运圈的迷——看影片《湘女萧萧》[J].文艺报,1986(11).

② 任殷.张弦的小说、电影世界[J].当代电影,1989(5).

③ 舒克.弹拨情爱之弦 剖析社会之刃——试论张弦作品从小说到电影的历史价值与艺术价值[J].电影艺术,1999(1).

④ 杨士光.是官府鹰犬，还是盖世英雄——浅议影片《金镖黄天霸》[J].电影评介,1988(4).

种,肯定了"影片有很深的内涵,反向性出现在影片中,由于其'新',这种观赏形式最终也会被人接受的"①。所以笔者认为张弦的摸索转型是一次成功的投石问路,这种思路与眼光决定着张弦后期编剧的风格与特色。

(四)成功转型后的平淡与喧哗

电影本来就是一门遗憾的艺术,较之于前期作品的反思力度与思想深度,《安丽小姐》难免有"太流于故事的表面叙述和人物的简单类别处理"②的不足。但张弦不愧为描写女性形象的高人,影片公映后还是有人盛赞"影片把改革开放以来中国社会人的变化和关系及其观念冲突的景象作了某种角度的缩相,具有一定的反映客观现实的价值"③。还有观众从影片中品咂出了一定的思想价值,认为"冷峻的现实使安丽小姐做了理智的选择,实实在在走出了女性的困惑"④。

相对于《安丽小姐》,《独身女人》在思考现实、挖掘人性、弘扬女性主体意识等方面有了明显的进步。有评者认为"作为新崛起的'女性片'的代表作之一,《独身女人》力求用通俗的电影语言叙述一个女强人的事业追求和情感生活。它实质是对女性自我追求和独立人格的弘扬和肯定,有着鲜明的时代烙印"⑤。很显然,在这部作品中,张弦在深层剖析社会、细腻表现人物精神世界方面下足了功夫,以新的作品形式剖析了新社会女性问题。可在接下来的商业故事片《玫瑰楼迷影》中,张弦运用环环相扣、案中有案的巧妙设计,使得故事惊险曲折、奇幻莫测,完全满足了观众猎奇、追求刺激的审美需求。但俗套的故事题材、平面的人物形象、缺乏深度的人性拷问使影片的市场反应平淡,很快淹没于众多娱乐化的商业电影之中。

对此,张弦也在不断反思,认为"在商业化社会中,应掌握好娱乐片等形式题材的写作。电影编剧有愧于这个时代,是到了该坐下来冷静思考、调整自己

---

① 陈灿麟.从《金镖黄天霸》谈观赏形式的方向性——电影随想[J].电影介绍,1988(6).

② 舒克.弹拨情爱之弦 剖析社会之刃——试论张弦作品从小说到电影的历史价值与艺术价值[J].电影艺术,1999(1).

③ 魏文平.擦不掉的胎记——评《安丽小姐》及其创作心态[J].电影评介,1990(7).

④ 念琪.女性,走出困惑——《安丽小姐》留给人的思考[J].电影评介,1990(7).

⑤ 王冰."女性片"的困惑——从《独身女人》说起[J].电影评介,1992(9).

的时候了"①。经过一番理性的思索,张弦套拍了历史影视剧《杨贵妃》与《唐明皇》。其中影片《杨贵妃》拍成之后,引起了观众热议,褒贬不一。有观众认为"影片是一部具有强烈历史感、文化感的爱情悲剧,特定的历史内容和特殊的文化氛围是影片的两个基点,从而建立起影片的总体框架结构"②。还有观众认为"影片是一部反映受封建四大绳索束缚的中国妇女的血泪史。在女性悲剧这条主线的延伸下,揭露了封建文化支配下社会产物的丑恶性,对现代人有借鉴价值"③。也有观众提出了自己的质疑,认为"影片缺少对历史事件必要的叙述和交代。影片加重爱情描写,想为杨玉环鸣冤,又不想对唐明皇有所谴责,结果使人对这一悲剧的产生感到突兀和不解"④。而《唐明皇》开播后则获得了第十一届"大众电视金鹰奖"等多个奖项,观众的赞扬之声不绝。有观众认为"《唐明皇》真诚描写了李杨爱情,并且一扫某些文人的脂粉气而赋予了史诗般的历史凝重感"⑤。还有观众认为"在封建专制高度发达的盛唐,徘徊于幼稚与成熟之间的玉环的理性之光只能艰难而隐约地折射。唯其如此正体现出编导对人物性格基调和艺术分寸的准确把握"⑥。同为影视剧套拍作品,《杨开慧》与《寻觅骄杨》在人格塑造与思想教育上产生了极大的影响。两部作品先后播放,但同样还是电视剧引起了观众的高度关注。有评者认为"《寻觅骄杨》叙事的创意体现在对'骄杨'人格的礼赞,摒弃了仅仅从政治、社会视角取舍素材的狭隘性,从而呈现出杨开慧个人命运的独特性,层层揭示出她作为一个平凡而伟大的新女性所具有的丰富性格色彩和人生含义"⑦。还有评者赞道"这是一个崇高的革命女性之死,作品揭示了她既是为革命献身,也是为她忠贞不渝的爱情、为她作为新女性的尊严而英勇就义的"⑧。在对影片与电视剧褒贬不一的众声喧哗中再一次突显张弦成功的电影艺术探索之路。

---

① 电影文摘整理.张弦说编剧有愧于时代[J].电影创作,1995(4).

② 施立竑.历史与文化的双重建构——影片《杨贵妃》浅议[J].电影评介,1993(1).

③ 京观.是乱伦巨片吗?——评电影《杨贵妃》[J].电影评介,1993(1).

④ 赵虹.杨贵妃缺点什么[J].电影评介,1993(1).

⑤ 晓弟.千秋功罪重评说——电视剧《唐明皇》读解[J].电影评介,1993(1).

⑥ 田爱群.敢有歌吟颂玉环——观《唐明皇》一得[J].电影评介,1993(8).

⑦ 黄世宪.礼赞崇高的人格——略谈《寻觅骄杨》的叙事创意[J].中国电视,1996(6).

⑧ 同上.

四、结语

本文依据张弦的人生境况将其创作大致分为四个阶段。若说 20 世纪 50 年代是张弦与电影的初次结缘时期,那么 20 世纪六七十年代则是张弦电影才华锋芒收起的蛰伏阶段,20 世纪 80 年代则是张弦凭借出众的文学才能,在合适的年代拍出合适的影片并在影坛上一举成名的阶段,20 世纪 90 年代应是张弦在多元文化语境下苦苦探索艺术形式以求适应新时代要求而进行影视文学创作阶段。撇开前两个阶段不说,20 世纪 80 年代的张弦无论是改编自己的小说还是改编别人的作品,在立意上十分注重作品的民族反思性,在改编技巧上注重为导演和演员留下丰盈的二度创作空间,因而《角落》《青春万岁》《井》《湘女萧萧》的相继问世分别成就了一批导演如黄蜀芹、谢飞与年轻演员如潘虹、沈丹萍等,尤其是《角落》还让张弦捧回了中国电影史上第一尊最佳编剧金鸡奖。若论及社会影响与价值评价,20 世纪 80 年代应该是张弦影视剧影响最大、剧作的历史价值和艺术价值较高的阶段。20 世纪 90 年代成功转型于商业片创作的张弦虽然再也没有创作出像《角落》那样的轰动之作,但其一直未停止过对新时期中国电影艺术的探索与思考。并且,张弦在编剧作品时一直关注人性、人生的命运以及作品的人文和历史价值,这点尤其表现在现实生活题材《独身女人》和非现实题材《杨贵妃》和《杨开慧》的开掘上。所以这一阶段是张弦影视编剧最投入、成果最丰硕、艺术探索最积极的阶段。若想研究张弦的编剧作品,此阶段是不能忽略,也无法绕过的阶段。

其实,根据张弦一贯关注现实、反思历史的写作立场和创作倾向来看,若不是因病早逝,他将会有更多的作品被搬上银屏,其中包括他自己的小说如《挣不断的红丝线》《污点》《回黄转绿》《焐雪天》等,这将会使他迈上一个新的艺术高峰。然而造化弄人,命运再一次剥夺了他的创作机会,这是张弦的遗憾,也是时代的遗憾。不管将来会不会有更多的导演关注张弦的遗作,但这些都不重要,因为作为长期驰骋于影坛的编剧,他已在中国影坛上留下了永久的一笔。

论张弦影视剧作中女性主体意识的构建与发展

一

　女性主体意识是相对于中国传统的男权中心意识而存在的,是"女性能够自觉地意识并履行自己的历史使命、社会责任、人生义务,又清醒地知道自身的特点,并以独特的方式参与社会生活,肯定和实现自己的社会价值和人生需求的一种意识"①。女性主体意识和男权中心意识都是备受中国众多评者、作者与读者关注的永恒文学命题之一。回溯历史,"母权制的被推翻,乃是女性的具有世界历史意义的失败。丈夫在家中掌握了权柄,而妻子被贬低,被奴役,变成丈夫淫欲的奴隶,变成了生孩子的简单工具了"。② 此后一直到封建社会结束,中国女性始终作为男性的附庸而存在,其主体意识也因此而长眠不醒。而"历史上因反对男权意识而发展起来的女权意识最早起源于19世纪的法国"③。从始至今,西方女权主义者们为争取妇女权利、寻求男女平等、反对性别歧视已走过了二百多年的发展历程。在西方启蒙思想的影响下,中国"五四"新文化运动把妇女解放运动作为重要运动来开展,于是,一批具有一定女性主体意识的女作家如冰心、凌叔华、丁玲、萧红、庐隐等逐渐从经济上摆脱了依附的地位,从家庭小天地走向广阔的人生社会,以实际行动践行着"我是我自己的,谁也做不了我的主"的独立宣言。中国虽从未像西方国家那样轰轰烈烈地开展过女权主义运

---

① 罗萍.妇女在婚姻变动中权利保护研究[M].湖北:湖北人民出版社,2001:139.

② 恩格斯.家庭私有制和国家的起源[M].北京:人民出版社,1972:20.

③ 弗里德曼.女权主义[M].雷艳红,译.长春:吉林人民出版社,2007:10.

动,但随着社会的发展,妇女参加社会活动的机会在不断增加,相对于以前,中国妇女的地位也的确得到了一定程度上的提高。但由于在漫长历史过程中饱受封建思想的浸润,也由于男权中心意识思想在男人心中的根深蒂固,这些思想势必会影响到人们的生活观、价值观和婚姻观,甚至不可避免地影响到男女作家的文学书写。

一般而言,女性作家多在女性文学中积极关注女性主体意识的存在与发展;而男性作家则在文学作品中或多或少张扬着男权中心意识。扫描中国现当代文坛,从"现代的鲁迅、郁达夫、茅盾、老舍、钱钟书,再到当代的路遥、余华、张承志、苏童、金庸、古龙、陈忠实、张贤亮、周大新等男性作家,他们总是在其作品中有意无意地扭曲着笔下的女性形象,或正面高调,或旁敲侧击,或肆意畅快,或委婉隐晦地表达着自己的男权主义思想"①。怪不得有评者惊呼"中国几千年的文化传统、美学思想、文学作品不是在塑造女性,而是在改造女性。女性是飘浮在人类历史长河中最繁荣、美丽而又最空洞的能指。在历史文本的层层遮蔽中,女性是一个无所不在的盲点"②。同理,当前文坛上为反对男权意识而存在的女性文学、雄性化写作等文学现象也证明了女性主体意识在女性作家思想观念中固执地存在着。

二

令人敬佩的是,在男权中心意识已成为中国男性作家一种集体无意识的写作之时,张弦竟是那最独特的一个。他关注女性,书写女性,但不同于其他男作家以一种夹杂有男权中心意识的优越感来审视、改造女性,也不同于一些女性作家将自己武装为女权主义好斗者的身份来雄化女性。张弦尊重女性,总是以一颗既怜且爱之心平静地塑造女性,总是"以细腻的笔触勾勒女性的心路历程,折射了中国社会发展进程中的凝滞、反复曲折和苦难,寓有深刻的社会批判意识和文化反思意蕴"③。细究张弦影视剧作中的人物形象,发现生之于张弦笔

① 刘霞云.无意识的男权书写与有意识的女性观照——论刘震云写作中的男权意识及新作《我不是潘金莲》的女性悖论[J].临沂大学学报,2013(1).

② 韩晓晶.复苏的性别——后新时期女性主义小说探索[N].天津时报,1997-07-26.

③ 舒克.弹拨情爱之弦 剖析社会之刃——试论张弦作品从小说到电影的历史价值与艺术价值[J].电影艺术,1999(1).

端、跃之于荧屏、给大家留下深刻印象的多是女性。从1956年开始发表电影文学剧本《锦绣年华》到1997年的因病离世,再除去中间因受害被迫辍笔的二十二年,张弦只有二十年的创作时间。作为一名专业编剧,在这宝贵而又短暂的创作生涯中,张弦共改编、独创或合创影视剧文学作品二十四部。在这些作品中,张弦关注的焦点多为女性,特别关注在爱情婚姻中遭受不同命运的悲剧女性。如在《上海姑娘》《湘女萧萧》《被爱情遗忘的角落》《秋天里的春天》《井》《银杏树之恋》《安丽小姐》《独身女人》《焚心欲火》《杨贵妃》《杨开慧》《双桥故事》《赛金花》等作品中就塑造了一系列如白玫、萧萧、荒妹、存妮、菱花、周良惠、常雁、孟莲莲、韦君怡、徐丽莎、安丽小姐、欧阳若云、水秀、杨玉环、杨开慧、巧娣等荧屏女性形象,这些形象被公认为最具美学价值,从而使张弦获得了"书写女性高手"的称号。

第一,火红岁月里无意识状态下对单纯自立理想女性的礼赞。

1955年,张弦完成了人生第一部电影文学剧本《大学毕业生》。后经电影评论家钟惦棐、北影厂编辑部等同志的指导,张弦将文学剧本改名为《上海姑娘》,在大导演成荫的执导下,影片和观众见了面。在影片中,张弦为大家塑造了上海姑娘白玫这么一个可敬又不乏可爱的现代青年知识分子形象。美丽的白玫从繁华的都市上海来到祖国北疆,以自己的技术投入到滚滚的时代建设洪流之中。影片通过青年技术员黄野的眼睛,交代了她与王技术员、黄野之间因工作而发生的一次次冲突,反复刻画了她高度负责较真的工作态度和严肃认真的性格特征。在黄野对她由表及里、由浅入深、由主观转为客观的评价中也揭示了她追求独立自主的自我意识。与此同时,白玫在处理爱情和事业的冲突时鲜明地弘扬了20世纪50年代青年特有的爱情价值观即事业高于爱情,一切情感的基础是努力建设好革命事业。第一次"触电",张弦的创作意图和写作模式皆出于发自内心的无意识状态,但像白玫这样在潜意识里能做到自尊、自信,而非自卑、自弱,能冷静地处理两性关系,坚持"男女平等",而非"男尊女卑""男强女弱"或"女性至上"主义,能自觉地追求自己作为独立的"人"在事业、爱情、个人发展等方面自我价值的体现,这些均体现出白玫作为一名20世纪50年代女性知识分子身上特有的女性主体意识,也能看出单纯年轻的张弦对女性的尊重以及对追求独立个性女性的青睐,这些在其后期作品中均有体现。只是,这是初涉社会的张弦眼中的世界。此时的张弦,心情是愉悦的,情绪是乐观的,理想是美好的,追求是执着的,此种心境自然也清晰地投射在作品中人物身上。

但接下来为期二十二年的右派身份和劳动改造生活使他对社会、对人生以及人性的认识在逐步加深,发自内心无意识状态的尊重女性以及弘扬女性主体意识的艺术追求愈加显得深刻、厚重。

第二,悲剧女性形象群像的塑造及女性主体意识的构建。

如果说《上海姑娘》只是刚刚大学毕业的张弦借白玫这样一名现代女性形象来表达他对生活和人生的感性认识,那么隐忍落魄的 22 年磨难生活却给了张弦零距离接触生活的机会,一旦重新拿起手中的笔,张弦对这个世界想要说的太多,最终他还是选择自己所擅长的爱情婚姻题材,关注不同类型的女性在爱情婚姻生活中的命运沉浮。同时,重返文坛的张弦对生活的理解和感悟不再像以前那样充满肤浅的激情与虚妄的乐观,而是深层次体会到导致一系列女性悲剧命运的根源之所在。他通过一系列女性人物生存状态与心灵状态的细腻揭示与描写,完成了他对残酷社会深入客观的理性思考。于是,《被爱情遗忘的角落》《湘女萧萧》《秋天里的春天》《井》《银杏树之恋》等一批关注女性爱情婚姻题材的作品井喷而出。此阶段的女性形象不再像之前的白玫那样天真无邪、单纯虔诚、积极乐观,而是饱受磨难,历经沧桑,她们或为深受封建传统思想浸润的传统女性,或为敢于同封建余毒抗争的现代知识分子,她们都在以自己的方式不懈追求着美好的理想与人生,女性主体意识在她们身上开始苏醒,并在作者笔下逐步成长发展。

《被爱情遗忘的角落》是张弦重返文坛后深刻反思社会的一部现实主义力作,这也是张弦在小说和电影领域一炮双响的唯一经典之作。作品重笔描写了菱花、存妮、荒妹这三位典型女性,着意描写了她们母女两代三个人所经历不同的时代以及不同的爱情婚姻遭遇。张弦"不是为写爱情而写爱情,而是写社会化的爱情和爱情的社会化,把爱情婚姻问题和社会问题紧紧结合起来,写出了在先进的社会制度下封建残余思想和旧的习惯势力怎样给妇女带来痛苦和不幸,以至酿成爱情婚姻的悲剧"①。存妮是一个典型的悲剧形象。她与同村青年小豹子发生了原始性的爱情,恋情一旦公开,他们遭到了全村人的辱骂与耻笑。结果,存妮含羞跳水自尽,小豹子被捕入狱。存妮的死,一方面源于中国几千年固存的封建余毒对人们思想的禁锢,另一方面也源于存妮自己对封建残余思想的默认与遵守。她的自尽不是对蒙昧人性的控诉,不是对封建礼教的反抗,而

---

① 吴宗蕙.张弦小说中的女性形象[J].首都师范大学学报社科版,1983(4).

是对现实的逃脱,是对自己"不堪"行为的痛恨与惩罚。因此,存妮的悲剧不是一般意义上的爱情悲剧,而是一场深刻的社会悲剧。所以,在存妮身上,女性该有的主体意识被中国几千年固存的封建余毒所压抑,女人看不见自己的价值所在,不敢大胆追求本应属于她们的美好爱情,所以,她们的人生只剩下死路一条,并且死得毫无价值。正如有作家认为"女性有着过多的自我牺牲精神。这不是勇敢,而是怯懦,是在长期无助的牺牲状态中养成的自甘牺牲的惰性"①。存妮是中国农村里常见的一种女性形象,相对于存妮的蒙昧,存妮的母亲菱花倒显出"十七年"时期女性追求美好婚姻的果敢与勇气。早在土改时期,菱花曾勇敢地反抗"父母之命,媒妁之言"的包办婚姻,向父母激愤地提出了"把女儿当东西卖"的抗议,最后竟毅然决然地和身为长工的山旺结了婚。从她那抗议声中,足显菱花作为新时代女性,已经把自己当作一个独立的"人"来看待,敢于追求女人该有的价值与想要的生活,骨子里固存的女性主体意识在微弱地崛起。只是遗憾的是,当三十年后已为人母的菱花面对大女儿存妮的自尽和小女儿荒妹大胆追求自己想要的爱情时,脆弱的主体意识不由自主地让位于世俗偏见和贫苦生活。她既为存妮的行为感到羞愧无比,还极力阻止荒妹在婚姻上的自作主张,竟欲以"五百元加十六套衣服"的价格来包办荒妹的婚姻。菱花的复杂性格和思想变化不禁让观众陷入深思:女人要想获得自己人身的独立,首先是精神上的独立;要想获得精神上的独立,最要紧的是要获得经济上的独立,只有这样,才能使女性内心深处的主体意识得以健康地成长与弘扬。而想获得经济上的独立,则又取决于大的时代政治、经济环境与背景。而菱花所处的"十七年"时期政治运动变幻莫测,如"从禁止农民种果树、养鸡鸭、做小买卖到禁止男女谈情说爱、禁止人民思想;从'大跃进'错误到'四清运动''文化大革命'悲剧等"②。应该说,个人思想的陈旧保守和现实社会的政治经济束缚都直接限制着菱花的女性主体意识的彰显。相对于姐姐存妮的蒙昧、母亲菱花的动摇,妹妹荒妹的内心经历了一番现代精神文明的洗礼,虽然一开始她不同情姐姐的遭遇,也和村中所有人一样愤怒地鄙夷姐姐的"失礼",但党的新农村经济政策鼓舞着她,为了追求自己心仪的爱情,她和当年的菱花一样敢于对着自己的母亲

① 骆宾基.萧红小传[M].哈尔滨:北方文艺出版社,1987:200.
② 舒克.弹拨情爱之弦 剖析社会之刃——试论张弦作品从小说到电影的历史价值与艺术价值[J].电影艺术,1999(1).

喊出了"别把女儿当东西卖"的抗议。最后,她成功拒绝了母亲的包办婚姻,不再走存妮的那条绝望之路,坚定地寻求着属于自己的真正幸福与光明未来。应该说,出身于农村的荒妹的思想也饱受几千年封建思想的浸润,让她瞬间明白"女人是属于自己"的独立宣言的含义是很困难的。但经济发展是硬道理,随着靠山庄贫穷落后经济面貌的改变,荒妹有理由相信代表新时期新政策的荣树会引领大家过上幸福快乐生活,作为荣树的妻子和劳动的合作者,荒妹最终找到了女人的自信与尊严。

根据《未亡人》改编的《秋天里的春天》是张弦另一部批判现实主义力作。作品中周良惠较之《被爱情遗忘的角落》中的三个女人,在爱情婚姻上她遭遇了封建思想余毒的另一种折磨。作为市委书记的夫人,"夫贵妻荣"的封建思想使她享受着一定的地位与尊贵。那时她还没意识到这显赫的一切并非经过她自己的努力所得,她只是作为一种附属品依附在丈夫的显贵地位旁。"文革"中,随着丈夫的被害,她一夜之间沦为"叛徒臭老婆",地位和身份的剧变使她开始对自己过去的生活进行反思,并意识到过去的一切并不是因为自己的才干和努力所得,她只是丈夫的附属品。"文革"后,丈夫得到平反,她又成了"市委书记的遗孀",昔日的荣华富贵戏剧般地复归原位。但此时的她已开始觉醒,决心撕毁这虚伪的身份,舍弃这有损尊严的地位,"下嫁"给一直给予她温暖的卑微"绿衣人"追求自己独立的人格与美好的情感归宿。谁知她这并不过分的情感追求却遭到了来自社会、家庭、单位甚至"绿衣人"母亲等方面强烈的反对。面对如此强大的世俗压力,周良惠像丁玲笔下的莎菲女士一样,对着丈夫的亡灵发出了"为什么共产党不以破除迷信而以恪守封建道德为荣? 为什么要把自己的幸福锁在令人尊敬的骨灰盒里""为什么对于一个柔弱的中年女性,一个虔诚的爱情追求者,一个刚刚开始意识到人性的尊严的稚子,如此残忍、如此苛刻"①的抗争之声。虽然周良惠的前途很渺茫,但作为具有一定主体意识的觉醒女性,读者已经从其不屈的理想追求中看见了耀眼的光辉。

新社会女性究竟该怎样行动才能彻底提高自己的地位,获取人生真正的幸福? 张弦在《银杏树之恋》中通过女记者常雁和女植物学家韦静怡的所作所为为读者提供了答案。韦静怡在人生最困难时刻遭到了丈夫的遗弃,但她不像传统女性那样怨天尤人、自暴自弃,而是把全部精力和情感倾注到自己所热爱的

---

① 张弦.挣不断的红丝线[M].北京:人民文学出版社,1983:67.

事业中去。功夫不负有心人,最终韦静怡成为一名植物学家。事业的成功使她的内心变得更加成熟和自信,她断然拒绝了前来重修旧好的前夫,继续努力钻研业务,充分体现着自身的价值,彰显着女性的主体意识。虽然张弦对韦静怡用笔不多,人物形象不够丰满,有着思想大于形象的缺憾,但韦静怡这个人物的设置足显张弦对女性主体意识的构建欲望。而女记者常雁的形象设置,将张弦这种意识放大到极致。作为一名知识分子,常雁大胆而泼辣地追求着自己的爱情与婚姻,文中虽然只以侧面描写的方式寥寥数语交代了常雁对自己男友的挑剔行为,但读者已从常雁的大胆泼辣中看见了中国女性已经摆脱几千年封建传统思想的束缚,女人已经开始取得和男人平等甚至和谐的地位。

此阶段张弦重于塑造悲剧女性群体像,他不仅在自己的作品中反复吟唱悲剧女性的命运和反抗,就是在改编他人作品时,还是把目光集中在悲剧女性身上,如沈从文的《萧萧》、陆文夫的《井》。在这两部作品中,张弦深刻揭露了导致萧萧和徐丽莎悲剧命运的根源,前者在于萧萧生长环境的蒙昧、不开化以及萧萧自身的蒙昧与思想的落后,透露出封建思想意识在封闭落后的湘西世界的根深蒂固。有评者认为"影片的独到与深刻之处就在于它不但形象地描绘出这吃人的命运圈,而且从文化的角度解剖这命运圈,使我们了解到世代相沿、循环不已的礼教吃人的根本所在"[1]。后者在于由其"身边的婆婆、丈夫、邻居、工厂领导,甚至她依恋的童少山,共同织成一张封建的、中庸的、世俗的网络"[2]的绞杀。萧萧最后躲过沉塘一死并顺理成章地做起了婆婆,此种喜剧人生结局让读者看出了中国传统女性的悲哀与蒙昧;徐丽莎最后被现实逼迫得走投无路,悲愤跳进小区里那口象征社会缩影的井里,但其悲惨的人生结局却让人看见了悲伤之外的亮色,因为徐丽莎的死不是妥协的死,而是对世俗偏见的拼命反抗。她以死捍卫了女性的尊严,同时也控诉了封建余毒对新社会女性的致命摧残。如果她迫于世俗偏见的压力,最后乖乖回到那个令她窒息的家庭和丈夫身边,那徐丽莎则真正变成了和萧萧一样的悲剧女性了。

第三,穿梭于历史和现实之间的女性观照与女性主体意识的发展。

经历了20世纪80年代对中国传统女性悲剧命运的反思,"在20世纪90年代改革开放和市场经济建设的大背景下,中国主旋律电影和艺术电影的发展出

---

[1] 彭加瑾.解开人生命运圈的迷——看影片《湘女萧萧》[J].文艺报,1986(11).

[2] 任殷.张弦的小说、电影世界[J].当代电影,1989(5).

现了明显的商业化倾向"。① 在此影视氛围和市场背景下，张弦很快地转换思维，并认为"我们要研究观众的欣赏心理，满足群众的娱乐愿望，就要多拍、拍好娱乐片。要用一流的编、导、演、摄、美等人员，集中力量搞它几部，我不相信就搞不过外国"②。虽然张弦主张多拍娱乐片，但他的影视文学剧本关注的对象依然是女性。除此之外，张弦剧作的题材开始多元化，故事背景也多元化，剧作要么以现实社会为舞台，如《安丽小姐》《独身女人》，要么以历史故事为素材，如《焚心欲火》《杨贵妃》《杨开慧》《赛金花》，将影视镜头自由穿梭于历史与现实之间，"强烈的历史感和现实感构成了张弦女性题材电影剧作的内核部分"③，在娱乐化、商业化的背后是张弦对不同语境下追求精神独立与美好爱情的悲剧女性人生的反思以及对这些女性所具有的女性主体意识的肯定与礼赞。

《安丽小姐》中的安丽小姐是张弦新阶段关注的第一位女性形象。影片以中国改革开放以后在经济特区出现"官倒走私"的经济犯罪现象为主体，以安丽小姐在这种官商勾结的犯罪行为中与几位男人之间的情感纠葛为线索，在罪恶与正义的较量中，歌颂了以安丽小姐为代表的善良美丽女性的人性回归和女性独立自主意识的成长。因为出众的美貌和才华，安丽在得到金钱与物质享受的同时，与众多缺乏独立意识的女性一样，成了依附在有钱老板身上的寄生虫，失去了起码的自由与尊严。从这层意义上来看，安丽是典型受害者女性形象，有评者认为"是不是说中国女性已经取得真正意义上与男人平等的地位呢？影片《安丽小姐》告诉我们：女性，还隐藏着深深的困惑"。④ 但是，安丽有着自己的思想与底线。在她已看透欧老板只把她当作摇钱树和可有可无的情人时；当她再次遭遇昔日曾经强暴她、毁掉她美好爱情的冯国江，看清对方依然灵魂卑劣、一直从事着违法犯罪活动时；当她重逢昔日恋人林亦平，虽然清贫拮据却光明磊落、一身正义时，"冷峻的现实使安丽小姐作了理智的选择，实实在在走出了女性的困惑"。⑤ 安丽小姐在交易与爱情、虚伪与真诚、罪恶与正义、物质享受与精神自由之间理智地选择了后者，此种结局安排也体现着编剧张弦的良苦用

① 宣宁.起舞在商业社会——浅析20世纪90年代以来中国主旋律电影和艺术电影的商业化倾向[J].江汉大学学报,2005(5).

② 文虎,兴福.张弦如此大声疾呼,中国拍娱乐片为何这样难? [J].电影评介,1988(3).

③ 任殷.张弦的小说、电影世界[J].当代电影,1989(5).

④ 念琪.女性,走出困惑——《安丽小姐》留给人的思考[J].电影评介,1990(7).

⑤ 同上。

心,他希望当下女性都能像安丽小姐一样,具有一定的主体意识,认识到自己作为社会的主体,能有尊严地、有价值地活下去。

　　同为关注时代女性在事业与家庭、爱情与婚姻的冲突中挣扎的都市婚姻题材电影,《独身女人》较之《井》和《安丽小姐》,在影片立意和人物形象塑造等方面都有了鲜明的突破。《独身女人》中的女主角欧阳若云在形象和能力上和徐丽莎、安丽小姐一样,身材高挑,漂亮大方,气质绝佳,精明能干。她们都能说一口流利的外国语言,都有着令人羡慕的人格魅力,身边总是有着众多的爱慕追随者。但在处理女人与社会、家庭、爱情与婚姻的矛盾冲突时,徐丽莎显然是低调、内敛甚至犹豫不决与不堪一击的。所以徐丽莎选择了死亡。但死亡并不是解决问题的根本办法。接下来,为了纯洁的爱情与婚姻,安丽小姐舍弃一切虚华理性回归,不亚于为女人的独立与成长注入了一针强心剂。有了徐丽莎和安丽小姐的人生遭遇与成长经历,欧阳若云吸取了教训,学习了经验,当她再次面临这一切冲突时,显得那么得心应手,举重若轻,尽显当代知识女性的自信与成熟。作为一家时装公司总经理的她,因为工作的需要不得不与身边多位男士有着若即若离的情感交往。她身上既有徐丽莎式寻求依附、皈依家庭的传统道德观,又有现代女性追求独立人格、实现个人价值的主体价值观。因为渴望情感的皈依,她在众多追求者中找到了自己的真爱与寄托;因为独身女人的宿命,命中注定她无法寻求最终的皈依与归宿。在影片结尾,欧阳若云历经坎坷,即将迎来事业与爱情的双丰收时,恋人齐方却死于非命,美好的爱情之花瞬间枯萎。至此,编剧张弦饶有深意地揭示出:独身女人作为一种资源,使欧阳若云获得了事业上的成功。但独身女人作为一种身份,注定欧阳若云不能收获自己的爱情,最终在情感上处于永无皈依的窘境。但欧阳若云不是徐丽莎,她没有选择死亡,独身女人的身份将使她继续坚强地奋斗下去,迎接命运新的挑战。故有评者认为"作为新崛起的'女性片'的代表作品之一,《独身女人》力求用通俗的电影语言叙述一个女强人的事业追求和情感生活。它实质是对女性自我追求和独立人格的弘扬和肯定,有着鲜明的时代烙印"。① 而对于此影片的拍摄主旨,导演秦志钰即张弦的妻子也坦承:"女人在男性主宰的社会中奋斗,格外费力艰苦。失去男伴的独行女性,则是双倍的艰难,我为这'孤军奋战者'自豪和骄傲,为那样一种在人生颇为尴尬的境遇中尚能镇定自若,执着地求索的精神

---

　　① 王冰.“女性片”的困惑——从《独身女人》说起[J].电影评介,1992(9).

深深打动。我深信,更多的人也都被这种精神所感动。"①很显然,在这部作品中,编剧和导演欲以新的作品形式剖析新社会女性问题,从影片的市场反响来看,他们实现了最初的主旨立意,再一次高扬了新时期女性的主体意识。

在 20 世纪 90 年代中国电影文化走向市场化、娱乐化、商业化、通俗化的同时,另一股文化思潮开始左右着当时影视人的创作。即"90 年代中国电影的文化意图则是在影像活动的可能性上,把历史从人的记忆深处放逐出去,并把历史交还给大众感官的直觉活动及其娱乐性满足"②。一向不断求新的张弦在此思潮的影响下,在继续关注女性爱情婚姻生活的基础上,把影视的镜头转向中国历史深处,将诸如杨贵妃、赛金花、杨开慧等历史传奇女性搬上荧幕,在尊重历史事实的基础上,发挥合理的想象,从传奇女子传奇的爱情婚姻经历中另辟蹊径地挖掘其若隐若现的叛逆个性与人格魅力,再一次彰显了中国传统女子光洁耀眼的主体意识。

在众多表现李杨爱情悲剧的文艺作品中,编剧对杨贵妃的态度不外乎两种即或贬或怜。前者多从男权主义立场出发,将女人当成男权世界的附属物,遂将杨玉环诋毁成惑乱皇帝、导致"安史之乱"的红颜祸水;后者则尊重史实,客观地分析认为一个朝代的盛衰转变与在朝皇帝、文臣武将以及历史发展的规律等综合因素相关,而不应该不负责任地委罪于一个不问朝政的女子。由贬到怜的态度转变,已经足显世人对杨玉环形象的人性化认识,但张弦在处理杨玉环形象时,则添进了爱的成分,使杨玉环的形象发生了质的飞跃。张弦笔下的杨玉环可谓女人中的尤物,她美丽善良,多才多艺,和众多爱慕虚荣的女子一样也爱慕荣华富贵,但她却从无意干扰朝政;她集天子万千宠爱于一身,但却从不恃宠而骄,独断专横。尤令人侧目的是,杨玉环作为皇帝的宠妃却敢挑战皇权,敢于追求男女平等的爱情与独立人格和尊严。影片拍成之后,遂引起了观众热议,大家均从不同角度肯定了杨玉环的个性魅力。时有评者评道"针对皇帝与虢国夫人同池调情,玉环敢于斥责他'偷偷摸摸,哪有皇帝的尊严',切莫狭隘地理解这是玉环的吃醋,其实,在皇上可以任意纵欲的封建时代,玉环这一要求男女平等、忠贞不渝的爱情观正是对皇权的大胆否定"③。还有观众认为"影片是一部

---

① 秦志钰.人生艰难 人生奋斗 人生光明——《独身女人》导演阐述[J].电影评介,1991(11).

② 王德胜.娱乐化的历史——90 年代中国电影中的历史问题[J].当代电影,1998(1).

③ 田爱群.敢有歌吟颂玉环——观《唐明皇》一得[J].电影评介,1993(8).

反映受封建四大绳索束缚的中国妇女的血泪史。在女性悲剧这条主线的延伸下，揭露了封建文化支配下社会产物的丑恶性，对现代人有借鉴价值"①。

张弦笔下的杨玉环闪烁着迷人的个性光芒，完全打破了众人眼中"女人是祸水"的偏见，而其笔下的杨开慧更是从独特的女性视角出发，生动刻画了杨开慧由一名深受"五四"新思潮洗礼的单纯少女成长为一名贤惠的妻子、慈爱的母亲和大义凛然的革命烈士的短暂而又辉煌的一生历程。同样是死，杨玉环则是"辗转蛾眉马前死，君王有泪救不得"，何等凄凉与无奈。与其说她是为了自己的爱情而死，倒不如说是男权世界的权欲纷争促成了她的死。而杨开慧的死，有评者赞道"这是一个崇高的革命女性之死，作品揭示了她既是为革命献身，也是为她忠贞不渝的爱情、为她作为新女性的尊严而英勇就义的"②。作为女性，杨开慧在少女时代敢于免去世俗的婚姻仪式，以"同盟"的形式与毛泽东结合，张扬着"五四"时期新时代女性特有的个性；在生活中，面对毛泽东偶尔的大男子主义思想，她敢于指出并表现出作为追求人格独立的新女性该有的尊严；在革命需要时，夫唱妇随，自觉担当起革命者的伴侣与革命工作的助手角色，体现出自己作为新时期女性该有的价值与责任感；革命失败后，面对敌人的严刑拷打和威逼利诱，她始终坚贞不屈，从容选择死亡，为世人永久留下了崇高、圣洁的高大光辉形象。故有评者认为影视片的创意"体现在对'骄杨'人格的礼赞，摒弃了仅仅从政治、社会视角取舍素材的狭隘性，从而呈现出杨开慧个人命运的独特性，一层层揭示出她作为一个平凡而伟大的新女性所具有的丰富性格色彩和人生含义"③。

三

其实，文学是不论性别的，所以对于文坛上出现的所谓有别于男性作家书写的女性文学，其本身就是对文学的一种误读，更是对女性身份的一种亵渎。张弦作为一位男性作家，一位公认的女性写作高手，他完全是凭着一个作家对于生活的敏感与真诚，凭着一个男人对女性的尊重与理解，以现代审美文化精

① 京观.是乱伦巨片吗——评电影《杨贵妃》[J].电影评介,1993(1).
② 黄世宪.礼赞崇高的人格——略谈《寻觅骄杨》的叙事创意[J].中国电视,1996(6).
③ 同上。

神、人文主义情怀和平等和谐的双性意识去构建具有自主意识和健全审美人格的女性形象。在他的笔下,这些女性都有着美丽的外形、善良的品性;都有着自己的人生追求,希望在事业、家庭上有所收获以无愧于时代的需要;都渴望追求美好的爱情和美满的婚姻以满足作为女性该有的特质与社会位置。然而,在追求自己作为独立的"人"发展过程中,她们遭受了太多的不幸与坎坷。这些不幸与坎坷有的来自于外界社会,有的来自于内心自身;有的来自于世俗偏见,有的来自于社会意识。她们在与这些苦难抗争的过程中,自尊、自爱、自信、自强的个性也在逐步增强,这使她们身上固有的主体意识得以逐步抬头,从而在人物的悲剧命运中深刻揭示了社会历史命题的复杂性。只可惜,造化弄人,正当张弦一如既往地着力为中国女性心灵的解放而大声呐喊之时,病魔夺走了他的生命,这使得一些好的反映女性追求个性解放的作品如《赛金花》《陈园园》等没能如愿搬上荧屏。这是张弦的遗憾,也是时代的遗憾。但作为长期驰骋于文艺界的编剧和作家,他为观众和读者塑造了这么一批令人难忘的女性群体像,不管将来会不会有导演能关注张弦留下的遗作,因为张弦已在银幕上为世人塑造了诸多光彩照人的女性形象,中国文学史和电影史已经永久地记下了张弦的名字。笔者作为一名女性,也对张弦的创作致以最崇高的敬意。